美国亚裔文学研究丛书

总主编　郭英剑

文心无界
——不拘性别、文类与形式的华美文学

[美] 张敬珏／著

吴爽／译

Chinese American Literature Without Borders: Gender, Genre and Form

本研究受中国人民大学科学研究基金资助，系2017年度重大规划项目"美国亚裔文学研究"（编号：17XNLG10）的阶段性成果。

中国人民大学出版社
·北京·

图书在版编目（CIP）数据

文心无界：不拘性别、文类与形式的华美文学 /（美）张敬珏著；吴爽译. -- 北京：中国人民大学出版社，2022.5
（美国亚裔文学研究丛书 / 郭英剑总主编）
ISBN 978-7-300-30661-2

Ⅰ.①文… Ⅱ.①张…②吴… Ⅲ.①华人文学—文学研究—美国 Ⅳ.①I712.06

中国版本图书馆 CIP 数据核字（2022）第 089611 号

美国亚裔文学研究丛书
总主编　郭英剑
文心无界——不拘性别、文类与形式的华美文学
[美] 张敬珏　著
　　吴　爽　译
Wenxin Wujie——Buju Xingbie、Wenlei yu Xingshi de Huamei Wenxue

出版发行	中国人民大学出版社		
社　　址	北京中关村大街 31 号	邮政编码	100080
电　　话	010-62511242（总编室）		010-62511770（质管部）
	010-82501766（邮购部）		010-62514148（门市部）
	010-62515195（发行公司）		010-62515275（盗版举报）
网　　址	http://www.crup.com.cn		
经　　销	新华书店		
印　　刷	唐山玺诚印务有限公司		
规　　格	170 mm×240 mm 16 开本	版　次	2022 年 5 月第 1 版
印　　张	18	印　次	2022 年 5 月第 1 次印刷
字　　数	256 000	定　价	68.00 元

版权所有　　侵权必究　　印装差错　　负责调换

追忆

雷祖威教授
（1954—2018）

与

汤维强教授
（1947—2020）

总 序

美国亚裔文学的历史、现状与未来
郭英剑

一、何为"美国亚裔文学"?

"美国亚裔文学"(Asian American Literature),简言之,是指由美国社会中的亚裔群体作家所创作的文学作品的总称。也有人称之为"亚裔美国文学"。在我国台湾学术界,更多地称为"亚美文学"。

然而,"美国亚裔文学"这个由两个核心词汇——"美国亚裔"和"文学"——所组成的术语,远没有她看上去那么简单。说她极其复杂,一点也不为过。因此,要想对"美国亚裔文学"有基本的了解,就需要从其中的两个关键词入手。

首先,"美国亚裔"中的"亚裔",是指具有亚裔血统的美国人,但其所指并非一个单一的族裔,其组成包括美国来自亚洲各国(或者与亚洲各国有关联)的人员群体及其后裔,比如美国华裔(Chinese Americans)、日裔(Japanese Americans)、菲律宾裔(Filipino Americans)、韩裔(Korean Americans)、越南裔(Vietnamese Americans)、印度裔(Indian Americans)、泰国裔(Thai Americans)等等。

根据联合国的统计,亚洲总计有48个国家。因此,所谓"美国亚裔"自然包括在美国的所有这48个亚洲国家的后裔,或者有其血统的人员。由此所涉及的各国(以及地区)迥异的语言、不同的文化、独特的人生体验,以及群体交叉所产生的多样性，包括亚洲各国由于战争交恶所带给后裔及其有关人员的深刻影响，就构成了"美国亚裔"这一群体具有的极端的复杂性。在美国统计局的定义中，美国亚裔细分为"东亚"（East Asia）、"东南亚"（Southeast Asia）和南亚（South Asia）。[1] 当然，也正由于其复杂性，到现在为止有些亚洲国家在美国的后裔或者移民，尚未形成一个相对固定的族裔群体。

其次，文学主要由作家创作，由于"美国亚裔"群体的复杂性，自然导致"美国亚裔"的"作家"群体同样处于极其复杂的状态，但也因此使这一群体的概念具有相当大的包容性。凡是身在美国的亚裔后裔、具有亚洲血统或者后来移民美国的亚裔作家，都可以称之为"美国亚裔作家"。

由于亚裔群体的语言众多，加上一些移民作家的母语并非英语，因此，"美国亚裔文学"一般指的是美国亚裔作家使用英语所创作的文学作品。但由于历史的原因，学术界也把最早进入美国时，亚裔用本国语言所创作的文学作品，无论是口头还是文字作品——比如19世纪中期，华人进入美国时遭到拘禁时所创作的诗句，也都纳入"美国亚裔文学"的范畴之内。同时，随着全球化时代的到来，各国之间的文学与文化交流日益加强，加之移民日渐增加，因此，也将部分发表时为亚洲各国语言，但后来被翻译成英语的文学作品，同样纳入"美国亚裔文学"的范畴。

最后，"美国亚裔"的划分，除了语言、历史、文化之外，还有一个地理因素需要考虑。随着时间的推移与学术界研究【特别是离散研究（Diaspora Studies）】的进一步深化，"美国亚裔"中的"美国"（America），也不单单指 the United States 了。我们知道，由于全球化时代所带来的人口流动性的极度增加，国与国之间的界限有时候变得模糊起来，人们的身份也变得日益具有多样性和流动性。比如，由于经济全球化的原因，美国已不单单是一个地理概念上的美国。经济与文化的构成，造就了可口可乐、麦当劳等商业品牌，它们都已经变成了流动的美国的概念。这样的美国不断在"侵入"其他国家，并对其不

---

[1] 参见：Karen R. Humes, Nicholas A. Jones, Roberto R. Ramirez (March 2011). "Overview of Race and Hispanic Origin: 2010" (PDF). United States Census Bureau, U.S. Department of Commerce.

断产生巨大的影响。当然，一个作家的流动性，也无形中扩大了"美国"的概念。比如，一个亚洲作家可能移民到美国，一个美国亚裔作家也可能移民到其他国家。这样的流动性拓展了"美国亚裔"的定义与范畴。

为此，"美国亚裔文学"这一概念，有时候也包括一些身在美洲地区，但与美国有关联的作家用英语创作的作品，或者被翻译成英语的文学作品，也会被纳入这一范畴之内。

应该指出的是，由于"亚裔"群体进入美国的时间早晚不同，加上"亚裔"群体的复杂性，那么，每一个"亚裔"群体，都有其独有的美国族裔特征，比如华裔与日裔有所不同，印度裔与日裔也有所不同。如此一来，正如一些学者所认为的那样，各个族裔的特征最好应该分开来叙述和加以研究。[1]

二、为何要研究"美国亚裔文学"？

虽然上文中提出，"美国亚裔"是个复杂而多元的群体，"美国亚裔文学"包含了极具多样化的亚裔群体作家，我们还是要把"美国亚裔文学"当做一个整体来进行研究。理由有三：

首先，"美国亚裔文学"与"美国亚裔作家"（Asian American Writers）最早出现时，即是作为一个统一的概念而提出。1974年，赵健秀（Frank Chin）等学者出版了《哎咿！美国亚裔作家选集》。[2] 作为首部划时代"美国亚裔作家"的文学作品选集，该书通过发现和挖掘此前50年中被遗忘的华裔、日裔与菲律宾裔中的重要作家，选取其代表性作品，进而提出要建立作为独立的研究领域的"美国亚裔文学"。[3]

---

[1] 参见：Chin, Frank, et al. 1991. "Preface" to *Aiiieeeee! An Anthology of Asian American Writers*. Edited by Frank Chin, Jeffery Paul Chan, Lawson Fusao Inada, and Shawn Wong. A Mentor Book, p.xi.

[2] Chin, Frank, Chan, Jeffery P, Inada, Lawson F, et al. 1974. *Aiiieeeee! An Anthology of Asian-American Writers*. Howard University Press.

[3] 参见：Chin, Frank, et al. 1991. "Preface" to *Aiiieeeee! An Anthology of Asian American Writers*. Edited by Frank Chin, Jeffery Paul Chan, Lawson Fusao Inada, and Shawn Wong. A Mentor Book, pp.xi–xxii.

其次，在亚裔崛起的过程中，无论是亚裔的无心之为，还是美国主流社会与其他族裔的有意为之，亚裔都是作为一个整体被安置在一起的。因此，亚裔文学也是作为一个整体而存在的。近年来，我国的"美国华裔文学"研究成为美国文学研究学界的一个热点。但在美国，虽然有"美国华裔文学"（Chinese American Literature）的说法，但真正作为学科存在的，则是"美国亚裔文学"，甚至更多的则是"美国亚裔研究"（Asian American Studies）。

再次，1970年代之后，"美国亚裔文学"的发展在美国学术界逐渐成为研究的热点，引发了研究者的广泛关注。为此，旧金山州立大学、加州大学系统的伯克利分校、洛杉矶分校以及斯坦福大学率先设置了"美国亚裔研究系"（Department of Asian American Studies）或者"亚裔研究中心"，成为早期美国亚裔研究的重镇。随后包括宾夕法尼亚大学、哥伦比亚大学、布朗大学、哈佛大学、耶鲁大学等常青藤盟校在内的众多美国高校也都陆续增添了"美国亚裔研究"专业，开设了丰富多彩的亚裔文学与亚裔研究方面的课程，教学与研究成果丰富多彩。

那么，我们需要提出的一个问题是：在中国语境下，研究"美国亚裔文学"的意义与价值究竟何在？我的看法如下：

第一，"美国亚裔文学"是"美国文学"的重要组成部分。不研究亚裔文学或者忽视甚至贬低亚裔文学，学术界对于美国文学的研究就是不完整的。如上文所说，亚裔文学的真正兴起是在20世纪六七十年代。美国六七十年代特殊的时代背景极大地促进了亚裔文学发展，自此，亚裔文学作品层出不穷，包括小说、戏剧、传记、短篇小说、诗歌等各种文学形式。在当下的美国，亚裔文学及其研究与亚裔的整体生存状态息息相关。种族、历史、人口以及政治诉求等因素促使被总称为"亚裔"的各个少数族裔联合发声，以期在美国政治领域和主流社会达到最大的影响力与辐射度。对此，学术界不能视而不见。

第二，我国现有的"美国华裔文学"研究，无法替代更不能取代"美国亚裔文学"研究。自从1980年代开始译介美国亚裔文学以来，我国国内的研究就主要集中在华裔文学领域，研究对象也仅为少数知名华裔作家及长篇小说创作领域。相较于当代国外亚裔文学研究的全面与广博，国内对于亚裔中其他族裔作家的作品关注太少。即使是那些亚裔文学的经典之作，如菲律宾裔作家卡洛斯·布洛桑（Carlos Bulosan）的《美国在我心中》（*America Is in the Heart*, 1946），日裔女作家山本久枝（Hisaye Yamamoto）的《第十七音节及其他故事》（*Seventeen Syllables and Other Stories*, 1949）、日裔约翰·冈田（John Okada）的《不-不仔》（*NO-NO Boy*, 1959），以及如今在美国文学界如日中天的青年印度裔作家裘帕·拉希莉（Jhumpa Lahiri）的作品，专题研究均十分少见。即便是像华裔作家任璧莲（Gish Jen）这样已经受到学者很大关注和研究的作家，其长篇小说之外体裁的作品同样没有得到足够的重视，更遑论国内学术界对亚裔文学在诗歌、戏剧方面的研究了。换句话说，我国学术界对于整个"美国亚裔文学"的研究来说还很匮乏，属于亟待开发的领域。实际上，在我看来，不研究"美国亚裔文学"，也无法真正理解"美国华裔文学"。

第三，在中国"一带一路"倡议与中国文化走出去的今天，作为美国文学研究的新型增长点，大力开展"美国亚裔文学"研究，特别是研究中国的亚洲周边国家如韩国、日本、印度等国在美国移民状况的文学表现，以及与华裔在美国的文学再现，使之与美国和世界其他国家的"美国亚裔文学"保持同步发展，具有较大的理论意义与学术价值。

三、"美国亚裔文学"及其研究：历史与现状

从历史上看，来自亚洲国家的移民进入美国，可以追溯到17世纪。但真正开始较大规模的移民则是到了19世纪中后期。然而，亚裔一开始进入美国，就遭到了来自美国社会与官方的阻力与法律限制。从1880年代到1940年代这长达半个多世纪的岁月中，为了保护美国本土而出台的一系列移民法，都将亚洲各国人排除在外，禁止他们当中的大部分人进入美国大陆地区。直到20世纪40至60年代移民法有所改革时，这种状况才有所改观。其中的改革措施之一就是取消了国家配额。如此一来，亚洲移民人数才开始大规模上升。2010年的

美国国家统计局分析显示，亚裔是美国社会移民人数增长最快的少数族裔。[1]

"美国亚裔"实际是个新兴词汇。这个词汇的创立与诞生时间在1960年代后期。在此之前，亚洲人或者具有亚洲血统者通常被称为Oriental（东方人）、Asiatic（亚洲人）和Mongoloid（蒙古人、黄种人）。[2]是美国历史学家市冈裕次（Yuji Ichioka）在1960年代末期，开创性地开始使用Asian American这个术语，[3]从此，这一词汇开始被人们普遍接受和广泛使用。

与此同时，"美国亚裔文学"在随后的1970年代作为一个文学类别开始出现并逐步产生影响。1974年，有两部著作几乎同时出版，都以美国亚裔命名。一部是《美国亚裔传统：散文与诗歌选集》，[4]另外一部则是前面提到过的《哎咿！美国亚裔作家选集》。[5]这两部著作，将过去长期被人遗忘的亚裔文学带到了聚光灯下，让人们仿佛看到了一种新的文学形式。其后，新的亚裔作家不断涌现，文学作品层出不穷。

最初亚裔文学的主要主题与主要内容为种族（race）、身份（identity）、亚洲文化传统、亚洲与美国或者西方国家之间的文化冲突，当然也少不了性别（sexuality）、社会性别（gender）、性别歧视、社会歧视等。后来，随着移民作家的大规模出现，离散文学的兴起，亚裔文学也开始关注移民、语言、家国、全球化、劳工、战争、帝国主义、殖民主义等问题。

如果说，上述1974年的两部著作代表着亚裔文学进入美国文学的世界版图

1　参见：Wikipedia依据"U.S. Census Show Asians Are the Fastest Growing Racial Group"（NPR.org）所得出的数据统计。https://en.wikipedia.org/wiki/Asian_Americans。

2　Mio, Jeffrey S, ed. 1999. *Key Words in Multicultural Interventions: A Dictionary*. ABC-Clio ebook. Greenwood Publishing Group, p.20.

3　K. Connie Kang, "Yuji Ichioka, 66; Led Way in Studying Lives of Asian Americans," *Los Angeles Times*, September 7, 2002. Reproduced at ucla.edu by the Asian American Studies Center.

4　Wand, David Hsin-fu, ed. *Asian American Heritage: An Anthology of Prose and Poetry*. New York: Pocket Books, 1974.

5　Chin, Frank, Chan, Jeffery P, Inada, Lawson F, et al. *Aiiieeeee! An Anthology of Asian-American Writers*. Washington, D.C. Howard University Press, 1974.

之中，那么，1982年著名美国亚裔研究专家金惠经（Elaine Kim）的《美国亚裔文学的创作及其社会语境》[1]的出版，作为第一部学术著作，则代表着美国亚裔文学研究正式登上美国学术界的舞台。自此以后，不仅亚裔文学创作兴盛起来，亚裔文学研究也逐渐成为热点，成果不断推陈出新。

同时，人们对于如何界定"美国亚裔文学"等众多问题进行了深入的探讨，进一步推动了这一学科向前发展。相关问题包括：究竟谁可以说自己是美国亚裔（an Asian America）？这里的 America 是不是就是单指"美国"（the United States）？是否可以包括"美洲"（Americas）？如果亚裔作家所写的内容与亚裔无关，能否算是"亚裔文学"？如果不是亚裔作家，但所写内容与亚裔有关，能否算在"亚裔文学"之内？

总体上看，早期的亚裔文学研究专注于美国身份的建构，即界定亚裔文学的范畴，以及争取其在美国文化与美国文学中应得的席位，是20世纪七八十年代亚裔民权运动的前沿阵地。早期学者如赵健秀、徐忠雄（Shawn Wong）等为领军人物。随后出现的金惠经、张敬珏（King-Kok Cheung）、骆里山（Lisa Lowe）等人均成为了亚裔文学研究领域的权威学者，他/她们的著作影响并造就了第二代美国亚裔文学研究者。20世纪90年代之后的亚裔文学研究逐渐淡化了早期研究中对于意识形态的侧重，开始向传统的学科分支、研究方法以及研究理论靠拢，研究视角多集中在学术马克思主义（academic Marxism）、后结构主义、后殖民、女权主义以及心理分析等。

进入21世纪以来，"美国亚裔文学"研究开始向多元化、全球化与跨学科方向发展。随着亚裔文学作品爆炸式的增长，来自阿富汗、印度、巴基斯坦、越南等族裔作家的作品开始受到关注，极大丰富与拓展了亚裔文学研究的领域。当代"美国亚裔文学"研究的视角与方法也不断创新，战争研究、帝国研究、跨国研究、视觉文化理论、空间理论、身体研究、环境理论等层出不穷。新的理论与常规性研究交叉进行，不但开创了新的研究领域，而且对于经典问题（例

---

[1] Kim, Elaine. *Asian American Literature: An Introduction to the Writings and Their Social Context*. Philadelphia: Temple University Press, 1982.

如身份建构）的研究提供了新的解读方式与方法。

四、作为课题的"美国亚裔文学"研究及其丛书

"美国亚裔文学"研究，是由我担任课题负责人的2017年度中国人民大学科学研究基金重大规划项目。"美国亚裔文学"研究丛书，即是该项课题的结题成果。这是国内第一套较为完整的"美国亚裔文学"方面的系列丛书，由文学史、文学作品选、文学评论集、学术论著等所组成，由我担任该丛书的总主编。

"美国亚裔文学"研究在2017年4月立项。随后，该丛书的论证计划，得到了国内外专家的一致认可。2017年5月27日，中国人民大学科学研究基金重大规划项目"美国亚裔文学研究"开题报告会暨"美国亚裔文学研究高端论坛"在中国人民大学隆重召开。参加此次会议的专家学者全部为美国亚裔文学研究领域中的顶尖学者，包括美国加州大学洛杉矶分校的张敬珏教授、南京大学海外教育学院前院长程爱民教授、南京大学海外教育学院院长赵文书教授、北京语言大学应用外语学院院长陆薇教授、北京外国语大学潘志明教授、解放军外国语学院石平萍教授等。在此次会议上，我向与会专家介绍了该项目的基本情况、未来研究方向与预计出版成果。与会专家对该项目的设立给予高度评价，强调在当今时代加强"美国亚裔文学"研究的必要性，针对该项目的预计研究及其成果，也提出了一些很好的建议。

根据计划，这套丛书将包括文学史2部:《美国亚裔文学史》和《美国华裔文学史》；文学选集2部:《美国亚裔文学作品选》和《美国华裔文学作品选》；批评文选2部:《美国亚裔文学评论集》和《美国华裔文学评论集》；访谈录1部:《美国亚裔作家访谈录》；美国学术论著2部（中译本）: *Articulate Silences* 和 *Chinese American Literature Without Borders*。同时，还计划出版若干学术专著和国际会议的论文集等。

根据我的基本设想，《美国亚裔文学史》和《美国华裔文学史》的撰写，将力图体现研究者对美国亚裔文学的研究进入到了较为深入的阶段。由于文学史

是建立在研究者对该研究领域发展变化的总体认识上，涉及文学流派、创作方式、文学与社会变化关系、作家间的关联等各方面的问题，我们试图通过对亚裔文学发展进行总结和评价，旨在为当前亚裔文学和华裔文学的研究和推广做出一定贡献。

《美国亚裔文学作品选》和《美国华裔文学作品选》，除了记录、介绍等基本功能，还将在一定程度发挥形成民族认同、促进意识形态整合等功能。作品选编是民族共同体想象性构建的重要途径，也是作为文学经典得以确立和修正的最基本方式之一。因此，这样的作品选编，也会对美国亚裔文学的研究起到重要的促进作用。

《美国亚裔文学评论集》和《美国华裔文学评论集》，将主要选编美国、中国以及世界上最有学术价值的学术论文，虽然有些可能因为版权问题而不得不舍弃，但我们努力使之成为中国学术界研究"美国亚裔文学"和"美国华裔文学"的重要参考书目。

通过《美国亚裔作家访谈录》、美国学者的著作汉译、中国学者的美国亚裔文学学术专著等，我们将力图促使中美两国学者之间的学术对话，特别是希望中国的"美国亚裔文学"研究，既在中国的美国文学研究界，也在美国和世界上的美国文学研究界发出中国学者的声音。"一带一路"倡议的实施，使得文学研究的关注发生了转变，从过分关注西方话语，到逐步转向关注中国（亚洲）话语，我们的美国亚裔（华裔）文学研究，正是从全球化视角切入，思考美国亚裔（华裔）文学的世界性。

那么，我们为什么要对"美国亚裔文学"进行深入研究，并要编辑、撰写和翻译这套丛书呢？

首先，虽然"美国亚裔文学"在国外已有较大的影响，学术界也对此具有相当规模的研究，但在国内学术界，出于对"美国华裔文学"的偏爱与关注，"美国亚裔文学"相对还是一个较为陌生的领域。因此，本课题首次以"亚裔"集体的形式标示亚裔文学的存在，旨在介绍"美国亚裔文学"，推介具有族裔特色和代表性的作家作品。

其次，选择"美国亚裔文学"为研究对象，其中也有对"美国华裔文学"的研究，希望能够体现我们对全球化视野中华裔文学的关注，也体现试图融合亚裔、深入亚裔文学研究的学术自觉。同时，在多元化多种族的美国社会语境中，我们力主打破国内长久以来专注"美国华裔文学"研究的固有模式，转而关注包括华裔作家在内的亚裔作家所具有的世界性眼光。

最后，顺应美国亚裔文学发展的趋势，对美国亚裔文学的研究不仅是文学研究界的关注热点，也是我国外语与文学教育的关注焦点。我们希望为高校未来"美国亚裔文学"的课程教学，提供一套高水平的参考丛书。

五、"美国亚裔文学"及其研究的未来

如前所述，"美国亚裔文学"在 20 世纪 70 年代逐渐崛起后，使得亚裔文学从沉默走向了发声。到 21 世纪，亚裔文学呈现出多元化的发展特征，更重要的是，许多新生代作家开始崭露头角。单就这些新的亚裔作家群体，就有许多值得我们关注的话题。

2018 年 6 月 23 日，"2018 美国亚裔文学高端论坛——跨界：21 世纪的美国亚裔文学"在中国人民大学隆重召开。参加会议的专家学者将近 150 人。

在此次会议上，我提出来：今天，为什么要研究美国亚裔文学？我们要研究什么？

正如我们在会议通知上所说，美国亚裔文学在一百多年的风雨沧桑中历经"沉默"、"觉醒"、走向"发声"，见证了美国亚裔族群的沉浮兴衰。21 世纪以来，美国亚裔文学在全球冷战思维升温和战火硝烟不断的时空背景下，不囿于狭隘的种族主义藩篱，以"众声合奏"与"兼容并蓄"之势构筑出一道跨洋、跨国、跨种族、跨语言、跨文化、跨媒介、跨学科的文学景观，呈现出鲜明的世界主义意识。为此，我们拟定了一些主要议题。包括：1. 美国亚裔文学中的跨洋书写；2. 美国亚裔文学中的跨国书写；3. 美国亚裔文学中的跨种族书写；4. 美国亚裔文学中的跨语言书写；5. 美国亚裔文学中的跨文化书写；6. 美国亚裔文学的翻译跨

界研究；7. 美国亚裔文学的跨媒介研究；8. 美国亚裔文学的跨学科研究等。

事实上，21世纪以来，亚裔群体、亚裔所面临的问题、亚裔研究都发生了巨大的变化。从过去较为单纯的亚裔走向了跨越太平洋（transpacific）；从过去的彰显美国身份（claiming America）到今天的批评美国身份（critiquing America）；过去单一的America，现在变成了复数的Americas，这些变化都值得引起我们的高度重视。由此所引发的诸多问题，也需要我们认真对待。比如：如何在"21世纪"这个特殊的时间区间内去理解"美国亚裔文学"这一概念？有关"美国亚裔文学"的概念构建，是否本身就存在着作家的身份焦虑与书写的界限？如何把握"美国亚裔文学"的整体性与区域性？"亚裔"身份是否是作家在表达过程中去主动拥抱的归属之地？等等。

展望未来，随着新生代作家的迭出，"美国亚裔文学"将会呈现出更加生机勃勃的生命力，"美国亚裔文学"研究也将迎来更加光明的前途。

2018年8月28日定稿于哈佛大学

序

世界文学的开路先锋
赵白生

张敬珏著、吴爽翻译之《文心无界》,有三大贡献,令人钦羡。

其一,性别研究,立体入情。

"左右开弓",不妨看作敬珏教授的招牌动作。在她眼里,主流女权主义者不谙有色人种的历史语境和文化背景,谈论性别问题,下笔落墨,难免隔靴搔痒,里外欠通。而那些反抗白人男性意识形态的族裔作家和批评家,由于肉搏过久,习惯于以其人之道还治其人之身,久染成习,不知不觉被其同化,落入白男话语的窠臼。左的蹩脚,右的盲区,她心知肚明。所以,一旦出手,左冲右突,框框思维,一扫而光。其结果,她的性别研究,立体入情。

其二,文类研究,成一家言。

既深挖文本后面的作者,又凸显剖析文本的论者,新自传批评的这点看家本领,敬珏教授操作起来,得心应手。通览全书,细密的文本分析乃其主打,但这些分析让我们看到了一个个作家的性别政治和创作美学。更可喜的是,文本分析之中,我们常常看到论者自报家门,亮出底牌:"我本是用双语的香港女""我绝非汉学家,但读了不少中国的英雄史诗……""作为一名女学者,我何权何能,敢于深究男子气概?""我自幼看着粤剧舞台和电影银幕上的《牡丹亭》《梁祝》《紫钗记》《唐伯虎点秋香》等一幕幕浪漫悲喜剧长大。其中一类魅力十足的中国男人形象让我倾心,他们是诗人型学者,即才子或书生。""这本书折射出世界的风云变幻以及我作为知识漂民的学海沉浮。"（所引中文出自吴爽之生花译笔）自传性元素的介入，不仅显示了论者的性别意识和跨国思维，更透露了论者的专业精神，即文类意识。中国的英雄史诗和浪漫悲喜剧，即是铁证。这说明，敬珏教授的文类研究，特别是书中对传记文学的论述，发人之所未发，见人之所未见，有其渊源。

其三，跨国研究，无界有韵。

古有《文心雕龙》，千年文脉，尽收眼底；今则《文心无界》，跨国韵致，一览无余。敬珏教授的拿手好戏有二：她的形式分析，雅人深致，洞烛幽微。没有形式，就没有艺术。华美文学能否高处屹立，全靠其艺。《文心无界》聚焦文类，解剖形式，紧扣文心，处处出新。敬珏教授的绣花针功夫，可谓深矣！但她又不仅限于此，更有操开山斧的魄力。她的几部著作，如《静墨流声》《文章千古事》《亚美文学指南》，都是跨国研究的拓荒之作。她的最终鹄的，跨越国别研究、跨越华美文学，甘当世界文学的开路先锋。

……本书凸显华美作家的锦绣文章，可视之为叠璧焕绮的世界文学之先锋。

赵白生

北京大学世界文学研究所教授

世界文学学会会长

前言

张敬珏

吴爽 译

  我自命"融文入命",中意文笔流畅、生动的批评家如爱德华·萨义德(Edward Said)与斯蒂芬·格林布拉特(Stephen Greenblatt),欣赏做文学的人写东西有文气,也不忍辜负所论才子才女之文采。翻译跟书评一样也是创作,是艺术品。但这是我第一次深度参与自己作品的汉译。负笈于美以来,韬笔中文久矣,若要自我翻译,一定"呕哑嘲哳难为听"。不过我自问不乏对译文的鉴赏力,梦寐以求的译者当与我惺惺相惜——爱语言,爱文学,爱翻译这种交心的魔法,珍视文与人、人与人之间的深情。

  吴爽是我自己挑中的译者。我们有幸在2008年结缘,她当年是北大赵白生教授的硕士生,还担任赵老师与我合教的世界传记文学课的助教。我看了她记我一次讲座写成的《二玉相合为一珏》,化唐珏的词句为各部分的小标题,巧思妙笔,念念不忘。非常感谢她十年后一口答应帮我翻译刚出版的书。她翻译严谨,文采斐然,激发了我对这本中译本的偏爱——这场翻译既是一个连环唱和的过程(我用英文唱,她用汉语和;她用中文唱,我偶尔用粤语和),也像太极拳里的"推手",切磋以互补喜出望外,共振并灵犀其乐无穷。她舍得投入,倾情琢磨我若用汉语会当如何遣词措意,尽心吐纳同频的笔力。她更涤虑笃思,查阅了好些新资料,如徐志摩最后一次亟亟回京的原因、施女士的原型(我也得到陈毓贤的证实)、《小雅·鹿鸣》的典故(得到陈美玲的印证)等,一则则

"译者注"涉笔成趣,这些都是原文没有的珍贵点滴。

作为更新的版本,我也补充一些新材料,如"仁文"的新概念、赵健秀对阮清越的影响等。而由于受众不同,一些原本写给美国读者的背景说明则简化甚至省略了。我还建议几部作品的书名译法:《爱的彷徨》(Pangs of Love)、《蛮夷来啦》(The Barbarians Are Coming)、《老虎写作:艺术、文化与依存型自我》(Tiger Writing: Art, Culture, and the Interdependent Self)等。如最末一条译者注所记,我和很多亚裔美国研究者一起寻找他们的中文名(截稿时仍未落实的只得用音译并标记"音");尤其要为以下几位的通行译法正名:陈美玲(Marilyn Chin)、阮清越(Viet Thanh Nguyen)、李雷洁(Rachel C. Lee)、刘锦浓(Lue Gim Gong)、英兰(Brave Orchid)。在此也特别感谢朴太泳(Ty Pak)、李健钟(Kun Jong Lee)、冯元元、夏露、张龙艳等给我们提供中文名。

关于"Chinese American Literature"的中译,我和吴爽都认为不必过分强调不同译法的差异,但要落到纸面上,总得做个选择。译作"华裔美国文学"或简化的"华美文学"已行之多年。正如诸多学者指出的:字面上,依英文词序是一个自然的译法;"华裔"(Chinese)是形容词,修饰后面的主词"美国文学"(American literature)——美国其他族裔文学还包括非裔美国文学、犹太裔美国文学、拉丁裔美国文学等,华裔美国文学只是其中一支,译法遂与其他族裔文学者类同;历史上,许芥昱(Kai-yu Hsu)先生所编 Asian American Authors(1972)是第一部亚美文学选集,封面上就赫然印着汉字"亚美"——Asian American。那么,Chinese American 即"华美"。1926年由约翰·杜威(John Dewey)和胡适等人共同创建的华美协进社也以"华美"为名。更重要的是,就本书而言,研究对象包括地道的中国人:徐志摩、梁启超、胡适、沈从文、冰心……我是从广义上指称"华美",也希望这个中文译法既容纳华裔美国作家,又涵盖那些曾经在北美生活过的中国作家——为增加包容性,最好不强调民族和国籍,干脆译为"华美文学",同"文心无界"的理想也不谋而合。我还建议"亚美""华美"活用不拘,既可作形容词,亦可作名词。

我之所以禁不住把这中译本从头看到尾,是因为欣赏译者的文笔,也是参与"再创作"。偶遇个别译文稍欠火候，我会亲自出手，而这又往往能催化吴爽再发力（譬如关乎第三章最后3句话，我俩互通了20多封邮件）——轮番于肺腑中润色，几个回合下来，英汉无界，"似倩麻姑痒处搔"。除了作者自明的方便，我也保有粤语的优势和擅长的文字游戏。就像大多数国人很少会像汤亭亭由"报仇"想到"报案"，我会从"缠足"想到"无足轻重"再到"举足轻重"（恰恰勾勒了张幼仪的轨迹）；其他率性创译如"以文生论""四海写作""芸芸众杰""万夫不当之情""有'文'人终成眷属"等，吴爽总是击节雀跃。我们的"推手"消解了作者/学者/译者之间的隔阂，也是"无界"，如志摩述：每每交会，互放光亮。由于她待拙作比谁都更用心，更尽文心，我特请她写"译后记"来与我这"前言"相和。

吴爽将第一章的题目"(S)wordswoman versus (S)wordsman"译为"剑胆/文心"，甚适吾心，遂曾想以《剑胆文心》统领全书，但恐失了"无界"之精神；四海求解，陈广琛灵机融镕，书名出炉：《文心无界》。确实，纵四手联弹，也难免偶尔"冰泉冷涩弦凝绝"，幸有陈广琛、黄清华、李剑波、罗良功、刘昊、王荃、孙国第、张子清、王凯等挚/智友拔笔相助。尤其感念解村，谢谢他校译全稿、补漏订讹，谢谢他贡献"夺胎换骨"（第七章的"slanted allusion"）、"纵心一跃"（陈美玲的"leap of faith"）等佳译，谢谢他也不亦乐乎："看你们心心相印，一句话两人变着法说。"

潮流一直在变，我们交稿后规则也还在变动，所以本书与原著以及原译出入较大。感谢我的研究助理朱宇明与北大博士生李俊豪在繁重学业中施以援手，尽力修改中译以达到出版要求。初识宇明是在洛城的金庸课上，他的中文功底于我教过的本科生里无两；俊豪还在人大读硕时我就被她的豪气与才情所吸引，后喜闻她到北大读博，并与吴爽同师同门。至友雷祖威（David Wong Louie）与汤维强（James W. Tong）都看不到这本中译的出版了，"求真、择善、爱美好"的汤老师也未出现在本书正文中，但他们都是"艺、灵、仁"的典范，我与其学生和亲友都会不断想起他们。

感谢志摩嫡孙徐善曾（Tony S. Hsu）先生授权画作《风云际会徐志摩》；我

们根据他所著《志在摩登：我的祖父徐志摩》及邵华强先生的研究，确定了多处年代、史实。感谢高植松（Mary Kao）、梁志英、雷祖威遗孀金影照（Kim Young Jo）等提供照片，感谢安杰尔·特拉佐（Angel Trazo）的精妙速写。感谢麦克米伦出版社授予中国人民大学出版社海外版权，感谢出版社编辑促成出版。特别感谢赵白生教授慷慨冠序。中国人民大学外国语学院郭英剑院长早在我的两本书翻译之前，就将其纳入他主编的"美国亚裔文学研究系列丛书"，谢谢他成全我未曾离开过母语的一片文心。母语一大特点就是文字跟书法犹如牡丹绿叶，"草木贲华""动植皆文"，感激刘石教授为《文心无界》华美挥毫。

这片重振母语的文心也与望子"中英双全"有关——为帮美国出生的马念东（Antony Cheung Maré）打好汉语基础，我曾于驻北大的加州大学在华中心工作三年，其间他读遍金庸全集，做母亲的也随他笑傲江湖，还发表了一篇关于金庸"融文入武"的文章。企望我们母子也能跨越代沟，知音无界，融文入命。

张敬珏
2019年10月于波兰弗罗茨瓦夫
2022年3月修改

目次 CONTENTS

绪论 / 1
 理论争鸣 / 3
 淡化边界 / 9
 超越东方主义 / 16
 参考文献 / 19

上卷　性别 / 25

▶ 第一章　剑胆/文心：汤亭亭、赵健秀 / 27
 刻板印象与反刻板印象 / 30
 性别与文类 / 33
 性别扭曲 / 36
 英雄主义，真真假假 / 41
 重新定义英雄主义 / 45
 多元文化素养 / 50
 参考文献 / 55

▶ 第二章　东不成西不就：李健孙、雷祖威 / 65
 大众媒体中亚裔（美国）男性的去性化 / 68
 从李健孙的《支那崽》看"文"示弱、"武"示威 / 71

雷祖威《爱的彷徨》中泄气的文人 / 77

《一个20世纪的男人似真似幻的偏执》 / 81

《搬运工》 / 85

《爱的彷徨》 / 87

参考文献 / 95

▶ 第三章　才子奥秘：徐志摩、姜镛讫、张邦梅、闵安琪 / 100

现代派文人 / 107

姜镛讫《从东到西》 / 115

张邦梅《小脚与西服》 / 119

闵安琪《中国珍珠》 / 124

参考文献 / 135

▶ 第四章　艺、灵、仁：徐忠雄、李立扬、梁志英 / 140

《美国膝》 / 143

《带翼的种子》 / 149

《凤眼》 / 154

参考文献 / 163

下卷　文类与形式 / 169

▶ 第五章　独立/依存：梁启超、胡适、沈从文、汤亭亭、李培湛、林露德 / 170

联体自构，文类杂糅，母性传承 / 174

社会历史语境与民族主体性 / 179

双重文化素养：解决重大难题的方法 / 184

参考文献 / 191

▶ **第六章 以文生论：冰心** / 196

中国风情和情感劳动的商品化 / 199

种族主义之爱 / 203

不一的认识论 / 204

颠覆主人的工具 / 206

《相片》为华文亚美文学 / 209

国际收养 / 212

性别接受 / 214

参考文献 / 216

▶ **第七章 夺胎换骨：陈美玲、梁志英** / 221

《长恨吉他歌》 / 224

《摆脱 X》 / 231

《铜身铜体》 / 235

《别有洞天》 / 240

参考文献 / 250

尾声 / 253
译后记 / 257

绪论

"美国研究与比较文学有何互鉴?"阿里·贝达德(Ali Behdad)[1]借2014年发表的同题文章发问。他在文中建议将比较文学的"多国与多语言的研究方法"与美国研究的"非纯文学的跨学科性"相结合(613)。遵循这一建议,本书以跨文化和跨双语的视野考察华裔美国文学,在这两个学科之间架起桥梁,也响应美国研究当为跨国研究的呼声。本书兼顾美中两国,以期展示美国本土作家与华语作家多层次的密切关联。这种尝试若在20世纪七八十年代——正值美国将土生土长和英语写作视为亚裔美国文坛的重要标准时期——是不可想象的,甚至可能遭受全盘谴责。我试图在保持这领域最初的自我定位的基础上,拓展其疆域,并赋予其多元的定义。我提出跨语言且跨民族文化的批评策略,以阐明作家的连字符意识(hyphenated consciousness)和双文化美学(bicultural aesthetics)。本书上卷将考察中国"文武"合璧之理想中的性别重塑,特别是"重振雄风"(借用阮清越[2]的说法)。下卷将剖析一些作家在形式上的实验,他们将混合诗学与对世界的双向批评交织在一起。

各章节的共同点是通过跨文化分析去重新审视美国和中国的风俗习惯。亚美研究的早期阶段往往聚焦北美对亚裔的种族歧视,淡化令其不安的亚洲

---

[1] 如无特殊说明,行文中突出显示者皆为作者强调,引文、引语皆为译者所译。本书翻译过程中,作者出于各种考虑对原著进行了一些调整,故所译版本与英文原书不尽相同。——译者注

[2] Viet Thanh Nguyen,其名应如是。感谢阮清越2018年11月29日邮件确认。

传统，包括对女性、劳工、少数族裔等少数群体的歧视。研究这些作品时，我也故意模糊了几条界限：自20世纪90年代女性研究的蓬勃时期以来，我一直是男性研究中的"性别重塑者"（gender-bender），主张男女迷界、两性双全；作为跨太平洋比较文学领域的亚美学者，我注意到最近有人呼吁在其他大陆寻踪美国本土的艺术作品，并深入比较文学与美国研究之间的空隙。通过跨越语言和文化的鸿沟，我试图不再以欧美传统为中心，而是致力于双边文学分析。

书名之"界"指性别、种族和国家的沟境，文类、语言和学科的疆圉，诗学与政治的壁垒，中心与边缘的藩篱。早在1997年，我于《亚美文学指南》的导言中指出，如果没有对华美创作最初的命名、相关研究机构的成立和争鸣，目前听到的诸多旋律可能会万乐齐喑；保留这一称谓最重要的原因也许不是任何文化或主题的统一性，而是放大边缘化声音的长久裨益，无论这些声音多么各异其趣（"Re-viewing" 26）。自成立之初，这个方向就被证明是作家和学者热衷开展实验且卓有成果的领域。因此，我依然使用"亚裔美国文学"（Asian American literature）和"华裔美国文学"（Chinese American literature）的历史标签（而不是较长的"亚裔美国人和太平洋岛民文学"Asian American and Pacific Islander literature 或较短的"第三文学"Third literature）；加上限定词"无界"，又削弱了诸多壁垒，拥抱尽可能多的涵融与衍变。

我还通过细读历史资料（因此"非纯文学"）来研究形式与内容的不可分割性。在文学界，甚至在少数族裔群体中，都有一种持久的倾向（尽管日趋式微），将有色人种的创造性写作视为民族志或社会史，因此，关注其形式上的创造是克服这些偏见的第一步。文学通过无数的审美手段发声，尤其为那些不可言说者发声。为了对抗被无视与被排斥，很多亚美作家采用米歇尔·德·塞尔托（Michel de Certeau）的"战术"，即"弱者的艺术"和"一种障眼法"——他以《孙子兵法》作为主要例子（Certeau 37, xx）。

和文学一样，语言也很重要，尤其是在引介他乡的伦理规范以及为反叙事提供平台方面。一些中国的概念，如"文"（"纹理""文章""文化""人文""文科"）、"仁"（"包含'仁慈'和'人性'"，见 Levenson & Schurmann 42），甚至"武"，都没有简单的英语对等词，因为它们在传统中国和当代北美承载着截然不同的价值观（因此效价各异）。在儒家文化里，"文"与"仁"是男子的最高理想；但在美国，其男性意义渐弱，而女性联想渐强。相比之下，"武"已经僵化为美国对中国男性最突出的刻板印象之一——功夫小子。因此，贯通语言，可以开阔我们的视野，找到观看、存在和成为的其他方式。

同时，我也试图泯除主流文学学者对亚美文学扞格已久的偏见，即它在某种程度上不符合东西方的文学标准。在民权运动之前，几乎没有任何亚裔作家受到美国文学界的关注。由保罗·劳特（Paul Lauter）等人编写的《希斯美国文学选集》(The Heath Anthology of American Literature) 于 1990 年首次出版，这可能是第一份包含亚美作家的重要选集，具有革命性意义。此后，亚美作家出现在大多数美国文学纲要中，但依然在诸多美国文学课程和整个亚洲研究中缺席。这些作家在中国文学界（包括英语系和中文系）也未得到重视。2000 年，在一次编写会上，讨论《希斯美国文学选集》亚洲版的可能性，亚美文本就未被列入选本范围之内。[1] 面对这种双重贬斥，本书凸显华美作家的锦绣文章，视之为叠璧焕绮的世界文学之先锋。我未以东西方文学遗产来评估它，而是想展示它如何复兴这二者。书中多位作者能为两种文化交叉授粉，给根深蒂固的成见松土，将新的语义和形式相互嫁接，从而融合中心与边缘。[2]

理论争鸣

新千年见证了美国研究的跨国转向，雪莱·费希尔·菲什金（Shelley Fisher

---

[1] 其理由是担心如果缩减入选的白人经典作家来为亚美作家腾出空间，则该选集将不会被广泛用作教科书。如在北京大学，英语系很少关注亚美文学。

[2] 新冠疫情暴发后，笔者已答应张之香（首位亚裔美国人大使）的邀请，为她的中美教育基金（USCET）效劳，2022 年再通过美国驻华大使馆举办一年一度的亚美作家行活动。汤亭亭和阮清越已接受邀约，作为 2022 年的共同嘉宾。

Fishkin）在2004年美国研究协会（American Studies Association）的主席演讲中对此表示强烈支持："美国现在是，而且一直是跨国文化的交叉路口……美国研究正日益公正地对待这跨国的路口"（Fishkin 43）。宋惠慈（Wai-Chee Dimock）扼腕道："长久以来，美国文学一直被视为一个分离的世界。"她在《跨越其他大洲》(Through Other Continents)中指出，从跨越世界文学的领域去考察经典作家，弥补了这一不足（Dimock 2）。骆里山的《四大洲的亲密关系》(The Intimacies of Four Continents)呼应着宋惠慈的书名，记录了"18世纪末和19世纪初，欧洲自由主义、美洲殖民主义、跨大西洋非洲奴隶贸易以及东印度群岛和中国贸易种种端倪之间的相互关系"；骆里山提出，我们这个时代的社会不平等是由以欧洲和英美以自由主义的名义对黑人和亚洲人进行分流淘汰造成的（Lowe, Intimacies: 1, 3）。

　　这些对跨洲研究的倡议在民族研究中尤为重要。宋惠慈对美国文学的总体评价全面适用于亚美写作："与其说它是一个独立的实体，不如说它是一组纵横交错的路径……"（Dimock 3）要在国际框架之外观察亚美研究是无稽之谈。该领域具有分水岭意义的历史事件，如《排亚法案》、日裔美国人被拘留、早期菲律宾移民暧昧的国家地位、朝鲜冲突和越南战争，在地理、政治、文化和语言上将该领域与亚洲其他国家连在一起。中国、日本、韩国和越南移民最早的作品大部分是用亚洲语言写就，也有越来越多的新移民用其他语言创作文学作品。弗雷德里克·比尔（Frederick Buell）在《民族文化与新世界体系》(National Culture and the New Global System)中以亚美文学为例展示了全球化的影响，并列举出他选择亚美文学的"环境因素"：其文学传统的迅速发展，其与新移民的接口，及其与世界市场的联系——"环太平洋"（Buell 177）。事实上，正如骆里山所言，尽管亚洲总在舞台后方，但早在18世纪晚期，它就已经在全球舞台上扮演了重要角色。

　　亚美文学史基本遵循了美国研究的轨迹。其最重要的批评范式可以概括为三个口号："认属美国"（Claiming America）、"认属四海写作"（Claiming

Diaspora)、"重认连字符"（Reclaiming the Hyphen）。[1] 第一阶段从 20 世纪 70 年代到 80 年代，特征是文化民族主义和女性主义兴起，渴望界定一批有别于中美主流的作品，关注社会正义。围绕性别问题、东方主义和白人读者的接受，都有激烈的批评。赵健秀、陈耀光（Jeffery Paul Chan）、劳森·稻田（Lawson Inada）和徐忠雄合编了《哎咿！亚裔美国作家选集》（Aiiieeeee! An Anthology of Asian-American Writers，1974；3rd edition，2019），其序言颇具影响力，谴责了"双重人格"的概念，认为美国本土（除少数例外）和英语作品对他们所认为的"亚裔美国人的情怀"至关重要。他们憎恨主流文化把在美国出生的亚裔视为外来者，并误认为"一个已经消失了五百年的中国伟大的高雅文化和在美国出生的亚裔之间存在某种奇特的延续"（xxiv）。他们对美国本土性的强调源于许多亚美公民对被视为永久外国人的不满。正如开创性的《亚裔美国文学：作品及其社会背景导论》（Asian American Literature: An Introduction to the Writings and Their Social Context）的作者金惠经（Elaine H. Kim）指出的，这一时期的亚美写作"认属美国人而非亚洲人的身份"（Kim，"Defining"：88）。大多数亚裔美国人在做自我介绍时，有意省略连字符，原因就在于这种迫切性。"我们应该去掉'华裔美国人'（Chinese-American）当中的连字符，"汤亭亭（Maxine Hong Kingston）在谈到她的第二本书《中国佬》（China Men）时宣称，"没有连字符，'Chinese'是形容词，'American'是名词；华裔美国人是美国人的一种"（Kingston 60）。

性别问题从一开始就横跨种族和族裔。《哎咿！》的编者们认为美国媒体最具破坏性的遗产之一是种族"阉割"："无论正派反派，刻板印象中的亚洲人根本算不得男子汉……缺乏所有传统的男性特质，如独特出奇、胆识过人、履险如夷、创意十足"（xxx）。他们认为这种侮辱与"缺乏公认的亚美男子气质"有

---

[1] "认属美国"是汤亭亭的创造；"Claiming Diaspora"是柏曲奇（Jeffrey F. L. Partridge）的创造，但"认属四海写作"的译法是笔者的创造；"重认连字符"则是笔者对江慧珠（Belinda Kong）"回归连字符"（return to the hyphen）的改造（Kingston 60）。感谢孙国第律师贡献"认属"的译法。

关（Chin, Chan, Inada, & Wong xxxviii）。好莱坞将亚洲人描绘成邪恶或顺从的形象，这惹得他们怒发冲冠，决心发明一种男子气概的民族诗学，他们的投入在十七年后的《大哎咿！》（*The Big Aiiieeeee!*，1991）中得以兑现。在这续篇里，编者们（尤其是赵健秀）煞费苦心地发掘出一个亚洲的英雄叙事传统，包括精选的中国和日本史诗；他们主张"正宗的"亚美写作必须回溯到这些著名的故事。这几位编者在传播亚美作品方面起到了至关重要的作用，随后，他们几乎将每一部已经畅销美国的小说斥为"赝品"——汤亭亭的《女勇士》（*The Woman Warrior*）、黄哲伦（David Henry Hwang）的《蝴蝶君》（*M. Butterfly*）和谭恩美（Amy Tan）的《喜福会》（*Joy Luck Club*）都受到诋毁。这些编者强烈地抗议白人体制压抑"我们五十年的所有声音"（《哎咿！》序言的题目），却也为亚美文学制定了最排他的标准。

这些男性代言人似乎没有意识到自己的偏见。他们构思一个生于美国的亚裔直男，宁可接受强加给其他有色人种男性厌恶异性的刻板印象，认为这些印象胜于强加在亚裔男性身上的"娘娘腔"。面对种族主义压迫，他们所做的男性主义反应引起女性主义批评家和学者疾呼。《女勇士》（1976）的出版将争论引向巅峰，这是第一部收获全美好评的亚美作品。汤亭亭与其拥趸笔战赵健秀及其亲随，墨流成河近十载。当时虽振奋人心，鼓舞自信，但也上演了郑安玲（Anne Anlin Cheng）在拉尔夫·艾里森（Ralph Ellison）《看不见的人》（*Invisible Man*）中发现的悖论，即"'社群'体现了它的反向排斥"，"关于身份的论说也助长了分裂和拒斥"（Cheng 60）。

20世纪80年代，文化民族主义和女性主义的主张冲突凸显；而到了90年代，该领域的症结所在却充满了分歧——到底应该是离散还是以美国为中心？移民的转向由骆里山在其颇具影响力的论文《异质性、杂合性、多样性》（"Heterogeneity, Hybridity, Multiplicity"，1991）中率先提出，以刘大伟（David Palumbo-Liu）的《亚裔/美国人：种族边界的历史交会》（*Asian/American: Historical Crossings of a Racial Frontier*，1999）为代表，该书追溯了"亚洲"和"美国"广泛的相互渗透。肯特·小野（Kent A. Ono）认为，亚裔美国研究的

"第二阶段"将早期民族主义时期的轮廓及其社会使命扩展到了以前被忽视的群体（Ono 1）。这在一定程度上是由人口结构变化引起的。1965年通过的《移民和国籍法》（Immigration and Nationality Act）废除了有利于西北欧洲国家申请人的移民配额，此后，亚洲移民人数激增，打破了之前的界限。[1] 评论家如奥斯卡·坎波曼斯（Oscar Campomanes，1992）、雷哈克里什南（R. Radhakrishnan，1994）、苏珊·科西（Susan Koshy，1996）和林玉玲（Shirley Geok-lin Lim，1997）等对统一亚裔美国人身份的想法提出了挑战，认为这是在复制过去白人本土主义者要求共同美国身份的呼吁；同骆里山一样，他们也强调在解读亚美文学时，需要考虑"异质性"、"流亡"和"散居"等因素。

并非每个人都乐于将合众国的身份认同扩展为弥漫的主体性。开创性著作《从必需到奢侈：解读亚裔美国文学》（*Reading Asian American Literature: From Necessity to Extravagance*）的作者黄秀玲（Sau-ling Cynthia Wong）在她1995年里程碑式的论文《重议去国籍化》（"Denationalization Reconsidered"）中，对亚美文学从国内视角向离散视角的转变发出警告（12）。虽然认识到全球资本和移民的变化已经导致"亚洲人"和"亚裔美国人"之间的渗透率日益增加，且国内和海外的立场并非不可调和，但她仍坚持不断稳固亚裔美国人合理合法存在的必要性（Wong，"Denationalization"：5，16）。李磊伟（David Leiwei Li）在维护种族与国家的中心地位方面更加激烈，他"保留'亚洲'作为种族描述，保留'美国'作为国家标签"，以对抗公民和外地人之间不平衡的历史对立，以及"法律保障的平等权利跟主流文化表达能力之间的当代矛盾"（Li，*Imagining*：202，203）。[2]

为了跨越民族的鸿沟，这一领域必须接受多语言的档案库和兼收并蓄的阐释学，正如"第三文学"所宣扬的那样（在此结合"重认连字符"的第三阶

1　目前，亚裔美国文学研究的对象作品来自孟加拉国、缅甸、柬埔寨、中国、菲律宾、日本、韩国、印度、印度尼西亚、老挝、尼泊尔、巴基斯坦、斯里兰卡、泰国、越南等，以及各种太平洋岛民。
2　不过，在编写了一部关于亚美文学的四卷本巨著后（Li，*AAL*），李磊伟似乎已经跳到了连字符的左边——他的新书专门论述中国资本和电影（Li，*Economy*）。

段一并概述）。2012 年，加州大学洛杉矶分校亚裔美国研究中心（UCLA Asian American Studies Center）出版了一期名为《走向第三文学：美洲的中国写作》（"Towards a Third Literature: Chinese Writing in the Americas"）的《亚美杂志》特刊（*Amerasia Journal* 38.2），由胡其瑜（Evelyn Hu-DeHart，布朗大学）、王宁（清华大学）和梁志英（Russell C. Leong，加州大学洛杉矶分校，《亚美杂志》编辑）合编。这期杂志扩大了华美文学的范畴，囊括进用母语或第二语言（包括中文、西班牙语和英语）写作的作家。在导论中，梁志英和胡其瑜通过打破语言和国家壁垒，重新定义了超越现有界限的华美写作（"Forging"）。梁志英后来解释说，"第三文学"这个新词源于特绍姆·加布里埃尔（Teshome Gabriel）关于"第三电影"（Third Cinema）的论著，他突出了 20 世纪 50 年代后第三世界非殖民主义的视角（Leong，"Third"：111），也符合大多数民族写作的颠覆性意图。王宁的论点却不是这样：第三文学应该被视为"文化中国"的一部分，作为"国际中国文学"的同义词（Wang N.，"(Re)Considering"：xii）。

此外，以中国为中心的方法可能会对美国越来越多的完全双语的中国移民作家不利，包括白先勇、李翊云、闵安琪、裘小龙和严歌苓。有学者将以美国为背景的中国当代小说纳入这一领域。江慧珠取了一种交叉策略，选择那些用英语写中国的作家。她解释道，这些作家理应得到一场特别的听证会："如果亚美研究坚持把美国作为其所涵盖的绝对范围，就会显得顽固和排外"。她在阅读这组文本时提出了"回归连字符"和"双边阐释学"，以突出"当今世界主权生命权力的不同形式"。

江慧珠转向连字符的左边，史书美（Shu-mei Shih）和郑绮宁（Eleanor Ty）则希望完全取消国家标记，史书美用"华语"（Sinophone）代替"华裔美国"，郑绮宁用"亚洲全球"（Asian Global）代替"亚裔美国"。在《华语研究》（*Sinophone Studies*）导论中，史书美认为，滥用"中国的"（Chinese）一词意味着"对中国的文化和政治依赖"（Shih 6）。与史书美不同，我看到名词"中国"和形容词"中国"之间存在显著差异：名词代表国家，形容词代表一系列的民族和文化产物；因此，我继续使用"中国"为形容词，把"华语"这个词留给用中文写成的作品。郑绮宁在《解开》(*Unfastened*)中建议使用"亚洲全球的"一词来指代"源于全球化并依赖全球化"的叙事（Ty 133）。但这个术语并不蕴含边缘化的意味，而这种意味却依然弥漫在该领域的诸多文学作品中，包括她和我讨论的作品。

"重认连字符"或"第三文学"在推进东西/南北半球、跨太平洋，特别是多语言的研究方法层面，已经超越了"认可四海写作"的第二阶段。新东西方和南北交流都涉及语言的穿梭。其他语言可以激发出与新"解开"的身份相称的他种视野。白先勇和严歌苓正在用中英两种语言讲述两国的故事。就连最著名的亚美作家之一裘帕·拉希莉（Jhumpa Lahiri）也在《另一种语言》(*In altre parole*，2015)里转而选择了意大利语。这个新兴的多语言领域并不为任何一个国家增光添彩，但可以带来一系列互补的思路。因为亚美文学研究的"阶段"既不是黑白分明的，也不是按部就班的；每个阶段都酝酿着其他阶段，催化这一领域的多彩结构。正如孙京植（Stephen Hong Sohn）、赖彦伯（Paul Lai）和唐纳德·戈伦尼克特（Donald C. Goellnicht）所发现的，亚美文学可以从不同的角度分析，适应不同的"批评实践和定义界限"（Sohn，Lai，& Goellnicht 8）。我在本节中使用"阶段"来指代某个特定范例流行的时期，但所有这些模式仍旧盛行。如果你愿意，我们可以同时面对连字符的两端，而不是将一个模型或一组问题替换为另一个模型、另一组问题。

淡化边界

《文心无界》试图维持该领域的最初使命并扩大其影响范围，从而将当地与跨太平洋的诗学联系起来。作为这一领域的老兵，我跟不同的阵营交过手。虽然本书涉及上述的理论冲突，但没有将美国和中国列为文化例外主义的案例。上卷各章最初在不同的历史关头写就，曾介入20世纪八九十年代激烈的性别辩论，反映了女性主义者之间、女性主义者和文化民族主义者之间的紧张关系。我在重新审视这些早期的分歧，因为当时提出的问题，如"阉割"、男性气质与肉体的关联、亚洲女性的高度物化，至今仍存。此外，这些主题提供了跨太平洋相关性的具体例子。

倘若认为美国已经超越了这些过时的规范，未免过度乐观了。《纽约时报》2016年3月29日的一篇文章中，专栏作家大卫·布鲁克斯（David Brooks）哀叹一种新的"特朗普秩序"死灰复燃（Brooks）。布鲁克斯在暗指内战期间的一场冲突，当时罗伯特·麦卡利斯特（Robert McAllister）上校对声色犬马的规劝引发了所在部队一线军官的强烈反对，他们成立了一个名为"特朗普独立骑士团"的组织，倡导"酗酒、嫖娼、咒骂、赌牌"。布鲁克斯引用了洛莲·福特（Lorien Foote）的观点，认为这些对立的阵营代表了两种不同的男性理想，即骑士精神与以雄武欺人。他指出，当代的男性理想，即男人尊重女性，平等对待女性，已经引发了强烈的反对，他称之为当前的"特朗普独立骑士团"。布鲁克斯直言不讳地谴责唐纳德·特朗普（Donald Trump）公开信奉"厌女症"，认为女性是"泼妇、海妖和怪物"，应该"被禁忌和净化仪式所包围"。因为女性身体之于特朗普是男性地位的映衬，所以他不会顾忌通过侮辱或征服他的女人来"削弱对手的男子气概"，甚至会告诉苦苦挣扎的男人他们至少"比女人、墨西哥人和穆斯林好些"，从而将白人和男性的特权结合在一起（Brooks）。这种男性特质的倒退观念蔓延到21世纪的美国总统竞选中，实在令人震悚。通过游说争取性别平等，我希望能为削弱特朗普主义尽自己一份力。[1]

但自20世纪80年代以来，通过质疑亚美在文学上对男性气质的重塑，我一直在进军男性领域。《蝴蝶君》里男扮女装的宋丽伶说："只有男人才知道真正的女人该是什么样的做派。"（63）作为黄哲伦这句妙语的印证与反用，我大言不惭地置喙男性理想。我尝试跨界的原因有四。首先，亚美男性作为美国的"女性化"主体，理所当然地属于女性主义的谈论范畴。其次，很多在西方被嗤为"娘娘腔"的特征，在他国传统文化中可能被誉为迷人的男子气质；海外的

---

[1] 《纽约时报》2016年4月4日的另一篇文章也同样指出，"尽管都市美男在涌现，尽管全职爸爸有增多，但硬汉的刻板印象仍很难消除，同时"一些大学意识到男人可能需要学会超越自己的刻板印象去思考"（Reiner）。

尺度可以削弱父系霸权。再次，女性主义视角可以扭转父权制的重蹈覆辙。最后，在提出中国文化中另类男性理想的同时，我也推出一种与之相对应的女性典范，它打破了美国流行文化对中国娃娃和龙女的偏狭想象。通过整理中美性别规范，融入双文化美学，我质疑着这两个社会的习俗，追溯了作家们如何从他们的祖先文化与移居文化中汲取艺术灵感。

上卷"性别"的四章推进了女性主义与男性主义研究的结合。以中国的文武双全（雷金庆对此诠释甚佳）抵消中美流行文化对"武"的过分强调；以中国诗人徐志摩的形象阐发"文"之理想并复兴与之般配的女性理想；以梅兰芳（京剧乾旦）和任剑辉（粤剧坤生）剖析性别的表演性；以儒家之"仁"——"文"的一个重要方面——将关怀伦理从预设的女性领域中解放出来。[1]

"文"（人文，尤特指文学）与道德品格的悠久联系，在一定程度上是许多深受儒家思想影响的远东国家历来重视教育的原因。今天，"文"之理想容易让人以为是精英主义，是那些负担得起"常春藤盟校"教育的人可以获得的特权，或是觅得优差的先决条件。传统上，"文"首先与修养、道德的发展相连——"文以载道"或"文以明道"（Xu X. 19）。学习是成为君子的路径——君子才德出众，但不一定有钱有势。约瑟夫·R.利文森（Joseph R. Levenson）和弗朗兹·舒尔曼（Franz Schurmann）认为，君子文化中最重要的两大要素是"礼"和"仁"。（42）[2]尽管孔子曾说"唯女子与小人为难养也"，但他对"仁"的倡导以及对"文"在塑造性格方面潜力的强调是值得重申的。据李欧梵所言，"五四"知识分子仍然坚信他们对社会的道德责任，坚信文学的功能是"移风易俗，破除中国的守旧观念和陈规陋习，并从西方引进新的价值观和行为习惯"（Lee L. O.-f. 251）。亚美文学也可以用来影响和改变中美的风俗习惯，并从四海引介进步的价值观和习俗。

---

[1] 笔者在2021年发表的《共情的艺术：亚美文学中的仁文气概》（"An Empathetic Art: Renwen 仁文 Masculinity in Asian American Literature."）一文中发明了一个新词"仁文"，指的是有同理心的作品。

[2] 徐志摩曾在《艺术与生活》中批判说"礼"的概念既模糊又具有压制性（Xu Z. 172）。

第一章"剑胆/文心"收录了与汤亭亭、赵健秀相关的性别论争,剖析了两位作家之间的龃龉,阐明亚裔男性在美国低弱的历史地位相当于女性在中国历史上的从属地位。所以,对父系传统的认同是一种对男权的助长,应引起警惕。这一章还论证了汤、赵二人如何通过中国文学经典,来打造适用于各自的往昔;而这些往昔又分别指向他们各自作为华裔美国女性和男性的处境。通过援引中国的英雄传统,表达性别与文化层面的民族焦虑,这两位作家开创了一种跨国别的文学传统——"文武"合璧的理想:投剑从笔,以书写为战斗。

第二章"东不成西不就"详述了美国的"文"招损、"武"受益。李健孙(Gus Lee)《支那崽》与雷祖威《爱的彷徨》中的男主人公均已将美国的性别规范内化,这些规范质疑亚美的阳刚之气,因此他们认为自己不是真正的男人,从而试图"混充"黑人或白人。李健孙笔下的"支那崽"立志通过习得拳击而跻身于黑人青年之列,弃书法(文)从拳击(武),将武力威慑奉为有色人种的男性融入社会的唯一途径。雷祖威的主人公虽然温文尔雅、出口成章,但其男子气概一直受到轻视,始终被焦虑、不安,以及爱而不得的隐痛所困;他们偶尔尝试"混充"白人,但发现无论言之凿凿抑或想入非非,都是徒劳,自己永远也成不了美国偶像。本章在结尾时从他俩的文本中搜寻到一些可行的范式,如中国文人以及有色人种里仁爱的暖男/良师。

第三章"才子奥秘"举例说明了"文人"/才子作为理想的男性形象,从传统的戏曲舞台,到徐志摩的形象(他曾出现在三部亚美作品和赛珍珠的作品中)都得以印证。徐志摩曾在历史上赢得各国男女的文心兼欢心。在姜镛讫(Younghill Kang)的自传体小说《从东到西》里,他被刻画成魅力十足的理想主义者;在张邦梅(Pang-mei Natasha Chang)的回忆录《小脚与西服》(*Bound Feet and Western Dress*)里,中英两国的知识分子都追捧他为跨文化的作家先锋;而在闵安琪(Anchee Min)的小说《中国珍珠》(*Pearl of China*)里,他是赛珍珠的灵魂知己和神笔文侣。徐志摩的吸引力可以归结为他混沌的文化、蓬勃的意气、充盈的才智及其对文学团体的号召力。被誉为"中国雪莱"的徐志摩也是当今四海写作的先驱,他的作品预示了一种跨文化创新,这种创新悠游自在地跨越地理、语言和文化边界而成为可能。与徐志摩比肩的女性典范也从这一章走到台前,代表着他所忘我痴迷的才女与她们的绝代风华。

第四章"艺、灵、仁"所聚焦的作品认可灵魂追求、艺术修养,以及孔子和女性主义者所倡导的关怀伦理,由此揭示出一些当今被埋没的男性典型。(我将儒家思想与女性主义伦理并置,并不是为了区分二者的细微差别,而是为了表明关怀的美德实际上没有性别之分。)徐忠雄、李立扬(Li-Young Lee)和梁志英洗褪了施于亚洲男性身上的"文弱",却并未流于凶猛好斗或自贬自嘲的另一个极端。徐忠雄在《美国膝》(*American Knees*)中塑造的情人,以其三寸不烂之舌与学富五车之智摄人心魂,栩栩然一个中国的风流才子。李立扬《带翼的种子》(*Winged Seeds*)描绘了一位颇具魅力的父亲不辞辛苦地塑造艺术品并照料穷人。梁志英的《凤眼》(*Phoenix Eyes*)则呈现了两位寨舟中流的爱人,在艾滋病的阴影下抱背而行的故事。这些作品也反映出,因着不同的地理位置及主流文化的种族构成,男儿本色之意涵的种种变化。

下卷"文类与形式"运用互文性阐释学对华裔美国写作进行爬梳,勾勒中美写作的异同,强调形式创新。我未将"民族"范式与"离散"模式对立,而是表明对亚美文学的跨国研究并不意味着无视美国本土霸权。对中国经典作品的全新应用,可能在连字符两边激起轩然大波,从而使得双方自省、彼此受益;挖掘语言的边缘则可能产生独特的诗学;在中国出版的作品,以及从后殖民主义和亚裔美国研究中获得的深刻见解,都可以在国外引起反响。我还呼吁在评估连字符作家时采用不同的视角,包括母语非英语的作家。与其质疑这些作家是否像中美的经典作家一样优秀,或者能否像母语人士一样流利,不如关注他们如何滋养与更新了中、英两个语种,如何改革传统的文类和形式,丰富了世界文学遗产。

第五章"独立/依存"展示了三位华裔美国作家如何在生命写作中引入多元声音——跨世代,跨种族,或共时或历时,从而将这个以个体为中心的文类,转型为交响群英会。赵健秀曾断言自传是一种西方文类,华裔美国自传充斥着西方特有的忏悔(Chin F., "Autobiography"),我不能苟同。赵健秀所视为自我降格的这一特征，我认为是依存的自我建构。通过比较三部中文自传与三部英语自传，我分析了中国这种自传/他传传统，探查文化之间的异同；针对中国素材在美籍华人笔下举足轻重的影响力，向来众说纷纭，我则提供了一种跨国视角。我寻踪觅迹，发现作家们都对自我的依存性施以浓墨重彩，却在对权威态度的转变上有所出入。与在中国驰名的英才不同，华裔美国作家对披露家族秘密无所顾忌，也不墨守文类的分野。依靠双重的文化素养，我们可以消弭文化误读，伸张复调式的叙事。

第六章"以文生论"研究冰心的《相片》（1934）。这篇小说预示出后殖民主义和亚美批评家后来的诸多理论见解，也印证了芭芭拉·克里斯蒂安（Barbara Christian）所言，即文学作品可以兼具理论功能。近年来，关于如何培养异国收养儿童之文化观的问题正被热议——这则短篇小说不但为这一问题提供了参考，更对美国东方主义和父权制度进行了双重批判。摄影被用来为殖民主义服务——苏珊·桑塔格（Susan Sontag）的这一观察却被冰心的《相片》所逆转，后者以其人之道还治其人之身，以殖民者之工具来解构其掠夺性视角。该文本交织着三股东方主义——传教士诋毁中国人为异教徒、美国人将亚洲人塑造成少数族裔模范，以及中国人对其角色设定的附和。冰心阐明了两国模式相似的性别和种族机制，然而她自己也未能摆脱性别预设。本章通过衔接华语文学、比较文学和后殖民主义理论，延展了亚美文学的疆域。

中译本没有译出的原书第八章"四海写作"分析哈金《在他乡写作》（The Writer as Migrant）和《自由生活》（A Free Life）中的双重声音，并用前者来阐明后者。《在他乡写作》既是对双语英文作家的评论，也是作者的自我辩护；《自由生活》则同时讲述了一个移民的故事，也是一场语言的异域之旅。其中作者把词汇的迁徙化为创作的可能性。

第七章"夺胎换骨"细述了陈美玲和梁志英如何调弄中国典故以挑衅社会的传统习俗。有学者将亚美文学的中国素材归于必然的东方主义，也有批评家鼓吹亚洲传统的大规模回归，我未敢苟同，而是探究这两位诗人如何重构本土表达以对抗性别与阶级歧视。陈美玲的《摆脱X》（"Get Rid of the X"）把一首唐诗变成一则女性主义寓言,《长恨吉他歌》("Song of the Sad Guitar")将传统之闺阁化为富有创造力的"一个人的房间"。《铜身铜体》("Your *Tongzhi Body*")中,梁志英把贬义词转变成亲切的团结术语;《别有洞天》("*Bie You Dong Tian*: Another World Lies Beyond")里,他手持刻于洛杉矶亨廷顿图书馆中国园林的一则成语,挖掘尘封的白骨,直陈对外来劳工的剥削。就像汤亭亭与赵健秀一样,这两位诗人重申了"文武"合璧的理想——以笔为戈,纸上出兵。

后三章分别将文学文本与文类重构、后殖民主义理论、环境研究和"翻译"策略等相连。"独立/依存"一章展示了支撑中国与华美文本的相互依存的主题结构如何将西方的传记转化为多声部叙事。"以文生论"一章阐明了后殖民主义理论如何嵌入中国故事,它将东方主义在中国和美国的表现联系起来,对比了种族主义化的他者之双边困境。最后一章表现了陈美玲与梁志英笔下的中国典故如何改写民族主义或父权制意识形态,在连字符两边揭竿而起。

一言以蔽之,上卷呈现了而今在中美都被忽略的男子气质,下卷梳理出传记、理论、元小说、生态批评和翻译的各种形式。这两部分中,性别问题和文学策略明显交叠着。尽管上卷注重主题,但赵健秀、汤亭亭、雷祖威、李立扬和徐忠雄个个是词匠翘楚。尽管下卷注重形式,但冰心、陈美玲、李培湛、林露德与梁志英坚持不懈地与性别等问题做斗争;他们的文本阐明了作为华裔(美国人)和女性的不同方式,而陈美玲与梁志英甚至雌雄无界。我主要关注华人作家(除了韩裔美国作家姜镛讫),展示熟悉中国文化作品如何提高我们对亚美作品的欣赏,陌生化中国传统预设和美国规范,并构建跨文化文学遗产。正如中国语言文学知识可以加深我们对华美写作的理解一样,美国民族研究中形成的范式也可为海外学者参考。

本书表明亚裔美国人仍然可以"认属美国"——维护和彰显亚洲人在北美的历史和文化存在——同时保持对彼岸祖国的关怀。个体可能会被美国族裔身份、侨民身份或兼而有之的二者所压抑,但该领域却可以从这些不同的角度获益。本书讨论的几乎每位作家——无论是华文作家(冰心、胡适、梁启超、沈从文和徐志摩),用英语写作的移民(陈美玲、李立扬、林露德和闵安琪),还是在美出生的华文二代（张邦梅、赵健秀、汤亭亭、梁志英、李培湛、李健孙、雷祖威和徐忠雄）——都在同时认可和跳脱国界。连字符意识使一些作家能够抗住种族主义和父权主义对民族身份的定义。放逐或侨居的身份可促使另一部分作家质疑并提防文化民族主义的排他性。此外，通过向其他语种开放这一领域，我们可以发现不同国家的异曲同工。虽然我专注于中美文化和文学之间的联系，但类似的策略可以超越更多的界限，用来研究不同亚太群体的文学作品。[1]

超越东方主义

谈到这一领域的"局限"，黎慧仪（Colleen Lye）在 2008 年写道，"亚美文化仍然被理解为对美国种族主义的一种反向形成"；她呼吁亚美学者"超越东方主义"，从而走出东方主义的批评范式（Lye 454）。我想对黎慧仪切中肯綮的呼吁予以双重回应。一方面，东方主义依然健在，而且方兴未艾。正如哈米德·达巴什（Hamid Dabashi）、阿里·贝达德和朱丽叶·威廉姆斯（Juliet Williams）所主张的那样，学者们需要继续反东方主义的批评并留心其新的演绎，而这些演绎通常是亚洲人自己制造的（Dabashi，2006；Behdad & Williams，"Neo-Orientalism"）。

另一方面，无论是将亚美和其他少数族裔对立，还是在亚洲和美国并置性别与种族的不对等，关于亚美写作的比较文学研究都提供了一种超越二元论的方法。审视美国文学中不同种族群体的表现，可以看到我们社会里持续存在的种族三角关系，而将这一领域扩展到海外写作，则鼓励了超越国界的反思。正如北京外国语大学华裔美国文学研究中心创始人吴冰所言，华美写作可以起到"反思文学"的作用，即中国读者的"内省文学"（Wu，"Reading"：105；"Concerning" 20），甚至可能是跨界的反省。其形式上的影响也引起反响。在

---

[1] 笔者在第三章简要地指出，韩裔美国作家姜镛讫和中国诗人徐志摩（也是姜镛讫自传体小说《从东到西》中的人物）似乎比姜镛讫同任何亚美作家或徐志摩跟任何中国作家更加志趣相投。在第六章，笔者也注意到冰心和水仙花有类似的"亚美情怀"。

"独立/依存"那章，我通过展示华美作家如何为这种最个人化的"西方"文类注入交互主体性，来扭转赵健秀因将亚美自传视为西方的一种自我批评的偏见，他们的"生命"非个体而是联体的，从而使得生命写作开枝散叶，以适应相互依存的自我。这种自我传承了华人的文化遗产，也充盈了美国文学遗产。亚美文学研究不需要在主流社会委曲求全，更不需要逆水行舟，而是可以驱使主流多元化。

由于这一领域的推动力就是自我定义，文学批评家们迟迟不愿讨论亚美文学与比较文学的交集，其中一个原因在于他们担心强化东方主义，混淆亚洲写作与亚美写作之间的区别，这可以理解。将陈美玲与梁志英的诗歌追溯至中国，并不会削弱其美国色彩，正如宋惠慈阐明爱默生和梭罗受其他大陆的影响，[1] 毫不损害这些经典作家的美国色彩。该领域应当克服在"认属美国"阶段的疑虑，即顾虑中国作家"以美国或中国主流的身份来写华裔美国人"使得"双重人格"的刻板印象愈发根深蒂固，因此质疑他们不能"表达华裔美国人独特的情怀"（Chin, Chan, Inada, & Wong xxxviii）。《文心无界》展示了华裔美国人形形色色的情怀和各式各样的自我定义，包括二元性——既有"双重意识"的裨益，也有分裂的痛苦。通晓双语的作家指出了跨太平洋影响研究匮乏的另一个原因：北美缺乏精通至少一种亚洲语言的学生和学者。全球化的亚美文学研究不仅需要多元文化，还需要多语素养。美国学生来亚洲和亚洲学生赴美国的人数不断增长，以及全球学界双语学者的增加，应该能让我们揭露不同地域不同表征的东方主义，最终超越东方主义。

《东方学》（*Orientalism*）的作者爱德华·萨义德从未将"反向形成"本身

---

[1] 宋惠慈："文学是美国人认识世界的窗口，尽管这点并不总是为人所承认。一直以来，美国文学就有着关注其他民族丰富文化的传统。在19世纪，久居欧洲的美国文学之父欧文（Washington Irving）就向西班牙安德鲁西亚（Al Andalus）的中世纪伊斯兰遗存致以极高敬意。爱默生自德文转译了将近700行的波斯大诗人哈菲兹（Hafiz）的诗歌。在其名著《康科德河和梅里马克河上的一周》（*A Week on the Concord and Merrimack Rivers*）中，梭罗大量言及东方哲学和宗教。"（杨光烁：《当代文化传播途径呈多元性 中国文学需提升国际知名度》，《中国社会科学报》2011年3月24日第6版）——译者注

视为目的。相反，他一直倡导与流亡者相似的多种感知："大多数人在原则上都意识到一种文化、一种背景、一种家园；流亡者则至少意识到两种，而这样的多元视域会使他们意识到同时存在着多种维度，那是一种——借用一个音乐术语——复调的意识。"[1]他补充道："这类理解包含某种独一无二的乐趣，尤其当流亡者意识到还同时存在着其他对位法式的并置，这些并置削弱了正统的评判，增强了欣赏的同情。"（Said, *Exile*: 148）亚美文学研究具有多种管道、亲属关系网络、依恋形式和语言复调——是许多对位可能性的完美场域。

这并不意味着该领域将于无穷无尽的扩散中消解。苏珊·斯坦福·弗里德曼（Susan Stanford Friedman）在《图绘：女性主义与文化交往地理学》（*Mappings: Feminism and the Cultural Geographies of Encounter*）里表示，她相信"时机已到……重新创造一种独一无二的女性主义，这种女性主义能够包容全球范围内为数众多而且常常相互冲突的文化和政治形态"（4）。[2]我对亚美文学研究抱有类似的希冀。弗里德曼关于女性主义的观点同样适用于这一领域："多元化运动极大地发展了女性主义并使其多样化"，这对"发展一个多元文化的、国际化的、超越国界的女性主义"至关重要；但"它的成功本身却凸显出，有必要发展一种新型的殊途同归的女性主义，这种新型女性主义接受差异，但并不使其物化或异化"（Friedman 4）。亚美文学研究经过更为错综复杂的历程，但也不能被隔离、僵化在分散的局域；对话想继续，须得要破界。

处理矛盾的立场，并非从一个地方飞到另一个地方，躲进后现代变化多端的身份里，而是为相互批评、多方联合与同理心腾出空间。跨越这些立场可能会带来痛苦的疏离感，让我们在自己的群落都颇不自在。然而，置身于这样的高地可使人们得以洞察各国间的复杂关联，以少数族裔的角度审视问题，但须

---

[1] 爱德华·萨义德：《关于流亡的省思》，黄灿然译，《天南》2011年12月：site.douban.com/106369/widget/articles/2040329/article/37011904/（2019年8月19日访问，感谢黄灿然授权），略有调整。——译者注

[2] 苏珊·斯坦福·弗里德曼：《图绘：女性主义与文化交往地理学》，陈丽译，南京：译林出版社，2014年，5页。（下同）——译者注

同时避免沙文主义和分裂主义的陷阱，以防为未经思考的文化效忠。再次引用萨义德的话来说，美国人文主义者的恰当角色，"不是巩固和肯定一个传统凌驾于所有其他传统之上。相反，应该是将它们全部或尽可能多地彼此开放，厘清它们之间的影响，以展示在这个多语种的国家，诸多传统如何相互作用"（Said, *Humanism and Democratic Criticism*：49）。正是怀着这种精神，我热望读者诸君将这本书作为一个跳板，破界成文。[1]

参考文献

Behdad, A. 2012. What Can American Studies and Comparative Literature Learn from Each Other? *American Literary History*, 24(3): 608–617.

Behdad, A., Williams, J. 2010. Neo-Orientalism. In B. T. Edwards, & D. P. Gaonkar (Eds.), *Globalizing American Studies* (pp. 283–299). Chicago: University of Chicago Press.

Brooks, D. 2016, March 29. The Sexual Politics of 2016. *New York Times*, p. A25.

Buell, F. 1994. *National Culture and the New Global System.* Baltimore, MD: John Hopkins UP.

Campomanes, O. V. 1992. Filipino in the United States and Their Literature of Exile. In S. G.-l. Ling (Ed.), *Reading the Literature of Asian America* (pp. 49–78). Philadelphia: Temple UP.

Certeau, M. d. 1984. *The Practice of Everyday Life*. Berkeley: University of California Press.

Cheng, A. A. 1997. The Melancholy of Race. *Kenyon Review*, 19(1): 49–61.

Cheung, K.-K. 1991–1992. Thrice Muted Tale: Interplay of Art and Politics in Hisaye Yamamoto's *The Legend of Miss Sasagawara. MELUS*, 17(3), 109–125.

---

[1] 感谢陈可抒贡献"破界成文"的译法。——译者注

Cheung, K.-K. 1993. *Articulate Silences: Hisaye Yamamoto, Maxine Hong Kingston, Joy Kogawa.* New York: Cornell UP.

Cheung, K.-K. 1997. Re-viewing Asian American Literary Studies. In K.-K. Cheung (Ed.), *An Interethnic Companion to Asian American Literature* (pp. 1–36). Cambridge: Cambridge University Press.

Chin, F. 1985. This Is Not an Autobiography. *Genre*, 18(2): 109–130.

Chin, F. 1991. Come All Ye Asian American Writers of the Real and the Fake. In J. P. Chan, F. Chin, L. F. Inada, & S. Wong (Eds.), *The Big Aiiieeeee! An Anthology of Asian American Writers* (pp. 1–92). New York: New American Library-Meridian.

Chin, F., Chan, J. P., Inada, L. f., & Wong, S. H. (Eds.). 1974/1983. *Aiiieeeee! An Anthology of Asian-American Writers.* Washington, D.C.: Howard University Press.

Cruz, D. 2012. *Transpacific Femininities: The Making of the Modern Filipina.* Durham: Duke University Press.

Dabashi, H. 2006. *Native Informers and the Making of the American Empire.* Retrieved December 15, 2014, from Al-Ahram: http://www.campus-watch.org/article/id/2802

Diaz, V. M. 2004. To "P" or Not to "P"?: Marking the Territory Between Pacific Islander and Asian American Studies. *Journal of Asian American Studies*, 7(3): 183–208.

Dimock, W.-C. 2006. *Through Other Continents: American Literature across Deep Time.* Princeton: Princeton University Press.

Eng, D. L. 2001. *Racial Castration: Managing Masculinity in Asian America.* Durham, NC: Duke University Press.

Fishkin, S. F. 2005, March. Crossroads of Cultures: The Transnational Turn in American Studies—Presidential Address to the American Studies Association, November 12, 2004. *American Quarterly*, 57(1): 17–57.

Foote, L. 2011, 2013. *The Gentlemen and the Roughs: Violence, Honor, and Manhood in the Union Army.* New York: NYU Press.

Friedman, S. S. 1998. *Mappings: Feminism and the Cultural Geographies of Encounter.* Princeton, NJ: Princeton University Press.

Ho, T. 2015. *Romancing Human Rights: Gender, Intimacy, and Power Between Burma and the West.* Honolulu: University of Hawaii Press.

Huang, Y. 2002. *Transpacific Displacement: Intertextual Travel in Twentieth Century American Literature.* Berkeley: University of California Press.

Jin, W. 2012. *Pluralist Universalism: An Asian Americanist Critique of U.S. and Chinese Multiculturalisms.* Columbus: Ohio State University Press.

Kim, E. H. 1982. *Asian American Literature: An Introduction to the Writings and Their Social Context.* Philadelphia: Temple University Press.

Kim, E. H. 1987. Defining Asian Amerian Realities Through Literature. *Cultural Critique*, 6: 87–111.

Kingston, M. H. 1982. Cultural Mis-readings by American Reviewers. In G. Amirthanayagam (Ed.), *Asian and Western Writers in Dialogue: New Cultural Identities* (pp. 55–65). London: Macmillan.

Koshy, S. 1996. The Fiction of Asian American Literature. *Yale Journal of Criticism*, 9, 315–346.

Lee, L. O.-f. 1973. *The Romantic Generation of Modern Chinese Writers.* Cambridge: Harvard University Press.

Lee, R. C. 1999. *The Americas of Asian American Literature: Gendered Fictions of Nation and Transnation.* Princeton, New Jersey: Princeton University Press.

Lee, R. C. (Ed.). 2014. *Routledge Companion to Asian American and Pacific Islander Literature.* New York: Routledge.

Leong, R. C. 2013–2014. A Third Literature of the Americas: With Evelyn Hu-DeHart, Kathleen Lopez, Maan Lin, Yibing Huang & Wen Jin. *Cuny Forum:*

Asian American/Asian Studies, 1(1): 111–115.

Leong, R. C., Hu-DeHart, E. 2012. Forging a Third Chinese Literature of the Americas. *Amerasia Journal*, 38(2): vii-xiv.

Levenson, J. R., Schurmann. F. 1969. *China: An Interpretive History.* Berkeley: University of California Press.

Li, D. L. 1998. *Imagining the Nation: Asian American Literature and Cultural Consent.* Stanford: Stanford UP.

Li, D. L. 2012. (In Lieu of an) Introduction: The Asian American Subject Between Liberalism and Neoliberalism. In D. L, Li (Ed.), *Asian American Literature* (pp. 1–29). London: Routledge.

Li, D. L. (Ed.). 2012. *Asian American Literature.* New York: Routledge.

Li, D. L. 2016. *Economy, Emotion, and Ethics in Chinese Cinema: Globalization on Speed.* New York: Routledge.

Lim, S. G.-l. 1997. Immigration and Diaspora. In K.-K. Cheung (Ed.), *An Interethnic Companion to Asian American Literature* (pp. 289–311). Cambridge: Cambridge University Press.

Louie, K. 2002. *Theorizing Chinese Masculinity: Society and Gender in China.* Cambridge: Cambridge University Press.

Lowe, L. 1991. Heterogeneity, Hybridity, Multiplicity: Marking Asian American Differences. *Diaspora*, 1(1): 24–44.

Lowe, L. 2015. *The Intimacies of Four Continents.* Durham, NC: Duke University Press.

Lye, C. 2007. In Dialogue with Asian American Studies and Racial Form. *Representations*, 99: 1–6.

Nguyen, V. 2000. The Remasculinization of Chinese America: Race, Violence, and the Novel. *American Literary History*, 12(1): 130–157.

Ono, K. A. 2005. Retracing an Intellectual Course in Asian American Studies. In K.

A. Ono (Ed.), *A Companion to Asian American Studies* (Companion, Trans., pp. 1–14). Malden, MA: Blackwell Publishing.

Palumbo-Liu, D. 1999. *Asian/American: Historical Crossings of a Racial Frontier.* Stanford: Stanford University Press.

Radhakrishnan, R. 1994. Is the Ethnic "Authentic" in the Diaspora? In J. Karin Aguilar-San Juan (Ed.), *The State of Asian America: Activism and Resistance in the 1990s* (pp. 219–233). Cambridge, MA: South End Press.

Reiner, A. 2016, April 4. Teaching Men to Be Emotionally Honest. *The New York Times*, p. ED11.

Said, E. W. 2002. *Reflections on Exile and Other Essays.* Cambridge: Harvard University Press.

Said, E. W. 2004. *Humanism and Democratic Criticism.* New York: Columbia University Press.

Shih, S.-m. 2013. Introduction: What Is Sinophone Studies? In S.-m. Shih, C.-h. Tsai, & B. Bernards (Eds.), *Sinophone Studies: A Critical Reader* (pp. 1–16). New York: Columbia University Press.

Sohn, S. H., Lai, P., Goellnicht, D C. 2010. Introduction: Theorizing Asian American Fiction. *Modern Fiction Studies*, 56(1): 1–18.

Srikanth, R. 2004. The World Next Door: South Asian American Literature and the Idea of America. Philadelphia: Temple University Press.

Ty, E. 2010. *Unfastened: Globality and Asian North American Narratives.* Minneapolis: University of Minnesota Press.

Wang, N. 2012. "(Re)Considering Chinese American Literature: Toward Rewriting Literary History in a Global Age." *Amerasia Journal*, 38(2): xv-xxii.

Wong, S.-l. C. 1993. *Reading Asian American Literature: From Necessity to Extravagance.* Princeton: Princeton University Press.

Wong, S.-l. C. 1995. Denationalization Reconsidered: Asian American Cultural

Criticism at a Theoretical Crossroads. *Amerasia*, 21(1–2): 1–27.

Wu, B. 2008. Concerning Asian American Literary Studies. *Foreign Literary Criticism*, 2: 15–23.

Wu, B. 2008. Reading Chinese American Literature to Learn about America, China, and Chinese America. *Amerasia Journal*, 34(2): 99–108.

Xu, X. 2009. On Historical View of Multiethnic Literature. *Journal of Cambridge Studies*, 4(2): 15–23.

Xu, Z. 1996. "Art and Life" 1922. In K. A. Denton (Ed.), *Modern Chinese Literary Thought: Writings on Literature, 1893–1945* (pp. 169–181). Stanford, CA: Stanford University Press.

陈美玲，2016，《一抹黄色》，李贵苍、胡路苹译，北京：知识产权出版社。

上卷

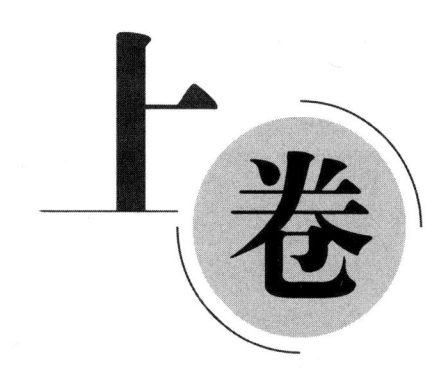

性别

- 第一章　剑胆/文心：汤亭亭、赵健秀
- 第二章　东不成西不就：李健孙、雷祖威
- 第三章　才子奥秘：徐志摩、姜镛讫、张邦梅、闵安琪
- 第四章　艺、灵、仁：徐忠雄、李立扬、梁志英

第一章　剑胆/文心：汤亭亭、赵健秀

汤亭亭的《女勇士》(The Woman Warrior, 1976)曾经一石激起千层浪——摘得美国国家书评奖(National Book Critics Circle Award)，这是在美国出生的亚洲人首次获此殊荣；亚美文学研究界也自此争论不休，波澜翻覆近廿载。亚美文坛自有心怀龃龉者，最苛切的贬抑来自小说家、编辑、演员、剧作家赵健秀——赵健秀创作的《鸡舍的中国佬》(The Chickencoop Chinaman, 1972)和《龙年》(The Year of the Dragon, 1974)曾是最早在纽约天地剧院公演的华人戏剧。

这一章将重温两位作家的宿怨，并从我最初发表于《女性主义冲突》(Conflicts in Feminism, 1990)的一篇文章再出发。那篇《女勇士对太平洋中国佬》叙述了20世纪八九十年代，文场上华裔美国男女两性的性别论争。我当年的论点后被概括为"交叉性"(Crenshaw)：我指出性别歧视与种族歧视不可分割，疾呼白人女性主义者须得同时关注性别和种族，并奉劝亚美学者提防假借性别歧视等手段解决种族问题。

当时陷于性别之争，我轻怠了两个对手在实现跨洋文学嫁接时各自洋溢的生花妙笔。说来汤赵二人对中国经典的瑰异翻新，暗投久矣——中国学者和亚美学者均报以冷眼甚至敌视，并且振振有词：所谓对东方主义解读的焦虑、对亚洲经典的无知、对种族社群的曲解、对区隔亚美文学与亚洲文学的企图，以及如鲠在喉的"认属美国"。[1] 这些关注将文本批评与批评者欲将华美文学从华文

---

[1] 亦有喜人的例外：史书美考察了中国民间故事在汤亭亭《中国佬》里的使用；方红与朱蓓章(Patricia P. Chu)研究了英雄史诗在《孙行者》里的使用(Shih; Chu, "Tripmaster")。

图 1-1　汤亭亭（左）与笔者

图 1-2　赵健秀（左）与笔者

文学中分离出来的企图，以及对主流接受的焦虑混为一谈。就赵健秀而言，由于对诸多华裔美国作家（汤亭亭、黄哲伦、黎锦扬、林语堂、谭恩美、黄玉雪、容闳等等）和女性主义批评家（包括我自己）的顽固攻击，他恃势凌人的"威"名掩盖了其敏锐的批判眼光、在亚美文学研究中的先锋贡献、对亚洲英雄传统的传播及其出色的文学技巧。许多女性主义学者认为赵健秀的观点太离谱，不值得讨论，宁愿把这个大言不惭自封的"唐人街牛仔"留在他自己的西部荒野；尽管赵健秀对亚洲经典文学苦心孤诣地诠释和运用，其他的亚美学者却对此漠不关心。不过，现在为时未晚——我之前没有充分着笔于赵健秀对原始素材的创造性运用，而今就力争消除隔阂，做出弥补。这一章除了重申我作为华美批评家最初的论证和立场之外，还将为赵健秀与汤亭亭正名：他们打破了一贯的欧化，把中国传统与美国的文化、文学结合起来，从而开创了一个生机勃勃的崭新传统。

20世纪80年代后期，我同许多有色人种的女性一样感到沮丧，因为大多数主流的女性主义者不熟悉有色人种的历史和文化背景，这使得对话困难重重。我坚持认为，为了理解女性主义者之间的摩擦，我们需要同时关注女性和男性。由于种族问题与性别问题密切相关，我们必须从多方面探讨华美文学研究中的性别问题：了解亚美男性被女性化的历史，解决种族刻板印象与文化民族主义话语之间的密切关系，破除东西方文化中顽固的男性气质和女性气质的准则。由于自我赋权的愿望往往涉及文化重建，性别和种族在塑造美国文学史的过程中发挥了关键作用。尽管越来越多的有色人种等群体质疑白男[1]的普遍原则，但占主导地位的父权制规范继续引诱着那些以其他方式挑战白男文学史家整体权威的作家和批评家。他们仍然受制于这些准则，间接维护了他们攻击对象的标准。把沉默、被动或受害等同于女性气质，把男性气质等同于体格和武勇，这在华美文学界一直是个棘手的问题。

我本是用双语的粤女，闯进这个领域后，分析了我所认为对立的女性主义

---

[1] 笔者将"白人男性"缩译为"白男"，一则简洁，二则也包含更多身份色彩。

和英雄主义,这种对立鼓舞了华美文学,但也分化了其作家和批评家。我的论点围绕公开自称女性主义者的汤亭亭和大声疾呼亚男气概的佼佼者赵健秀的写作,用他们的文学策略来解决几个有争议的问题(比如汤亭亭对中国神话的借用,以及她对事实和虚构的融合),这些问题都与中文原著的"恰当"运用有关。我认为,尽管赵健秀与汤亭亭所持观点迥异,但两位作家之间存在着显著的艺术嫁接,因为他们都通过筛选祖先文化,移花接木,使其可生长于"可用的往昔"(借用雷纳托·康斯坦丁诺的术语"usable past"),重新定义了性别和英雄主义。赵健秀能够保持中国的原始素材相对真实的面貌,因为这符合他的男性化议题;而汤亭亭却必须重塑这些材料,以达到女性主义与和平主义二者兼得的自塑目的。

刻板印象与反刻板印象

华裔美国人的性别问题反映了坎坷的文化和历史。这触动了诸多敏感神经,引发了对汤亭亭作品的争议。《女勇士》探讨的一个主题是中国传统文化里的父权至上,即中国老一辈移民大多偏爱男性胜过女性后代。但这与华美男性不平等与遭排挤的历史并无抵触(Espiritu; Takaki, Nee and Nee; Lowe)。在早期移民中,90%是男性;《反异族通婚法》和禁止中国劳工的妻子进入美国的制度把这些男人隔离在唐人街的单身社区,他们无法生育下一代。此外,白人历史学家往往选择不记录这些早期移民对美国历史的贡献,包括修路、采金、种植园,乃至参加美国内战(McCunn)。在美国大众看来,中国男人以从事传统上的"女性工作"著称,比如餐厅厨师、洗衣工、家政佣工和侍应生。

上述的社会和经济压迫,加上萨义德所界定的东方主义者长期施加给亚洲人的沉默和被动的他者的角色(Said),为美国民众对亚洲男女侮辱性的刻板想象提供了素材(Iwamura; Marchetti; Lee J.; Lee R. G., "Invention"; Chan J.)。比如,韩裔美国学者金惠经指出,亚洲女性被普遍视为顺从乖巧、娇媚玲珑的性对象，作为富有异国情调的"神秘东方的梦中情人"，引发了一系列需求。

流行文化间的中国男人也逃不开这种诡异的标签——他们常被设定成"体格与道德都逊于白人"（Kang 77）。

赵健秀和陈耀光在《种族主义的爱》（"Racist Love"）中指出，种族刻板印象要么是白人无法控制的"不可接受"模式，要么是平易近人的"可接受"模式："前者为种族主义之恨，后者为种族主义之爱。"（Chin & Chan,"RL"：65, 79）赵陈二人认为，对黑人、印第安人和墨西哥人"阳刚"的刻板印象源自"种族仇恨"，而"种族主义的爱"则被大量施予华裔美国人，"如《圣经》里的'羊群'、牧羊人颓废的绵羊……一个没有男子气概以致无能作孽的驯良种族"（69）。

如果说种族主义的爱否定了亚洲的"阳刚"，那么也是它把亚洲女人过度"阴化"。金惠经注意到，"对亚洲男性的特征描述反映了白男对自己阳刚之气的定义"，因此，"亚洲男性有可能被视为无性者，而亚洲女性也仅仅被看到了性"（Kim,"BR"：64）。亚裔美国人被假定的性别差异，在大众的想象中被过度夸大，这在种族内部产生积怨，持续至今。例如过去几年，加州大学洛杉矶分校和南加州大学都发现大量匿名的恐吓信，针对与白男约会的亚洲女性（Romero）。

第三世界和女性主义运动试图对抗现存的刻板印象，却并不能遏制亚美群体中男女之间日益升级的芥蒂。很多同赵健秀、陈耀光一样的华美男人，在试图揭穿主流文化歪曲亚男形象的同时，仍对自己的父权立场视而不见。他们对陈查理和傅满洲的讨论，及其将亚洲男性与其他有色人种之陈腐形象的对比，都暴露出浓浓的憎恶，以及对将男性特质与掠夺性暴力相联系的成见，宁被视作"邪恶的黑鬼、印度强奸犯和墨西哥猛男"，也不甘为斯文亚男。他们的性别偏见十分露骨："我们[作为亚洲人]最崇高的形象是一个干练的家庭主妇，最可鄙的形象归因于阴柔、绵弱，且缺乏所有传统的男儿本色：独特出奇、肝胆过人、履险如夷、创意十足。"（68）赵健秀和陈耀光将家政工作斥为"女工",将值得称道的品质归入男性范畴,进一步强化了性别不等。

赵健秀、陈耀光、劳森·稻田和徐忠雄的开山之作《哎咿!亚裔美国作家选集》(*Aiiieeeee! An Anthology of Asian-American Writers*,1974,以下简称《哎咿!》)及其续集《大哎咿!》(*The Big Aiiieeeee!*,1991)有一个重合的议题:重振雄风(remasculinization)。在《哎咿!》中,合编者痛陈"一种公认的亚美男子气概的缺失"(xxxviii)。《大哎咿!》则予匡矫,其中赵健秀阐述了亚洲的英雄传统,特别推介了下列中日经典名著:《水浒传》、《三国演义》、《西游记》和《忠臣藏》(*Chushingura*)(Chin,"Come":1-92)。中日两国的古典英雄与西方的并无不同——"雄心勃勃",寻求"酣然自得的男子气概"(Bowra 14)——赵健秀的文化民族主义立场以排斥异见者的声音来恢复亚洲父权制。

赵健秀试图建构另类文学传统,幕后却是中美两国文化里的男权声势,颇为讽刺的是,这浑然再现了白人文学体制的排他性手段。与赵健秀所重整的英雄传统背道而驰的是女性主义等理论对西方英雄主义准则重新进行的学术评估。女性主义学者质疑争强好胜的个人主义和尚武的传统价值(Gilligan; Wolf; King),赵健秀却津津乐道,他引用中国传统名著和兵法中的某些格言,譬如"吾即道""生活即战斗",并肯定"私人复仇的伦理"(Chin,"Come":35-37)。正如阮清越冷语道:"尽管在美国历史上,暴力一直被用来剥夺华男气概,将他们排除在美国社会之外,但年轻的亚裔美国人相信,暴力也可以用来重塑他们自己及其移民先辈的历史记忆,重新做回男人。"(Nguyen 130)此外,妇女等群体由于传统上不符合战士的形象,遂被赵健秀的英雄传统摒弃。赵健秀之编写团队对亚美作家的真实性进行了英雄试金石般的检测,他们只是重拾了白人文学机构审查少数族裔声音的策略,即审查那些不符合白男"共性"的少数族裔声音。

性别与文类

《哎咿！》的编写团队（尤其是赵健秀）与女性主义学者在文类问题上也意见相左。按赵健秀的说法，英雄传统的对立面是自传，他批判自传为一种西方传统式忏悔。他认为："胆智过人的作家把文学形式当作战斗的武器，而不仅仅是自我的表达，且不是花里胡哨的情感表达，也不是矫作的心理描写。""忏悔和自传歌颂的是从蔑视对象转变为接受对象的过程……看重的是屈从，而不是断言。"（Chin，"Autobiography"：112，130）赵健秀还坚称自传在中国并非一种本土体裁，"华裔美国自传是唯一的华美文学传统"（122–124）。他的声明有多重偏颇。首先，西方的自传并不是某族群的专利。其次，正如我在第五章所论述的，中国自有一个自传的传统。再次，即使自传在西方更为流行，但正如黄秀玲（Sau-ling Wong）所言，美国华裔作家也有权采用"美国华人本土"的体裁（Wong S.-l. C. 256–257）。最后，自传远非一种屈从的形式，它往往是一种颠覆和"自塑"的工具（Eakin）。譬如，张惠栋（Floyd Cheung）指出，"将民族和个人的男子气概联结起来的叙述"（由西奥多·罗斯福在 20 世纪初发起）兴起之后，容闳用他的自传（被赵健秀抨击过的一部自传）作为个体和联体"男子气概"的证明（32；亦见第五章）。

毫无疑问，赵健秀对自传这种体裁的厌恶源自历史上美国亚裔自传与阅读市场的交易。很多早期亚美作家不得不采用自传作为一种手段，博取出版与主流阅读，因此亚美生命写作多以英文写就。美籍华人（也可以说任何美国少数族裔）的作品都很容易被解读为民族志，代表作者或作者假定的群体，获得出版并赢得主流读者群，这可能意味着让自己屈服于他们居高临下的审视与东方主义者的期望，这是赵健秀谴责为西方传统式忏悔的行为。崔芝·山本（Traise Yamamoto）指出："大众的误解和成见，以及由此产生的市场力量、美国与亚洲的关系和移民史，都大大影响了亚美自传的出版"；因此，从 19 世纪晚期到 1940 年左右的自传写作加强了"主流文化把亚美文化视为外来文化和异国风情的偏见"（380）。

虽然在不少典型自传中，亚洲人的"古怪"之处屡见不鲜，但也有人用它来反驳主流文学对亚洲人的负面描述。朱蓓章（Patricia Chu）和黄艳珊（Sunn Shelley Wong）都展示了亚美作家的自传和成长小说如何利用这些现实主义的形式来"认属美国"并质疑何为美国人的既定观念，既回应大众的需求，突出他们的特殊经历，又解决紧迫的社会问题（Chu, *Assimilating Asians*: 1–26; Wong S. S. 61）。一直热心倡导自传的女性主义批评家更关注的是内心世界，而非社会背景；他们赞同保罗·约翰·埃金（Paul John Eakin）的观点，认为这一体裁具有自塑的潜力；他们认为女性总是利用自传来维护自主权，让自己有发声的机会，无论声音多么微弱（Jelinek, 1980; Stanton, 1984; Miller, 1991; Benstock, 1988）。

1976年《女勇士》的出版引发了亚美文化民族主义者和女性主义者之间不可避免的对峙（Cheung K.-K., "WW vs. CP"; Chu, *Assimilating Asians*; Kim, "Opposite"; Li D. L.; Lee R. G., "Invention"; Wong S.-l. C.; Woo）。主流女性主义学者对这本书赞誉有加（Rabine; Juhasz; Yalom），但它受到了一些中国学者和华美学者的批评。很多批评源于它最初被归类为自传（而它绝非一部未经修饰的事实性描述），指责它歪曲了华裔美国文化，还强化了性别歧视的刻板印象。陈耀光回应黛安·约翰逊（Diane Johnson）在《纽约书评》（*New York Review of Books*）上的正面评价，指责克诺普夫出版社将《女勇士》作为传记而非小说出版，并嘲笑约翰逊对美国华裔历史的无知，以及她因书中的"女性愤怒"而不分青红皂白地称赏这本书（Chan J. P., "Mysterious": 41; Johnson D.）。唐小虎（Benjamin R. Tong）称其为"以白人接受为出发点的时尚女性主义作品"（Tong, "Critic": 20）。方惠莲（Katheryn M. Fong）担心"非中国读者"会把这本书解读为"中国和华美历史的真实写照"，并为书里对中国男人的负面描述感到不安（Fong 67, 68）。张亚洁回忆说，只有把这本书视为"一个美国故事"，她才能接受汤亭亭"对自己祖国那些神圣故事的借用"（Zhang 17, 18）。

我将这些负面反应归因于一种民族志谬论：民族自传是对外在现实的忠实记录，代表了自传作者所处的群体。这种解读方式将亚美生命叙事简化，加上普通读者不具备二元文化素养，以及对华美主流观念的在意、关注，在很大程度上导致了对《女勇士》接受程度的差异——这本书在文学与人类学课程中都被广泛教授，仿佛将其视为通往民族飞地的一扇窗户。尽管诸多评论家盛赞这部回忆录突破了美国自传的传统，但一些学者却猛力批评那些创新技法，譬如糅合事实和幻想，或者拼接历史人物和传说角色。由于民族学观点的盛行，汤亭亭回忆录里猴宴、挑舌筋等不寻常的情节引起了亚美同胞的惶恐不安，他们认为这些细节极具煽动性，给东方主义者对野蛮他者的看法火上浇油（Ma；Zhao，"Orientalism"）。因此，这种焦虑的焦点不在于族群内的传播，而在于亚美群体外的公众接受。

如果像苏珊·斯坦福·弗里德曼指出的那样，文类往往受性别影响（203-228），那么汤亭亭的自传与小说的融合就不仅仅是文类的问题了。如上所述，研究自传的女性主义学者认为，女性自传作者更注重叙述自己的主观体验，而不是依时间顺序客观地记录自己的生活。《女勇士》遵循这一传统。由于不少白人读者坚持将有色人种作家的创造性表达理解为自传性民族志，因此，我们这位"少数族裔"作家在20世纪70年代的创新手法是危险的。此外，与他们对反种族主义文本的反应相比，普通读者更乐意接受突显民族飞地内的性别歧视的作品。

汤亭亭坚持在事实世界和幻想世界之间穿梭，坚持给出主观感知上多种版本的"真实"，而訾薄她的人则要求文类的纯洁性和历史的真实性。也许正因为汤亭亭是女性，所以在令人沮丧的现实中写作，她只能通过神话的另一面向和设想另一种场景来塑造一个可行的、阔大的身份。苏珊娜·朱哈斯兹（Susanne Juhasz）指出，为解决诸多女性所面临的"社会局囿与幻想之间"的直接冲突，汤亭亭"从虚构中，从神话中，从传统上原属于小说的形式中创作自传"（Juhasz 62）。她的自传性表达非但不是像赵健秀所说的那样表明屈从，反而是将自己变成了一个"女英雄"非议她的创作自由是为了与白人评论家结盟，他们将少数族裔作家的文学作品简化为社会历史纪录片。根据詹姆斯·克利福德（James Clifford）的观点，甚至民族志也应被重新划分为主观作品，而非客观记录，因为"文化是由有严重争议的规范和表现组成的"，以及"诗意与政事不可分割"（Clifford 2）。汤亭亭本人澄清："我写的不是历史或社会学，而是像普鲁斯特那样的'回忆录'。"（Kingston，"Mis-Readings"：64）

性别扭曲

汤亭亭不仅被谴责将小说当自传，还被指控误用中国神话，强化中国男人性别歧视的刻板印象。赵健秀称她为"以黄人灭绝而被白人接受、与白人同化的黄皮肤代理人"，并攻击她伪造传统，根据西方自传传统写作，讲述"一个灰姑娘的故事，从变态、反常和残忍的中国人手里拯救出来，进入一个真实的世界"（Chin，"Autobiography"：110）。在《大哎咿！》的序言《真假亚美作家盍兴乎来》（"Come All Ye Asian American Writers of the Real and the Fake"）中，赵健秀认为"神话本质上是永恒不变的"（Chin，"Come"：29）。他对汤亭亭借花木兰故事的发挥尤为愤怒：

> 《木兰诗》就像《伦敦桥要倒了》一样经典，汤亭亭利用了她的童谣……遵从刻板印象里的中国女性，将女主人公改写为病态的白人至上主义者，受困于丑陋的中国文明，饱受迫害。汤亭亭给花木兰文身，以戏剧化地渲染对女性的残忍，其实根本是英雄岳飞的事迹。（Chin，"Come"：3）

赵健秀声称，汤亭亭不惜笔墨给这位女勇士文身，以支持对中国人"厌女症的残酷"（6）这一种族主义刻板印象。他在文中刊印《木兰诗》，就好像这首中文诗是未经修改的"真实"神话（Chin，"Come"：4–6）。而事实上，"花木兰的故事……存在不同的中文文本，主旨和细节上都有所不同"（Wong S.-l.

C. 271）。[1]

为了通过类比来放大汤亭亭的"欺诈"行为，赵健秀写了一篇讽刺《女勇士》的文章——《史密斯·梅京的不像个男人的勇士》（"The Unmanly Warrior by Smith Mei-jing", 1984）——讲的是一个法国女孩在广东一家法国洗衣店长大，她从祖先那里获得灵感："可怜的圣女贞德，在一个渴望女儿的家庭生下一个儿子。他们把男孩打扮成女孩。他们强迫他与周围的宫廷社会发生关系，而年轻的处女们则在鹿园欢唱维瓦尔第。"（Chin, "Popular": 12）赵健秀的"不像个男人的勇士"旨在责难《女勇士》的历史真实性，并将汤亭亭与傅满洲、陈查理的作者放在一起，以证实"白人对其自我形象的不满都幻想为东亚病态"（Chin, "Popular": 12）。如果这通戏仿是为了嘲弄汤亭亭对木兰传说的"窜改"，那它就错了，反而指向汤亭亭的民族意识和改编技巧。毫无疑问，汤亭亭对圣女贞德的熟悉程度不亚于对花木兰的熟悉；她选择了一位中国女英雄，因为这原型彰显了她的民族自豪感。在赵健秀的版本中，贞德的父母犯下反性别歧视

---

[1] 笔者与译者都注意到，木兰故事在中国本土一直不断演变。译者据南开大学张雪博士论文《木兰故事的文本演变与文化内涵》（2013）理出几处显著的改编——其一，木兰有姓魏的，有姓朱的——原北朝《木兰诗》并未提及木兰全名；后世接受度最高的"花木兰"本是明人徐渭于杂剧《雌木兰》中的安排。其二，关于结尾，元代《孝烈将军祠像辨证记》杜撰出木兰受昏君逼婚而死的悲剧，而《雌木兰》则有敬佩木兰的王生求婚，使其回归普通家庭生活。其三，细节方面，徐渭无中生有地给木兰裹上小脚——以缠足、放足的艰难刻画其从易装到转换身份的心理困境，然而北朝女性并无缠足之习；明笔记《沈氏日旦》首次写到木兰易装后受金兰之爱困扰。其四，主旨价值：明小说《耳谈类增》则不强调木兰勇武，而是将之与祝英台并举，突显其"解文"是行"异事"的资质；诸多文本着墨于木兰的"贞洁"，清代《北魏奇史闺孝烈传》作为最早以木兰为主角的长篇小说，却大写其婚嫁情事。其五，神话加持：清《忠孝勇烈奇女传》里出身豪门的木兰乃木兰山神下凡，得和尚传授木兰佛法与宝剑；征战时遭遇妖狐，以灵符敌妖术，大破玉门关；凯旋途中遇儒学大师，闻孔孟之道；既封侯，为逸言所逼，执剑剜心明志……赵健秀将木兰视为不容加工的"中国"符号，然而很多学者考据，木兰故事中的"天子"实乃北魏的拓跋氏君主——木兰本是鲜卑族或嚈哒人（可见曾庆盈《"木兰从军"歌谣及北魏"天子"和"可汗"的并存》，《江西社会科学》2016年第12期；马丽亚·艾海提、林梅村《塞北嚈哒人牧地考——兼论花木兰的民族归属》，《考古研究》2017年第5期）。——译者注

的罪过，而女勇士的父母给女儿施痛加苦，却是以此为她赋权。赵健秀的勇士显然"不像个男人"；《女勇士》的主人公却是英勇的雌雄同体。

汤亭亭试图创造一个雌雄同体的女英雄，这是她熔铸木兰传说与岳飞（历史）故事的原因——在我看来，这是一种创造，而非伪造。叙述者从未声称她是在复述中国传统传说。她只是说她母亲给孩子们讲了"剑女"的睡前故事，并教给他们"女勇士花木兰之歌"。汤亭亭从一开始就警告读者，她无法分辨中国传统和电影桥段，也不能甄别她母亲讲的故事与睡梦："我不知道故事在哪里结束，梦境从哪里开始，（母亲的）声音混响我梦中侠女的声音。"（Kingston，WW: 6, 19）这种混乱给予作者诗意的许可，糅合起事实和虚构，塑造出令人振奋的华美传统。因此，当叙述者在下一段落将自己想象成勇士，从虚拟语气开始——"召唤来自一只鸟"（"The call would come from a bird"，WW: 20）时，她讲述的不是一个传统故事，而是一个梦或幻想，她在其中变成了传说里的勇士。

在这段幻想中，勇士无名，但岳母刺字"精忠报国"的故事被嫁接到花木兰身上。倘若果如苏珊·古巴尔（Susan Gubar）所言，汤亭亭对这场历练重设性别，是将女性痛苦的真相文学化为文本（251），那么作者还同时伸张了其他特权，比如改写神话和重设性别的权利。汤亭亭重塑了一个身份，既不是中国人也不是美国白人，而是华裔美国人。此外，她对中国传说的巧用淡化了体能这一主题；相反，她笔下的神话涉及语言的伤害和文字的能量。

与花木兰不同，叙述者作为勇士的复仇方式，与其说是舞刀弄剑（slinging a sword），不如说是唇枪舌剑（spinning words）。她不会武功，而是从母亲那里学到了"说故事"的艺术，母亲把中国"灌进"她耳朵里（89）。英兰[1]无穷的故事，并未堵塞她小女儿的记忆，反而激发了她的想象力。从这"母语"中，她淬炼出故事与词锋，来捍卫自己的华美身份。汤亭亭的回忆录非但没有像赵健秀所

---

[1] 目前中译皆为"勇兰"，但汤亭亭母亲的名字是"英兰"，所以本书译作"英兰"。"英"用作人名本属常见，取其"花"或"才能、智慧出众"之义；而汤亭亭将"英兰"写作"Brave Orchid"，一个不寻常的名字，也反映她对母亲的认知与寄托。

说的那样贬低中国文化，反而对祖先，尤其是母性传承，深表敬意，同时响应20世纪70年代亚美运动的鼓声，表达了鲜明的民族意识。黎慧仪评论道："这里母亲的设定不是年轻主角必须离开或毁灭的障碍……而是一种资源……不仅仅是一种遗留下来的过去，更是一种未来的可再生资源。"（Lye 215）早期亚美自传传统强调克服种族障碍，以融入美国文化。因此，《女勇士》可以说是打破这种传统的首批作品之一。格外令人费解的是，赵健秀却将其作为自轻自贬的例证。

在借鉴中国传统的同时，汤亭亭必须避开其中父权的冲击。对她最严厉的批评者正是那位对华裔美国"男子气概"最热切的倡导者，这并非巧合。同很多其他亚美男性一样，赵健秀将她暴露自己族群中的反女性偏见视为一种背叛。遭受性别歧视的汤亭亭表现出一种双向的忠诚：既对自己族群中男性被边缘化分外敏感，又对他们的大男子主义心怀愤恨。

《中国佬》的开篇传奇就揭示了类似的性别与种族的不对称，传达出这种矛盾的情感。汤亭亭借用清人李汝珍创作的《镜花缘》，这可算是第一部中国男性创作的女性主义小说。在汤亭亭笔下，男主人公唐敖在女儿国被捕后，通过缠足、穿耳、开脸、涂胭脂和抹口红，脱胎为东方妃嫔（女王的情人）。（李汝珍笔下，上妆的是唐敖的姐夫。）汤亭亭的结语重新定位了开篇的这个故事："有学者说女儿国出现在武则天执政期间（公元694[1]—公元705）；也有人说早在公元441年就有了，而且地点在北美。"（5）作者将女儿国搬到北美，促使读者将唐敖在海外的屈辱与美国对华人的去势（emasculation）联系起来。华裔男性在新大陆遭遇的种族暴力由来已久，常常与男子气概受辱有关。木兰与唐敖各自故事中的异装有着不同的价值。唐纳德·戈伦尼赫特（Donald Goellnicht）指出，唐敖的变装意味着"降级"，因为"似乎没人想扮演'女性'的性别角色"（192）。

汤亭亭刻意颠覆男性和女性角色，为性别建构提供了依据。她的传奇讲述了中国男人在新大陆的耻辱，以及女人的屈从。继《镜花缘》的作者之后，汤

---

[1] 汤亭亭原文如此，但武则天改国号为周的时间是公元690年。——译者注

亭亭对其男性角色的处理使得中国女性的性物化（sexual objectification）变得陌生化，同时揭示了对华裔美国男性的种族歧视和对中国女性的性别歧视。作为《女勇士》的姊妹篇，《中国佬》在纪念华裔美国先辈的同时，也记载下"女性主义者的愤怒"。作者既强烈反对她祖辈文化中的父权制，也抗议他们在移居国所受到的种族歧视。

汤亭亭不仅揭露了华裔美国男性和中国女性持续遭受的苦难，还和许多其他有色人种的女作家一样，将男性对种族主义的愤怒与他们自己的厌女行为联系起来。在其中一章，叙述者的父亲是个移民来的洗衣工人，除了说些侮辱女性的污言秽语之外，他很少开口。他被吉卜赛人欺骗，并受到白人警察的骚扰。当他们离开后，叙述者说，孩子们小心翼翼，生怕父亲迁怒于他们："我们懂，是为了养活我们，你才不得不忍受洋鬼子，还要做苦工。你发出男人无声的呐喊，把房子震直了。"（13）尽管女儿对父亲震耳欲聋的咒骂与阴沉可怖的沉默感到痛心，但她将却把父亲的坏脾气归咎于他在白人社会中的"去势"感。就像托妮·莫里森（Toni Morrison）《最蓝的眼睛》（*Bluest Eye*）中的乔利·布里德洛夫、爱丽丝·沃克（Alice Walker）《格兰奇·科普兰的第三次生命》（*Third Life of Grange Copeland*）中的格兰奇·科普兰，以及尼娜·雷沃尔（Nina Revoyr）《南方》（*Southland*）中的维克多·康威一样，男性暴政在种族暴力之后猛烈爆发。这些不得不忍受白人虐待的男人，试图通过向家中妻小这些更弱势的人泄愤来重申他们的权威。

《中国佬》间接呼吁华美男女之间共情、移情。在接受凯·博内蒂（Kay Bonetti）的采访时，汤亭亭将自己比作唐敖。当唐敖进入女儿国，感受到另一种性别的意义，汤亭亭也进入了男儿国，成了"那种爱男人的女人，并且……可以不加评判地讲述他们的故事"（Bonetti 36；亦见 Jardine & Smith）。此外，作者也可能在鼓励男性读者从女性的视角思考，从阈阑中寻求与自己困境的对应。如果亚洲男人在美国被去势，那么他们应该能够同情那些长期被男性剥夺权利的女人。

英雄主义，真真假假

鉴于亚美在美国公共话语中的形象要么缺席，要么"不男不女"，要么邪恶无比，难怪《哎咿!》与《大哎咿!》的合编者开始重新定义亚男气概。根据《哎咿!》的说法，对历史、语言和文学遗产的剥夺，导致了这种男子气概的危机。《大哎咿!》作为对亚美去势的解药，开出了一种"亚洲英雄传统"的药方，这种传统体现在中国和日本名著里的武打英雄身上，认为这些英雄值得亚美人效仿。

然而，倘若没有不同性别、不同性向之间的共情、移情，我们就无法重建能够共振的华美文学史。我对赵健秀试图弘扬的亚裔（美国）英雄传统感到矛盾，一方面感念他的苦心，即孜孜不倦地向更多读者介绍亚洲经典作品。赵健秀的劳绩未能得其所哉，他对中国和日本名著的改编受到一些人的反对，比如电影制作人弗兰克·安倍（Frank Abe）和赵文书，他们主张将亚洲文学和亚美文学分开（What's Wrong; Zhao, "Orientalism"）。我却赞同赵健秀对美国的欧洲中心主义教育的批评和回应，这是我将在第五章再次探讨的话题。由于美国人缺乏中国文化素养，赵健秀自命为在美国维护"中国佬"传统的孤军奋战者，他扼腕兴嗟：尽管他对西方文学传统游刃有余，但他之前在伯克利的英语教授们对亚洲经典文学却一窍不通（Chin, "Autobiography": 118）。在赵健秀首次为这种冤屈寻求补偿的几十年后，文化上的不对称依然存在。很少有美国大学生听说过赵健秀所引用的中日名著，但是莎士比亚，甚至《圣经》，是中国多数大学生课程的一部分。越来越多的亚美作家提出多元化的观点，这要求他们更多地了解东方传统。尤其是，倘若没有对源材料的透彻了解，批评家无法分辨真假虚实。

另一方面，我不能接受亚洲英雄传统的性别认同，但赵健秀和其他《大哎咿!》的编者却遵循这种意识形态，在"真与假"之间实施仲裁：

> 我们描述的真实溯源于亚洲神话和儒家英雄主义传统，以使这些亚美作家的作品能够依自己的方式被理解。我们描述的虚构则溯源于传统信仰

及西方哲学、历史和文学，以表明为什么更广为人知的作家……没有在这里出现。（xv）

此前，编者们曾在《哎咿！》的介绍中公开反对弱化亚美，他们还希望进一步表现华裔和日裔美国人有一种英雄气概。他们对这一传统的宣扬，似乎与他们早先试图扭转"娘娘腔"的形象和树立亚美男子气概的努力分不开。有鉴于此，战争英雄对编者们的特殊吸引力不言而喻。以《三国演义》中的关羽为例：豪逸、热血、有仇必报，这位武圣在各方面都与内敛、被动、千依百顺的东方形象大相径庭。无疑，赵健秀与合编者利用这位伟大英雄的形象来驳正对华裔美国人俯首帖耳的普遍误解。

当然，美国大众要认同中国文化里的罗宾汉和约翰·韦恩，就须得了解中国民间的英雄谱。但是，赵健秀所阐述的英雄传统的男权主义倾向让我踌躇——他将忠诚、复仇和个人荣辱视为无上的道德标准。若说白人媒体强调亚美的卑弱无害有所偏废，赵健秀一味渲染好战的偶像也同样偏颇。以吹捧大男子主义来驳斥"去势"的偏见，只会让固有的男权主义继续大行其道。

赵健秀的论点是，"利用中国文学中的英雄传统作为华裔美国人道德、伦理和审美共性的源泉，此非文学修辞，亦非讨巧把戏……而不过是历史而已"（Chin, "Autobiography": 127）。但是他描述的历史只是"男事"（*history*）。亚洲的英雄传统需要重新评估，以彰其瑕瑜。我不否认传统的情感吸引力和它所激发的养智怡神、睿明强识。《三国演义》中周瑜和诸葛亮这样的人物有着奥德修斯的战略才华；刘关张三兄弟盟誓结义的兄弟情谊让人想到阿喀琉斯与帕特洛克罗斯的关系。但是，正如荷马（Homer）不能作为全人类的代言人一样，"亚洲共性"也不可能在完全由男性创作的亚洲英雄经典里找到。

这些编者复兴了另一种文学史，以增强亚美阳刚之气，这值得伸张；提升忠诚、自尊、智慧、勇气和反抗也值得称赞。只是若要恢复男子气概的暴力准则就期期以为不可。尽管编者们宣称要找回亚美遗产，但亚洲移民最初定居的美国西部征服边疆的神话似乎已经影响了他们的言论。赵健秀看着唐人街的电影长大，他偏爱电影中的反派，而非英雄，这促使他寻找约翰·韦恩的中国替身:"坏人,一个在单挑时不可战胜的人,倒在英雄帮派的剑下,他走进生活,开始学习……这个人需要朋友。中国电影在唐人街盛行的阳刚是帮派阳刚,并没有真正与约翰·韦恩交锋。"(Chin,"Confessions":66)可以说,赵健秀找寻的是一个约翰·韦恩式的中国英雄。他将个人主义和独立精神置于团队合作或相互依存之上——他认为后者是一种帮派精神,但这种合作精神确实蔓延东亚大部。[1]

赵健秀勇于展现中国古典文学里的独立"阳刚性"(ballsy individualism)。他在《大哎咧!》长达92页的宣言《真假亚美作家盍兴乎来》中提出了一种所谓中国精神,这种精神与东方主义者对中国文化的看法相左,而与白男特质相一致。他从《论语》中提炼出以下精华:"我们生来就为了维护自己的气节而战。所有的艺术都是武术。写作就是战斗……活着就是战时。生活就是战争。"(35)若使孔子听闻自己的教导被总结为"私人复仇的道德"和"大众报复腐败国家的伦理"(34–35),大概会摇首咋舌。孔圣人以其对等级制度的坚守而获弹射臧否——与其说赵健秀反映了孔子的世界观,不如说他反映的是理查德·斯洛特金(Richard Slotkin)所说的"通过暴力再生的神话"信仰(Slotkin 5)。詹姆斯·鲍德温(James Baldwin)说得更尖锐:"在美国,暴力和英雄主义已成为同义词——除非涉及非裔。"(Baldwin 72)或许可以补充说:除非涉及亚裔。赵健秀反对东方主义对亚洲文化的解释,但他对中国文化的阐述却同样片面;他对中国习俗选择性的援引呼应了欧美男子气质的偏见,他弘扬的文化民族主义姿态也为父权模式猛虎添翼。

我绝非汉学家,但读了不少中国的英雄史诗,以及一些不那么英雄主义模式的作品——这些作品多种多样,如曹雪芹的《红楼梦》、陶潜的田园诗、屈原的《离骚》、老庄以及蒲松龄的《聊斋志异》。我不同意赵健秀把华美驯良和不英勇的特征归咎于西方传统,也不同意唐小虎的观点,即儒家伦理对早期中国移民(其中大多数是广东农民)没有什么影响;温顺和默许权威并非华人本色,

---

[1] 对中国联体自我的阐述详见第五章及任璧莲的《老虎写作》(*Tiger Writing*)。

这些举止只是移民用来对付白人种族主义的武器("Ghetto")。虽然早期移民的民间文化不应与中国文士的高雅文化混为一谈，但赵唐二人忽视了中国的主流思想对广东民间想象的渗透。广东的民间想象综合了英雄精神和儒释道思想，其中儒家就提倡自我克制并服从父母和国家。将华裔美国人的顺从特征仅仅归因于西方传统或白人种族主义，就低估了广东文化的复杂性和矛盾性，也低估了早期移民的灵活性和适应性。

中国的英雄传统本身是多重的，比起沙场荣光或个人权威，更看重仁义与和平。只消细读《三国演义》，就能发现在它所罗列的无谓的死亡与战争的蹂躏背后，隐藏着对和平与统一的渴望，而这种渴望与"三国鼎立"相悖。就连《孙子兵法》也推崇外交胜于暴力："不战而屈人之兵，善之善者也。"（77）在汤亭亭女勇士的原型《木兰诗》中，对战争的谴责更为明显。根据民歌，孝道激励女主人公参军——为替父从军，须女扮男装。这首诗对木兰的武艺着墨不多；相反，它描述了一个荒凉的战场和一个孤独的女儿。诸如"将军百战死，壮士十年归"之类轻描淡写的诗句，渲染出战争代价的沉重与持续的漫长。因此这首古诗包含着和平主义的潜台词，就像《伊利亚特》（*Iliad*）在勇士们的坚甲利兵里隐藏了反战信息一样（King 50ff）。赵健秀一心要找好斗的典范，而忽略了这等丰富、微妙的中国英雄传统。

不幸的是，在勇士和史诗英雄的概念中，实施暴力的能力往往被视为骁勇的男子气概；历史上，被压制的男人都更倾向于以金戈铁马来显扬雄风（见第二章）。贝尔·胡克斯（bell hooks）指出，20世纪60年代的众多黑人男性崇拜那些利用和虐待妇女的男人（87–117）。哈里埃特·马伦（Harryette Mullen）在评论20世纪六七十年代的黑人艺术运动（主要关注"黑人的定义和赋权"）时说："与这一运动有关的几位诗人特别以颂扬年轻好斗的直男的方式来定义黑人，（却）疏忽了他们表面上希望团结和赋权的其他非裔美国社群。"（Mullen 69）托尼·卡德·班巴拉（Toni Cade Bambara）警告说，不要"把黑人解放等同于黑人获得男性特权"；并提出，与其崇尚父权，不如采用这种替代方案："也许我们需要放下所有关于男性和女性的观念，专注于黑人身份……面对一种新身

份或许比拿起枪来更需要勇气……创造一种或许是雌雄同体的自我。"（Bambara 103）

汤亭亭试图在确认一种民族传统的同时，削弱父权权威，她努力在《女勇士》和《中国佬》里塑造雌雄同体的自我。她来自一种高度重视家庭和社群团结的文化，发现很难在不感到分裂或不被指责背叛的情况下团结起来支持女性主义。她感到对亚洲男人的认同有时会抑制自己的女性主义冲动，于是分别出版了《女勇士》和《中国佬》（尽管它们是作为一个"连锁故事"构思和写作的），以免男人的故事"削弱女性主义观点"。"我关心男性……就像我关心女性一样。"她说，"参详目前的情况，男女的经历也许必须分开处理，直到我们有更好的时机。"（Kim，*Context*：209）

重新定义英雄主义

路易斯·阿尔都塞（Louis Althusser）警告说，当一个被统治的阶级将主导性的意识形态体系视为常识，霸权利益就得到了保障（Althusser 174–183）。利用盖世英雄的传统来提升"黄权"的华裔美国人，有可能把自己重塑成了自己的压迫者的形象——尽管身着全副亚洲武装。正是因为针对亚洲人的种族主义采取了性别歧视的形式——以致华裔男性所遭受的侮辱与女性（于父权社会）所遭受的侮辱相类似——他们必须避免以男权主义之道还治种族主义之身的解决方案。否则，不仅会强化父权制，还会强化文化帝国主义。

亚美可以放弃霸权主义的理想，转而追求另类的自塑。汤亭亭和赵健秀都恢复了亚洲的英雄传统，并将英雄主义重新定义为语言造诣。《女勇士》再造的花木兰从她背上刺的字与她的（侠女）剑术中汲取了同等的力量。汤亭亭的美国回忆录穿插着中国传说，这证明她对这两种文化的反抗：她在中美文化里都反对父权制。她笔下变身后的女主人公只在男性盔甲的伪装下才行使权利，这意味着她并不能完全逃离传统。她默默地明喻——"像个男人一样战斗"——这不是颠覆性别歧视思想的舟楫，而是载舟。

事实上，汤亭亭并不认同女剑客："我真的不喜欢把战士（或）战争作为解决问题的方法。"（Bonetti 36–37）木兰传说这段的武力对抗之于整部回忆录只是枝节。《女勇士》是一场反对钳幅噤声、隐形的战争。对叙述者而言，写作是一种自我表达的英雄行为：母亲禁止她吐露秘密；刚在美国上学时不能用英语朗读；后来又因为开口反对种族主义而遭解雇。在本书结尾，她的缪斯从木兰变成了蔡琰——这位女诗人以跨文化的诗篇著称。汤亭亭在叙述者的童年幻想中将岳飞和木兰的传说焊在一起，彰显了这部回忆录的架构设计——从童年的默默奋斗到成为作家的崛起，每一步都强调文字的力量。

汤亭亭在她的第一部小说《孙行者》（*Tripmaster Monkey*，1989）里再次借用了中国经典，并延续了她对和平主义的拳拳服膺。她反复运典中国的英雄传统——尽管是透过女性主义的视角——先于《大哎咿!》。在小说主人公慧特曼·阿新[1]的身上，我们一眼就能认出赵健秀的影子——"一位中国剧作家，年轻的理想主义者，对种族主义义愤填膺，他自己的性别歧视也令人恼怒——但根基正派"（Chu, "Tripmaster": 117）。像赵健秀一样，汤亭亭的慧特曼喜欢《三国演义》和《西游记》。慧特曼在小说中又被称为"美（国）猴王"（American Monkey，借用孙悟空的美称），他受《三国演义》启发，导演了一场马拉松式的表演。演出结束时，慧特曼顿悟：

> 他已下定决心：他不会投身……任何战争。他尽可能虎啸风生、龙腾云起地上演了三国之战，这使得他了悟：三兄弟和曹操是战争大师；他们拟定的战略与出师之名诡妙绝伦，以致其政策和战术甚至被如今拥有核武器的政府所采用。而他们败了……通过钻研有史以来最伟大的战争名著，慧特曼变了——变成了一个和平主义者。（Kingston, *TM*: 348）

与赵健秀巧妙吻合的慧特曼的转变看似简单——其实是通过汤亭亭的妙手实现——这位和平主义作家借此表明，无须全盘接受那激励中国古代战士的英雄守则，亦无须认可暴力倾向彰显男子气概，同样可以欣赏他们的良谋妙计。

---

[1] 此处采用吴冰对"Wittman Ah Sing"的译法，见《华裔美国作家研究》（吴冰、王立礼主编，天津：南开大学出版社，2009）40–41、162–163 页。——译者注

赵健秀的《唐老亚》（*Donald Duk*，1991）同样将亚洲的英雄传统与华美的生活联系起来。《哎咿!》与《大哎咿!》提出的诸多信条由这部成长小说赋予血肉，阮清越称之为"重振雄风工程（project of *re*masculation）"（Nguyen 142），十分相称。书名即主人公，小伙子唐纳德·达克（在英文里与"唐老鸭"同音）在学校里被教导说，中国人是被动的，且不自振拔，"面对咄咄逼人、争强斗狠的美国人的无情迫害，他们束手无策"（Chin, *DD*: 2）。后来，他通过学习中国名著和先辈在美国的历史，克服了种族自卑。作为少数塑造了慈厚父亲形象的亚美早期作品之一，这部小说也解决了《哎咿!》中首次表达的一个问题："亚美男性特质未能以最简单的形式表达自己：父子"（xlvi）。父亲劲·达克和叔叔唐纳德·达克在教导唐纳德中国文化遗产方面表现出异乎寻常的耐心和说服力。为纪念《水浒传》里的一百单八将，劲·达克提出了为春节建造108架纸飞机的计划。当唐纳德调皮地烧坏了"李逵号"纸飞机，达克叔叔的一通教训唤起了他对传说中的绿林好汉以及自己祖先的好奇心："你的中文姓氏不是达克，而是李。李，跟李逵的姓一样。"（23）这段对姓氏的提念齿记是众多文本细节中的一个，这些细节使得对自己卡通式名字感到羞耻的唐纳德也开始对中国古典和华美历史产生兴趣。

赵健秀在整部小说中将神话和历史巧妙地编织在一起。《水浒传》里的好汉大多是被腐败朝廷迫害的义士；他们的人头被悬赏，被逼上梁山，类似与世隔绝的兄弟会那样独立生活。同样，由于1882年的《排华法案》，[1]很多早期移民以"不法分子"的身份非法进入美国——伪造移民材料（因此"达克"是假姓）。这些早期移民反抗美国种族主义立法的策略与梁山好汉反抗中国官员的策略不谋而合。此外，就像传说中的逃犯一样，移民也被隔离在不同的唐人街，远离主流社会。对于已经着手重塑亚美男子气概的赵健秀而言，《水浒传》提供了一个可贵的源泉。通过强调勇猛无畏的梁山好汉和移民美国的中国祖先之间的密切关系，他把那些建造跨太平洋铁路而饱受欺虐的"中国佬"重新塑造为无畏

---

[1] 赛珍珠在废除《排华法案》过程中发挥了重要作用。

的先驱。[1]

　　这部名著还向赵健秀展示了能与欧美好汉相媲美的中国形象。根据达克叔叔的说法，梁山与雪伍德森林相似："想为政府效力的好人却被当权者冤枉成不法之徒……就像罗宾汉一样。只是在中国的书里，有108个罗宾汉。"（22）正如王晓雪（音）所指出的，赵健秀用"小历史"（history）颠覆了"大历史"（History），重新认取了横贯北美大陆的铁路的历史（Wang 18）。汤亭亭将这段被主流文化省略的血泪史浓缩在《中国佬》里，叙述者描述了阿公（祖父）在非人的条件下修建铁路，但在纪念这一壮举完工的庆祝照片上却找不到他的身影："当鬼子摆好姿势拍照，中国人就五零四散……驱逐已经开始。阿公在铁路照片中无迹可寻。"（CM 145）正如汤亭亭对其男性祖先生活的富有创作力的描绘须得在这种抹杀历史的背景下解读一样，赵健秀将铁路建设者和《水浒传》的好汉们梦幻般地糅合，意在把他们从湮没无闻提升到英雄的地位。

　　然而，赵健秀对中国反叛者的描述相当片面，他笔下的梁山好汉似乎比罗宾汉及其快活邦野蛮得多。原著里的一百单八将遍及三教九流（其中一些文质彬彬，甚至堪称君子），黑旋风李逵算是其中最粗野鲁莽的一个——偏偏是他在《唐老亚》中戏份最多。达克叔叔告诉侄子，这个角色"性烈如火，是个爆竹筒子"，"喜欢打架，喜欢杀人"，裹血力战之后，"浑身血忽淋刺，沾满了其他人的血"（22，23）。叔叔告诉少年他本和李逵同姓，这似乎意味着这位传说中的祖先应该让年轻的唐纳德充满敬畏，尽管嗜血的李逵和胆小的唐纳德之间唯一的相似之处只是他们缺乏良好的判断力。《唐老亚》赞美的另一位人物是关公，劲·达克称之为"最厉害的角色"（67）。这里的厉害再次体现为杀戮的能力："只要看一眼关公的眼睛，就没命了。"（67）尽管这本书有效地打破了被动顺从的东方刻板印象，但它将动物的野蛮与致命的愤怒，同阳刚和坚韧混为一谈。

---

[1] 如汤亭亭所言，华人劳工用钢铁帮这个国家连起来，这条钢铁的纽带就是铁路："他们是连接和建设这片土地的祖辈。"（CM 146）早期华人移民是美国的创建者。和非裔美国人一样，他们用劳动支持这个国家的建设，所以美国也是华裔美国人的祖国，因为华人、非裔美国人都是开国劳工、开国功臣。

幸而这部小说也让我们得窥另一种英雄主义。劲·达克巧妙扮演的战神关羽，同时也是文学之神，[1]尽管劲·达克只在扮演关公时表现出"杀手的个性意识"。作为主厨，他在春节期间请来三百人规模的剧团并为他们下厨，还为唐人街的每家每户分发大米，体现出《水浒传》里最受尊敬的英雄之一宋江的慷慨。更重要的是，像《女勇士》中叙述者的母亲英兰一样，劲·达克是个非凡的故事大王，与关羽的文学造诣相匹配。通过反驳对中国人的主流成见并演绎英雄故事，劲·达克向儿子灌输了民族自豪感，帮助唐纳德扭转对民族遗产的羞赧。在一段梦境里，唐纳德发现自己和移民祖先在关工长（一个融合了关云长和演绎关公的劲·达克梦中的领导）的带领下于铁路上工作。唐纳德学习了中国古典文学和华美历史，了解到自己的祖先不仅修建了铁路，还发动了罢工要求同工同酬。在阐释中国习俗和教导唐纳德"唐人街就是美国"（Chin, *DD*: 90）的过程中，劲·达克扮演了一个文化传播者的角色，而其他的亚美文学作品通常将这一角色留给强大的母亲。在现实生活中，唐纳德受到父亲鼓舞，站出来捍卫正义和真理。他为被诬告谋杀的人提供不在场证明；他和朋友阿诺德·安扎利亚在美国课堂上公开挑战并纠正亚洲人扭曲的形象。他俩并肩反驳课堂上呈现的中国形象，更为一名无辜的人挺身而出，这都体现出勇气基于对生命的肯定，而不是对生命的威胁。

和创造《女勇士》的汤亭亭一样，赵健秀把传统的中国战士改造成舞文弄墨、唇枪舌剑的华美传人，而不是剑拔弩张、舞刀弄剑。《哎咿！》的编者们认为一种具有文化特色的语言是男子气质的必要条件："语言将人们凝聚成一个群体……任何文化中的人都为自己说话。没有自己的语言，就不能算是一个人。"（xlviii）因此，借用阮清越的话说，恢复自己的文学传统和民族诗学也是一种重振雄风的方式。编者们看重珠玑咳唾、锦心绣口，而《女勇士》和《唐老亚》都将剑法化为文法，正对了他们胃口。可憾的是，这种语言能力没有延展到赵健秀笔下的任何一位女性身上。《唐老亚》里的母亲和女儿都赞同融入欧美文化，

---

[1] 赵健秀原文如此。——译者注

于是被漫画式地摹写:"她们陷入情景喜剧模式,脱离了生活的挑战,被困在二维的空虚之中。"(Samarth 92)赵健秀勇敢地揭露了他华美祖先的英雄史,将几位男性形象树为模范父辈,但他对女性的描绘却沦为性别歧视的典型。要揭露多种形式的压迫,复兴文化传统却不陷入父权束缚的泥沼,为男子气质和女性特质绘制新的版图,才算是真正的英雄本色。

多元文化素养

二十多年前第一次构思这篇文章时,我提醒自己不要与主流文化和种族文化的性别意识形态串通一气,并重申特蕾莎·德·劳莱蒂斯(Teresa de Lauretis)的忠告,即要努力实现非等级、非二元和非规定性的性别和族裔概念,这些概念可以包含矛盾,但不是延续分裂(246; De Lauretis 11)。从那时起,跨越性别、种族、阶级和婚恋观的重要理论范式呈指数级增加,许多亚美学者不仅开始瓦解白人至上主义,也开始瓦解男性至上主义。然而,尽管多元文化和多语言读写能力在跨文化交叉方面取得了长足的进步,但它们的发展只是象征性地纳入了有色人种的文本。正如我在本章开头提到的,亚美人早期对"认属美国"的担忧,以及围绕汤亭亭、赵健秀的性别问题,盖过了两位作家的跨国影响力,也盖过了他们对中国经典作品的大胆借用。汤赵二人不仅精通中西方经典,而且擅长将两者结合起来,并为华裔美国人改造了它们,这在美国出生的作家中是罕见的。最后这一节展示了对中国文化更深入的了解如何能更好地揭示两位作家的跨文化创新,并可在亚洲和美国减轻主流社会的种种成见。

《女勇士》与《唐老亚》中突出表现的舞刀弄剑并舞文弄墨,体现了中国传统文化里文武双全的男性理想。雷金庆(Kam Louie)阐述了这两种不同的(有时是复合的)模式:"中国男性英雄的传统以英雄、好汉为代表,被一种更温和、理智的男性传统所平衡,即才子、文人。"他补充道:"擅于脑力的后者往往支配前者那种大男子主义、四肢发达的男性模型。"(Louie 8)本章的标题隐含地使用了"剑"和"文"((s)word)作为文武的转喻(这将在接下来的两章中进一步探讨)。当这一古老的二元关系与华裔美国人以及我们的文本联系起来考察时，多重的反讽便显现出来。首先，尽管在中国，男人通常因其文学天赋和/或武术实力而受到崇拜，但华裔美国男性却被定型为既不能文也不能武。其次，尽管中国人衡量男性的标准是把文才置于武艺之先，但敢于重塑亚洲人的华美男作家却根据美国流行文化的标准，重武轻文——身为作家，他们更应复兴文之理想。最后，雷金庆认为，文武都是传统意义上的男性特权："文武的公开物化必然发生在男性身上。因此，在临时登上男性舞台前，女性通常要扮男装。"[1]雷金庆以木兰作为例证："同行十二年，不知木兰是女郎"，当她回归女性角色时，比假扮男性之前显得"更女人，更传统"（Louie 12）。

为炳耀赵健秀和汤亭亭独出机杼的文学，以及中国文化知识在调和虚实真假方面的重要性，请允许我再次讨论《女勇士》引起的轩然大波和赵健秀笔下的关公。赵健秀对女勇士背部的文身愤气填膺，他谴责汤亭亭，连同黄哲伦和谭恩美，说他们是"天下各族史无前例的作家——当然也是亚裔闻所未闻的——胆大妄为地乱用亚洲文学中最著名的作品"（Chin,"Come" 3）。但早已有其他作家，为文学目的修改古老故事而并不招致批评愤怒。约翰·弥尔顿（John Milton）《失乐园》（*Paradise Lost*）中的天使，克里斯塔·沃尔夫（Christa Wolf）《卡珊德拉》（*Cassandra*）中的阿喀琉斯——他们都未经诟病。汤亭亭自己把《鲁滨孙漂流记》作为一个中国故事复述了一遍，并将奥维德（Ovid）《变形记》（*Metamorphoses*）里的一个故事改编成夏威夷传说，也算是未受惩处（Cheung K.-K.,"Talk-Story"）。倘如赵健秀所言，《木兰诗》在中国家喻户晓、妇孺皆知，那么只有中国以外的读者才会误以改编故事为真。如果汤亭亭的读者对《木兰诗》的熟悉程度不亚于他们对西方传说的熟悉程度，那么华美评论家就会关注她的谋篇布局，而不是纠结文化真实性。

作家不应为读者的无知负责。如果我们要求亚美作家以自我警惕的眼光写作，以防被非亚裔读者挪用或冒犯"亚美男子气质"，无疑相当于维护了种族和

---

[1] 在第三章，笔者将反驳雷金庆的主张，即传统上，文也不是男人的专属领地。

性别的等级制度。不过，要防止文化误读、促进多元文化素养，还有很多可以做。尽管课程改革促进了多样性，但欧美传统仍占据主导地位。黄秀玲注意到，在汤亭亭的批评者中，"白人读者的无知似乎被视作不可改变……不那么冥顽不灵的读者也可以学着去读《女勇士》中的典故，就像少数族裔的这几代读者已经学会阅读欧洲中心主义的经典一样——这种可能性从未被提及"（Wong S.-l. C. 260）。黄秀玲披露出对欧美读者和其他族裔读者的双重标准。尽管所有背景的美国学生都被要求用功理解艾略特（T. S. Eliot）的《荒原》（*The Waste Land*）甚至詹姆斯·乔伊斯（James Joyce）的《芬尼根守灵夜》（*Finnegans Wake*）中的典故，但要求非亚洲读者去理解《女勇士》或《孙行者》里的中国典故似乎就是非分之想、不可理喻。然而，如果不扩大英美文化遗产并借鉴世界各地的文化遗产，真正的多元文化教育就无法实现。

虽然我反对赵健秀对英雄气概的执着，但我们不应忽视他提高亚洲文化素养的呼吁。在判断汤亭亭与赵健秀是数典忘祖地抑或独具匠心地使用中国材料之前，在评判他们的修改是构成对中国传说的"歪曲"还是创新性的改编之前，都必须首先牢牢掌握原始资料。鉴于雷金庆认为"文武是男人的公共领地"（12），汤亭亭将岳飞的故事叠加在木兰身上，把剑与文僧取给她想象中的女勇士，愈发大胆越轨，仿佛女性掠夺了男性特权。赵健秀声称背部刺字是刑罚的标志（就像第二次世界大战期间犹太人的标志一样），这暴露了他文化素养的缺乏。赵文书说："对中国人来说，刻字永远意味着赋权和灵感的源泉……汤亭亭实际上比赵健秀更清楚自己在做什么，因为她知道刺字为力量之源。"（Zhao, "Frank Chin" 159）

那么赵健秀对关公振振有词的描述又如何呢？多萝西·里苏科·麦克唐纳（Dorothy Ritsuko McDonald）注意到，赵健秀在关公身上找到了他在《鸡舍的中国佬》和《龙年》里的主人公所追求的阳刚理想和大胆的个人主义（McDonald xxv）。用赵健秀自己的话说，关羽是"战士的战神……是舞文弄墨的斗士的文神，也是演员和任何在舞台上扮演他的人的保护神"（McDonald xxvi）。关云长无疑是中国文学和大众文化里所有人物中"最光宠荣耀、奉为神明的"："（他）

被封为武的化身，这是他在民间积累的声望的延续和体现。"（Louie 26）对赵健秀这位作家、剧作家、演员与尚武男子气概的捍卫者而言，兼备戎装和文服的关公富有四重吸引力。关云长作为演员的保护神，在剧作家赵健秀身上引起了强烈共鸣："母亲赐予我关公的骨血，这意味着创作戏剧是我命中注定，创作就像打仗一样，抛舍一切，以求公道。"（McDonald xxv）

赵健秀强调好斗好战的男子气概。因此，他从《三国演义》著名的桃园三结义中学到的是："它助长了一种侵略性的自力更生，不信任亦不依傍任何人，无敌杀手唯我独尊的个性意识在广东人那里登峰造极……在加州生根发芽，涌出了一个关公的快活邦。"（McDonald xxvii）

我不能苟同。桃园结义所象征的与其说是极端的个人主义甚至"不信任任何人"的心态，不如说是坚不可摧的难兄难弟。《西游记》《三国演义》《水浒传》与荷马的《伊利亚特》、《奥德赛》（*Odyssey*）的不同之处在于，阿喀琉斯、赫克托和奥德修斯都是孤胆英雄，而前者看重团队精神与兄弟情谊，我认为这是中国英雄传统的标志。此外，团队合作的特点与个人主义的勇气相辅相成；中国的英雄团队非但没有表现出盲从倾向，也并非唐人街武术电影中被赵健秀损为"帮派阳刚"的那种，而是由人杰组成，人人都有独特的长处和软肋，但他们对彼此披肝沥胆，义薄云天。

桃园结义结下的是友谊的忠贞誓言；三兄弟立誓同年同月同日死，这比结婚誓言还更深一层，终身承诺，相互信任。关羽之所以在中国如此受人尊敬，与其说是因其个性，甚至什么军事才能，不如说因他乃"忠诚和守护的象征，激发了信任和义务的伦理，这种伦理可以取代血缘关系"（Duara 782; Lee R. G., "Guan Gong": 32）。忠诚、守护和结拜的亲属关系都意味着人与人之间的义务和维系，符合儒家"仁"的概念，我将在第四章阐明这一概念是美国女性主义者所阐述的女性"关怀伦理"的男性对等物。赵健秀从桃园结义中推断出"不相信任何人"的个性完全是他自己无中生有。李少强（Robert G. Lee）的评价似乎切中肯綮："赵健秀对关公的颂扬……既大胆又武断。他在重建史诗传统的过程中寻找真实性时，掩盖了历史经验的间断性和矛盾性……赵健秀所谓'真

正的中国佬历史'最终只能来自通过关公言说,而不能来自与关公对话。"(R. G. Lee,"Guan Gong":38)

赵健秀不仅按照自己的形象再现了关公,还从他崇拜的偶像手中夺取了作为亚美文学和文学史守护神的权威。他未能解读李少强所言关公的"双重声音"标志,这一标志使得"华裔美国人的历史修正为一个有多种反抗声音的嘉年华"(38)。关羽的形象远非"一成不变"的神明,而是在各个时代都被重新塑造和诠释。

赵健秀强烈控诉了华美汉子被美国历史和文学的抹杀。《唐老亚》中最感人的时刻之一发生在建造横贯大陆铁路的梦中。完工后,中国劳工将他们的名字写在最后一根枕木上,这根枕木标志着"中央太平洋铁路"与"联合太平洋铁路"交界。但白人拿掉了枕木,赶走了华人,从这一关键的历史伟业中抹掉了他们所有的痕迹。这一时刻有效地强调了为保存历史而战的重要性:"历史就是战争……你要么自己保存历史,要么就永远失去它。"(Chin, *DD*: 123)然而,尽管赵健秀在书中揭露了欧美白人在封杀华裔劳工时的拳脚暴力和观念暴力,但他否认中国经典名著里类似的排斥行为,比如《水浒传》和《三国演义》等名著中,女性常常被从历史(*history*)间抹去。他注意到美国流行文化里缺乏男性化的中国形象,却忘了他心爱的经典名著中几乎没有裙钗的影子。

汤亭亭和赵健秀都在各自的性别重构时大量借鉴了中国的英雄传统。二人有别的部分原因是这种重男轻女的传统与赵健秀重塑亚美人的意图一致,除了对原始文本的特殊选择、修饰和解读,他无须从根本上背离中国材料。在坚持保存真实历史的过程中,他支持了女性在历史上的从属地位和边缘化,仅仅用华裔的父权制代替了白人的父权制。相较之下,汤亭亭因其女性主义与和平主义倾向而做不到简单移植。她这颠覆性目的,被赵健秀认为是惑众。其实她同时戏仿了中国和欧美的文学材料,为对抗性别和种族的不平等,她打破了两个世界的父权制。尽管如此,更符合中国原始英雄文本精神的是汤亭亭强调的和平精神,而不是赵健秀宣扬的好战精神。汤赵都可能作为英雄式的语言大师载入亚美文学史,他们将中国和英美材料熔铸成一套反映巾帼须眉在新大陆抗争的原创作品。然而，在争取华美主体性的战场上，赵健秀和他的同僚们必须超越桃园结义的兄弟关系，为不同性别、不同信仰、剑胆文心的男男女女留出空间。否则就会像曹操与三兄弟一样："风声鹤唳的刀剑之声愚弄了我们，但现在我们明了——他们一败涂地。"

参考文献

Althusser, L. P. 1971. *Lenin and Philosophy and Other Essays.* (B. Brewster, Trans.) New York: Monthly Review Press.

Asians in America, 2014, February 3. *Asians in America.* Retrieved December 30, 2014, from http://www.asiansinamerica.org/news/is-crime-against-asian-americans-going-up-or-down/

Baldwin, J. 1962. *The Fire Next Time.* New York: Vintage.

Bambara, T. C. 1970. On the Issue of Roles. In T. C. Bambara (Ed.), *The Black Woman: An Anthology* (pp. 101–110). York, ON: Mentor-NAL.

Benstock, S. (Ed.). 1988. *The Private Self: Theory and Practice of Women's Autobiographical Writings.* Chapel Hill: University of North Carolina Press.

Bonetti, K. 1998. An Interview with Maxine Hong Kingston [1986]. In P. Skenazy, & T. Martin (Eds.), *Conversations with Maxine Hong Kingston* (pp. 33–46). Jackson, MS: University Press of Mississippi.

Bowra, C. M. 1952. *Heroic Poetry.* London: McMillan.

Butler, J. 2015. *Senses of the Subject.* New York: Fordham University Press.

Chan, J. 2014, August 20. *Where Are All the Asian Americans in Hollywood?* Retrieved from Complex: http://www.complex.com/pop-culture/2014/08/asian-americans-in-hollywood

Chan, J. P. 1977, April 28. The Mysterious West. *New York Review of Books*, p. 41.

Chan, J. P., Chin, F., Inada, L. F., & Wong, S. 1991. Introduction. In J. P. Chan, F.

Chin, L. F. Inada, & S. Wong (Eds.), *The Big Aiiieeeee! An Anthology of Chinese American and Japanese American Literature* (pp. xi-xvi). New York: Penguin.

Chan, J. P., Chin, F., Inada, L. F., & Wong, S. (Eds.). 1991. *The Big Aiiieeeee! An Anthology of Asian American Writers*. New York: New American Library-Meridian.

Chan, J. P., Chin, F., Inada, L. F., & Wong, S. (Eds.). 1991. *The Big Aiiieeeee: An Anthology of Chinese American and Japanese American Literature*. New York: Penguin.

Cheung, F. 2005. Early Chinese American Autobiography: Reconsidering the Works of Yan Phou Lee and Yung Wing. In K. Lawrence, & F. Cheung (Eds.), *Recovered Legacies: Authority and Identity in Early Asian American Literature* (pp. 24–40). Philadelphia: Temple University Press.

Cheung, K.-K. 1988, March. "Don't Tell": Imposed Silences in *The Color Purple* and *The Woman Warrior*. *PMLA*, 162–174.

Cheung, K.-K. 1990. The Woman Warrior versus The Chinaman Pacific: Must a Chinese American Critic Choose Between Feminism and Heroism? In M. Hirsch, & E. F. Keller (Eds.), *Conflicts in Feminism* (pp. 234–251). New York: Routledge.

Cheung, K.-K. 1993. Talk-Story: Counter-Memory in Maxine Hong Kingston's China Men. *Tamkang Review: A Quarterly of Comparative Studies Between Chinese and Foreign Literatures*, 24(1): 21–37.

Cheung, K.-K., & Yogi, S. 1988. *Asian American Literature: An Annotated Bibliography*. New York: Modern Language Association.

Chin, F. 1972. Confessions of the Chinatown Cowboy. *Bulletin of Concerned Asian Scholars*, 4(3): 58–70.

Chin, F. 1974, March 24. "Kung Fu" Is Unfair to Chinese. *New York Times*, p. 137.

Chin, F. 1984. The Most Popular Book in China. *Quilt*, 4: 6–12.

Chin, F. 1985. This Is Not an Autobiography. *Genre*, 18(2): 109–130.

Chin, F. 1988. *The Chinaman Pacific & Frisco R. R. Co.* Minneapolis: Coffee House Press.

Chin, F. 1991. Come All Ye Asian American Writers of the Real and the Fake. In J. P. Chan, F. Chin, L. F. Inada, & S. Wong (Eds.), *The Big Aiiieeeee! An Anthology of Asian American Writers* (pp. 1–92). New York: New American Library-Meridian.

Chin, F. 1991. *Donald Duk.* Minneapolis: Coffee House.

Chin, F., & Chan, J. P. 1972. Racist Love. In R. Kostelanetz (Ed.), *Seeing Through Shuck* (pp. 65–79). New York: Ballantine.

Chin, F., Chan, J. P., Inada, L. F., & Wong, S. H. (Eds.). 1974/1983. *Aiiieeeee! An Anthology of Asian-American Writers.* Washington, D.C.: Howard University Press.

Choy, C., Lau, J. (Writers), & Choy, C. (Director). 2005. *What's Wrong with Frank Chin?* [Motion Picture]. Chonk Moonhunter Productions.

Chu, P. P. 1997. Tripmaster Monkey, Frank Chin, and the Chinese Heroic Tradition. *American Quarterly*, 53(3): 117–139.

Chu, P. P. 2000. *Assimilating Asians: Gendered Strategies of Authorship in Asian America.* Durham, NC: Duke University Press.

Clifford, J. 1986. Introduction: Partial Truths. In J. Clifford, & G. Marcus (Eds.), *Writing Culture: The Poetics and Politics of Ethnography* (pp. 1–26). Berkeley, California: University of California Press.

Crenshaw, K. 1989. Demarginalizing the Intersection of Race and Sex: A Black Feminist Critique of Antidiscrimination Doctrine, Feminist Theory and Antiracist Politics. *University of Chicago Legal Forum*, 139–167.

De Lauretis, T. 1987. *Technologies of Gender: Essays on Theory, Film, and Fiction* (p.11). Bloomington: Indiana University Press.

Duara, P. 1988. Superscribing Symbols: The Myth of Guandi, Chinese God of War.

Journal of Asian Studies, 47(4): 778–795.

Eakin, P. J. 1985. *Fictions in Autobiography: Studies in the Art of Self-Invention.* Princeton: Princeton University Press.

Eng, D. L., & Hom, A. Y. (Eds.). 1998. *Q & A: Queer in Asian America.* Philadelphia: Temple University Press.

Enke, A. (Ed.). 2012. *Transfeminist Perspectives in and beyond Transgender and Gender Studies.* Philadelphia: Temple University Press.

Espiritu, Y. L. 1997. All Men Are Not Created Equal: Asian Men in U.S. History. In M. S. Kimmel, & M. A. Messner (Eds.), *Men's Lives* (4th ed., pp. 35–44). Boston: Allyn & Bacon.

Fong, K. M. 1977. An Open Letter/Review. *Bulletin for Concerned Asian Scholars*, 9(4): 67–69.

Friedman, S. S. 1986. Gender and Genre Anxiety: Elizabeth Barrett Browning and H. D. as Epic Poets. *Tulsa Studies in Women's Literature*, 5(2): 203–228.

Gilligan, C. 1982. *In a Different Voice: Psychological Theory and Women's Development.* Cambridge, MA: Harvard University Press.

Goellnicht, D. C. 1992. Tang Ao in America: Male Subject Positions in *China Men*. In S. G.-l. Lim, & A. Ling (Eds.), *Reading the Literatures of Asian America* (pp. 191–212). Philadelphia: Temple University Press.

Goodman, L. 1996. *Gender and Literature.* New York: Routledge.

Gubar, S. 1981. "The Blank Page" and the Issues of Female Creativity. *Critical Inquiry*, 8: 243–263.

hooks, b. 1982. *Ain't I a Woman? Black Women and Feminism.* Boston: South End Press.

Iwamura, J. N. 2011. *Virtual Orientalism: Asian Religions and American Popular Culture.* New York: Oxford University Press.

Jelinek, E. (Ed.). 1980. *Women's Autobiography: Essays in Criticism.* Bloomington:

Indiana University Press.

Jen, G. 2012. *Tiger Writing: Art, Culture, and the Interdependent Self.* Cambridge: Harvard University Press.

Jill, N. 2010, May 18. An Interview with Ishmael Reed The Return of the Nigger Breakers: a Ghetto Reading and Writing Rat Responds to His Critics. *Counterpunch.* Retrieved from http://www.counterpunch.org/2010/05/18/the-return-of-the-nigger-breakers-a-ghetto-reading-and-writing-rat-responds-to-his-critics/

Johnson, B. 2000. *The Feminist Difference: Literature, Psychoanalysis, Race, and Gender.* Cambridge, MA: Harvard University Press.

Johnson, D. 1977, February 3. "Ghosts": Rev. of *The Woman Warrior* by Maxine Hong Kingston. *New York Review of Books*, p. 19+.

Juhasz, S. 1979. Towards a Theory of Form in Feminist Autobiography: Kate Millet's Fear of Flying and Sita; Maxine Hong Kingston's *The Woman Warrior*. *International Journal of Women's Studies 2.1 [1979]:* 62. 2(1): 62–75.

Kang, L. H. 2002. *Compositional Subjects: Enfiguring Asian/American Women.* Durham: Duke University Press.

Kim, E. H. 1982. *Asian American Literature: An Introduction to the Writings and Their Social Context.* Philadelphia: Temple UP.

Kim, E. H. 1984. Asian American Writers: A Bibliographical Review. *American Studies International*, 22(2): 41–78.

Kim, E. H. 1986. Asian Americans and American Popular Culture. In H.-C. Kim (Ed.), *Dictionary of Asian American History* (pp. 99–114). New York: Greenwood Press.

Kim, E. H. 1990. "Such Opposite Creatures": Men and Women in Asian American Literature. *Michigan Quarterly Review*, 29(1): 68–93.

King, K. C. 1991. *Achilles: Paradigms of the War Hero from Homer to the Middle*

Ages. Berkeley: University of California Press.

Kingston, M. H. 1976, 1989. *The Woman Warrior: Memoirs of a Girlhood among Ghosts*. New York: Vintage International.

Kingston, M. H. 1978. San Francisco's Chinatown: A View from the Other Side of Arnold Genthe's Camera. *American Heritage*, 30(1): 35–47.

Kingston, M. H. 1980. *China Men*. New York: Vintage.

Kingston, M. H. 1982. Cultural Mis-readings by American Reviewers. In G. Amirthanayagam (Ed.), *Asian and Western Writers in Dialogue: New Cultural Identities* (pp. 55–65). London: Macmillan.

Kingston, M. H. 1989. *Tripmaster Monkey: His Fake Book*. New York: Knopf.

Lauter, P. 1985. Race and Gender in the Shaping of the American Literary Canon: A Case Study from the Twenties Sex, Class and Race in Literature and Culture, ed. Judith Newton and Deborah Rosenfelt (New York: Methuen, 1985). In J. Newton, & D. Rosenfelt (Eds.), *Feminist Criticism and Social Change: Sex, Class and Race in Literature and Culture* (pp. 19–44). New York: Methuen.

Lee, J. 1998. *Performing Asian America: Race and Ethnicity on the Contemporary Stage*. Philadelphia, PA: Temple University Press.

Lee, R. G. 1991. *The Woman Warrior* as an Intervention in Asian American Historiography. In S. G.-l. Lim (Ed.), *Approaches to Teaching Maxine Hong Kingston's* The Woman Warrior (pp. 52–63). New York: MLA.

Lee, R. G. 1992. In Search of the Historical Guan Gong. *Asian America*, 1, 28–43.

Li, D. L. 2012. Can Maxine Hong Kingston Speak? The Contingency of *The Woman Warrior*. In D. L. Li (Ed.). New York: Routledge.

Li, J.-C. 1965. *Flowers in the Mirror*［镜花缘］. (T.-Y. Lin, Ed., & T.-Y. Lin, Trans.) London: Peter Owen.

Li, W. 2000, Spring. Review of Sau-ling Cynthia Wong's Maxine Hong Kingston's *The Woman Warrior*: A Casebook. *Rocky Mountain Review*, n.p.

Louie, K. 2002. *Theorizing Chinese Masculinity: Society and Gender in China.* Cambridge: Cambridge University Press.

Lowe, L. 1996. *Immigrant Acts: On Asian American Cultural Poetics.* Durham: Duke University Press.

Lye, C. 2007. "In Dialogue with Asian American Studies and Racial Form." *Representations*, 99: 1–6.

Lye, C. 2014. Asian American 1960s. In R. C. Lee (Ed.), *The Routledge Companion to Asian American and Pacific Islander Literature* (pp. 213–223). New York: Routledge.

Ma, S.-M. 2000. *Deathly Embrace: Orientalism and Asian American Identity.* Minneapolis: University of Minnesota Press.

Marchetti, G. 1993. *Romance and the "Yellow Peril": Race, Sex, and Discursive Strategies in Hollywood Fiction.* Berkeley: University of California Press.

McCunn, R. L. 2014. *Chinese Yankee.* San Francisco: Design Enterprises of San Francisco.

McDonald, D. R. 1981. Introduction. In F. Chin, *The Chickencoop Chinaman and The Year of the Dragon: Two Plays by Frank Chin* (pp. ix-xxix). Seattle: University of Washington Press.

Men in Feminism. 1987. In A. Jardine, & P. Smith (Eds.). New York: Methuen.

Miller, N. K. 1991. *Getting Personal: Feminist Occasions and Other Autobiographical Acts.* New York: Routledge.

Mullen, H. 2012. *The Cracks Between What We Are and What We Are Supposed to Be.* Tuscaloosa: University of Alabama Press.

Nee, V. G., & Nee, B. D. 1981. *Longtime Californ': A Documentary Study of an American Chinatown 1973.* New York: Pantheon.

Nguyen, V. 2000. The Remasculinization of Chinese America: Race, Violence, and the Novel. *American Literary History*, 12(1): 130–157.

Ono, K. A., & Pham, V. N. 2009. *Asian Americans and the Media.* Cambridge, UK: Polity Press.

Rabine, L. W. 1987. No Lost Paradise: Social Gender and Symbolic Gender in the Writings of Maxine Hong Kingston. *Signs: Journal of Women in Culture and Society*, 12: 471–492.

Reed, I. 1982, October 21. *Complaint.* Retrieved January 4, 2015, from *New York Times Review of Books*: http://www.nybooks.com/articles/archives/1982/oct/21/complaint/

Renato, C. 1980. Notes on Historical Writing for the Third World. *Journal of Contemporary Asia*, 10(3): 233–240.

Romero, D. 2014, February 11. *Racist, Anti-Asian Flier Rocks UCLA, USC Campuses.* Retrieved February 25, 2015, from LA Weekly: http://www.laweekly.com/news/racist-anti-asian-flier-rocks-ucla-usc-campuses-4431258

Said, E. 1979. *Orientalism.* New York: Vintage.

Samarth, M. 1992. Affirmations: Speaking the Self into Being. *Parnassus: Poetry in Review*, 17(1): 88–101.

Schenck, C. 1988. All of a Piece: Women's Poetry and Autobiography. In B. Brodzki, & C. Schenck (Eds.), *Life/Lines: Theorizing Women's Autobiography.* Ithaca, NY: Cornell University Press.

Shih, S.-m. 1992. Exile and Intertextuality in Maxine Hong Kingston's *China Men*. In J. Whitlark, & W. Aycock (Eds.). Lubbock: Texas Tech University Press.

Slotkin, R. 1973. *Regeneration Through Violence: The Mythology of the American Frontier, 1600–1860.* Middleton, CT: Wesleyan University Press.

Smith, S. P.-R. 1987. *A Poetics of Women's Autobiography: Marginality and the Fictions of Self-Representationton.* Bloomington: Indiana University Press.

Smith, S., & Watson, J. 2010. *Reading Autobiography: A Guide for Interpreting Life Narratives* (2nd Edition ed.). Minneapolis: University of Minnesota Press.

Stanton, D. 1984. *The Female Autograph.* New York: New York Literary Forum.

Takaki, R. 1989. *Strangers from a Different Shore: A History of Asian Americans.* Boston: Little, Brown.

Tong, B. R. 1971. The Ghetto of the Mind. *Amerasia*, 1(3): 1–31.

Tong, B. R. 1977, May 11. Critic of Admirer Sees Dumb Racist. *San Francisco Journal*, p. 20.

Wang, X. 2014. A New Historicist Analysis of the Rewriting of Chinese American History in Donald Duk. *Cross-Cultural Communications*, 10(2): 118–124.

Wolf, C. 1984. *Cassandra: A Novel and Four Essays.* (J. v. Heurck, Trans.) New York: Farrar.

Wong, N. 1978, Winter. *The Woman Warrior. Bridge*: 46–48.

Wong, S. S. 1994. Unnaming the Same: Theresa Hak Kyung Cha's DICTEE. In L. Keller, & M. Christianne (Eds.), *Feminist Measures: Soundings in Poetry and Theory* (pp. 43–68). Ann Arbor: University of Michigan Press.

Wong, S.-l. C. 1992. Autobiography as Guided Chinatown Tour? Maxine Hong Kingston's *The Woman Warrior* and the Chinese-American Autobiographical Controversy. In M. A. Lives, & J. R. Payne (Ed.). Knoxville, Tennessee: U of Tennessee P.

Woo, D. 1990. Maxine Hong Kingston: The Ethnic Writer and the Burden of Dual Authenticity. *Amerasia*, 16(1): 173–200.

Yalom, M. 1991. *The Woman Warrior* as Postmodern Autobiography. In S. G.-l. Lim (Ed.), *Approaches to Teaching Kingston's* The Woman Warrior (pp. 108–115). New York: Modern Language Association.

Yamamoto, T. 2014. Asian American Autobiography/Memoir. In R. C. Lee (Ed.), *The Routledge Companion to Asian American and Pacific Islander Literature* (pp. 379–391). New York: Routledge.

Zhang, Y.-J. 1999. A Chinese Woman's Response to Maxine Hong Kingston's *The*

Woman Warrior. In S.-l. C. Wong (Ed.), *The Woman Warrior: A Casebook* (pp. 17–21). New York: Oxford University Press.

Zhao, W. 2008. Why Is There Orientalism in Chinese American Literature? In G. Huang, & W. Bing (Eds.), *Global Perspectives on Asian American Literature*. Beijing, China: Foreign Language Teaching and Research Press.

Zhao, W. 2011. Why Does Frank Chin Insist on the Authenticity of His Chinese Culture?—A Belated Response to Frank Chin from a "Distractor". In A. Cheng, & W. Zhao (Eds.),《跨国语境下的美洲华裔文学与文化研究》(pp. 151–169). Nanjing, China: Nanjing University Press.

张敬珏，1993，《女战士对抗太平洋中国佬：华裔美国批评家非得选择女性主义或英雄主义吗？》，张琼惠译，《中外文学》21.9：67–91。

第二章　东不成西不就：李健孙、雷祖威

中国文学以和为贵的基调不亚于《大哎呀!》里的战争颂歌。谈及男子气概时，这种对照尤为显著。雷金庆详尽地研究了"对所有关于中国男子气概的讨论都至关重要的"两个互补的准则："文"和"武"，即文人或文学家的范畴与战士或武士的领域（K. Louie 6）。从历史上看，中国文化对"文"的重视程度远高于"武"，但"武"却与美国的民族特征，尤其是拓荒英雄息息相关，于是在华裔美国文化和小说中，往往是"武"盖过"文"的风头。这一章详细阐述了"文武"分立，并展示了在李健孙的《支那崽》与雷祖威[1]的《爱的彷徨》里，"文"在文化融合过程中是何等挣扎和动摇。李健孙的主人公被他的

图 2-1　雷祖威
（1954—2018）

感谢雷祖威遗孀雷金影照（Jacqueline Louie）提供照片。

1　雷祖威于 2018 年 9 月 19 日在洛杉矶病逝，享年 63 岁。2019 年 7 月，笔者与译者合编了一本电子文集《威名永存》(*The Barbarian Food Truck—In Celebration of David Wong Louie's Second Life in* PANGS OF LOVE and OTHER WRITINGS)，其中集合了诸多友人的纪念作品与译文。感谢加州大学洛杉矶分校亚美研究中心（AASC）数据库收录：www.aasc.ucla.edu/news/dwl2018.aspx。

2　笔者修改了现行中译本里一些作品的题目，以更贴近雷祖威的文思。2019 年，阮清越作前言、笔者作后记的《爱的彷徨》（增订版）出版：David Wong Louie: *Pangs of Love and Other Writings*, Seattle: University of Washington Press, 2019。

中国母亲和导师培养成一介文人，但为了在旧金山艰辛的环境里生存，他必须弃笔从拳。按照中国的传统标准，雷祖威笔下的多数人物都算得上出众的文人，却发现自己在长期的美国地缘文化背景下总是缺乏主流的传统男子气概。李健孙笔下的青年热望成为黑人，而雷祖威的主人公渴求的形象是白男。

图 2-2　雷祖威与雷金影照的婚礼

图 2-3　雷祖威与家人

左起：二弟雷祖耀（George Wong Louie）、三弟雷祖义（Richard Wong Louie）、母亲雷添银（Mrs. Yu Lan Louie）、雷祖威、姐姐雷新梅（Margie Wong Louie）、长子雷朱尔（Julian Louie）

当我初探男性刚柔论时，还几乎没有关于中国传统男性理想的持续研究；因此，我的论点在很大程度上是基于我自己的文化背景（Cheung，"Art"；Cheung，"M&M"）。此后，这一领域的学术研究蔚起，如钟学平的《男性围城》（*Masculinity Besieged*，2000）、雷金庆的《中国阳刚论》（*Theorizing Chinese Masculinity*，2002）、宋耕的《文弱书生》（*The Fragile Scholar*，2004），以及刘若愚年代较早的《中国游侠》（*The Chinese Knight-Errant*，1967）。雷金庆探本溯源，追踪了"文武"从古至今的演变，指出："大男子主义的硬汉都会比才子逊色"，文士在中国历史上一直被塑造成"魅力十足，引人瞩目"（K. Louie 8–9）的形象。他认为，拿西方男子气概的标准来评判中国男人是削足适履。因此，从亚洲语境产生的"文武范式"，即"秀才不输兵"，是对男子气概的纠谬（K. Louie 11）。尽管雷金庆灵活化解了"文武"分立，并在中国文学和文化里追溯它们的表现形式，但亚美文学研究却不在他的视野之内。我已在第一章展示了二元对立如何呈现于华裔美国文学。这一章将阐述"文"在美国同化的压力下，所经受的冲击、经历的嬗变，而接下来的两章则要探讨它可取的面向。

作为一名女学者，我何权何能，敢于深究男子气概？数百年来，不同文化背景的男人都能框定女性典范，畅所欲言，这足以作为我信手拈来的辩词。[1]更重要的是，在亚美（如同在非裔美国人和墨西哥裔美国人）的文化领域，女性主义和文化民族主义之间，以及男性和女性之间出现了明显的裂痕。致力于揭露亚洲性别歧视的女性主义者受到文化民族主义者的攻击，他们指责女作家强化了对亚洲男性的成见；一些男作家试图通过复兴"亚洲英雄传统"来重建亚美的阳刚之气并灌输文化自豪感，这种努力也引起了女性等少数群体的恐慌。在前一章中，我强调了汤亭亭的双重动力，即试图打破中国的男权制，并弥补

---

[1] 所有女性的典范——无论是荷马笔下的佩内洛普或特洛伊的海伦（以及她在马洛的《浮士德博士》与歌德的《浮士德》中的转世），是《旧约》中的露丝或《新约》里的圣母玛利亚，是莎士比亚笔下的克娄巴特拉或斯潘塞的仙后，是塞缪尔·理查森的帕梅拉和克拉丽莎，还是普契尼的蝴蝶夫人，抑或是其当代的重像西贡小姐——统统都由男性创造；更毋论亚洲男作家创造的那无数美好的女性。

亚美男人的噤声。上卷的其他章节探讨了男子气概的其他表达方式，以进一步消弭亚美女性与男性之间的对立。正如汤亭亭在《中国佬》和《孙行者》里试图认同她的男主人公一样，评论家也可以跨越疆界。

当种族和性别研究领域的学者都在反复强调性别建构的武断性，或是性别和种族这些类别的极端含混性时，我来重提男子气概的观念似乎有点过时。不过，再多的学术理论也不能轻易推翻性别表现的骇人历史，"性别是建构出来的"这一事实也不能改变性别是如何在文化中运作又如何塑造文化的现实。时至今日，无论是样貌上还是其他方面的男子气概与权力仍然相辅相成。一直享有男性特权的白男大概可以忽略性别成规，但追求平等的有色人种男性可能仍然渴望扮演高人一等的角色。

大众媒体中亚裔（美国）男性的去性化

尽管性别和族裔研究有所进展，挑战了传统的男性和女性观念，也颠覆了诬罔有色人种的刻板印象，但作为社会主体，我们依旧受到性别和种族特征的影响。伍德尧（David L. Eng）观察到，主流和少数群体"仍然致力于标准化的认同、刻板印象以及维护占主导地位的社会秩序的幻想"（Eng 4）。朱迪思·巴特勒（Judith Butler）在提炼她的表演理论时强调，身份的社会建构成本可观："建构的'表现'维度恰恰是对规范的强制重申……表现性既不是自由发挥，也不是戏剧式的自我展示；它也不能简单地等同于表演。"（Butler 94–95）但是表现性往往受特定群体的定型角色来控制，因为在美国，戏剧和电影表演同有色人种的表现性之间关系密切。毕竟，他们在雅俗艺术的文化媒体上所看到的表演都会扭曲他们身份的形成。大众媒体很少允许华裔或亚美男性去演绎"男性化"的角色，于是他们有时会自动去排演性别规范。这种情况下的约束不仅是"对表现性的限制"，也是"对表现性的推动和维持"（Butler 95）。有必要审视这些重复表演背后的焦虑和渴望，继而我们才能超越性别二元论，避开男性化和女性化的主导叙述。[1]

媒体对亚美的报道中，性别和种族的相互关联有目共睹。马兰清（Gina Marchetti）描述了好莱坞如何通过性别化来维持种族和族裔等级，以及族裔和种族的形象如何造成观众对其男女的偏见、错觉："因此，对阴险的亚洲男人、被阉割的太监、诱人的亚洲'龙女'和驯顺女奴的幻想都驱使白男的统治合理化。"（Marchetti 288, 289）金惠经同样指出："亚洲男性的标签是无性，而亚洲女性的则只有性……二者的存在都是为了定义白人的男性魅力。"（69）用《哎咿！》那派的冷言苦语来说："白人对可接受和不可接受的亚洲人的成见都是彻底缺乏男子气概。无论好歹，典型的亚洲男人根本就不算男人。"（xxx）最近，阮晋煌（Nguyen Tan Hoang，音译）在《自"下"而观：亚裔美国人的男子气概和性描述》（*A View from the Bottom: Asian American Masculinity and Sexual Representation*）一书里指出，即使西方男性以对男性的欣赏观点来品鉴，他们依旧声称亚洲人"与其他种族的男性相比，更多阴少阳"。阮晋煌随后对亚洲男子气质以异性恋为正统的言论进行批判，从而揭发了这些普遍叙述背后的"种族－性－性别假设"（x）。提出一种非男权制、反性别歧视和反种族主义的另类亚美模式，可能会进一步削弱亚裔男性在异性恋中的影响力（Chan, *Chinese*: 11），但与其他边缘化群体结盟是消除种族主义等的重要策略（Cheung, "M&M": 191; J. Chan 11; T. H. Nguyen 5）。

尽管在民权运动之后出现了新的文化意识，尽管好莱坞赋予亚洲女性越来越多的角色，但亚洲男性的流行形象几乎一仍其旧。陈于廷（Justin Chan）在2014年写道：日裔美国演员詹姆斯·繁田（James Shigeta）1959年在犯罪电影《血色和服》（*The Crimson Kimono*）中饰演侦探，李小龙1966年在电视剧《青蜂侠》中饰演的配角加藤也势压主角，但自那以后，"担纲主角的亚裔美国人数一直在

---

[1] 虽然笔者举的例子大多来自美国华裔小说，但在北美，华美男性所面临的挑战，也为许多其他亚裔男性之所共适，尽管与不同民族群体有关的刻板印象可能相互矛盾，例如，中国男人被视为无性，而菲律宾男人通常被看作性欲过剩。

减少"。[1]"继繁田和李小龙成功之后的几十年间,如果说存在亚美饰演的主角或配角,也是少之又少"(J. Chan)。在为《纽约时报》撰写的一篇专栏文章中(2016年4月22日),周乐文[2](Keith Chow)评论道:"安给亚美的大多数角色都局限于刻板印象,无异于20世纪80年代约翰·休斯(John Hughes)侮辱亚美男人的喜剧。"塑造出迷人男性形象的华美大片(如《花样年华》《春光乍泄》《卧虎藏龙》《喜宴》),无论其趣味如何,都不是好莱坞电影。

在美国,亚洲男性唯一经久不衰的"正面"形象是李小龙;《龙》(根据他生平改编的电影)票房大卖,动作片风行——尤其是吴宇森和成龙导演的那些——都证明了这一形象的持续吸引力。更多人喜欢这些电影,可能只是将其视为好莱坞血腥场面与混乱场面的东方变体,但对很多亚美而言,这些电影提供了美国流行文化中前所未见的亚洲英雄主义形象。美国电影对功夫的崇拜可能在一定程度上引发了上一章所讨论的华美文学对亚裔英雄传统的复兴。对于很少看到同胞在白人媒体中担任主角的亚美同胞来说,这些英雄人物的魅力无法估量。由于这些电影也受到非亚裔美国人的热切关注,且观众都会力挺屏幕上的亚裔拳师,亚美(他们仍须在影院外跟种族歧视和仇恨犯罪相抗争)则感同身受、与有荣焉、想入非非,获得一种接受感。就像在《大哎咿!》里荣享尊崇的习武之人一样,银幕上的这些武夫只会强化男子气概与暴力的关联。虽然在中国的传统文化中,"文"的地位高于"武",但"武"的形象是唯一可见的亚美形象,而阅读李健孙和雷祖威的小说,不能抛开美国流行文化对亚裔男性的这些既有成见。

---

1 正如肯特·小野和范梵生(Vincent N. Pham)所观察到的,尽管李小龙的形象挑战了早期亚洲男人身体上的劣势和弱点,但将亚洲男人描绘成武术高手也是"变成了另一种控制型的形象"(Ono and Pham 76)。

2 感谢我20世纪90年代的学生马伟名(Dominic Mah)帮忙问到中文名。

从李健孙的《支那崽》看"文"示弱、"武"示威

美国广播公司（ABC）的情景喜剧《初来乍到》（*Fresh Off the Boat*）根据黄颐铭（Eddie Huang）的同名回忆录改编，于2015年2月4日上映，我们从中也可以看出男子气概与四肢发达的这种关联。谈起自己在佛罗里达州奥兰多的成长经历，黄颐铭说："如果你不打架，你就是个书呆子和受气包。"（Yang）黄颐铭的经历与《支那崽》（1991）的主人公如出一辙，李健孙承认这是一部未加掩饰的自传。它描述了丁凯的苦难和最终的胜利；一个7岁的男孩，必须在他移民母亲以和为贵的教育和旧金山锅柄街区（当时主要是黑人聚居区）的街头暴力之间摆荡，更加上他美籍爱尔兰继母的虐待；丁凯努力"在20世纪50年代成为一名能融入黑人社会的青少年，这个目标对他来说难于登天，因为他是华裔"（G. Lee 14）。

身为华美的这种困难不仅与种族有关，也与"文"之理想有关，他的母亲和辛叔叔给他灌输了这种理想。这一理想往往高于"武"，尤其是自清以降：

> 在满族占领下，武术被征服者垄断，中国人产生一种应激反应，尤其是文人阶层，开始认为体育是粗野的，运动才能只适合"清朝的野蛮人"……最理想的恋人被描述为一个娇弱、敏感、面容苍白的青年形象。（Van Gulik 295–296）

此外，正如刘殿珏（D. C. Lau）和雷金庆所指出的，"文"与音乐脉脉相通："在论及音乐和美德时，孔子明确表达了他对'非武'之路的青睐。"雷金庆引用刘殿珏的话，继续阐发："音乐与诗歌之间如影随形，因为虽然不是所有音乐都有歌词，但所有诗歌都可以唱出来……'孔子不仅要求音乐，而且含蓄地要求文学，不仅要尽美，而且要尽善'。"（Lau xxxviii; K. Louie 17–18）[1] 丁凯的母亲希望自己儿子成为一名杰出的音乐家，给丁凯从小灌输"文"，这不足为奇。然而，在她死后，丁凯被迫以一种非裔美国人的模式来弃文从武。

---

[1] 《论语·八佾》："子谓《韶》：'尽美矣，又尽善也。'谓《武》：'尽美矣，未尽善也。'"——译者注

如果不了解中国人对文和武的双重（有时甚至是相悖的）理想，以及自相矛盾的格言，如"君子动口不动手"和"有仇不报非君子"，那么读到赵健秀《唐老亚》与李健孙《支那崽》里关于中国人信仰的对立言论，一定会不晓得谁是谁非。前者的主人公唐纳德，从父辈那里学到中国英雄传统的战争和复仇，而丁凯的母亲则教导他在任何情况下都要避免争斗；按照这位自述者的说法，战争违背了"古老的、古典的教育和中国社会不变的人文标准"的本质（4）。这种差异揭示了中国文化内部的矛盾，也体现了文化重塑的主观性。有学者认为赵健秀重新塑造华美传统，是因为他希望找到一种"可用的往昔"，而在这种情况下，这种"可用的往昔"推翻了东方主义对懦弱亚洲人的刻板印象。另一方面，李健孙对中国传统的演绎，强调了主人公成为一个地道美国男孩的艰难挣扎。尽管《唐老亚》与《支那崽》判若鸿沟，但支那男孩最终还是觉悟到，若想成为美国人，就必须重振阳刚之气。用阮清越的话说，赵健秀和李健孙的文本都承担了消除成见的任务，主要是"通过以暴制暴，无异于早期用来制伏华人的暴力"；这种渗透着"民族主义、同化主义和男性主义"的暴力行为，成为一种自我标榜美国人身份的重要手段，正因为美国人长期以来都有使用暴力来定义自己的传统（V. Nguyen 130, 140）。

在《支那崽》里，中国母亲（以及后来的辛叔叔）与爱尔兰继母代表着两种截然不同的文化。在这两个极端之间，是一位中国父亲，他"拒绝自己的根，而是认同美军行动之美……面对一架满载军火的飞机和一个杀人不眨眼的飞行员，哲学家的所有教义知识都是废话"（54）。然而，丁凯的父亲却特聘辛叔叔——"一个满头银发的优雅男人……似乎负载了中国所有的智慧"——为丁凯的导师，教他书法（28）。从字面上看，书法加强了"文"及其男性力量，这一点从"文权在社会领袖，特别是皇帝的书法石碑、卷轴和横幅上的体现"可见一斑（K. Louie 17）。雷金庆引用毛泽东的著名例子，他在《沁园春·雪》中断言，"中国伟大王朝的开国皇帝……他们缺乏领导者身上不可或缺的'文学成就'和'艺术风度'"（"秦皇汉武，略输文采；唐宗宋祖，稍逊风骚"），而他自己挥毫泼墨的雄才（brush*man*ship）则"突显了他对（男性）文权的掌控"（K.

Louie 17）。[1]

这一要旨在丁凯幼时就被反复灌输。当他蹒跚学步时，辛叔叔就带来了他的"第一支廉价的兔毛笔、砚台和厚重的黑玻璃墨罐，以及一本印了空白习字格的宣纸，可以在上面写汉字"（G. Lee 208）。若想当文人，这"文房四宝"必不可少。谢丽尔·亚历山大·马尔科姆（Cheryl Alexander Malcolm）评论道："书法象征着中华，也代表着对男性的不同态度……相较于给一个小男孩一颗橄榄球，给一个男孩一套文房四宝就可以视为确定了他的民族和男子气质。"（Malcolm 415）与大多数美国男孩不同，丁凯一直"被关在家里，直到七岁……讲话与体育对我来说……是未知本领"；但作为一个文人或者说有教养的人，他"懂书法"（G. Lee 36）。辛叔叔在赞美他的监护人时，表达了"文"胜于"武"的优越性："他已经拥有了学者的眼睛，是用来读书而不是用来射箭的……他会成为书的朋友，不会被野马牵着走，也不会被乡巴佬的把戏迷了心窍。"（G. Lee 37）虽然辛叔叔的评论听上去有些势利，但它强调了教育与修身养性、道德品质的传统联系。只有经过一番学习，一个人才能成为文圣孔子所说的"君子"。文人也应该是君子。

但丁凯突然被逼出"文"轨。母亲告诉丁凯，伤害别人会有损于他的"运气，因果报应"（4）；她去世时，丁凯只有6岁，他从此饱受继母埃德娜的耳光和锅柄街区的拳头。他"西化"的父亲丁上校很快将丁凯送到青年会上拳击课。白人继母埃德娜要求把他彻底美国化，不惜根除他身上的一切中国性。阮清越称她是"暴力美国的化身，威胁到丁凯的男子气概"（V. Nguyen 134）。她被丁凯比作德国纳粹，试图抹杀继子身上所有中国的印记，而继子的面部表情和那副中国模样都可能招致耳光。她还烧掉了他生母所有的东西，包括她的婚纱和照片，试图剥夺继子对母亲的缅怀。除了吃饭和睡觉，她不准丁凯待在屋里，而

---

[1] 对书法的这种态度显然是以男性为中心的：人们常说，女人的书法从来没有真正抓住过艺术的精髓。人们认为女性匮乏那种塑造强大的文字形式所需的内在力量。中国的传统书法家和当代著名书法家都是男性。因为书法是文力表现的一部分，与男子气概紧密相连，所以非男性而无法掌握。

让他暴露在血腥斗殴的街头。如果说丁凯在家里是被埃德娜这个白人压制住了,那么他在街头则是实打实地被一个人称"大个子威利"的黑人恶霸欺负得蹇跛踹跚。

到了 7 岁的时候,丁凯已经完全接受了肉搏打斗作为一种生活方式:"打架是街头生存的终极考验。它考量一个男孩的勇气,考评他的胆魄,考核他长大成人的可能,考辨他在贫民窟生活和交友的技能。"(90)这部小说以一场血淋淋的场面作结。当丁凯最终在街上击败他歹毒的对手,读者应该会欢呼吧,却不会想到他是在用同样无情的方式实施报复,也不会想到是他最先挑起的争斗。这个收尾让人想起了本书开头的一个生动比喻:"街头打斗就像男人的月经一样"(3)——身体受侵、出血,被视作进入青春期的生物性通道。

这本书进一步指出,通过武力展示力量作为成年礼,对有色人种比对白男更具吸引力。街头斗殴发生在一个以非裔和西班牙裔为主的社区。丁凯的黑人好友杜桑·拉鲁解释了非裔美国人如何将肉搏视为一种特权:"过去,没有黑人可以打架。我们属于白人,就像牛马一样……一个男人打另外一个男人,相当于破坏了白人的财产,所以他被鞭子抽……[现在] 我们可以打架了,就像男人一样。"(98)这段话意味着,被白人贬低的黑人男子采取了主人的手段,以牙还牙。但是,为了弥补过去的屈辱,他们寻衅好战,咄咄逼人,只是按照压迫者的形象改造自己。亚美男人在寻求自我赋能的过程中,可能也会受到诱惑,想去使用施暴者的暴力工具。

丁凯把杜桑的话理解为"战斗是公民身份的一种体现,是文明的一种体现"(98)。尽管他的诠释听上去有点夸张,但并不离谱,因为这本书让我们清醒地认识到,街头暴力与制度化的暴力并没有多大区别。[1] 叙述者告诉我们,"一

---

[1] 阮清越详述了犯罪暴力和制度化暴力之间的细微差别(V. Nguyen)。只消回想一下 1991 年洛杉矶被打的罗德尼·金(Rodney King),以及被杀的 2013 年北卡罗来纳州的乔纳森·法雷尔(Jonathan Ferrell)、2014 年密苏里州弗格森的迈克尔·布朗(Michael Brown)和 2014 年纽约市斯塔顿岛的迈克尔·加纳(Michael Garner),你就会发现这条界限在不断模糊。

些 [从锅柄街区] 熬过来的孩子后来当了警察，但更多的孩子长大成了骗子……对一个男人或男孩来说，锅柄街区的孩子几乎都成了战士"（4–5）。警察、骗子和战士的互换性和相似性令人不安。读者会在《支那崽》的续作《荣誉与责任》（*Honor and Duty*）中发现，丁凯本人在青年会和街头历练过之后，进入西点军校完成了他的暴力教育，尽管他最终拒绝接受西点军校的军事理念。若言《支那崽》想通过对残酷肉搏战耸人耳目的描述把读者吓成和平主义者，这部小说也同时通过描写血腥的场面来吸引读者。用阮清越的话来说："亚美通过暴力来肯定男权制，以此来美国化其阳刚之气。然而反讽的是，这种暴力以前恰是针对亚美的……李健孙的'支那崽'是从美国固有的暴力语境中衍生出来的。"（V. Nguyen 138）

鉴于李健孙将中国文化描述为不喜血腥，那么标志着主人公成长为一个美国男性的肉体创伤，同时也意味着同化的暴力，意味着需要抹去母语以及对"文"的赞美。虽然"武"也是中国男性理想的一部分，但丁凯的父母和辛叔叔以至在内的所有中国角色都从未认同过恃强凌弱与中国文化的联系。[1] 因此，在叙述者心目中，他的两位母亲是这两种文化的化身。"中国，就像他的生母一样，已经在文明社会演变成不信任那些靠肌肉和刀剑解决问题的人。"（204）美国则代表行动，包括侵略性的行动，而与埃德娜结婚是他父亲"在巩固他热切寻求的美国同化方面迈出的重要一步"（58）。中国生母的非暴力教育变成丁凯适应美国生活的一个障碍。"这是在美国！而她根本不存在！"埃德娜嘶喊道（85）。为了让丁凯在埃德娜手中锻炼成一个美国好汉，这位中国母亲必须消失。在努力长成男子汉的道路上，丁凯抛弃了中国"文"的理想，坚持男子气概的主导性原则。（然而丁凯却无知无觉地成为一个听话的华人青年，因为他在模仿西方

---

[1] 超级男性化的"武"的战斗模式早已存在于中国传统，这证明了东方（在这个例子里特指中国）与西方（以美国为代表）是被迫二分对立的。这两种民族传统并非不可通约。有些人认为华裔美国人、在本土写作的中国人和已成为美国移民的华人的这三类文学作品没有可比性；笔者试图跨越国界和边界的一部分原因就是为了打破这种不可行性。感谢南援京（Hannah Nahm）建议提出这一点。

男子气概的过程中,拿到了中国另一块阳刚试金石——"武"。)

尽管如此,这个支那崽还是写下这个故事。在把他与美国成人礼的斗争落在纸面上的同时,丁凯也光复了他母亲和辛叔叔的"文"德。他不仅用手打拳击,也用手"报案",尤其是向他那个希望通过语言、身体和心理上的暴力来消灭中国文化的继母"报仇"。尽管埃德娜力图剿洗丁凯的"中国性",但在某种意义上,她只是把"文武"的理想转化为新大陆相应的写作和拳击。不管她如何努力,她都无法毁泯继子的华裔血统,因为东西方不相容的二分法是建立在错误的逻辑基础上的,基于丁凯不可泯灭的文心,自作孽的她获得一长串的"恶报"。

小说也写到男子气质的其他面向——只要我们不再坚持男子气概必须基于美国粗犷的个人主义,或是米歇尔·华莱士(Michele Wallace)所谓"肤浅的男性特征——好色淫浪;四肢发达;好勇斗狠"(xix–xx)。许多男性角色体现了卡罗尔·吉利根(Carol Gilligan)与内尔·诺丁斯(Nel Noddings)所描述的"体贴关怀"。虽然诺丁斯宣称体贴关怀是一种"女性的道德方式",但她补充说:"男人也一样能够以身作则。"(2)我在第四章展示了这种伦理实际上跟孔子"仁"的概念相互呼应,圣人却是将"仁"主要赋予男性。在《支那崽》中,这种体贴关怀的道德是由不同民族的男人体现的。辛叔叔是个真正的文人,他帮助丁凯在母亲去世后克服重重困难,保留了中国文化的烙印和自尊。同样重要的是丁凯在金门青年会遇到的教练,这些非裔、意大利裔、波多黎各裔和菲律宾裔的各族美国人,分别教这个中国徒弟自卫拳击课,替代了他失职的父亲,就像杜桑的母亲扮演了丁凯母亲的角色,照顾他,以至于丁凯说:"拉鲁太太就是中国人,她只是看起来不像。"(108)墨西哥裔汽车修理工赫克托·普韦布洛把丁凯从挨打中解救出来,在车库里照顾他,并提醒丁凯父亲注意他儿子的困境。托尼·巴拉扎是丁凯的意大利裔美国拳击老师,他确保这个饥饿的男孩吃得饱。丁凯的非裔美国拳击老师巴尼·刘易斯发现,埃德娜把丁凯深爱的母亲的所有照片都从家里拿走了,于是设法为他挽回了一张。这些"客串"的父亲与他"分享生命的馈赠"(147);当他自己的父亲似乎对他的苦难无动于衷时,他们养育他,扶持他。但是,丁凯最珍惜的还是他的同伴杜桑,尽管他的战斗力和阳刚气过盛，但当其他男孩都在殴打支那男孩的时候，他公然伸出了援手。丁凯回忆道："我和他的主要纽带是那些他没有做过的事情。他没有揍我，也没有陷害我。他从来没有藐视我，或者眼睛里转着刀子地笑。后来他打开心扉，向我解释一些事情，告诉我他的经验，并带我到他家里。"（97）这段话扭转了阳刚作为攻击性活动的霸权观念。丁凯永远被杜桑所吸引，因为他超越了一般男孩的狂妄自大、趾高气扬。杜桑也激发了丁凯对他的关怀："我以前从未有过朋友，我关心他，很少有小伙子像我这样关心另一个人。"（99）

在一本以男教练为中心的书中，有一点必须强调，即丁凯从男士那里不仅学会了打架，也学会了关爱。如果说他们作为武术或拳击教练的作用是让丁凯能够存活下来，那么他们的照顾就是让他希望继续活下去的支柱。诺丁斯提出："当一个照顾者的态度表明关爱时，被关爱照顾的人就会发光、变强，感觉……被赋予了什么。"（20）丁凯觉得自己被亲生母亲抛弃了，又被继母虐待，一度想要从"人间蒸发"（290），获得的那份关爱是他活下去的勇气。对丁凯而言，他的姐姐珍妮、安吉丽娜·科斯特洛和拉鲁太太这些有爱心的女人同样重要。但是，当我们把诺丁斯的重点从女性关怀转移到男性关怀上，当我们展示男性角色如何表现出传统上与女性相关的养育行为时，我希望明确这种行为在男性身上是何等熨帖，在丁凯身上有多深熏陶，以及对所有族裔、各个阶层的男性而言，这种实践如汤沃雪。（我将在第四章详细阐述关怀伦理及其与儒家之"仁"的密切关系。）

雷祖威《爱的彷徨》中泄气的文人

弗莱德里克·布埃尔在谈到亚美文学中的角色时说："他们被黑人和白人两极来回拉扯、操纵，并且意识到模仿任何一种模式都涉及扮演，亚美把对消声灭迹的恐惧和对扮演永远不真实的异质角色的觉知结合在一起。"（Buell 187）这一评论似乎特别符合李健孙和雷祖威的作品。雷祖威的短篇小说集《爱的彷徨》出版于1991年（增订版2019年），与《支那崽》同年，其中的男主人公却与丁凯迥然不同。他们大多都是在美国出生并被美国文化同化的成年人，机敏狡黠、文采斐然、个性独立、"性"致勃勃，[1] 风流倜傥。以中国的"文"品来衡量，这些人可谓不同凡响。正如伍德尧所言，他们也是亚美模范少数族裔的代表。尽管如此，置身白人的美国，他们常感到彷徨无措、茫然若失、神分志夺、茕茕孑立。他们都卷入了跨种族的恋爱，生活在以白人为主的社区，但他们的偏执程度丝毫不亚于《支那崽》中的丁凯，对越界、流离和绝后充满了焦虑。

Pangs of Love 这个英文书名很妙，不仅是其中的"痛苦"（Pangs）双关了点题作里庞太太的姓氏（Pang），更从哈姆雷特的经典独白中借取三个词："谁甘心忍受这人世的鞭挞和讥嘲，忍受压迫者的虐待，傲慢者的侮慢，忍受爱意被践踏的痛苦（The pangs of despised love）……假若只消短刀一柄，即可解脱残生？"（第三幕第一场，译者集译）然而，本书名译为《爱的彷徨》更为妥帖。[2] 这个系列的男主人公几乎都遭受着白男的"冷眼"（侮慢或蔑视），以及接二连三来自白人女性的"轻蔑之情"，以至于他们像丹麦王子一样时常想着毁灭，尽管不是自绝于人世。正如书名取典莎翁，雷祖威的"反英雄"们似乎难以摆脱一种困扰，即那些英式、美式的媒介都不属于他们自己，而是"借来的衣服"（再次化用莎翁：《麦克白》第一幕第三场，朱生豪译）——西方的男子气概松松垮垮地披挂在他身上，"就像一个矮小的偷儿穿了一件巨人的衣服一样束手绊脚"（《麦克白》第五幕第二场，朱生豪译）。在《一个 20 世纪的男人似真似幻的偏执》（"One Man's Hysteria—Real and Imagined—in the Twentieth Century"）、《搬运工》（"The Movers"）和《爱的彷徨》三个短篇中，这种困扰尤为明显。这三个故事都暴露了主人公的性焦虑、对父子关系的徒然神伤，以及潜意识里想要"混充"（pass）成为白男的欲望。虽然我把注意力集中在这三个故事，类似的神经过敏也在《生日》（"Birthday"）、《博若莱葡萄酒》（"Bottles of Beaujolais"）和《社会学》（"Social Science"）中浮现。

黄秀玲、李磊伟（Li David Leiwei）和伍德尧都注意到，《爱的彷徨》里反

---

[1] 笔者推赏王苤对"sexual bravado"的译法。
[2] 俞宁将之译为《"嗙"然心"痛"》，见《华裔美国作家研究》（吴冰、王立礼主编，南开大学出版社，2009 年）41 页。"彷"也与"庞"同音。——译者注

复出现的主题是错位、模仿和男性的歇斯底里。雷祖威笔下的主人公一般都能很好地融入主流文化和经济生活，为什么他们总感觉自己的男子尊严受到冒犯呢？黄秀玲认为这些主人公面临"身份消泯"的前景（S.-l. C. Wong 183）。李磊伟观察到他们都在隐匿自己的种族身份（Li 165）。伍德尧则以霍米·巴巴（Homi Bhabha）的模拟理论为基础，认为侵犯、擅入的概念是阅读雷祖威作品的一种"原始文本"，"与白人的情感隔离"是导致男性歇斯底里的成因（Eng 106）。伍德尧所描述的男性歇斯底里症与郑安玲所说的"亚美忧郁症"也密切相关，后者"表现出对亚裔美国人被同化的前景的忧虑，他们夹在同化主义模型（即少数族裔文化被期望采用主流价值观或行为模式）和多元模型（即少数族裔文化被期望重视并保持其差异文化）"（Cheng 69）之间。伍德尧聚焦白人种族主义在所谓"色盲"时期持续横行无忌，郑安玲对忧郁症的见解则关注"被种族化者的种族主义"（Cheng 68）。基于所有这些敏锐的观察，我补充对"混充"的分析，特别与主人公对白男气概的痴迷联系起来。除了面临族裔消泯以及跟白人隔离的前景之外，雷祖威笔下的男性还无法摆脱自己"不是正宗的，不是白人的"次等身份，他们总是试图"混充"白人，无论从字面上、象征性还是想象中，因此，族裔消泯和越界的主题与种族混充的主题密不可分。

霍米·巴巴将殖民主体描述为"几乎相同但又不完全相同的差异化主体"（Bhabha 85）。雷祖威主人公的文质彬彬并未在美国为他们增添任何男性魅力，这不仅是因为美国文化不太看重男子的文气，也是因为无论在现实中还是想象里，作为一个因为"不是白人"而"不正宗的"冒牌文人的感觉。雷祖威的主人公与《支那崽》中的丁凯有三个重要的不同之处，更像是被殖民者。首先，尽管他们受过高等教育，却对中国的语言文化一无所知。其次，他们不是囿于一个有色人种的世界，而是被美国白人社会孤立。最后，他们英语的纯熟及其对主流文化中审美、文化和男子气概的标准全盘接受，这定让埃德娜感到骄傲。然而，种族和民族依然重要，构成这些主人公与白人之间的分界线。华裔主人公饱受白人的冷嘲热讽，特别是恋人的轻视奚落，这刺激他们通过伪装或扮演白人的手段来支撑自己的男性尊严。

这种混充的现象部分解释了雷祖威那么多复杂角色的温文尔雅为何不曾为他们的男子气质增色。如果说同化丁凯的障碍之一是他零七碎八地混合了中国人、非洲裔美国人和欧洲裔美国人的俚语，那么在《爱的彷徨》一书中，男性言说者的英语不仅流利晓畅，而且妙语连珠，比如"谁能把我们的口角译得跟另一道口语对味？"（122）然而，正如刘大伟所观察到的，"让进入'普遍'的过程变得更加困难，即使少数族裔获得了他者的文化资本，这可能依然不够。在利用种族主义民族主体性的文化政治中，即使假定普遍价值存在，进入也可以不断延迟"（Palumbo-Liu 427n6）。出版市场最是如此。在出版 1974 年那本选集时，《哎咿！》的编者就注意到很多亚美作家被要求"以白人的名字为笔名写作"，"黎锦扬（C. Y. Lee）就被告知白人笔名将增加他出版的机会"（xliii）。[1]

雷祖威敏锐地意识到出版界对亚美作家的偏见。谈到卡夫卡（Franz Kafka）、君特·格拉斯（Günter Grass）、路易-斐迪南·塞利纳（Louis-Ferdinand Céline）和弗兰纳里·奥康纳（Flannery O'Connor）等他最喜欢的作家时，他说："这些作家都表达了某种'他者'的意识。他们在一个边缘化的地带言说和写作……在某种无意识的层面上，这种奇异和反常激发了我自己对差异和疏离的感知。"（Hirose 193）他吐露了自己早期的小说为何没有明显的华裔美国叙述者，为何他种族身份的这一面会"不为人知"——尽管他在脑海里，"把叙述者想象成一个与自己无异的人，耍各种花招"（Hirose 196, 209）。"这么做是因为我知道，出版界对我这种人讲的故事不感兴趣。所以我想，如果能蒙混一下，或许还能发表点东西。"（Hirose 196）《爱的彷徨》不仅出版了，还一举摘取 1991 年《洛杉矶时报》处女作图书奖（*Los Angeles Times* Book Prize）和《耕耘》约翰·扎卡里斯处女作奖（*Ploughshares* John C. Zacharis First Book Award）。然而，雷祖威仍然发现自己被白人批评家们束之高阁："他们不可能夸你语言优美或者有幽默感，因为嘛，亚洲人能有什么幽默感呢？"他打趣道。"主流文坛已经设法把我隔离对待……我认为在一些人心里，这就跟他们对非裔美国人的印

---

[1] 这也是笔者不厌其烦地去询问、确认亚美作者、学者中文原名的一大原因——让她们扬名四海，以洗从前亚裔美国人对家族的自卑感。

象一样——有所不足，不够棒，是次货……就如同把我们隔离在华人洗衣店里"（Hirose 199，200，201）。[1] 主人公们似乎和雷祖威历经同样的"花招考验"，面对白人的凝视，时而躲躲闪闪，时而怒目相对，时而流盼互通。无论他们的文化造诣如何，这些主角在他者和自己眼中，从来都不是平等的。

《一个 20 世纪的男人似真似幻的偏执》

大多数情况下，主人公主流语言的精湛程度似乎与其母语水平成反比。根据《哎咿！》编者的说法，"无自己语言者就不是人"（xlviii）。他们指的是一种带有民族色彩的独特语言。难道说尽管（或者说正因为）雷祖威笔下的男主人公操着流利、标准的英语，他们所交往的白人（甚至他们自己）仍然感到他们在说着不属于自己的语言，而只是在滥竽充数地讲着统治者的语言吗？莫非无论他们的语言能力如何，他们都会感到匮乏，因为他们已经内化了这样一种观念，即标准英语并非自己的语言，他们只是借用语言的闯入者？还是他们害怕丧失族裔的锚链而流浪于盎格鲁–撒克逊的语海中？

就雷祖威的《一个 20 世纪的男人似真似幻的偏执》而言，以上所有问题的答案大概都为"是"。故事背景设定在 20 世纪 80 年代冷战高峰期，当时核战似乎一触即发，世界末日在即，至少对"彷徨的"斯蒂芬而言是如此，他是一个被极度同化的叙述者。斯蒂芬是个作家，他认为在核战中最重要的东西是诗，这看似是对中国文人的典型塑造，可事实上完全源自欧美传统："当核弹落下，我将严阵以待。不用渔网，不用盖革计数器，也不用辐射避难所，而是用诗——早已记下的，早已内化的，随时可以脱口而出的，诗。如今只有诗才能救我们。"

---

[1] 历史上很长一段时间，美国人总把华裔和洗衣店联系起来。第一家已知的华人洗衣店开在 1851 年的旧金山。当时的西部找不到女洗衣工，而白人社会一般认为男人洗衣服不成体统，于是洗衣业成为早期美国华人致富的少数途径之一。据人口普查，到了 1920 年，在美国务工的华裔中近 30% 都是在洗衣店工作。雷祖威的父母就曾经营洗衣坊（见吴冰、王立礼主编《华裔美国作家研究》第 296 页）。——译者注

(137)他对西方,尤其是玄学派的诗学经典(坎皮恩、狄金森、多恩、德雷顿、艾略特、赫伯特、霍普金斯、迪伦·托马斯、沃恩、叶芝等)无比精通。然而,他完全脱离了中国文化,只对保护欧美国家的宝藏感兴趣。为了达到这个目的,他和女朋友劳拉(他称她为"妻子……只是为了方便起见")每周日举行一次赌诗游戏:他随机从一首诗中朗诵一两行,希望劳拉认出作者。他俩都是作家,尽管劳拉似乎占了上风:"我妻子写小说、写诗,我呢,远不及她通文达律,倒很支持她赋笔吟笺,我也写东西——基本是短篇小说——不过我揣着写一部长篇的抱负。"(140)然而,尽管他精通英语,但斯蒂芬始终觉得比不上自己的白人妻子,借用李昌来(Chang-rae Lee)在《母语人士》(*Native Speaker*)中对另一位白人妻子的形容来说,白妻才是英语的"圭臬"。

与叙述者纯文学的职业相呼应,这篇小说采用了复调结构,在斯蒂芬和女友劳拉之间可能是"真实的"互动,以及他有点自传体的小说中"想象的"三口之家交替切换。(然而,"真实"和"想象"的边界往往模糊不清,不断相互碰撞。)读者很快就可以看出,斯蒂芬不仅对核灾难的前景感到惶恐不安,而且对自己的男性气质也感到怯懦无措,无论是在他与女友的"真实"互动中,还是在他与虚构妻子的"想象"关系里。由于边界模糊,人们很容易迷失在元小说的世界。一方面,由于《一个20世纪的男人似真似幻的偏执》是虚构故事,读者必须假定两个版本都是想象出来的。另一方面,因为叙述者将自己的生活糅到小说中,尽管他强调自己"不是一个自传体作家"(150),但读者可能会怀疑这两个版本也在一定程度上反映了作者"真实"的焦虑。

在故事假定的"外层"叙述中,劳拉在发号施令。她盯着斯蒂芬创作,滔滔不绝地批评,不断要求修改,要求删掉那个以她为原型的角色。斯蒂芬还把《阿尔弗雷德·普鲁弗洛克的情歌》("The Love Song of J. Alfred Prufrock")想象成她最喜欢的一首诗,让读者看到了普鲁弗洛克软弱无能的性格和斯蒂芬的不安全感之间的相似之处(148)。白人伴侣在"真实"和"想象"两种版本中都对叙述者吹毛求疵。更糟的是,虽然她可以被玄学派的诗歌"激发",但她从不会为叙述者的小说兴奋,更不消说被他的真实存在撩拨了。在嵌套的第二层叙述里，想象中的叙述者作为父亲也一样差劲，他的妻子责备他为儿子多德买了汽水（相当于给他吃垃圾食品），给他灌输战争知识，还制造了一场金鱼死亡的事故。在双轨叙事里，叙述者总是试图安抚他挑剔的白人伴侣。

虽然这个故事的叙述者似乎被过度同化了——通过他对西方文学的精通、居住的白人区，以及他的白人伴侣——他证明"同化意味着种族融合的承诺，而这融合本身就从未能跨越肤色界限"（Cheng 69）。从字里行间可以察觉大量的蛛丝马迹，暗示着叙述者惧内的背后，统统指向种族因素。劳拉曾一度对斯蒂芬说："'我的直觉告诉我，没有任何危险会发生在你目前所在的地方。辐射可能不分青红皂白，但控制核弹的人可不是色盲……他们从未往德国扔过原子弹……而是直接投到日本。'她说着，在我头顶正上方接连击掌两次：'砰！砰！'"（144）如果说这番话的目的是让斯蒂芬放心，他在白人社区是安全的，那么在他头顶正上方拍手，让他想起自己与日本人在外貌上的相似之处，则是起了反作用。如果劳拉认为斯蒂芬在她的陪伴下是安全的，那么他就会被贬低为白皮肤的她的黄皮附属品。

前文提到的阮清越关于李健孙的文章区分了美国的"合法"和"非法"的暴力形式："分别体现为白人历史著述中，其标榜白人之暴力为'正义之力'，诋毁黑人之暴力为'罪恶之力'。"他指出，在国际背景下，这种看似"大义凛然的英雄行为"可能被其他国家视为"不过是为争夺控制权无法无天、可耻的斗争"。但对美国人来说，"暴力的负面在国内转移到黑人区和贫民区，在那里，它是国家支持的合法暴力的他者"（V. Nguyen 131，132）。雷祖威的小说给阮清越对暴力的阐释带来又一次反转。从国际背景看，"这些自以为是重建雄风的美国海外战争，让亚洲血统的斯蒂芬成为受害者"；从国家角度看，作为典型的模范少数族裔，他不符合合法或非法的暴力形式，而这两种暴力形式都存在于美国人对男子气概的定义中。在美国模式下，中国人不是以盖世英雄的姿态出现，而是充当炮灰。

斯蒂芬的男子气概被绝嗣的前景进一步削弱了，史海钩沉，这让人回溯中国移民受挫的父子关系，那些由于排外和《反异族通婚法》而被剥夺了的父亲身份。它还让人想起前文引用过的美国劳工联合会的小册子《牛肉对米饭》（*Meat vs. Rice*）。故事开头，斯蒂芬试图通过他们的诗歌游戏唤醒劳拉，但徒劳无功，"直到孩子哭了"——他故弄玄虚，让读者误以为他们有个孩子，但接下去一段就挑明了："当然，她不是我俩的孩子。"（138）虽然叙述者明确说明没要孩子的缘由是世界的现状（"像这样的世界……孩子对有想法的父母来说并不是什么理智的选择"）（138），但他并不掩藏想当父亲的渴望："尽管未来一片萧索，可我想要个孩子，带着我的姓氏走向未来。"（149）斯蒂芬虚构的叙述者有个儿子，名叫多德；斯蒂芬是个无能的父亲，至少在他那牢骚满腹的妻子眼中是这样。故事尾声，多德把高更的油画《雅各与天使搏斗》上红色的背景误认作鲜血。这位父亲之前一直凝视着多德"闪亮的黑发"（155），回过神来解释道："红色并不总是血……就像黑色也不总是头发的颜色。"（157）斯蒂芬接着沉思道："我想知道多德的血是什么颜色的。它到底有没有颜色？我们——我以及我的这个创造物之间存在'血缘'吗？"这个"创造物"既是指斯蒂芬的第一人称叙述者的后代，也是在元小说的意义上指代斯蒂芬的想象。斯蒂芬所能想象的唯一的"血脉"是虚构的，甚至这场虚构也是可疑的。当多德说"你的头发也是黑色的"，父亲继续心猿意马："如果红色是血……那么黑色一定是死亡了。对不对？"（157）种族消泯、世界末日与解构的男子气概，三个主题相互交织、渗透，甚至在这个故事嵌套的故事里也是如此。黑色的头发暗示着，即使是虚构的父亲也不能生出一个"真正是美国血统的"老美。这种对血缘和后代的执着不仅与种族血统和华裔美国人被迫单身的历史共振，也与中美两国的父权制与父权观念共振，而斯蒂芬只能在过度紧张的大脑中实现这些理想。结尾处，叙述者草草记下了他小说里的一些提示，包括：

　　你是斯蒂芬

　　南希是劳拉

　　你也是劳拉

这些提示暴露了第三层虚构。劳拉比南希更"真实"吗，抑或她也是斯蒂芬想象出来的虚构人物？真正的斯蒂芬其实跟他昔日的移民祖先一样是个单身汉？斯蒂芬宣称自己"也是劳拉",是在"阉割"自己吗?[1]

《搬运工》

无论是出于渴望还是嫉妒,模仿的主题在《搬运工》中尤为突出。叙述者和他的白人女友苏西刚刚驾车穿越州际,来到他们新租的公寓,希冀一个新的开始。但是苏西在数落了叙述者"所有的罪状"之后,夺门而出,开着他们的车离开了(120)。叙述者仍然在等待搬运工来交付他们的二手家具,[2] 黑暗中,他躺在新公寓的地板上,没有暖气,没有电,没有家具,也没有情人,感觉被掏空。为了平静下来,他假装自己"死了,躺在中国的停尸房里"(122)。一个名叫乔治的少年,显然是最近刚和父母一起搬出去的前住户,带着他的小女友菲利斯进了公寓,上了楼,来到叙述者和苏西之前定为"卧室"(124)的房间,却没意识到新房客已经来了。那天晚上还有两次"造访"——首先是女孩的父亲,最后是那两个迟到的搬运工。

---

[1] 笔者在重读这篇时,发现雷祖威在故事的最后两行"在拉代特工作?／别忘了托德,他改变了世界"(Work in Luddites?/Don't forget Todd, he changes the world)嵌入了一个原小说的花招。之前,主人公曾请女友把他的名字嵌入她的诗——嵌入"一首诗,其中[他]的名字至少出现一次……不一定直接拼写出来,或许是以莎士比亚……隐身在'诗篇46'里的那种方式"(160)。笔者发现这两行的提示里有大写字母 D、W、L——作者 David Wong Louie 的首字母——跟前文关于莎士比亚的花招异曲同工。(详见 Cheung, K.-K. "An Empathetic Art: Renwen 仁文 Masculinity in Asian American Literature.")译者发现莎士比亚与"诗篇46"(Psalm 46)的奇妙联系常被津津乐道:埃文河畔,莎士比亚长眠地右侧的一个木箱里呈现着一本詹姆斯王《圣经》,翻在《旧约:诗篇》第46章——这一章正数第46个词是"shake",倒数(不计最后那个单独的"Selah")第46个词是"speare";1610年钦定本定稿,莎士比亚时年46岁;"William Shakespeare"的字母重排,可组成"Here was I, like a psalm";还有说法是莎翁生于1564年4月23日,卒于1616年4月23日,两个23相加即46,且这个出生日期用英文写全是"Twenty third of April in fifteen hundred and sixty four",共有46个字母。

[2] 雷祖威一定也想起莎士比亚在遗嘱中将第二好的床(second best bed)留给妻子。基于笔者在加州大学洛杉矶分校雷祖威追思会上的发言而写就的《以品莎翁的方式读雷祖威》已由赵之韵翻译,即将发表。

在整个故事中，叙述者被一种深深的孤独所困，他试图将自己置身于乔治与其父的角色来减轻这种形影相吊的孤独感。他偷偷跟着这对年轻恋人上楼，透过老式钥匙孔偷窥他们交欢："凭我狙击手般的斜乜看到了很多……我的不速之客看上去既像从洗衣店捞出来的一堆衣服，又像奇异的肉刑……可谁又会听错那爱欲碰撞迸发的天籁？"（124）叙述者渴望成为乔治，一个积极的欢爱者，而不是钥匙孔外伶仃的旁观者。

就像《一个20世纪的男人似真似幻的偏执》中的斯蒂芬一样，《搬运工》的叙述者也渴望一个白人妻子和一个儿子。当菲利斯的父亲来找他的女儿时，叙述者一时冲动，假装是乔治的父亲，对这一位父亲说："我跟你保证……你女儿和我儿子在一起不会有事的。"他自己也为脱口而出的"我儿子"三个字而怔住："我被自己的大胆和笃定惊到了，尽管是三十岁的人了，可我的声音铁定缺少家长那种自如的威严。毫无疑问，'我儿子'三个字刚刚第一次从我口中诞生了。"（125）当菲利斯的父亲离开后，叙述者在幻想中把苏西和菲利斯混为一谈，试图在乔治身上找到自己的影子："我只想看到他的脸，从他脸上看到我自己，就像我在女孩的脸上看到苏西一样。"（134）他想交替扮演乔治的父亲和乔治的角色，这表明他渴望父式权威和白男的性"敢"。他把菲利斯的父亲（那天晚上要和妻子一起庆祝结婚纪念日）的声音描述为"浑厚、自信、成熟"（125）。相比之下，叙述者自己都清楚他的声音缺乏家长的"自如的威严"，后来连个搬运工也说他"听起来不像任何人的老爸"（131）。

他甚至感到自己逊色于十几岁的乔治。居住者和入侵者、成年人和青少年、主人和客人的角色反复颠倒。当乔治和菲利斯进屋时，叙述者"待在原地，担心自己被发现"（123），仿佛他才是不速之客。乔治和菲利斯的性交加剧了叙述者的匮乏感与不甘心："我的心需要按抚，而我下面正有个小小的男人正拳打脚踢要冲出来。"（134）三十岁的叙述者与乔治的立场又一次颠倒了：成人变成了一个"小人"，按抚（此处双关）他的男子汉气概。他试图通过表达父爱的方式重新占得上风："我问（乔治）他是否有手套、帽子和围巾。我让他拉好拉链。"（136）但是，乔治并没有扮演儿子的角色，甚至没有为自己的闯入而道歉，而是在离开时，泰然自若地向叙述者说："感谢串门……我想你会喜欢这里的。"（136）前半句的模糊性（让人想起第一篇《生日》，敲门的人是房主，而在屋里为他"儿子"做生日蛋糕的中国人是越界者）暗示了叙述者在他郊区新宅里惶惑焦灼。

叙述者徒劳觅寻的妻子和儿子，是社会中直男们的炫耀品，在这个社会里，婚姻与父亲地位都是定义男人气概的关键。因此，其中一个搬运工看到菲利斯的父亲离开后，问叙述者："你男朋友是谁呀？"后来，当叙述者抱怨送来的床垫潮湿的时候，他说："这简直是果冻啊。你愿意睡在这上面吗？"搬运工奚落他："抱歉，老弟……你不是我喜欢的类型。"（130）这两位搬运工都不相信苏西是他妻子，而苏西的签名是交付家具所必需的。此外，尽管送货晚了两个小时，但他俩一直嘲笑叙述者。叙述者想："要是苏西在的话，这家伙肯定会为他们的拖拉道歉；他甚至会毕恭毕敬。"（128）考虑到女性往往更常受到男性的轻视，种族偏见在这个算式中不言而喻：搬运工对待白人女性要比对中国佬恭敬得多。

《搬运工》突出了叙述者试图树立自己直男和父权式的男子气概时所遭遇的困难。虽然读者不必假设自己是华裔美国人，就能体会到这个故事的幽默和感伤，但主人公特有的不安全感显然牵连着华裔美国男人的困境。正如伍德尧所注意到的，即使法律废除了种族隔离，"雷祖威笔下文质彬彬的主人公在自许允允的'色盲'社会中，仍然被过去的历史和更隐而不辨的种族歧视所困扰"（Eng 106）。叙述者的家具都是"二手的"，就像一个华裔美国人试图混充白男，但到头来只获得一种欧美男人传续而来的二手阳刚气。

《爱的彷徨》

点题作《爱的彷徨》同样揭示了华裔美国两兄弟在追求霸权主义的男子气概时所经历的困难。两人都喜欢白人伴侣。故事围绕两代人之间的纠葛展开，一方面是移民中国母亲和她在美国出生的儿子之间的语言障碍，另一方面是同化的压力。对叙述者而言，他的母亲庞太太在美国社会中，是个彻头彻尾无所适从的人。她来自中国农村，在美国生活了四十年却不会讲英语。她坐在汽车里做时速八十英里的飞驰，简直就像"美国第一位宇航员，那只被捆起来塞进水星号太空舱的猴子，全身遍是电线、安全带和电流，尖叫着冲进了太空"（86）。当谈到中国的语言和文化时，叙述者并不质疑为何自己是个"语言侏儒"（78），为何他和兄弟在美国还远未完全适应。这个故事表明了两兄弟艰难的同化——他们虽然完全脱离（甚至藐视）中国传统，但在白人文化里仍然格格不入——尽管他们精通主流文化，经济上也很成功。

兄弟俩虽已远离了他们的祖辈文化，却依然能感受到传统婚姻主流价值观和父系文化的压力。当这位叙述者被母亲问到为什么他兄弟比利（"贝果"）没有女朋友时，他无言以对。他的支吾与语言障碍，也跟文化叙述的边界有很大关系。他认为像他母亲这样来自另一个时代和另一种文化的女人，无法理解无后的"无用关系"。和大多数传统的中国母亲一样，庞太太渴望儿子娶妻，这样她就可以抱孙子了。但她不太可能遂心如意了。一个儿子在荀令熏炉中清冷自香，另一个似乎无法组建传统家庭。他的白人前未婚妻曼迪为了一个日本男人离开了他；他目前正在和德博拉约会，德博拉是一个"备胎"，他并不打算跟她结婚（84）。传统的中国家庭摇摇欲坠，嗣续无保。

然而，这个故事在颠覆父权制家庭的同时，也付出了质疑华裔美国男子气质的代价。这位35岁的叙述者在一家生产合成香料和香水的公司工作，他认为自己的母亲既落伍又老土，他自己也缺乏安全感，尤其是在与日本男人和白人女人打交道时。《一个20世纪的男人似真似幻的偏执》将中国人、日本人等亚洲人笼统地描述为滥杀滥伤的炮灰，但在这个故事里，日本男人自命比中国男人优越。叙述者在一位名叫京都的日本老板手下工作："每次见面，他总先打量我一番，眼睛从我头顶扫视到脚板，再左顾右昐好一阵儿。这个家伙是谁？这种审视跟我走进日本寿司店所遇到的情形一模一样，那里的厨师……将我细细端详，这些殖民者饶有兴味地观看土著人追求他们的高等文明。"（79）叙述者敏锐地意识到自己的种族差异，他既表达了对日本人居高临下目光的不满，也表达了作为华裔美国人被凝视的不安，这是日本之前对中国的侵略连同七八十年代强大的经济地位所造成的威慑。

白人女性进一步动摇了他的男子气概："德博拉想让我从母亲家里搬出去，她说我是个'妈宝'，居然在枕席间也这样叫我。"（85）尽管成年子女与父母一起生活在中国家庭并不罕见，但叙述者并未反驳德博拉的欧洲中心偏见。他的男子气概早先就被曼迪质疑过，她曾辅以一种麝香香水与他做爱，"每一滴的效力都相当于一群雄鹿的分泌量"（81）。"每逢曼迪春心萌动，但还需要那么一点刺激的时候"（81），他们就用这种香水，就好像叙述者须得人造香味来增强他的性感。尽管如此，他还是无法维持这段关系："不到一年，就在索尼收购哥伦比亚影业的时候，她爱上了一个叫伊藤的人，解除了我们的婚约。"（80）叙述者在心理上将德博拉的叛变与日本人的崛起联系在一起，暗示了亚美的生活仍然与亚洲的局势息息相关，以及男子气概是通过金钱来衡量的。

因此，叙述者的男儿"本色"受到日本男性和白人女性的双向夹击。这两种侮辱在曼迪选择一个新情人时交汇叠加。作为京都的"贴身奴才"（84），叙述者已经被激怒了，他一定会对曼迪偏爱日本人感到格外羞怒。更糟糕的是，她的离开恰逢京都要求叙述者改变麝香香水的成分；他从这一指令中推断出，"麝香的男子气概已经不够用了"（82），毫无疑问，透着一股对自己阳刚气的奚落，尽管曼迪只是抛弃一个亚洲男人，找了另一个亚洲男人。

被日本强权的述说和京都高人一等的优越所震慑，叙述者似乎认同贝托鲁奇偏颇的假设。当他指着电视上一名日本摔跤手（他称之为"武士勇士"）试图向母亲传达那个情敌的种族时，他暴露了自叹不如曼迪的新欢孔武有力的那种自卑感（94）。作者在前文写过，庞氏全家过去常常在周六晚上观看摔跤比赛："那真是神话活现。"（94）暴力与成功的联系在美国根深蒂固（且回想一下支那崽的成长历程）。叙述者把身体上、经济上和帝国上的力量与男子气概等同起来，绕过了他自己。因此，《爱的彷徨》旨在破坏父权制，却也巩固了父权规范。它也凸显了华美男子气质的风险，及其在白人女性、日本男性以及白人性凝视面前受到的考验。

叙述者的兄弟贝果,在他自己的长岛海滨别墅里却似乎坐立不安——这优美的环境是对上流白人社会的隐喻。庞太太和叙述者受邀去那里度周末:"贝果的房子是白色的,甚至连橡木地板也给漂白了。一个上身穿白色高领毛衣、下身着白色褶裤的陌生男子[下文我们得知他叫尼诺]开了门。他金发碧眼,牙齿雪亮。"(88)贝果的伴侣杰米"身披一件白色的毛圈布浴袍"(88)。麦克大概是尼诺的伴侣,穿着也很随意。但当贝果走进来,"穿着一条犬齿纹儿便裤,一件青绿色紧身网球衫,一双黑白相间鞍形鞋",尼诺惊呼:"天哪,比利……你怎么总是这样一丝不苟。"(89)这一观察意味着,比利与他的伴侣形成了鲜明对比,杰米身穿浴袍"自如自在",而贝果即使在自己家里,也总是煞费苦心穿着讲究;他的驳色惹人注目,但反而显得十分不自然。尼诺的白套装、杰米的白长袍和麦克的休闲装都完美地融入了白色的环境,而贝果尽管装束精巧,给人的印象却是穿着租借而来或化装专用的服装。他,通过"撸铁"来"练块儿",努力成为美国男子汉,却适得其反:"我感觉自己就像抱着一头阉公牛,[1]"叙述者这样描述与弟的拥抱(89)。正如《搬运工》中,白人女性(相较于白男处次等地位)比华裔美国人更受尊重,这些白人比华裔在白色海滨别墅中更能安然自得。因此,弟弟身受三重束缚:他的婚恋观显得"离经叛道";他的种族,正如他在白色环境中所彰显的那样格格不入;还有他的出身。故事的痛苦部分之一就是他为自己的中国家庭暗暗自惭,尤其是为他的母亲感到羞耻——她是个"摔跤迷",因为"看这个不需要语言技能"(93);"他不愿让朋友们知道自己出自一个喜欢看摔跤这样低级玩意的娘胎"(97)。尽管贝果在文化和经济上被完全同化了,但正如他的绰号所暗示的那样,他无法摆脱棕色的外壳——这是他不可磨灭的中国传统标志,也无法弥补核心部分的虚空。伍德尧基于霍米·巴巴对模拟的洞察所做的总结很确当:"事实证明,这位华裔美国兄弟试图与少数群体世界联结,却付出了主观性被分裂的代价,这世界一方面漠视他的种族差异,另一方面却

---

[1] steer 初译为"肉牛",因为汉语里常说"壮得跟牛似的";一般也不会把自己弟弟形容成"阉公牛"。然而"阉公牛"才是好的译法,因为这是一篇"去性化"的小说。雷祖威书中的每种食物、动物都是象征意象;他在《蛮夷来啦》里就用到阉鸡(capon)和阉公牛。

不断地暴露这些差异。"（Eng 201）

当庞太太不小心把烤鸭外卖盒里的蘸酱洒到白色沙发上，刺目的颜色就象征了这种暴露。此前，庞太太曾告诫贝果不要买白沙发，因为它"不禁脏"（88）。现在，酱汁"滴在座上，沾染了白色的布面。"贝果火了："我请你来吃饭，你却把饭都带来了。"（89）随后，白房子的四名住客联手，清除沙发上的棕色污渍："转眼工夫，尼诺、麦克、杰米和贝果就用海绵、棕榄洗涤剂、纸巾和一壶水围剿污渍。一支八臂室内装潢巡逻队。"（89）"巡逻"这个词让人想起警察当局。用伍德尧的话说，"家具本身就表现出一种同化被挫败的歇斯底里症。这种歇斯底里症最终作用在贝果身上，[他]成为自己自我排斥的推动者"（Eng 202）。在《搬运工》和《爱的彷徨》里，合法拥有自己房子的人都似乎反而成了闯入者。

贯穿整个故事的技巧或模拟跟种族传承的主题相一致。《爱的彷徨》以约翰尼·卡森（Johnny Carson）的节目开场，庞太太会全程跟着屏幕上的哄笑和掌声而大笑；兄弟俩也会模仿那荧幕偶像：例如他们会"像约翰尼那样"翻白眼（76，90）。故事以叙述者分发一种甜味剂结尾，这药片可以让海滨别墅晚餐上的一切都变得甜美（继泼酱风波之后）。叙述者这样描述他的职业："我们是成百上千家庭用品的灵魂……化学世界里充斥着有毒物体，恶臭刺鼻，化学品名称古怪费解，让消费者畏葸不前，我们的使命则是将其改造得怡人适意，以不负美国人的鼻子和味蕾。"（76）这些人造香水和香料营造一种假象，让人信以为真，但它们最终无法减轻家庭和社会中的隐痛：儿子们对中国母亲心怀尴尬和羞报；母亲永远盼不来一个孙子；叙述者被质疑的男子气质；贝果无法向母亲坦白；德博拉和庞太太之间，以及雅皮士白人家庭和中国家庭之间的族际冲突和代际矛盾。就像给无家可归的人提供模拟家庭气味的喷雾剂，或是最后把所有东西都变甜的药片，合成品掩盖了紧迫的不平等问题，或者说简单地把它们扫到地毯下面，就像故事结尾所暗示的那样：

> 我从兜里取出避孕套一样大小形状的金箔包装，每包里面都有一片实验室研制的药片。含服，则无论吃喝什么，它都会盖住那东西的苦味。我给桌上每人发了一片。……他们会笑，被自己舌头玩的小把戏所娱遣。很快，

我们就忘了嘴里之前的苦，自此说出的话就会馨香甜蜜了。(98)

正如伍德尧所言，叙述者的化学混合物象征着"多元文化时代官方可怕的花言巧语"，试图"缓和种族与性恋的紧张关系……它们是嘴上的避孕套，掩盖了一种压抑的辛酸，这可能是 21 世纪差异化政治的典型特征"（Eng 203）。两兄弟试图在白人中产阶级社会中混充局内人，但终归无济于事。

细品《爱的彷徨》结尾时使用的双重人工甜味剂——在日本实验室生产，但由一位满腹牢骚的美籍华裔营销，带有模仿、虚假和伪造的味道，完全是天然食物的对立面——是"双重可疑"，叙述者的提喻永远被双重的不匹配所困扰：（在他母亲和主流文化眼里）不够中国，由于不会说汉语、不懂中国；但也不够美国，不能成为约翰尼·卡森节目的嘉宾，只能反串为类似"约翰尼戴着南瓜般大小的头巾"的笑柄（77）。如果说中餐外卖的烤鸭酱（白色沙发上棕色污渍的来源），代表老土民族习俗的缩影，引发了一声未落言筌的"啐！"（汤亭亭曾在《孙行者》中写道，带着这样一只"烤鸭"旅行的中国人会假装"气味是从别人的行李里散发出来的"，Kingston 74），那没有标记的（因此可能是白色的）甜味剂被叙述者"分发……给每个人"，则裹挟着他作为美国人的不正宗感。无论是棕色的酱汁，还是白色的药片，都无法匹配上流的菜肴（Xu 62–93）。甚至雷祖威笔下的亚裔主人公们以英语为母语，他们正宗纯正的文化修养也总会被美国白人怀疑是赝品。在雷祖威的第一部小说《蛮夷来啦》中，"烹饪意象"达到修辞高度，反映了身为高级烹饪大厨的美籍华裔主人公无着无落的地位。雷祖威似乎将他作家的焦虑代入了自己小说中的男主人公，不管他们糊口的职业是什么。王棕（Dorothy J. Wang）对诗人陈美玲（Marilyn Chin，雷祖威在艾奥瓦州大学的艺术硕士 [MFA] 同学，将在第七章讨论）的评价也同样适用于雷祖威："对一个少数族裔诗人来讲，证明文化和语言的正当性，这与种族和血统的概念同等重要。"（Wang 119）[1] 这些主人公也和作者本人一样，敏锐地意识到自

---

[1] 雷祖威的《蛮夷来啦》这个书名就取自陈美玲的同名诗作：www.slowdownshow.org/episode/2019/09/19/214-the-barbarians-are-coming（2021 年 6 月 29 日访问），中文是笔者的创译。

已被美国主流社会视为"有所不足，不够棒，是次货"的东西，被搁置在"华人洗衣店"。

尽管在立法上，种族主义似乎已经得到纠正，但亚裔男子仍然被美国流行文化污名化为性行为偏差或冷淡（譬如在《冰血暴》和《纸牌屋》中）。正如克劳德·斯蒂尔（Claude Steele）对女性和非裔美国学生进行教育测试的研究所显示的，那些遭受"刻板印象威胁"的人总是表现出焦虑："在那些刻板印象盛行的领域里被歧视为劣等……造成了一种困境，任何表现不佳都可能证实这种刻板印象即为自我特征。这种困境……会引起恐惧和焦虑，直接干扰在这种情况下的表现。"（Steele，另见 Cheng 6–7）雷祖威笔下的男性角色非常清楚这种威胁，在情场上，他们不可避免地透过大多数人的眼镜来审视自己。米歇尔·华莱士认为，非裔美国人被系统地剥夺了自己非洲文化的连续性，不仅是因为受到奴隶制压迫，也是因为"融合和同化"，这"剥夺了他们对自己斗争历史的了解和对自主文化习俗的记忆"，并导致他们在性和性别方面接受了白人的文化和价值观（xix）。很多亚裔美国人也是如此。由于传统上，对亚洲人的种族主义是在性别的语境中表达的，《支那崽》中的丁凯试图通过扮演好斗的角色来抗衡美国男子气概的观念，而《爱的彷徨》里的主人公试图把自己复制成欧美男士的配对人物，但始终是个"副本"。他们无以脱离主流男性特质的意识形态，也无法挣脱它的控制。要想找到一种模式，既不受美国文化霸权和种族等级制度牵连，又符合复兴亚洲传统的文化民族主义以及反对男子气概的女性主义愿望，或许有必要唤醒人们对中国传统文化的记忆——唤醒"文"之理想——这种男子气质的准则，在美国社会中一直被严重低估。无疑，除了前线英雄的例子之外，西方文化也包含很多其他形式，譬如典雅之爱、[1] 游侠骑士、风度翩翩的知识分子，还有奔赴华盛顿的理想主义者"史密斯先生"。但亚美男性为了对抗刻板印象，更青睐好斗的美国"西部片"模式。

---

[1] 中世纪和文艺复兴时期的一种文学传统，通常描写骑士对公主或已婚贵族妇女热烈而无果的爱情，勇敢无畏的骑士为其女主人赴汤蹈火以示赤诚。这种关系通常发生在精神层面，并不以肉体欢爱为目的，因此被认为是高尚的、理想的。——译者注

我在批判功夫英雄又倡导"文"之模式的同时，是否给亚美男性带来了双重束缚呢？如果他们试图效仿战斗英雄，就冒着崇拜暴力和延续父权制习俗的风险。如果他们模仿中国的文人，就可能在沉浸于新大陆性别格局中的美国人面前显得"缺乏男子汉气概"，从而强化了亚洲男人柔弱无力的普遍成见——更加符合模范少数族裔的刻板形象。然而，如果要按照"西方"的理想生活，生活在对白人凝视的敏锐感知中，亚美男人可能会不断发现自己力不从心，雷祖威笔下的男主人公也是如此。尤具讽刺意味的是，在种族、性别和职业上都与传统文人相称的当代华美男作家，竟然支持肢体暴力，或是为着身上没有牛腱般的美肌而产生种族自卑。[1]

　　亚美男性可以抵制单向的适应，把种族刻板印象反过来变为灵感的源泉，正如阮晋煌在他对底层社会的评价时所做的那样，证明主流文化所认为的"女性化"实际上可能是男性气概的一种越界表达。如果非裔美国人能视黑色皮肤为美丽，那么亚裔美国人，或许还有非亚裔美国人，一样可以学会把男人身上的温文尔雅视为难以抗拒的魅力。我并非有意用一个模板来代替另一个，而是要为《大哎咿!》的编者所建立的武力英雄万神殿提供反例，并引入一些未受西方男子气概束缚的模范。从民族主义和女性主义的角度来看，对华裔美国男子气概的追求应该能让我们重新获得别样范式，而不是简单地复制西方的英雄。下一章将剖析一位中国人物，他的语言和诗意席卷中英文学社团，征服了东西方的男女。[2]

---

[1] 关于这一点，另见黄秀玲对《亚太男性》(*Asian Pacific Men*)大事记("颠覆欲望")的评论。《大哎咿!》的编者所推崇的男性理想似乎更受非裔美国人的影响，而非白人模式的影响；但非裔美国男性也被灌输了美国白人的男子气概。笔者还要补充一点，在古典小说和戏剧里的中国文人通常文弱，当然可以从一些体能训练中获益。事实上，中国的另一种男性理想体现为"文武双全"——在文艺和武艺方面都很有造诣（K. Louie 16–17）。

[2] 本书英文版出版以后，笔者把"文"之理想进一步引申为"仁文"理想，并以此分析雷祖威、梁志英与阮清越的短篇小说，仁文气质是亚美文学的一个里程碑。详见"An Empathetic Art: Renwen 仁文 Masculinity in Asian American Literature." *The Routledge Companion to Masculinity in American Literature and Culture*. Ed. Lydia Cooper and Joanna Conings. New York: Routledge, 2021, 301–316。或可关注王凯的中译《共情的艺术：亚美文学中的仁文气概》，即将发表。

参考文献

American Federation of Labor. "Some Reasons for Chinese Exclusion: Meat vs. Rice, American Manhood Against Asiatic Coolieism. Which Shall Survive?." Washington, D.C.: American Federation of Labor, 1902: 3–30.

Bhabha, H. *The Location of Culture*. New York: Routledge, 2004.

Buell, F. *National Culture and the New Global System*. Baltimore, MD: John Hopkins UP, 1994.

Butler, J. *Bodies that Matter: On the Discursive Limits of "Sex."* New York: Routledge, 1993.

Chan, J. *Chinese American Masculinities: From Fu Manchu to Bruce Lee*. New York: Routledge, 2001.

Chan, J. *Where Are All the Asian Americans in Hollywood?* 20 August 2014. Retrieved from:http://www.complex.com/pop-culture/2014/08/asian-americans-in-hollywood

Cheng, A. A. *The Melancholy of Race: Psychoanalysis, Assimilation, and Hidden Grief*. New York: Oxford University Press, 2001.

Cheung, K-K. 2018. "A Remembrance: David Wong Louie." *Amerasia Journal* 44.3: 4–6.

Cheung, K-K. 2019. "Afterword." David Wong Louie. *Pangs of Love & Other Writings*. Seattle: University of Washington Press: 269–276. Printed in advance with permission from University of Washington Press in *Amerasia Journal* 44.3 (2018): 7–11.

Cheung, K.-K. 2021. "An Empathetic Art: *Renwen* 仁文 Masculinity in Asian American Literature." *The Routledge Companion to Masculinity in American Literature and Culture*. Ed. Lydia Cooper and Joanna Conings. New York: Routledge, 301–316.

Cheung, K-K. 2002. "Art, Spirituality, and the Ethic of Care: Alternative Masculinities in Chinese American Literature." *Masculinity Studies and Feminist Theory*. Ed. Judith Kegan Gardiner. New York: Columbia University Press, 261–289.

Cheung, K-K. 1998. "Of Men and Men: Reconstructing Chinese American Masculinity." *Other Sisterhoods: Literary Theory and U.S. Women of Color*. Ed. Sandra Kumamoto Stanley. Urbana: University of Illinois Press, 173–199.

Chin, F., et al. 1974/1983. *Aiiieeeee! An Anthology of Asian-American Writers*. Washington, D.C.: Howard University Press.

Chow, K. 2016. "Why Hollywood Won't Cast Asian Actors?." *New York Times* 23 April: A19.

Chow, R. 1991. *Woman and Chinese Modernity: The Politics of Reading Between West and East*. Minneapolis: University of Minnesota Press.

Eng, D. L. 2001. *Racial Castration: Managing Masculinity in Asian America*. Durham: Duke University Press.

Hirose, S. Y. 2000. "David Wong Louie." *Words Matter: Conversations with Asian American Authors*. Ed. King-Kok Cheung. Honolulu: University of Hawai'i Press, 189–214.

Huang, E. 2013. *Fresh Off the Boat: A Memoir*. New York: Spiegel & Grau.

Kim, E. H. 1990. "'Such Opposite Creatures': Men and Women in Asian American Literature." *Michigan Quarterly Review* 29.1: 68–93.

Kingston, M. H. 1989. *Tripmaster Monkey: His Fake Book*. New York: Knopf.

Ku, R J-S. 2013. *Dubious Gastronomy: The Cultural Politics of Eating Asian in the USA*. Honolulu: University of Hawai'i Press.

Lau, D. C. 1979. "Introduction." *Confucius: The Analects*. Trans. D.C. Lau. Harmondsworth: Penguin Books, 9–55.

Lee, E. 2015. *The Making of Asian America: A History*. New York: Simon & Schuster.

Lee, G. 1991. *China Boy*. New York: Dutton.

Li, D. L. 1998. *Imagining the Nation: Asian American Literature and Cultural Consent*. Stanford: Stanford University Press.

Liu, J. J.Y. 1967. *The Chinese Knight-Errant*. Chicago: University of Chicago Press.

Louie, D. W. August 2017. "Eat, Memory: A Life Without Food." *Harper's Magazine*. Reprinted in *Pangs of Love*. Expanded Edition.

Louie, D. W. 1992. *Pangs of Love*. New York: Plume.

Louie, D. W. 2019. *Pangs of Love & Other Writings*. Expanded Edition. Seattle: University of Washington Press.

Louie, K. 2002. *Theorizing Chinese Masculinity: Society and Gender in China*. Cambridge: Cambridge University Press.

Malcolm, C. A. 2014. "Going for the Knockout: Confronting Whiteness in Gus Lee's *China Boy*." *MELUS* 29.3/4: 413–426.

Marchetti, G. 1991. "Ethnicity, the Cinema, and Cultural Studies." *Unspeakable Images: Ethnicity and the American Cinema*. Ed. Lester D. Friedman. Urbana: University of Illinois Press, 277–307.

Nguyen, T. H. 2014. *A View from the Bottom: Asian American Masculinity and Sexual Representation*. Durham: Duke University Press.

Nguyen, V. T. 2019. "Foreword." David Wong Louie. *Pangs of Love & Other Writings*. Seattle: University of Washington Press, ix-xvi.

Nguyen, V. T. 2000 "The Remasculinization of Chinese America: Race, Violence, and the Novel." *American Literary History* 12.1: 130–157.

Noddings, N. 1984. *Caring: A Feminine Approach to Ethics & Moral Education*. Berkeley: University of California Press.

Ono, K. A. and Vincent N. Pham. 2009. *Asian Americans and the Media*. Cambridge: Polity Press.

Palumbo-Liu, D. *Asian American: Historical Crossings of a Racial Frontier*. Stanford:

Stanford University Press, 1999.

Slotkin, R. 1992. *Gunfighter Nation: The Myth of the Frontier in Twentieth-Century America*. New York: Maxwell Macmillan International.

Steele, C. M. 1997. "A Threat in the Air: How Stereotypes Shape Intellectual Identity and Performance." *American Psychologist* 52.6: 613–629.

Tajima, R. E. 1989. "Lotus Blossoms Don't Bleed: Images of Asian Women." *Making Waves: An Anthology of Writings by and about Asian American Women*. Ed. Asian Women United of California. Boston: Beacon, 308–317.

Van Gulik, R. H. 1974. *Sexual Life in Ancient China*. Leiden: E.J. Brill.

Wallace, M. 1990. *Black Macho and the Myth of the Superwoman*. London: Verso.

Wang, D. 2013. *Thinking Its Presence: Form, Race, and Subjectivity in Contemporary Asian American Poetry*. Stanford: Stanford University Press.

Wong, K. S. 1998. "Cultural Defenders and Brokers: Chinese Responses to the Anti-Chinese Movement." *Claiming America: Constructing Chinese American Identities during the Exclusion Era*. Ed. K. Scott Wong and Sucheng Chan. Philadelphia: Temple University Press, 3–40.

Wong, S-l C. "Chinese/Asian American Men in the 1990s: Displacement, Impersonation, Paternity, and Extinction in David Wong Louie's *Pangs of Love*." *Privileging Positions: The Sites of Asian American Studies*. Ed. Gary Y. Okihiro, et al. Pullman: Washington State University Press, 181–191.

Xu W. 2007. *Eating Identities: Reading Food in Asian American Literature*. Honolulu: University of Hawai'i Press.

Yang, W. *Eddie Huang Against the World*. 3 February 2015. Retrieved from: http://www.nytimes.com/2015/02/08/magazine/eddie-huang-against-the-world.html?emc=eta1

Zhong, X. *Masculinity Besieged? Issues of Modernity and Male Subjectivity in*

Chinese Literature of the Late Twentieth Century. Durham: Duke University Press, 2000.

张敬珏,《以品莎翁的方式读雷祖威》,赵之韵译,待发表。

张敬珏,《共情的艺术:亚美文学中的仁文气概》,王凯译,待发表。

第三章　才子奥秘：徐志摩、姜镛讫、张邦梅、闵安琪

"文"之一字能为男子添魅力几何？文质彬彬，文采风流，这种另类典范与男权观念中的"男子汉气概"判然两途。我以粤剧演员任剑辉与诗人徐志摩为例，来阐述这一中国文化遗产。在此，徐志摩既作为历史人物，也被置于三部亚美作品中进行考察。由于性别的建构主义特性，"男性气质的定义不可能超越历史，也不可能超越国别文化；不同文化之间有别，同一文化之中也会与时化变"（Kimmel & Messner xxi）。雷金庆就指出，中国尽管保有铁血男儿的"武"传统，却也有"一种柔情智思的男性传统"与之调和——"'才子'（文才超迈的人）与'文人'（知书能文的人）所代表的读书人，往往压制那些武夫和肌肉男"（Louie 8）。宋耕专门写过一本书，题目即为《文弱书生》（*The Fragile Scholar*），详述"文"气的偶像："尽管在今天的（中国与西方）读者眼中，这种形象显得娘娘腔，但在传统中国对完美男女情爱的文学阐述里，一个'文'字就凝结了男子表里称人心意的所有品质。"（Song viii）探析亚洲文本内部生成的范式，而非一直举目于欧裔美国人的规范，可以为亚裔美国人，甚至也为全世界开发多样的男子气质。

这一章的标题（Masculine Mystique）戏仿了《女性的魅力》（*The Feminine Mystique*，1963）。其作者贝蒂·弗里丹（Betty Friedan）指出：是男人造就了"女性魅力"，即女性在贤妻良母的角色中实现了圆满。但这与弗里丹实践经验所得资料相悖（Friedan，1963；1981）。借用西蒙娜·德·波伏瓦（Simone de

Beauvoir）的话（但难免只能代表一位白人中产阶级女性的观点），弗里丹追踪了一个女人之为女人，是怎样形成"女性实在"的；而我则从一个华裔美国女学者的视角，探索何谓标准男儿，带着我文化与专业上的倾向，以及女性主义熏陶。人们认为不同性向或性别的人对魅力的看法有别——本章表面上围绕男子气质展开，但陆续登场的文之典范也将打破这种武断的区隔。下文呈现的才子形象就吸引了各色各样的男男女女。同时，这群才子所赞赏的女性典范，也与占据好莱坞的中国娃娃、龙女、女侠等形象大相径庭。此间才子的显著特征之一，正是他们总为才女倾心沉吟、神魂颠倒，也总对才女青眼相看、平等相与。奇怪的是，一些男性学者致力于重振中国书生形象，却对其公子多情、敬重女性的特质含糊其词，甚至公然否认。

关于"文"的概念，一般指"古典学者在追求文学与艺术时，所洋溢的优雅和教养"，但绝不专属于有闲阶级，而是面向"社会上好学求知的更广泛阶层"（Louie 20）。传统意义上的"文人"，往往是无数"才子佳人"类型的小说中，识字知书的男性角色。我要强调并将随后阐发的是，在这类才子佳人小说里，才华超众的青年主角，不仅相貌非凡，更个个谈吐风雅，辞趣翩翩。这种温文尔雅、知书达理的男性样式颇有魅力，颠覆了西方人眼中要么是功夫英雄、要么是毫无男人味的亚洲呆瓜这种定型观念。"文"人与"武"士之间最显著的区别，在于他们跟女性的关系："才子佳人故事作为常见主题，表明习'文'的男女总是情投意合；而习'武'的英雄，却是通过抗阻女性妩媚的诱惑来展现其阳刚之气的。武将必得斩断儿女私情，文人却注定与佳人共赴云雨。"（Louie 19）

然而，我并不完全同意雷金庆的观点，因为他坚称"文武是男性的专属典范"："只有当女人化身为男人时，文武二长才对女性适用。社会生活里，文与武的层面跟女性是绝缘的，所以女性在这对概念中不能被有效讨论。"雷金庆认为，"文人，只作'有文才的男人'或'有文化的男人'解。女性倘若文才卓越，就被视作反常。"（Louie 11，12）他的这种说法基本适用于"武"的传统，但放在"文"上就离谱了。"才子佳人"类型的创作滥觞于17世纪中期的明清两朝，雷金庆特别强调这些文本塑造的是知书达礼的男子，其不知"文"在女主人公的基因里有过之而无不及。正如马克梦（Keith McMahon）所言："这类作品最显著的特点之一，在于描绘聪颖、能干、冰清玉洁的少女，毫不逊色于男主人公，甚至在文才、德行与灵气等方面更胜一筹。"这类作品"赋予女性角色一种自我决断力与自我创造力，这不仅超乎寻常女子，也胜于等闲男儿"；小说中这类女性的出现，可以对应"17世纪中期的历史现实，为数不多但不容小觑的女性，活跃在一般不容她们参与的社会和文坛上"；同时，"对女性从事文学艺术活动的认可度，也在明清晚期有所提升"（McMahon 227–228）。强调女性在"文"上实现的成就以及与男性的平等，这令人耳目一新。[1] 我甚至认为"才子佳人"小说应该更名为"才女才子"小说。在男权世界里，女性舞文弄墨、灵心慧性，无论口才还是诗才，都常把"才子"比下去。此类浪漫故事支持有情人不拘父母之命，追求恋爱自由、婚姻自主；而心智的灵犀一定先于肉体的结合。用马克梦的话来说："纯真无邪的恋人，以文字代替了情爱：诗词，书信，矜持有礼的交谈。他们成为'知己'——对方是情谊深厚、亲密无间的伴侣，也是世间最懂得自己、最欣赏自己的那个人"；"结合也以文字的形式达成——形诸知书识墨的诗意媒介，来实现自身价值，让有'文'人终成眷属"（McMahon 229, 245–246）。

文气并非男性专属而从不眷顾女性。我认为才子若能欣赏女子的文学艺术才华（反之亦然）正是其性感魅力所在，这点与本章的任白粤剧还有徐志摩的例子相对应。尽管为博得最初的认可，个别"女文人"需要女扮男装，但与其说这表明了"此概念暗含着男性的专属特权"（Louie 12），毋宁说凸显了进行性别区隔时歧视女性的武断。此外，才子佳人的类型通常表明，男女两性有目共赏、情致相当：追求文学艺术造诣，也珍赏心上人的文艺禀赋；殷勤体贴，善解人意；勇于选择悦己之知音伴侣。

---

[1] 早在1934年的文类研究中，郭昌鹤就对12篇才子佳人小说进行定量分析，据其中的33位佳人归结出她们不仅玲珑乖巧，清纯俊美，性情幽柔贞顺，更有"超等天分，长于诗词，博学，足智多谋"。（郭昌鹤：《才子佳人小说研究》（上、下），《文学季刊》创刊号、第2期，立达书局1934年版，194–215、303–323页。引自欧丽娟：《论〈红楼梦〉的"佳人观"——对"才子佳人叙事"之超越及其意义》，《文与哲》2014年6月第24期，129页）——译者注

上卷　性别

第三章　才子奥秘：徐志摩、姜镛讫、张邦梅、闵安琪

　　我也不同意雷金庆所言从"文"的终极目标是考取功名、入仕从宦，以至女人（连同爱情）都成了"绊脚石"。雷金庆引用杨伯峻的注释说孔子教导学生"对女人敬而远之"（杨伯峻198;[1] 转引自Louie 45），并解读为孔子将女人视为"招惹麻烦，应当避忌"的人群（45）。话虽如此，但依然有那么多文人看重浪漫爱情而看轻官府认可，他们的故事进入中国戏剧。当雷金庆为了论证男子须得自控以防范女色，而搬出《莺莺传》《西厢记》和当代作家张贤亮时，他偏偏忘了那些异想天开又俯拾皆是的"文"之化身：著名剧作家汤显祖代表作、明代最著名的剧作《牡丹亭》的男主人公柳梦梅，《梁祝》之梁山伯，《唐伯虎点秋香》之唐伯虎，还有本章的主角、为爱痴狂的诗人徐志摩——家喻户晓的民国文人。

　　我自幼看着粤剧舞台和电影银幕上的《牡丹亭》《梁祝》《紫钗记》《唐伯虎点秋香》等一幕幕浪漫悲喜剧长大。其中一类魅力十足的中国男人形象让我倾心，他们是诗人型学者，即才子或书生。据我判断，二者的区别在于才子往往出身贵族，而书生常常生于微门——我在此将二者统称为文人。这类男性形象，比起雷金庆列举的那些精英化文人，在大众化想象中要鲜明、重要得多。文人之所以魅力难挡，在于其温文儒雅、出口成章、敏思聪鉴，更在于其能够识察并敬重与之才均智敌、心当意对的文姝。雷金庆研究的文人追求朝廷给的功名和官爵，广东电影里的诸多清高文人却淡泊名利——他们嘤鸣以求的，唯有才智和品行上都与之匹配的伴侣及同道。

　　中国戏剧也为性别的表现力提供了最具体和最戏剧化的鲜活实例。[2] 梅兰芳（1894—1961）作为京剧旦角最重要的代表，保有国际影响力，曾对美国的查理·卓别林（Charlie Chaplin）、德国的贝托尔特·布莱希特（Bertolt Brecht）和俄罗斯的

---

[1] 雷金庆的原文是"keep women at a respectable distance"；然而杨伯峻这页的原文是："子曰：'唯女子与小人为难养也，近之则不孙，远之则怨。'【译文】孔子道：'只有女子和小人是难得同他们共处的，亲近了，他会无礼；疏远了，他会怨恨。'"所以似乎不能简单译为"敬而远之"。孔子说"敬而远之"指的是鬼神——子曰："务民之义，敬鬼神而远之，可谓知矣。"——译者注

[2] 参见荣鸿曾关于粤剧的精彩研究:《粤剧：表演即创作》(Bell Yung, *Cantonese Opera: Performance as a Creative Process*，1989)。

康斯坦丁·斯坦尼斯拉夫斯基（Constantin Stanislavski）都有所启发。最著名的粤剧演员任剑辉（1913—1989）有"戏迷情人"的美誉（家母就是她的戏迷），她无疑是20世纪50—70年代最红的女文武生。她的搭档、正印花旦白雪仙（1926— ）也毫不逊色。这对璧人在戏剧史上璀璨夺目、写就传奇，她们不仅艺术精湛，更苦心栽培雏凤鸣剧团，传徒尤多。为任剑辉赢得如此青睐的，是她舞台上的男子风度，是她银屏上的文人浪漫——她所百般追求的白雪仙，则一贯饰演饱读诗书、光彩夺目，又带着几分心高气傲的佳人。二人以诗情画意的妙语连珠与浓情蜜意的嘉音对唱，征服了观众与听众。她们最著名的剧本由剧作家唐涤生（1917—1959）创作，清隽雅丽，精妙入神。任剑辉的戏迷远远多于她同时代的男演员，而她的粉丝大多是小姐、太太此类观众。在戏台上，她示范的男性洋溢着文才、口才，又多情、体贴，使人联想起雷金庆分析的那种"文"之典范。然而与雷金庆讨论的绝大多数文人都不同的是，任剑辉所反串的男角对他们心爱的女子一往情深、忠贞不渝，不惜抛功名，弃富贵，甚至舍生忘死。

梅兰芳（男扮女装）与任剑辉（女扮男装）的戏迷众多，这仿佛印证了黄哲伦在《蝴蝶君》中带有讽刺意味的那个说法（第一章提过，在此细表）："只有男人才知道真正的女人该是什么样的做派。"[1]（Hwang 63）反之也成立：只有女人才知道真正的男人该是什么样的做派。无巧不成书——任剑辉，女儿身，饰《牡丹亭》里的青年书生柳梦梅，搭档白雪仙饰演剧中佳丽杜丽娘；梅兰芳，男儿身，饰如花美眷杜丽娘，这一代表形象令其名满天下。任与梅的大获成功与热烈反响，为性别的表现力（performativity）提供了活生生的现实证据。

如果说复兴尚武英雄形象，可以化除亚美男人身上"娘娘腔"的标签，那么重塑文人的典范一定也可以消弭那种"没有男人味"的刻板印象。文人形象扳驳了亚洲男性拙口钝辞、不解风情、凡浊混俗的成见，更彰显了男儿气质里兼具性感和玉润无争的这一重层次，也打破了人们假想中行为方式的对立，男女皆宜。如果说"武"之理想契合了美国的开拓精神，将男子气概诠释为身体

---

[1] 参考黄哲伦：《蝴蝶君》，张生译，上海：上海译文出版社，2010年，99页。——译者注

上的勇猛，那么"文"之理想则是东亚尤其是中国特有的了。[1]（西方语境里最类似的大概是"典雅之爱"，见第二章）然而，我并不是要从故纸堆中复古怀旧。当我谈论文人时，心中看重的并非他们书生或才子的称号，而在于其人格修养：尽心至意，谦厚韬晦，风趣谐妙，磊落仁义；富贵不能淫，贫贱不能移，威武不能屈——这些美德放到今天，依然可以说"此之谓大丈夫"。

然而，任何正面的亚洲形象若想在美国立足，必须先跟文化和政治霸权较量一番。正如上一章所述，文兮，往矣——李健孙笔下的支那崽弃文从武、投笔学拳；雷祖威笔下的主人公尽管锦心绣口，却依然须得与四肢发达的武夫媲美抗衡，一任种族婚姻与白人社会的父权力量摆布、迷弄。1993年，由周星驰主演的电影《唐伯虎点秋香》在洛杉矶一家影院上映。我自幼看过由任白传奇主演的同名电影，熟悉这个明朝大才子的故事，所以初闻电影预告时，很为反映中国文人的影片可以在加州打响而惊喜过望。然而热望很快破灭。1993年的这部简直是超人电影，改篡了故事原貌，眼前哪里有传统书生，分明是乔装之下的功夫小子。这种改动无疑增强了影片对美国观众的吸引力。但影视产业的全球化未能拓展其多样性，而是加剧了文化的短视。[2]

因此，我们必须穿越回20世纪20、30年代，找到一个真正的"文"之典范，领略"文"之魅力。徐志摩（1897年1月15日—1931年11月19日）堪称超越疆界的浪漫精灵：中国才媛张幼仪、林徽因、陆小曼、凌叔华见之倾心；美国作家赛珍珠（Pearl Buck）、阿格尼丝·史沫特莱（Agnes Smedley）视

---

[1] 本书英文版出版后，笔者从同事那里发现，犹太文化也有尊崇文学（literarishe）和艺术（kunstliche）理想的悠久历史。文学专家是"literarishe maven"，艺术专家是"kunstliche maven"或现代希伯来语的"Amanut"。感谢埃斯特尔·诺瓦克（Estelle Novak）、马克斯·诺瓦克（Max Novak）、德布拉·舒格（Debra Shuger）和杰夫·斯皮尔伯格（Jeff Spielberg）提醒注意这一古老的犹太传统。

[2] 不过话得说回来，虽然电影重武轻文，周星驰却也在该片中活现了东方风流才子倜傥、机敏、风趣、殷勤、仗义、尊重女性等可爱特点。

之心仪；印度诗人泰戈尔，苞落蓓蕤社[1]的狄更生（即戈兹沃西·洛斯·迪金逊 Goldsworthy Lowes Dickinson，本书采用徐志摩本人的译法）、傅来义（即罗杰·弗赖 Roger Fry，本书采用徐志摩为他取的中文名）、福斯特（E. M. Forster）与之交游，彼此通怀；民国精英胡适、梁启超、沈从文、林长民（林徽因之父，国际联盟同志会首席代表）对之赏识，彼此亲近。[2]所以徐志摩的形象出现在姜镛讫的《从东到西》（*East Goes West: The Making of an Oriental Yankee*，1937）、张邦梅的《小脚与西服：张幼仪与徐志摩的家变》（*Bound Feet and Western Dress: A Memoir*，1996）和闵安琪的《中国珍珠》（*Pearl of China: A Novel*，2010）这三部时间跨度七十余载的亚美作品中，也就不足为奇。在这三部作品里，徐志摩示范着男性的磁力、文化的交响与游子的感触。他眉目清朗、热血满腔、文采风流，足以颠覆美国人对亚裔男人的成见。徐志摩的例子揭示了男子气质的另一重可能，我以此重申自己之前的意见，反对通过迎合西方想象来修复华美的男性特质——这种倾向可能加剧自轻自贱、大男子主义。身为现代派文人，徐志摩没有诉诸武力、经济或政治权力，自是响当当的男人。我主要聚焦构成他男性吸引力的三要素：他在多国文学中的浸润（包括中国、法国、德国、印度、意大利、英国和美国）；他对浪漫爱情一意孤行的勇烈追求；他惜才爱才，将自己的精神力量赋予其他才子和才女，给予他们赞赏与支持。就像传统"才子佳人"小说中的才子一样，他寻寻觅觅的不只是貌美的女人，更是

---

1 "The Bloomsbury Group"国内通译为"布鲁姆斯伯里团体"，不似"新月"社名易触发中文读者诗情。自创音译"苞落蓓蕤社"，一因向慕"翡冷翠""沙扬娜拉"等徐创佳译，二因下文提到的凌叔华为徐志摩拟碑文"冷月照诗魂"，化用的是《红楼梦》"冷月葬花魂"一句，而这花魂冷葬恰似"bloomsbury"字面之义，如此映照，不忍辜负。同部首的四字不仅为了音近、形佳，也为意切："苞"与"蓓"是花（blooms），"蕤"字本义"草木花下垂貌"——落花、葬花，"苞落"与"蓓蕤"算是 blooms + bury 的同义复合罢。作者也喜欢这个译法。——译者注

2 最奇特是，徐志摩的两位终身好友的妻子却都被传与他有染。陈西滢，凌叔华的丈夫，《现代评论》创始人；梁思成，林徽因的丈夫——"陈西滢会为了徐志摩一个人回北京"（Laurence 104）；徐志摩的飞机失事时，梁思成正在山东："他和友人组成第一批搜救队"（Chang 199）。

挚友、至爱，乃至知己。徐志摩的这些面向照映在传记性和虚构性的文本里。因此，我在分析文本之前，先提炼一些他人生中的关键点。（以下行文，一般以"徐志摩"和"徐"指代历史人物，"志摩"指代作品中的形象。）

现代派文人

《中国现代作家的浪漫一代》（*The Romantic Generation of Modern Chinese Writers*）里指出，"文人"的概念在20世纪20年代发生了显著变化：文人在社会上以文学为职业，这是一种"现代现象"，与社会变迁等现实问题息息相关。该书解释说，现代文人与传统才子最大的不同，在于前者被"外国时尚与新式思想""现代化"了，新式文人向往"拜伦的风流韵事，济慈或雪莱的人生悲剧，甚至乔治·桑的放纵偷情"。现代文人还善于社交：维护老交情，结交新朋友——无论国内的还是国际的；为报刊供稿，出版自己的杂志和书；也资助其他作家（38）。此专著以两章专写徐志摩，显然是将其视作新式文人的典型代表。生前蜚声文坛，死后十年间似乎声名愈噪，人们津津乐道的是徐前卫的诗歌创作，是他在中国文学与欧洲文学（尤其是英国浪漫主义文学）上的造诣，是他对浪漫爱情的炽烈追求，是他四海之内皆知音，且无论国内同胞还是国际友人都胶漆相投。

徐志摩出生于浙江海宁，其父是富商蓄贾，坐拥数家钱庄、丝厂、绸布号与酱园等；其母出身书香世家。徐是家中独子，3岁开始跟着一位私聘名师学古文。12岁，进入新式学校领受西洋学科教育，有"神童"之誉；学校规定，考试得第一才能当班长，因此他常当班长（Chang 74）。18岁，与张幼仪（1900—1988）结婚，但很快就离开了她，赴北洋大学和北京大学攻读法律。1918年赴美留学，次年以一等荣誉生资格从克拉克学院毕业，获得文学士学位。接着，赴哥伦比亚大学攻读政治学，1920年完成论文《论中国妇女之地位》（《徐志摩全集：第一卷》75–154），获硕士学位。1921年，"摆脱了哥伦比亚大博士衔的引诱"（《徐志摩全集：第二卷》334），投奔剑桥大学国王学院，得到"中国通"狄更生（1862—1932）的帮助，主修英国文学、浪漫主义诗歌和法国象征主义诗歌。1922年回国后，历任北京大学、清华大学、中央大学等校教授，成为新诗运动的领袖，创建文学团体"新月社"（以泰戈尔的《新月集》命名），成员多为欧美归国人士（林徽因和凌叔华是重要的两位女性成员），创办了《新月》月刊；1931年，徐遇难后不久，新月社解散。

1924年4月，泰戈尔访华，正是徐组织了自己偶像的这次访问，并与林徽因一起担任口译。出资赞助此行的英国人恩厚之（Leonard K. Elmhirst）写道："泰戈尔当即认定[徐]一则是位诗人，二则是个幽默的人，三则体现了中国人的精神，尤其是中国青年的精神。"（Elmhirst 11；转引自 Leo Lee 146）徐在多所大学担任教授，在多家书局兼任编辑，直到34岁那年，搭乘由南京飞往北京的飞机，罹难。2008年，英国剑桥大学在国王学院的草坪上，为徐立起一块大理石诗碑，刻上他最脍炙人口的《再别康桥》的首尾四句："轻轻的我走了／正如我轻轻的来""我挥一挥衣袖／不带走一片云彩"。2014年下半年，国王学院礼拜堂举办"徐志摩、剑桥与中国影像展"，纪念他所牵系的纽带。2018年8月10—11日，国王学院举办第四届徐志摩诗歌艺术节，剑桥第一座中式花园"徐志摩花园"也正式向公众开放。

无论在当时还是当世，在民间还是文坛，徐都以其非凡的个人魅力闻名遐迩。通过爬梳相关的传记性文本和小说，我将其迷人的个性归因于他混洽的文化、蓬勃的意气、不羁的情思、充盈的才智，且都不惜投注在女子身上。然而我并无意推崇徐，尤其鉴于他对原配妻子负心，一生多情缠缚，及其精英阶层背景（尽管第二任太太吸食鸦片成瘾，导致他临终窘迫）。不过，徐确实异乎好莱坞塑造的乏味亚洲男，相比那种不性感、不浪漫、不善言辞的陈腐形象，徐的光彩何其夺目。他在感官上、情感上和文学上怀着"对于普遍人生万汇百物的热情"（沈从文202），赢得的万千爱慕也不分性别、不分国界。显然，书呆子的标签与徐绝缘。

若论游子的性情与文化的混洽，四海为家的徐堪称是今天很多跨文化知识分子的先驱。他大概是直把异国当故乡甚至宣称深情尤甚的中国作家第一人。"对中国现代文学的读者而言，绍兴的代言人是鲁迅，湘西是沈从文，北京是老舍，而徐志摩所代表的是英国的剑桥。"吴丽丝（Lai-Sze Ng）和陈志锐（Chee-Lay Tan）如是说（Ng & Tan 575）。徐在1926年发表散文《我所知道的康桥》，回想剑桥时光，勾起的竟是"思乡的隐忧"（《徐志摩全集：第二卷》344）。几乎全亚洲的中国文学教科书里都收录了《再别康桥》这首诗。

而且，时值西方种族主义猖獗，徐却在一大批英国知识分子心中留下了深刻印象。在狄更生的帮助下，徐成为国王学院的"特别学生"，结交了苞落蓓蕤社的好几位成员："他来了一趟，就赢得我们的心。他住在罗杰（罗杰·弗赖，即傅来义）那儿。"（大卫·加涅特致朱利安·贝尔的信，1935年；转引自Laurence 132）徐自己给傅来义写信道："我一直认为，自己一生最大的机缘是得遇狄更生先生。是因着他……我对文学艺术的兴趣也就这样固定成形了。"（Mody 10）梁佳萝（即梁锡华）记下徐朋友圈里的名字：狄更生、乔治·里兰兹（George Rylands，人称Dadie Rylands）、赫伯特·乔治·威尔斯（H. G. Wells）、傅来义和伯特兰·罗素（Bertrand Russell）。他也被引见给阿瑟·韦利（Arthur Waley），他们与狄更生一道密切了苞落蓓蕤社与中国的联系（Laurence 129; Wood 191）。恩厚之是中印友好事业的支持者，曾陪同泰戈尔访华，也与徐结下友谊，至死方休。恩厚之也曾为徐在1928年7月的第三次访英赞助了旅费（Stirling 88）。恩厚之1971年曾致函凌叔华，说他喜欢徐的"无穷魅力、善解人意、充满诗意的想象力与温暖的情谊"（Laurence 145）。

作为一位男士，徐兼具东方的"文"与西方的浪漫主义精神。他举止儒雅，文艺风流，代表了中国古典文学与戏剧里传统的才子形象。同时，他企慕英国浪漫主义诗人，以及托马斯·哈代（Thomas Hardy）、詹姆斯·乔伊斯，尤其向慕凯瑟琳·曼斯菲尔德（Katherine Mansfield，即徐笔下的"曼殊斐儿"）。回到中国，他主张个人解放"真正的个性"，包括情欲（Laurence 126）。他在《艺术与人生》一文中写道："我们现今习以为常地将实利主义的西方看作是一个没有心脏的文明，如果是这样，那么，我们的文明则是没有灵魂的文明，或者说至少从没意识到其灵魂的存在。如果说西方人被他们自己的高效机械、被一片喧扰忙闹拖向无人所知的去处，那么，我们所知的这个社会，则是一潭死水，带着污泥的脏黑……"¹ 他继续论说："我们没有艺术恰恰因为我们没有生活。"（Xu 169，172；原载于1922年《创造季刊》）徐对内在精神生活的尊崇清新警策。他将自己中式的抒情诗浸入西式的韵律，再浇灌以浪漫主义的精魂——"打破过去传统诗歌的音节格式，以西方诗歌的押韵和音节来取代"（Leo Lee 147），被誉为"中国拜伦"和"中国雪莱"（Spurling 174）。徐在中国的文学影响力经久不衰，叩动知识分子诗学的潜能，亦叩动西方文学的种子在中国的土壤里萌生新的花果，正如中国文学也已在西方生根。

无论生前身后，徐天性的自我表达和他对文学的热切，都激荡着整个文坛。费慰梅（Wilma Fairbank）曾将新月社的成果归功于徐"发现与召集"志同道合者的"不可思议的能力"，并在同侪中点燃"新的理念、新的志向，当然还有新的友谊"（Fairbank 12）。诺拉·斯特林（Nora Stirling，赛珍珠传记的作者）指出徐"国际化的背景与可人的性情"，使他无论当老师还是做编辑都大受欢迎；他在北京大学任教，在《北京晚报》任编辑，"对学生和作者都慷慨相助，在同事间几乎成了传奇"（Stirling 88）。作为《晨报副镌》和《新月》月刊的主编，他助力开启了不少扫眉才子与慧业文人的文学生涯，比如丁玲（1904—1986）、沈从文（1902—1988），还有同他甚为亲密的凌叔华（1900—1990，我会在讨论《中国珍珠》时再谈到她）。史景迁（Jonathan Spence）说徐在丁玲和她的朋友们"最早的创作尝试"时给予了帮助（Spence 151）。金介甫（Jeffrey C. Kinkley，《沈从文传》的作者）认为徐在"沈从文最早发表作品时起到重要作用"，他是沈从文在文学上关键的良师益友和长久的灵感来源："多亏[徐]的赏识和提携，沈才开始得以靠笔杆子为生。"徐逝世后，沈意图将其"美丽放光处""移殖"（沈从文202，203）到自己的作品中来（Kinkley 82，224）。(《从文自传》将在第五章讨论。)

徐的率性任诞与热情不羁，赢得无数心慕笔追。帕特丽卡·劳伦斯（Patricia Laurence）认为，当时无论在中国、英国还是美国，自我表达与多情善感都被

1　虞建华、邵华强译，见《徐志摩全集：第一卷》第199页。——译者注

视作"'女性化的'弱点或情感上的个人耽溺",所以徐的"情感"算是"出格的行为"(Laurence 155)。徐一心追求鸾交凤俦(而不安于包办婚姻),这让人联想起传统才子佳人小说和西方浪漫爱情故事里都上演的抗婚。他的爱慕对象不一而足(且都远近驰名)。他力争与张幼仪离婚,显然是在爱上林徽因(1904—1955)[1]之后,听从了伯特兰·罗素的建议(Wood 194)。林徽因一直都是徐的朋友,也一直与他通信直至他离世,却嫁给了梁启超的长子、也同为建筑师的梁思成(1901—1972)。徐之所以搭乘那架让他送命的飞机,是为了赶回北京参加一场由林徽因主讲的建筑艺术演讲会(Chang 199)。[2] 林徽因嫁人后,徐爱上了名媛陆小曼(1903—1965),她当时还是一位军官太太,后来

---

[1] 林徽因是中国第一位建筑学女教授,她异母弟弟的女儿林璎(Maya Lin)是著名的美籍华裔设计师。徐志摩曾拜20世纪知识分子的先驱梁启超为师,通过梁,24岁的徐在伦敦结识了林长民和他16岁的女儿林徽因(Leo Lee 127)。据林的好友费慰梅透露,"林徽因爱徐志摩",但"无法想象自己会卷入有个女人为了她而被抛弃的关系之中"(Chang 162)。

[2] 林徽因要在北平协和礼堂(而非北京大学)为外国使节演讲"中国建筑艺术",徐志摩确实准备前去捧场。也有说法,他之所以匆匆离开上海,是因为与陆小曼吵翻了。李欧梵的说法是:"准备到北京大学教书"(李欧梵:《中国现代作家的浪漫一代》,王宏志译,北京:新星出版社,2005年,175页);当年上海《新闻报》上关于事故的报道说的也是他"以教务纷繁,即匆匆拟返"。然而11月9日在北平时,徐志摩就给陆小曼写信说:"我此行专为看你:生意能成固好,否则我也顾不得。且走颇不易,因北大同人都相约表示精神,故即(使)成行亦须于三五日赶回,恐你失望,故先说及。"这里说得明白:"须于三五日赶回"的缘故是"北大同人都相约表示精神"。表示什么精神呢?须知这是1931年秋,"九一八事变"之后,北大的教授们要在国难时刻,表达他们同仇敌忾的信念。韩石山指出,从北京到南京,徐坐的是张学良的专机——张不在机上,是送其外交顾问顾维钧向南京方面报告东北危急并请示应对方略——机上乘客只有顾徐二人,彼此交换对时局的看法当是题中应有之义;华北局势亦非常危险,顾不会不告诉徐。(韩石山:《徐志摩的学历与见识》,《文艺报》2016-11-16(5);韩石山:《非才子的徐志摩》,上海:文汇出版社,2021年5月,第364-368页)更有绝笔信为证:11月18日下午到南京,徐晚上去看望杨杏佛,杨不在家,便留下字条,成了他的绝笔:"才到奉谒,未晤为怅。顷到湘眉处,明早飞北京,虑不获见。北京闻颇恐慌,急于去看看。杏佛兄安好。志摩。"(《徐志摩全集:第六卷》70页。当页有脚注:"这是作者的绝笔,写于当日夜。载一九八二年《新文学史料》第二期杨澄《志摩绝笔遗墨》文中;又载一九八二年八月十三日《新民晚报》十日谈副刊。")由此推断,林徽因的讲座只是原因之一,与陆小曼不和、教务纷繁,以及一个更重要的因素共同促成他亟亟回京:对政局的关切。当然,在闵安琪的小说中,他是为了去跟赛珍珠约会。——译者注

离掉婚嫁给徐。[1] 正如李欧梵所言：他们沸沸扬扬的罗曼史，"就像直接从传统小说中借取过来的"（141），不妨视为一部才子佳人小说。徐对陆的追求，"留下了一些非常坦率的表白文学"，[2] "诗人内心感情的迸发冲击了多少年轻人的心灵"。既是泰戈尔的翻译，又是陆小曼的情人，这使他全国知名（Leo Lee 141, 142）。

徐的浪漫并未在陆小曼这里终结。据一些中英文材料，徐的情人中还有画家、作家凌叔华，徐称之为"中国的曼殊菲儿"（Welland[3] 149）。稍后将进一步讨论，这段常被忽略的关系也许就是闵安琪的小说《中国珍珠》里赛珍珠的终身挚友薇柳的原型故事。徐死后，徐父请凌叔华在胡适抒情不足的铭文之外，再为他的墓碑题写一份诗意的碑文。她改写了《红楼梦》的一句，拟为"冷月照诗魂"（Welland 224）。徐与这些中国女性的风流韵事成为电视剧《人间四月天》的主题（2000年）。较少曝光的是他与美国记者阿格尼丝·史沫特莱（1892—1950）和诺贝尔奖得主赛珍珠（1892—1973）的交往。根据史沫特莱传记的作者珍妮斯·麦金农（Janice MacKinnon）和斯蒂芬·麦金农（Stephen MacKinnon）的说法，"史沫特莱最早接触的中国人是一批受过西方教育的知识分子，"包括胡适和杨杏佛，但她最迷恋的是徐，这个"东西方的完美结合体"："1929年仲夏，他和史沫特莱谈了一场恋爱。"（MacKinnon & MacKinnon 143）

---

[1] "传言徐志摩在一次慈善表演时认识了陆小曼，当时徐志摩扮演老书生，而陆小曼则是俏丫鬟；这场戏还没有演完，男女主角便坠入爱河，无法自拔"（Leo Lee 140）。徐其实也跟林徽因合演过泰戈尔的一个短剧《契玦拉》（*Chitra*）——1924年5月8日，泰戈尔63岁寿辰，北京的学者为他举行了盛大的庆祝会；"林扮演公主，徐扮演爱神"（Leo Lee 146）。这标志着新月社的诞生。

[2] 徐死后，陆"同意出版他们在热恋时炽灼狂烈的通信，在出版界掀起轩然大波"（Stirling 116）。

[3] 魏淑凌（Sasha Su-Ling Welland）是凌叔华的妹妹凌淑浩的外孙女，她将这对姐妹的故事写成《家国梦影：凌叔华与凌淑浩》（*A Thousand Miles of Dreams: The Journeys of Two Chinese Sisters*. Rowman & Littlefield, 2006）。笔者注意到：凌叔华是魏淑凌的姨奶奶，张幼仪是张邦梅的姑奶奶——两部回忆录的作者都很仰慕隔代的传奇。

麦金农对此加了脚注："大约两年前，徐曾与赛珍珠谈恋爱。"（366，脚注 17）[1] 徐和赛珍珠的艳闻，无论是史实还是想象，都被闵安琪在《中国珍珠》中演绎得煞有介事。[2]

且不论徐志摩与赛珍珠是否是情人关系，他二人实在志趣相投，不仅因着文化融混的相似背景（20 世纪 30 年代，中国有很多双重文化背景的知识分子），也因着对"另一种"存在的深刻洞察，他们都对自己的文化做出了切中肯綮的评价。正如爱德华·萨义德所提出的流亡者，徐和赛珍珠的多重视野激起了一种复调的意识——"削弱了正统的评判，增强了欣赏的同情"（Said 148）。两位作家的人生都如萨义德所形容的那样"漂泊，去中心化，复调"，"处于惯常的秩序之外"（Said 149）。尽管父亲和丈夫都是传教士，赛珍珠却强烈反对传教士的优越感（见第四章）。从这点上看，她好似徐在剑桥最好的朋友狄更生的美国翻版，不过她对中国的认识远远超过狄更生。至于徐，也在指出狄更生对中国施以了浪漫化与神秘化之后，大无畏地批判了中国文化。尽管"真诚的朋友"

---

[1] 1942 年前后，史沫特莱和赛珍珠曾有交集。那时，身为记者的史沫特莱财政境况岌岌可危，赛珍珠与她的第二任丈夫理查德·沃尔什（Richard Walsh）出手相助："这两位女士的机缘比她们自所知的更多：她俩都不知道对方曾在不同的时间与徐志摩相恋。"（MacKinnon & MacKinnon 253）吉原真理（Mari Yoshihara）应和："[赛珍珠和史沫特莱]比她们预想的交集更多。在不同的时间，她们曾与同一个浪漫的上海诗人徐志摩相恋。"（Yoshihara 149–150）

[2] 斯特林与另一位赛珍珠的传记作者彼德·康恩（Peter Conn）都认为她是徐的情人（Conn 103; Stirling 86）。斯特林将这段情事追溯到 1928 年，那时因南京政局动乱，赛珍珠离开南京来到上海。尽管"赛珍珠的三位密友都略知她有桃色新闻"，但这位男士的身份直到 1978 年斯特林采访"萨拉·伯顿"（赛珍珠在上海的室友莉莉丝·贝茨的假名）时才被揭开："徐志摩……比赛珍珠年轻 4 岁……赛珍珠和徐无疑相遇在南京。作为英语老师，她必定出席了泰戈尔的讲座。不难想象徐给她留下的深刻印象：为自己的成就春风得意，又让他人都如沐春风。而此时，她正处于谷底，陷于僵死的婚姻，面对没救的孩子。"（Stirling 86, 87）显然，赛珍珠与徐的恋情时断时续，直到 1931 年（Conn 103）。另一位赛珍珠传记的作者希拉里·斯珀林（Hilary Spurling）却认为他们之间的恋情似乎"没太有可能，因为他是当代的文坛巨星，而她那时最多只是个旁观者"。但即使是斯珀林也承认赛珍珠对徐怀有幻想："在写下《一个中国女子的话》很久之后，赛珍珠承认她幻想自己嫁给了一个徐志摩那样的青年"，"在《北京来信》中，有着一半中国血统的男主人公身上揉进了徐志摩的影子"（Spurling 175）。

如狄更生、罗素等人对"我们冷静的生活态度、节制的爱"大加赞赏，但徐在接受这种恭维的同时，发问道："除了把感情的神圣火焰抑制得奄奄一息——除了这种对生命赤裸裸的否定之外，冷静的生活态度还有什么呢？除了为思想和行为上的怯懦粉饰开脱之外，节制的爱还有什么呢？"他自答："我们已然太理性、太明智，以致丧失了爱的激情，正如丧失了对宗教思想的激情一样。"（Xu 173）针对传统儒家文化导致的精神上和感官上的压抑，徐以一则尖刻的寓言抒发悲叹：

> 倘若抽去性激情及一切与之相关的成分，你会惊愕地发现欧洲的文化和艺术无可挽回地破产……若是知识之树长在帝制中国的中央……那么亚当和夏娃仍将是纯美的创造物，他们心眼迷钝，对内在的生命召唤麻木不仁。上帝本人也就不至于对蛇的英雄主义和夏娃的好奇心所造成的麻烦而盛怒不休了。（Xu 172，174）

那几位苞落蓓蕤社成员所欣赏的中国人的品质，与美国保守派所赞扬的美国少数族裔模范之儒家美德别无二致。徐作为"文"之典范，却对"文圣"孔子出言不逊。徐是率先质疑恪守常规与社会规范的中国人之一。

无疑，在其生命与诗歌的不羁表达中，徐毫不儒家。李欧梵恰如其分地将他比作伊卡洛斯，因为徐与亨利·A.默里博士（Dr. Henry A. Murray）所提"伊卡洛斯综合征（Icarus syndrome）""上升者（ascensionist）"的性格若合符节："激烈的热情、自信心的急剧提升、想象力的飞跃、兴奋得意、精神膨胀、难名的狂喜。"（Murray；Leo Lee 173）徐在散文《想飞》里写道："那个心里不成天千百遍的这么想？飞上天空去浮着；看地球这弹丸在太空里滚着……这皮囊要是太重挪不动，就掷了它。"接下去，仿佛徐对自己大限的语谶[1]："忽的机沿一侧，一球光直往下注，砰的一声炸响，——炸碎了我在飞行中的幻想。"（《徐志摩全

---

[1] 1931年12月22日《申报》以《徐志摩在静安寺设奠》为题，报道了12月20日，"吊客各赠以纪念品，佩之胸前，上为小像，下为诗谶"："悄悄的我走了，/正如我悄悄的来。/我挥一挥衣袖，/不带走一片云彩。"谶意昭昭。志摩留言、说笑皆不忌讳。详见韩石山：《非才子的徐志摩》，上海：文汇出版社，2021年5月，第366、369、376–377页。

集：第三卷》18，19）1931 年 11 月 19 日，当他乘坐飞机连同两名机师从上海飞往北京时，飞机撞在山东济南附近一座山上，[1] 起火坠落，徐"得到伊卡洛斯式的死亡"（Leo Lee 173）。

诗人描摹自己轻轻地走了，不带走一片云彩——这诗句被切实地"铭刻"，铭心刻石——可徐志摩却并非轻轻地离世，而是在大爆炸中走了，且对他无数的挚友而言，他也带走了云上人间所有美好的色彩。这位诗意的伊卡洛斯一生情感奔涌，不能自已，这一走，报刊上作家的诔文挽歌也澎湃宛转，滔滔不尽。徐在 34 岁去世，和曼殊斐儿一样。凌叔华（被他比作曼殊斐儿的中国作家）哀哀追悼："你不是对我说过……在我们告别生命之前，我们总得尽力为这丑化中的世界添一些子美……现在这世界只有一日比一日丑化贱化，为什么你竟忍心偷偷的先走了呢？"（凌叔华 620）林徽因写道："这消息像一根针刺猛触到许多朋友的心上，顿使那一早的天墨一般地昏墨……我们失掉的不只是一个朋友，一个诗人，我们丢掉的是个极难得可爱的人格。"（林徽因 3，7）胡适引着徐的诗行悼叹："狂风过去之后，我们的天空变惨淡了，变寂寞了，我们才感觉我们的天上的一片最可爱的云彩被狂风卷去了，永远不回来了！……[然而]我们忘不了和我们在那交会时互放的光芒！"（胡适）中国知识分子深切哀悼并公开缅怀徐，这不仅反映了徐富有魅力的个性，也表明了那代文人中的佼佼者所留下的余音。

姜镛讫《从东到西》

在追忆徐的泪水和墨水中，有一本韩裔美国文学经典：半自传体小说《从东到西》（1937 年）。叙述者韩青坡[2] 是位韩国移民，描述了他与美国和加拿大社会的同化所做的抗争。由于日本占领韩国，韩青坡离开祖国，希望在新大陆的

---

[1] "飞机去济南只差三十里，几分钟就应当落地……飞机既已平安超越了泰山高岭，估计时间应当已快到济南……"（沈从文 200）——译者注

[2] 感谢李健钟帮忙确定韩青坡、金岛园与李善英三个韩国名字的中文译法。

土壤里重新扎下自己韩国的根。他在纽约与另一个韩侨金岛园建立起友谊。韩金二人都寝馈于亚洲（中日韩）和西方（法德英美）文学里。通过金岛园，韩青坡认识了徐志摩。大概是鉴于其文学声望，这位中国诗人是这本小说中唯一未被冠以虚构姓名的历史人物；透过这个配角的戏份，他无与伦比的吸引力可见一斑。姜镛讫以志摩和金岛园的人物衬托，象征无论是把亚洲文化嫁接到西方文明，还是反方向的努力，在当时都格外乏力，步履维艰。

韩青坡将志摩的乐观精神与金岛园的悲观情绪相比照，金岛园认为韩国的文化和政治都完蛋了。志摩力劝金岛园随他去上海，一同复兴东方："东方并不像你说的那样僵死无望。沙漠很快也会开花。当所有腐坏老旧之处被剜出、弃绝，下面的根还是沁绿的，可以嫁接上新生命——西方的菁华嫁接于东方的不死之根。"（208）金岛园却固不可彻。他深爱一白人女子海伦，但她的家庭很快扼死了他的追求。尽管金岛园双重文化修养兼备，但海伦所代表的西方世界依然高不可攀。遭到她家的拒绝后，金岛园黯然神伤，最终自杀身亡。韩青坡在一份亚洲报纸上读到金岛园的讣告，震惊而悲痛，当即致信志摩，"然而我并不知道，我是在写信给另一个死了的人。这位乐天的中国诗人死于一场空难，不过是在他的故土——他至死坚信西方科学洋为中用会有美好的未来。"（364）金岛园与志摩的双双离世意味着，无论是中国还是美国，都没有准备好拥抱这两位现代派"文人"所疾呼宣报的文化融合。[1]金岛园的亚裔面孔导致西方社会对其闭拒不纳，他的轻生揭示了这种绝望。相比之下，徐总算成功地在生前将浪漫主义理想注入中国诗歌；然而历史的后见之明告诉我们，就在他死后不久，中国对西方的态度就发生了改变；正如西方看亚洲带着东方学的傲慢，中国也质疑西方。但鉴于徐在今日中国的复苏，这位诗人可谓一扫前嫌。

---

[1] 韩青坡也是姜镛讫的第一部小说《草堂》（*The Grass Roof*）的叙述者。他与金岛园一样认为日据时期的韩国奄奄一息，梦想着将韩国文化播撒到世界其他各处："韩国……要被赶出地球。死亡召唤。我可以选择永远地放弃学者梦……在烈士的鲜血中写下我对日本的报复……抑或是从根上剪下我的血脉，试着把我所继承的学术王国嫁接到世界的思想上。"（2: 8–9）

第三章　才子奥秘：徐志摩、姜镛讫、张邦梅、闵安琪

对这位韩裔美国叙述者甚至作者本人而言，志摩无疑是文化融合的最佳代言：兼备西方人与亚洲人的风流倜傥，兼怀对西方的陶醉悦纳与对故国的深切依恋。金岛园"永远都是一个旁观者，尤其是对西方"，志摩却不同——他不仅拥护西方的观念，更将自己沉浸其中："[金岛园]对布朗宁、雪莱和济慈的熟悉程度或许不亚于志摩，可他从未寄身于浪漫主义的澎湃水域，从未呼吸、畅游；徐志摩却涵泳玩索——他是一个纯粹的浪漫主义者。"（205–206）韩青坡继而形容志摩堪美的容止："十分英俊的鹅蛋脸，深湛的黑眼睛炯然如炬，对生活怀有不可救药的热情。徐志摩实在生得眉清目朗，一表人才，就像从中国旧小说里走出来的人物——比如《红楼梦》。他通身的气派焕发着容光与热情。"（206）志摩身上不可磨灭的亚洲男子气质，与美国那种肌肉发达的类型卓然不同，别树一帜。

然而，志摩既不是模范少数族裔，也不是模范中国人。他在生命里写满极富感染力的热情，神圣也世俗地庆赏爱、欢享爱，蔑视忤逆中国的社会习俗："爱是我的灵感，就像死亡之于弗朗索瓦·维庸（François Villon），酒之于李太白……这世上充满了凄风苦雨，但是没关系……有了爱，我可以枕着月光入眠，而无须食物和床。"（206）我们无从知道徐是否真的说过这样的话，但它们符合诗人在《艺术与人生》中所写到的爱："是先验的，是显容的——由于被神秘力量所圣化，因而作为精神领域的图景现形、显光，居然也能为人类肉眼所见。"（Xu 174）他的爱超越了他对文学和文化荡气回肠的追求。这位游子诗人在姜镛讫的小说中扮演了最理想主义的角色："他那天刚刚从欧洲过来，直接到了金家，拎着手提箱。单靠那个手提箱，他就可以周游世界，他已经周游了很多次——尽管里面只是塞满了书。"（208）志摩决心在中国文坛上做出一些革新，他是"胡适新文化运动的热诚支持者"（205）。他还是鲁迅的信徒："鲁迅说什么来着？其实地上本没有路，走的人多了，也便成了路。"（208）诗人把自己想象成一个文学道路的开拓者，以西方学问沃润中国土壤。姜镛讫对这位艺术家的塑造，证明对西方文化的受用与赏恋并不意味着对自己文化的腻味或厌鄙。徐的开拓精神和对故国的热情使他与金判然二分，因为金岛园"从未流露过对回国的热

情"（208）。相比之下，故土对志摩而言是北风之恋、莼鲈之思，他希望引入外国的营养来滋益它。

尽管志摩在姜镛讫的小说里只是配角，但他与金岛园和主人公的友谊，表现出他跟亚洲其他国家男性之间的同袍同泽、这三位游子在学智上出奇的开放和对世界文化惊人的了解，以及这位韩裔移民作家与中国旅居才子的格外相似。这两位作家之间的共同点似乎超过各自与同胞作家之间的共鸣。平行比较二人诸多酷类之处将超出本书探讨的范围，但基本可以把姜视为徐的重像（反之亦然）——他们都保有杰出的多种语言才能、诗意浪漫的气质，以及与更广义的亚洲乃至西方文学界水乳交融的能力。姜镛讫曾在1946年的一次演讲中说："我是一个诗人。"李善英（Sunyoung Lee）评注道：这种自我认同与其说是对职业的描述，不如说是"对 [姜镛讫的] 热情和信念迷惑性的简要概括"（S. Lee 375）。姜镛讫在他的第一部小说《草堂》（1931）中写道："诗人本身没有家，也没有民族疆界……他嫡亲的亲人是云端的缪斯女神，他的爱国主义也高远在天国。"（3：376）这句话简直像从徐志摩口中说出来的。两位作家都对自己同胞的沙文主义表示不满；两人都永远激情洋溢，永远罗曼蒂克，都在各自的风花雪月中呕血镂骨、一往而深；两人都对各种人特别包容，共感同情，都很容易与不同种族和民族的人打成一片。甚至连徐志摩的跨种族韵事也与姜镛讫的小说和生活有相似之处。"当时，在加州另一边的海岸，禁止亚裔和白人结婚的反通婚的相关法律尚未废除，"李善英讲道，姜镛讫"娶了弗兰西斯·科里（Frances Keely），她是一位弗吉尼亚实业家、教授娇生惯养的女儿"（S. Lee 375）。[1] 据推测，姜先生也是凭借"文"之魅力而获得科里垂青的。

然而，这两位现代主义文人之间有一处显著的差别。尽管姜镛讫也能够结交白人（和黑人），能够接触到丽贝卡·韦斯特（Rebecca West）、赫伯特·乔治·威尔斯和托马斯·沃尔夫（Thomas Wolfe）这样的西方文坛巨擘，但他"摆脱不

---

[1] 他们的女儿露西·林恩·姜（Lucy Lynn Kang）于1972年她父亲去世前写下她父母的情态："他视她为豌豆公主，而他就是那位外国王子。在堂·吉诃德的模式中，没有什么不可能。"（L. Kang 3；S. Lee 376）

了美国根深蒂固的种族歧视所带来的羞耻",其传记作品和自传体小说《从东到西》都足以为证(S. Lee 396)。在西方,徐是如何逃脱类似屈辱的?或者,正如他原配的侄孙女所疑惑的:"他是如何与西方人成为朋友,而不是被喊成'黄泥种'加以侮辱呢?"(Chang 110)

张邦梅《小脚与西服》

图 3–1 《小脚与西服》人物

左起:张幼仪的父亲张润之、母亲、德国密友朵拉、幼子徐德生、本人、长子徐积锴、徐志摩、张邦梅。感谢安杰尔·特拉佐速写。

《小脚与西服》是徐志摩的原配妻子张幼仪与她侄孙女张邦梅的二重回忆录。张邦梅生于美国,她爷爷是幼仪的弟弟。幼仪 15 岁那年嫁给志摩,18 岁生下大儿子,22 岁生下小儿子,那一年,志摩与她离婚——"中国第一桩现代离婚案"(5)。在这场包办婚姻里,志摩显然从未爱过幼仪,所以可想而知,他们短暂的婚姻令幼仪相当难过。1921 年,幼仪赴伦敦投奔志摩;她回忆起下船上岸时，志摩冷漠的相迎："他的神情，绝错不了……那么一大群接船的人当中，独独他一个满脸写着心不甘情不愿。"（103）当她第二次怀孕，志摩让她把孩子打掉，这在当时有生命危险。幼仪拒绝了，于是志摩把她一个人抛在伦敦。只因《孝经》上的基本守则，她才没有自戕："身体发肤，受之父母，不敢毁伤，孝之始也。"（125）令发妻百思不得其解的是，这位失踪的丈夫怎么还能在这一时期写出一些他最著名的诗句——何以"将痛苦加诸每个爱他的人身上"，自己却"灵感迸发"（147）。幼仪后来在德国生下孩子，志摩现身，带来了离婚文件。他们的第二个儿子彼得在五岁时夭折，因为幼仪钱不够，没法送他去好医院救治。

　　志摩如此残酷无情，读者大概会等着看幼仪和一心向着她的侄孙女张邦梅对他笔诛墨伐，但除了最初的怨言，一切恰恰相反。幼仪没有痛斥她狠心、负心的前夫，而是表达了诚挚的谢意："我要为离婚感谢徐志摩。若不是离婚，我大概永远都无法找到自我，也无法成长。他解放了我，让我活出一些名堂。"（Chang 201）她的话呼应了徐的一封信——1922 年 3 月，他写信要求离婚，宣称没有爱情的婚姻忍无可忍，要把"自由偿还自由"："彼此有改良社会之心，彼此有造福人类之心，其先自作榜样，勇决智断，彼此尊重人格，自由离婚。"（《徐志摩全集：第六卷》46）的确，经历过独自挣扎与丧子之痛的悲惨时期，幼仪在德国学习，最终成就了一番事业，成为上海女子商业储蓄银行副总裁。但她未将成功归结于自己的坚毅品质，而是对志摩心存感激，因为他的遗弃激发了她的潜力："我一直把自己的一生看作两个阶段：'德国前'和'德国后'。去德国以前，我凡事都怕；去德国以后……我坚强起来，无所畏惧。"（149）而且，"离婚后，我们相处得反比离婚前好……我们甚至亲近起来。"（187–188）

　　尽管给志摩所计功劳太甚，但幼仪的言论揭示了非常重要的两点。一则，弗里丹的发现得到印证：男性编造出来的"女性魅力"（即大多数女性都对自己为人妻母的传统角色乐在其中）远不属实，事实上很多女性从成就事业与施展才干中获得满足。[1] 二则，志摩作为那个时代的男性偶像，也属于第一批对坚强、有成就的女性格外青睐的中国男人，不喜欢所谓小鸟依人的伴侣。志摩对幼仪愈来愈敬重，无疑是因为她从一个垂首帖耳的家庭妇女，转变成了一个独立自主的职业女性。如果说志摩曾因她是个乡巴佬而满怀鄙厌，那么随着她和他一样跨多国文化、通多国语言，他渐渐开始欣赏这位前妻——缠足的"乡下土包子"，从无足轻重到举足轻重，她与他这一生中倾慕的其他女性也不遑多让。

志摩对独立女性易动情，这是他个人魅力的一部分。志摩跟很多男人不同，传统中国男性唯恐女人与自己旗鼓相当，甚至更胜一筹。志摩的每个恋人，无论情侣还是灵魂伴侣，都是了不起的知识分子或艺术家。林徽因是诗人，是中国首位建筑学女教授。第二任妻子陆小曼，用胡适的话说是"一个画家、歌唱家、作家，会说法语和英语"（Laurence 148）。凌叔华是画家和作家，她的自传《古韵》（Ancient Melodies）于 1953 年由霍加斯出版社出版（Laurence 84）。[2] 史沫特莱是一名英勇的记者，她为无产者所做的一切被"指控为间谍活动，迫使她逃离美国，死在国外"（Wood 209）。赛珍珠是 1938 年诺贝尔文学奖得主。徐还崇拜曼殊斐儿，（在她丈夫麦雷的安排下）与她相见二十分钟，翻译了她不少作品（Laurence 203）。这是怎样的一份才女榜呵。推崇徐的男人，包括沈从文、胡适、姜镛讫（即小说中的韩青坡）、狄更生、福斯特、瑞恰慈（I. A. Richards）和泰戈尔等人，也同样是开拓性的先驱和著名的作家。这些"男神""女神"大多也是前卫的思想家。

正如志摩学着欣赏脱胎换骨的幼仪，幼仪对前夫的印象也随着时间的推移而转变。起初，她告诉张邦梅，他提出离婚是因为林徽因的关系，"但到最后她

---

[1] 在 1932 年 1 月致胡适的信中，林徽因也吐露："志摩警醒了我，他变成一种 stimulant（激励）在我生命中……我是个 type accomplish things by sudden inspiration and master stroke（兴奋型，靠突然的灵感和神来之笔做事），不是能用功慢慢修炼的人。现在身体也不好，家常的负担也繁重，真是怕从此平庸处世，做妻生仔的过一世！我禁不住伤心起来。想到志摩今夏的 inspiring friendship and love（富于启迪性的友谊和爱），对于我，我难过极了。"（林徽因 72–73）——译者注

[2] 参见史书美《现代的诱惑》（The Lure of the Modern 204–228）关于林徽因和凌叔华的分析。

又说，是因为他尊重女性，不希望见到她们妥协的缘故"。"哪个才是真相？"张邦梅发问。"难道幼仪把对徐志摩的怒气，扭转为爱意与欣赏了吗？"（192）张邦梅的问题是个谜。我们只知道"幼仪把徐志摩形容得像个英雄"（192）。张邦梅对志摩的反应也同样出人意料。她将自己的姑奶奶视作女性主义的先锋，就像《女勇士》的叙述者声称她的无名姑姑和母亲是自己的先驱一样。然而，在记述幼仪一生的过程中，张邦梅发现自己一次又一次地提到志摩——他成了自己的另一个榜样：

> 徐志摩的西游记令他充满自我改造的热望……[他]致力于成为他所推崇的西方美德与精髓的活化身：爱，热情，真诚……我恨他那样对幼仪，但又忍不住钦佩他的为人与作品……我真希望自己也能像他一样，成为学贯中西的人。（94）

志摩对幼仪的所作所为令张邦梅痛心切齿，但他的双语能力，他打破陈规、不拘绳墨，他与杰出的英国作家和批评家的友谊，又都让她钦羡不已。1989年夏天，张邦梅访问剑桥大学，遐想着1921—1922年间徐志摩在此地制造的"轰动"：瑞恰慈邀他"参加异端社"这个专门讨论韵律学和翻译的文学圈子的活动；福斯特描述说与志摩会面是"他毕生最兴奋的事情之一"；狄更生也"一直戴着志摩出于仰慕而送他的瓜皮帽"（110）。

关于狄更生不妨多说一点：作为外国文化的仰慕者和母国文化的批评者，他恰如英国版的徐志摩。狄更生是英国历史学家、政治活动家、诗人、苞落蓓蕤社的亲密伙伴、1886—1920年间剑桥大学历史系讲师。1901年，义和团运动之后，多国远征军对中国施以严厉报复，狄更生在《星期六评论》（*Saturday Review*）上发表了一系列文章，匿名收集和出版了一批信件，如1901年英国的《中国佬约翰的来信》（*Letters from John Chinaman*）和1903年美国的《中国官员的来信》（*Letters from a Chinese Official*），他在其中谴责英国带来"帝国主义军队与传教士的双重损害"（Wood 191–193；也见于 Harding 29，Laurence 167，169）。这位"中国官员"提醒英国人：第一批在中国做生意的英国商人是鸦片贩子，卖毒品给中国人，谋财害命；紧随其后的是传教士，迫使中国人在

19世纪40年代接受他们的信仰。接着，他在最后一封信里大声疾呼："讽刺的是，堂堂一个基督教徒的国家，却明火执仗地跑来教我们：在这个世界上，没有武力支持的正义是无能的！"（Auden & Isherwood 197）[1] 狄更生并不是简单地以中国人的名义写作。他在1913—1914年访华期间告诉傅来义："我感觉像回到了家里一样。我想我上辈子一定是个中国人……这个民族享有怎样的文明啊。"（Laurence 135）尽管他对中国抱有浪漫的幻想，但正如帕特丽卡·劳伦斯所言，他反帝国主义的讽刺，是今天后殖民理论的先声，暴露了英格兰的道德弱点（Laurence 167）。在徐志摩和狄更生的研究中，人们可以发现一种相反相成的对称。狄更生是个非典型的英国人，徐是一个反传统的中国人；对"他者"文明的沉浸与欢享之于这二人，永远伴随着自惭与自省："彼此瞩目对方的文化和艺术，继而批评自己的。"（Laurence 176）

我们甚至不能排除两人之间某种若即若离的吸引力。通过狄更生的安排，徐志摩被剑桥大学国王学院录取为"特别学生"。弗朗西斯·伍德（Frances Wood）证实了张邦梅对瓜皮帽的看法："狄更生最著名的照片之一，就是戴着徐志摩送给他的黑缎子瓜皮帽。"（Wood 194）在华期间，狄更生参加"歌唱女孩"宴会而表示尴尬，并补充道："真希望他们都是男孩！"（引自 Laurence 188）福斯特是狄更生的好友兼传记作家，著有《看得见风景的房间》（*A Room with a View*）、《霍华德庄园》（*Howards End*）等六部小说。发乎情而不一定止乎礼，他们对志摩的殷勤，是否纯粹止于才智层面？与美国人对男子气概的观念迥不相侔，"文"之理想趋于忽略文化性向及容貌举止上的预设差异，认可一种普适的风流态度。

无论如何，这位中国诗人与剑桥大学形形色色的教师情投意洽、相得甚欢。张邦梅若有所思地说："他的那些西方友人一定觉得，徐志摩这人兼备异国情调与堂·吉诃德式的气质：这么一个才智过人、浪漫无比的中国人，在西方发现了与自己血脉相通的精神和传统。"她认为志摩比生于斯、长于斯的自己更能融

---

[1] 狄更生接下去写道："你们正在武装一个四万万人口的民族！这个民族除了和平之外别无所求，直到你到来……以基督之名，你们擂响了战鼓。"（Auden & Isherwood 197）

入西方世界："他是如何与西方人成为朋友，而不是被喊成'黄泥种'加以侮辱呢？"（110–111）他究竟是如何赢得同胞和西方人同等的钦佩？幼仪和她的侄孙女不仅原谅了志摩给发妻造成的创痛，这两个女人还像那个时代跨越太平洋和大西洋的诸多知识分子一样，把他偶像化了。在《小脚与西服》以及姜镛讫的小说中，志摩非凡的个人魅力关乎他于东西方水乳契合的贯通，关乎他在东西方左右逢源的游刃，关乎他与近旁的每一个人都融洽无间。正如张邦梅所承认的，即使在美国土生土长，作为华裔的她至今仍感觉自己像个外族人、局外人。在那个亚洲人被定型为"异教徒"和"苦力"的时代，志摩却风靡西方，这位现代"文人"是有多大的吸引力呵。过去十年间，中国和美国的出版界，关于徐志摩的书和他的作品数量激增；2008年剑桥大学立下他的纪念诗碑；2012年夹竹桃出版社（Oleander Press）出版他的诗选；2014年国王学院礼拜堂举办他的影像展；2018年剑桥徐志摩花园揭幕——这些统统表明，徐志摩光彩炳焕，在大洋两岸都不曾黯淡过。

这部二重回忆录以幼仪的回答作结——张邦梅一再追问她是否爱徐："如果照顾徐志摩和他的家人可以称作'爱'的话，那么我大概是爱他的。说不定，在他一生所有的女人当中，数我最爱他。"（208）但赛珍珠可能不以为然。

闵安琪《中国珍珠》

《中国珍珠》是关于诺贝尔奖得主赛珍珠的传记小说。闵安琪曾在尚未读过赛珍珠任何作品的情况下，谴责赛珍珠为美国文化帝国主义者；赛珍珠因不能获得签证，未得在1972年与理查德·尼克松（Richard Nixon）一同访华（Min，"Q&A" 279，280）；次年，赛珍珠就死于肺癌。几年后，当闵安琪在美国读到《大地》（The Good Earth）时，才得以体味赛珍珠笔下中国农民的故事。她很后悔误解了这位美国作家（Min，"Q&A" 279；亦见于岳诚）。从某种意义上说，《中国珍珠》是一种"小说赎罪"（Basu）。就像《从东到西》，它糅合了历史上和虚构中的人物。[1]（这一节将用"赛珍珠"指代作家，用"珍珠"指代小说中的人物。）《作者的话》表明，闵安琪希望能像赛珍珠的中国同人那样看待她，因此她从薇柳的视角来写——她在小说中是珍珠终身的中国挚友，其形象融合了闵安琪自己的阅历，以及现实中赛珍珠不同人生阶段的若干朋友（Min，"Note" 277）。闵安琪透露，她从小在江苏省一个名叫唐闸的小镇上长大，距离镇江仅一个半小时车程，而镇江是珍珠成长的地方："我生活着赛珍珠在小说中描写的生活。"（Basu 19）[2] 作者描写了珍珠和志摩之间的风流韵事，很容易即成为这部传记式长篇小说中最吸引人的部分，她说："关于这二人的流言蜚语早已盛传多年……他们是两位伟大人物，都兼备东西方文化，也都征服了东西方世界——他们注定会彼此欣赏、相互爱慕。"（Min，"Q&A" 282）就像姜镛讫和张邦梅一样，闵安琪突显志摩对双重文化的感受力。在这里，诗人与珍珠腹心相照、声气相求。

诺拉·斯特林和赛珍珠的传记作者彼得·康恩似乎都相信这两位作家之间的绯闻。康恩最先将这段绯闻与事实相关联："也许是为了报复（她丈夫的不忠），赛珍珠找了个情人，是个杰出的中国诗人，徐志摩……恋情断断续续，直到徐死于空难。"（Conn 103）随后，康恩在尾注中提出了质疑：根据访谈，"诺拉·斯特林再现了珍珠韵事的细节"，但"这情事是否属实存在一些争议"（Conn 397，脚注 63）。康恩所援引的斯特林推测，这两位作家经常会面，因"两人都为文

---

[1] 姜镛讫和赛珍珠之间有段偶然的联系。《大地》在 1931 年出版时大获追捧，而姜镛讫是少数冷面冷心的评论家之一。康恩说姜镛讫"指责珍珠歪曲了中国性别关系的现实：先是给她的主角设定了一段"西式的"浪漫剧情，继而描画了一个地主与其丫鬟发生性关系——姜镛讫错误地宣称这是不可能发生的"（Conn 126）（Kang Y.，"China"）。有趣的是，姜镛讫俨然一副中国文化权威的样子，然而他《从东到西》中的叙述者，却为死在公寓里的金岛园被误认为"中国佬"而痛心不已——这种误会在当时很普遍。姜镛讫的评论和金岛园被错认的身份，都证明在 20 世纪上半叶，美国人眼中的东亚人种之间都是可以互换的。

[2] 但她"为了创作需要"，窜改了两件历史事实的日期：珍珠的父亲赛兆祥（Absalom Sydenstricker）逝世与南京事件，都被安排在 1931 年志摩死后，但实际上应该分别发生在 1931 年和 1927 年（Min，"Note" 277）。——原注（赛兆祥死于 1931 年 8 月，早于志摩事故的 11 月。——译者注）

学活动，频频往来于北京、南京和上海之间"；她还描述了20世纪20年代中期，徐志摩怎样对赛珍珠的生活产生了深重的影响（Stirling 96）。[1] 二人的恋情在赛珍珠的回忆录中也有所暗示，康恩的书引用了的这段意味深长的文字，闵安琪的小说里也有回响："一位年轻诗人相貌堂堂，才华横溢，众口交赞，被誉为'中国雪莱'。他常常坐在我的客厅里，一聊起来就是个把钟头，谈霏玉屑，挥舞着他美丽的手。"（Buck, *My Several Worlds*：178–179；Conn 103；Min, *Pearl*：131）"中国雪莱"这个昵称泄露了青年的身份。诗人的影子也在赛珍珠的《一位中国女子说》（*A Chinese Woman Speaks*，1925）里若隐若现；这篇故事后来演进为小说《东风：西风》（*East Wind: West Wind*，1930）；据斯特林所言，《东风：西风》的灵感"缘于赛珍珠幻想自己是徐志摩的妻子"（Stirling 97）。不过，康恩指出两人之间从未有过任何婚姻的苗头："双方都已婚，而且，尽管《北京来信》（*Letter from Peking*，1957）中有过这种幻想，但他们两人都不会真的突破种族界限去结婚。"（Conn 103）

这段罗曼史在《中国珍珠》里是重要的情节，尽管直到小说的三分之一处志摩才出现，适逢珍珠一边忍受着不幸的婚姻，一边努力成为作家。1917—1935年间，赛珍珠与约翰·洛辛·巴克（John Lossing Buck，即闵安琪小说中的"洛辛"）是夫妻。巴克是一位传教士农学家，1915—1944年在中国工作，闵安琪基本依循了此年表。他们离婚的原因并未公开过，但闵安琪在小说里给了三个答案。他们的女儿卡罗尔生于1920年，患有苯丙酮尿症，这是一种遗传性疾病，导致永久性智力障碍——在闵安琪创作的故事中，卡罗尔的病情、洛辛跟中国译员莲花的外遇，以及洛辛对珍珠写作追求的阻遏，导致婚姻不和。志摩出现时，珍珠和薇柳正住在南京（历史上，赛珍珠于1920—1933年间住在这里）。珍珠是

---

[1] 赛珍珠所有的传记作者都同意，在徐志摩遇难25年后，赛珍珠在《北京来信》里塑造了美亚混血的杰拉德，以纪念自己往昔的恋人："我看到杰拉德奔跑着，优雅得不得了……阳光在他乌黑的发梢跳跃闪亮，如漆的明眸流转灵动，肌理细腻，肤如凝脂。"这描写直让人想到姜镛讫在《从东到西》中对徐志摩外貌的速写。在赛珍珠的小说里，雨爱云欢是确凿发生的："就是在这间屋子里，我们第一次燕好欢合……我从没将我们妙不可言的秘密告诉过任何人，他也没有。"（Buck, *Letter*：90；Stirling 88）

金陵大学的英语老师，薇柳是《南京日报》的记者。早在两位女士与志摩初见之前，薇柳就是他的粉丝，后来更是深深迷恋上了他："醉心徐志摩的女人成千上万，我知道自己只是其中一个。我们对他一往情深，就像投火的飞蛾。"（119）

在《中国珍珠》里，志摩的人物形象与珍珠的父亲和丈夫形成鲜明对照。她的父亲赛兆祥一心执着于拯救中国不信教的民众，以致完全忽视了自己的妻子儿女。因此，妻子凯莉在临终前不准他去探望；"你去救你的异教徒吧"是她对他说的最后一句话（97）。洛辛作为农业专家，跟珍珠结婚的一部分原因就是她能当自己田野调查时的翻译。他贬低珍珠在创作上的努力："尽管珍珠有追求、有志向，可她没技能、没训练……要是她想成为作家，注定会失败。"当珍珠抗议他无权阻止自己写作时，他反驳说："没有你的帮助我无法工作，这一点你很清楚。你把写作当成一份工作，但是……我才是赚钱养家的那个。"接着他对薇柳说："谁会想读她的故事？中国人不需要一个金发女人来讲他们的故事，而西方人对中国一点兴趣也没有。"（107，108）与赛兆祥不同，志摩一生对女子百般殷勤（闵安琪的小说里没提到受屈的原配妻子）；他还一直鼓励珍珠成为作家，这又与低估珍珠写作潜能的洛辛相去天渊。

与水仙花/埃迪思·伊顿（Sui Sin Far/Edith Eaton）的《一个嫁给华人的白人女子的故事》（"The Story of a White Woman Who Married a Chinese"）类似，《中国珍珠》设定了一个温柔体贴的中国友人，反衬冷漠麻木的白人丈夫。但又与水仙花故事的中国丈夫不同，志摩不仅款曲周至，更英俊迷人，充满艺术情调，也与珍珠的特长同声相应。薇柳回忆说："他离开了，但我无法逃离他的声音，他依然在声声赞美珍珠：'珍珠和我是灵魂伴侣！''我从未读过《大地》这样的小说。这真是一部杰作！''要成为一个优秀的小说家，先要成为这样的人道主义者。'"（140）志摩对珍珠赞不绝口，这进一步表明他们之间的爱是相互仰慕，彼此知心。"珍珠让我快乐。"志摩告诉薇柳，"她才华横溢，又机智风趣。她身上混合着中国和美国的文化，让我神魂颠倒。"（142）由此，《小脚与西服》和《中国珍珠》描画的女性所追求的成就都超越了传统贤妻良母的角色，她们吸引的这个男人也非常看重并鼓励她们文艺上的追求。

珍珠和志摩的故事里，才智上的吸引很快就发展为炽热的爱情。无论是在小说还是现实生活中，这两位作家都有诸多相似之处。两人的婚姻都不幸福，各自的配偶都另有情人。两人都同情农民的困境，珍珠坚决以农民作为她小说的主题，志摩力争"提升工人阶级识字的权利"（116）。两人都学贯中西，赛珍珠译《水浒传》为《四海之内皆兄弟》（*All Men Are Brothers*[1]），徐翻译了拜伦、雪莱、曼殊斐儿等等。两人都嗜文如命，对他们而言，写作即生存。志摩告诉薇柳："内心的力量远比天赋重要……写作是我的米饭和氧气。如果一个人没有这需求，就不必拿起笔来了。"（123）"我的朋友赛珍珠就是这样一个人啊。"薇柳说（124）两人都是带着股犟劲的硬角色，不向政治形势、公共舆论和教条规矩低头。两人之间产生了萨义德所说的流亡者的"复调"意识，即"如果流亡者意识到其他复调的并列，削弱了正统的评判，增强了欣赏的同情"，就会感到十分欣慰（148）。这样意气相投的人常常会彼此吸引，就好比狄更生和他的中国门徒，不过珍珠和志摩是更典型的例子。正如狄更生与徐/志摩二人都对自己的文化憾恨不满，赛/珍珠对美国传教士提出抗议："我看到传教士狭隘、不仁……对其他任何文明都嗤之以鼻……置身于处心有道、行己有方的民族，却粗鄙而不自知，我的心真因羞愧而流血。"（Buck, "Case"：144）在塑造珍珠的时候，闵安琪几乎一字不差地引用了赛珍珠，尽管父亲和丈夫都是传教士，她却强烈反对传教士的傲慢："对其他任何文明都嗤之以鼻……置身于处心有道、行己有方的民族，却粗鄙而不自知，我的心简直因羞愧而流血。"（187）

珍珠和志摩也很欣赏彼此非典型的特质。"徐志摩是我所认识的唯一忠于

---

[1] 之后的英译者都把这本书名翻成"水浒"或者"好汉"的英译（*Water Margins* 或 *Outlaws of the Marsh*）——赛珍珠是唯一翻成《四海之内皆兄弟》的译者。若她只是想强调人物而非地点，为何不干脆把书名译成"108个好汉"呢？笔者相信这是因为她想强调这108位英雄的情谊——他们出身大不相同，上至达官显贵，下至渔樵耕读、贩夫走卒。但在聚义厅中，英雄不问出处，他们平起平坐，"四海之内皆兄弟"。这个译法可以呼应在种族平等方面，赛珍珠不止于维护亚洲人，而是关爱所有非白人。当时美国的收养机构不接受混血婴儿，她义愤填膺，就决定自己创建一家欢迎任何肤色的收养机构，即下文会提到的"欢迎之家"；她跟她的第二任丈夫也收养了六个不同肤色的孩子——名副其实的"四海之内皆兄弟姐妹"。

他自己的男人……敢作敢为，血气方勇。"珍珠告诉薇柳，"我爱上他了，不能自拔。"（155）志摩则"确信珍珠比他更中国化"。"听到她用中文骂人，他惊喜若狂。他'爱这白皮肤下掩藏的中国灵魂'。"（141）正如闵安琪所描摹，两人之间的爱似乎是一种反差之爱：珍珠爱的是志摩不同于传统意义上的中国人，志摩爱的是珍珠身上不西式的地方，好像在对方身上看到了相反的自我。除了欣赏彼此文化的混洽，他们也惊叹于对方可以保有自己的立场，不为舆论所改变。

小说里的志摩之所以可以从中国和西方知识阶层脱颖而出，缘于早在珍珠出名前，他就认可她，鼓励她创作，并由衷叹赏她的作品。他们的文学清谈（就像徐志摩和林徽因、陆小曼之间的通信一样）很有些中国才子佳人故事的味道。他们一度讨论中国著名二胡演奏家阿炳（学名华彦钧，1893—1950），关于这位由乞丐变成的艺术家，他们机锋迅敏，针芥相投。志摩云："阿炳在音乐中逃离了他的生活。""是啊，"珍珠亦云，"通过音乐，阿炳成了他所渴望成为的英雄。"志摩顿了一顿，说："读你手稿时我就是这种感受。"（133）薇柳无意间听到志摩以类比阿炳音乐的方式来赞美珍珠《大地》的手稿。薇柳含酸旁观着——他们二人之间的爱，就被这双人舞般的谈机所点燃："他们聊得那样投机，仿佛当我不存在……我能感到一股力量拉近他们，难解难分……活生生的罗密欧与朱丽叶、梁山伯与祝英台。"（132）语言文字就是那吸引他们的磁力。

薇柳联想到的这两部戏剧，意味深长。罗密欧与朱丽叶的第一次对话即以十四行诗的形式出现。更明显的是"梁祝"的典故，一出才子佳人的经典。剧中，"佳人"祝英台为进学堂，不得不女扮男装，后来，与她日益倾慕的梁山伯成为室友。英台建议山伯与"他"的妹妹成亲，并说这个妹妹与"他"简直是一个模子里刻出来的，山伯则欣欣然应允。二人之间的联结就像灵魂伴侣，至少对山伯而言一开始是这样的；他们的感情首先也要建立在笔墨互通上，正如马克梦所阐释的古典才子佳人——一男子，一女子，"建立了解，往往通过互通文采纵横的雁素鱼笺，尤其是诗。渐渐地，他们情不自禁地认定对方就是自己的天作之合。"（McMahon 230）闵安琪遵循这一典型情节，再创造地表现了珍珠与志摩之间日久弥深的感情。薇柳用"梁祝"的典故强调两位作家之间的主要吸引力，源于他们才智与艺术上契合的鉴赏力，这透过薇柳的亲眼所见又得到进一步证实："徐志摩认为珍珠是真正的艺术家，是文学上的阿炳。"珍珠对薇柳说："除你之外，他是我唯一的中国知音。他激发了我的信心和创造力。"（135）因为这种爱远远超越了肉欲，直到志摩离开人世，直到珍珠离开中国，这种爱都没有离开她。闵安琪从赛珍珠的回忆录里原封不动地引用了一段话："他以他的爱占有了我，然后让我回家。当我回到美国，才意识到他的爱是与我同在的，并将永远与我同在。"（131）

他们钦佩彼此对双重文化的悦纳，这又进一步强化了他们之间的纽带。志摩对薇柳坦陈："她[珍珠]身上混合着中国和美国的文化，让我神魂颠倒。"（142）珍珠则把自己的迷醉比作"对鸦片上瘾"（148），她大概在志摩身上看到了自己的影子。从她们幼年起，薇柳就了解珍珠的孤独，她娓娓而谈："珍珠一直在寻觅自己的'同类'。并非另一个西方人，而是另一个同样经历并理解东西方世界的灵魂。徐志摩就是珍珠所苦苦求索的。"（150）才智上的相称相配，发展成生死不渝的爱恋。"他们的分离从来都是短暂的，好似抽刀断水。"薇柳这句话暗合了李白的"抽刀断水水更流"。在小说里，志摩与他的飞行员朋友一起，每周三次搭乘免费飞机来见珍珠，这位朋友把自己机场旁边的农舍借给他们幽会（147–148）。一次旅途中，飞机失事了。

这位"中国雪莱"，据说就是阻止了赛珍珠的出版社删薙《大地》手稿的那位"朋友"（Stirling 102–103），死在了 1931 年；同年，《大地》出版，为赛珍珠赢得了 1932 年的普利策奖（Pulitzer Prize），也把她推到了文坛的聚光灯下。但他的葬礼，珍珠（赛珍珠也一样）却在历史现实和纪念文章中，都异乎寻常地缺席了。理应为自己终于成功而欢欣的赛珍珠，在这一时期却依旧颓丧。斯特林将她的愁沮归因于徐志摩的死，尽管赛珍珠"保持沉默"（Stirling 116）。闵安琪在小说中填补了这段沉默——珍珠在飞行员的陋室里，为志摩默默守夜。薇柳找到了她："她一直在依照中国传统的规矩，为志摩守灵。"（149）薇柳带来了一包志摩为珍珠写的诗，珍珠读后也作了一首告别诗（151）。薇柳若有所思:"珍珠作为小说家的成就与她对徐志摩的爱之间的联系,我想我未来将会明白。"薇柳推测,珍珠在她一生所写的几十本书中,都在延续着一种身后情。"写小说就好似追逐灵魂、捕捉灵魂一样。"薇柳引用珍珠的话,"小说家应邀走进美妙的梦境。幸运儿能在梦中活一次,最幸运的则可以在梦里活过一次又一次。"薇柳总结说,珍珠是"最幸运的人","在她的余生中,一定再与[志摩的]灵魂重逢"。志摩死后,珍珠可以继续与他交感,因为令这对有情人着迷的在心灵更胜于在肉体。[1] 薇柳最后又加了一句:"我认为自己也很幸运。"(151)

薇柳何以也认为自己"很幸运"呢?在试着给出答案前,我想重申我之前的猜测,即凌叔华(她与张幼仪、林徽因、陆小曼一起构成徐志摩在中国国内的五角恋)可能是闵安琪创作薇柳这个人物时所参照的原型,参与构成这部小说中的三角恋。闵安琪自言:"将珍珠在中国四十年间不同阶段的好几位朋友形象结合在一起,塑造出薇柳的角色。回头去看,我想这是最好的选择。"这确实是明智之选。在构成薇柳的种种原型中,我大胆加一个凌叔华。在西方,她作为朱利安·贝尔(Julian Bell)的情人身份更加著名。弗吉尼亚·吴尔夫(Virginia Woolf)的这个外甥曾提到她"与徐志摩深情热恋"(Laurence 70; Welland 250)。徐志摩于1925年第二次旅欧的部分原因是为了躲避当时陆小曼丈夫的盛怒。出发前夜,徐请凌帮他两个忙:一是鼓励陆小曼"培养更多的文艺修习,譬如绘画与写日记",二是保管他的"八宝箱",这是一个装着他日记、信件和手稿的小箱子(Welland 175)。徐和凌之间的这种交往为解读诗人的性格提供了一些线索。首先,徐是何等珍视女士对文学的爱好,就和《中国珍珠》里的那个志摩一样。其次,他的罗曼史是何等依赖通信来激发并维持。最后,他与凌的关系非同寻常。徐告诉凌,他不想把箱子留给陆小曼,是怕早期关于林徽因的日记会引得陆吃醋争风;徐曾对陆说"女友里叔华是我一个同志"(Welland

---

[1] 在见到志摩本人之前,珍珠曾寄给薇柳一段志摩写的散文《自杀的道德》,并附上了自己的评注:"你教我如何不爱上这位作者的思想?"(117)因此,珍珠,也许连同现实中的赛珍珠,通过一遍又一遍读他,并投射于无数化身来一遍又一遍写他,得以继续与徐志摩的灵魂厮守,就像赛珍珠的传记作家们所演绎的那样。

175）。根据凌的女儿陈小滢的说法，凌对徐的感情明显更强烈，她认为自己的母亲深爱着徐，但最终嫁给了陈源/陈西滢（1896—1970）——他不仅参与《现代评论》周刊的创办与编辑，更是徐的莫逆之交。[1]

凌叔华与薇柳对诗人都是单恋，都是他的红颜知己，都为他保管函稿，都嫁给了他的挚友——这般如出一辙，不可能纯属偶然。凌对诗人的情深意浓只是一厢情愿，而且从未当面表白；薇柳亦然。就在志摩与珍珠妙语连珠地讨论阿炳的时候，薇柳从旁观察，感觉自己"既是这份至爱的见证者，也是伤心人"——"见他们暗生情愫，自己是禁不住地感动，又有说不出的心酸"，因为她也对志摩一往情深。（132）凌告诉过贝尔"她曾爱上徐志摩，但当时不能承认，后来出于责任嫁给了西滢"（Welland 250）；薇柳也从未表明心迹，后来嫁给了林狄克："回首往事，我意识到是狄克对徐志摩的爱把我们连在一起。"（155）凌和薇柳的先生都是诗人介绍的——凌的女儿推测是徐志摩介绍陈西滢给她妈妈认识的，小说中的志摩把薇柳介绍给自己最好的朋友、《上海先锋杂志》编辑林狄克。徐请凌帮他保管情书，志摩请薇柳帮他传递诗笺给珍珠。徐把他的私密信件托付给凌，以免陆小曼嫉妒；志摩也出于同样的原因，请薇柳保管他所有的珍贵手稿，包括写给珍珠的信。厘清了二者之间这么多相似之处，再来读志摩死后薇柳的自我安慰，很难不联想到凌："我认为自己也很幸运。尽管徐志摩并不爱我，但他信任我。这使我们的普通友谊与众不同。""徐志摩让我替他保管他诗作的原始手稿。他太太曾扬言要烧掉它们，因为在字里行间，她'嗅到了另一个女人的气息'。……我告诉自己：徐志摩把一份特别的爱给了我。"（151）

除了这份"特别"的感情，薇柳还要感谢志摩（以及珍珠）激励她在才学

---

[1] 陈小滢在接受劳伦斯采访时透露，她的母亲"曾追求徐志摩"，尽管"他只当她是红颜知己"（Laurence 70–71）。根据陈小滢的说法："徐在出国期间（1923—1924），留给凌叔华很多信件和日记。直到他去世，还在她这里。我想，他的遗孀很不高兴，所以试图索回信件。徐也爱林徽因，林也给徐写信。我不明白为什么我母亲这里连一小片徐的信笺或诗札也没有。我猜测是因为她嫉妒他的朋友，所以大概成了他的秘密敌人。我的父亲是徐最好的朋友。我想是徐把父亲介绍给母亲的。"（Laurence 70–71）陈小滢的这一声明令人十分困惑，似乎暗示是凌出于妒忌而故意毁掉了徐的函稿。

上有所精进。热衷挑战的珍珠曾对薇柳说,自己从未"崇拜过任何人,直到遇见志摩"(155)。对薇柳而言,珍珠与志摩都是她的驱动力。或许是因为两人接纳她而组成美妙的三人组,所以她可以做到对他俩心无芥蒂:"如果生命中少了珍珠和志摩,我永远也不可能有今天","成为一名作家,出版自己的作品,让人们记住我。"(155—156)薇柳的丈夫林狄克也同样感念:"如果说我今天算是个巨人,那是因为徐志摩教我分清身高与精神上的高度。"(155)

不惜笔墨地备述凌叔华与薇柳之间的相似性,是为了揭示无论在现实还是小说中,徐志摩都堪称不凡的一个特点:他能点燃人们的内驱力,帮助人们成就自己,甚至在他死后,这种影响力也不消弭。在那个父权社会,他给予才女们的帮助定会被永远珍视。无论是历史中还是小说里,无论他对其是否心怀爱意,凌叔华与赛珍珠、薇柳与珍珠的例子都展现出徐志摩在文化上对女性的殷勤呵护。如前所述,是徐促成凌早期作品的发表,推动她文学事业的进展。赛珍珠传记的作者斯特林、康恩和斯珀林都认为,是徐鼓励赛珍珠成为职业作家的。《大地》大获成功之后,文学杂志《扉页》(*Colophon*)请赛珍珠讲讲她第一本小说的出版故事。赛珍珠隐晦地写道:"一位一直敦促我创作的朋友,问我有什么作品,要我拿给他看","看过之后,他告诉我要去投稿、出版。"(Stirling 97)徐志摩在文化上平视女性,策励她们发掘潜能、实现自我,这是他颇受班姬谢女偏爱的一个原因。

尽管在这三本亚美文学作品中都不是主角,徐志摩却给读者留下了深刻印象。中国男女对他的深情厚谊自不待言,这三部文本更凸显了他在跨文化语境下的翩翩风度。《从东到西》刻画出他对美国亚裔知识分子的影响力,他代表着一种可能,即无须非此即彼地取舍,也不对自己的出身厌弃,而能够完全吸收不一样的文化。他的两位韩国友人在日据时期放弃了祖国,他自己的努力也都被扼杀在萌芽状态了,可这位中国诗人却一直渴望复兴中华,以西方思想滋养故土。《小脚与西服》描画出这位旅英才子的神秘魅力,他风靡了剑桥的教师群,也颠覆了西方想象里盛行的对中国男人的成见。《中国珍珠》勾画出两位不同国别的作家谙晓他者的世界观,两人情投意合,心心相印。这位可爱的诗人代表了珍珠艺术上的"激发者",他对女性郑重相待,怜惜相待,平等相待。

正如在他的代表作中得以不朽的康桥一样,徐志摩本人也是文化融合的永恒化身。他在诸多领域留下的不朽遗产,证明漂五洋、过四海,在不同水域优游涵泳、摘藻雕章,这对"文人"大有助益。徐志摩的这种标志性的男儿特征有三种表现形式。第一,他的"文采"就像他诗歌里反复出现的"云彩"意象一样瑰丽斑斓:中国、英国、法国、印度、美国;他跨越国界和多元文化的修养,同时代或许唯有鲁迅和姜镛讫可以媲美。第二,他颠覆了西方男子气质的标准;证明了所谓"女性化"的特征——温柔的行止,多情的付出,诗意的信仰——可以很好地在行为和风格上塑造一个男人。在此,并非要挑战前几章中提到的"书写为战斗"的重要性,但对徐而言,书写为"爱"。徐志摩将手中管城子的万夫不当之情挥洒得淋漓尽致,从而得到了那个时代的红尘男女以及文人雅士的垂青。第三,他的"文气"具有反射性,相反相成,互促互进。尤其值得赞颂的是,他能够欣赏女性与异国人的"文才"。雷金庆认为"文"是男性的专属标准,徐志摩却自如地将其用于异性,对他而言,才女与才子同样迷人。他同时青睐中国与美国的才媛,以及那些同他一样可以欣赏他者世界、指摘自己文化的男性师长和友人。

作为信仰、践行、宣传和促进世界多元文化的先驱,徐志摩在与方圆殊趣的人交往时,糅合了西方宣扬的个人主义与东方倡导的大同或依存的风尚。他对外国文化开放的心胸,对不同诗学兼收并蓄的尝试,对跨越文化志同道合者的欣赏、激励、鼓舞和驱动,这些品质让他赢得了一大批知识分子的喜爱。胡适在追悼志摩时,道出了诸多友人的心声:"他不曾白来了一世。我们有了他做朋友,也可以安慰自己说不曾白来了一世。"(53–61)他的知音超越国界,不曾偏废巾帼或须眉,新知或旧爱:赛珍珠、陈西滢、狄更生、福斯特、傅来义、姜镛讫、梁启超、林徽因、凌叔华、沈从文、吴经熊[1],甚至原配张幼仪——这

---

[1] 吴经熊在《徐志摩与我》开头引着勃纳(Abel Bonnard)的《友谊的艺术》(*The Art of Friendship*)说:"最丰盛而又气味相投的友谊,是那些把最大多数可能的差别以一种本质上的相似性联结起来。"——译者注(应作者要求)

芸芸众杰的人生中都不可磨灭他,是可谓徐志摩之才子魅力与"文"之奥秘。

图3-2 《风云际会徐志摩》(高小华绘)

前排及座席左起:鲁迅、凌叔华、钱慕英(母)、张幼仪、徐申如(父)、徐德生(幼子)、徐积锴(长子)、泰戈尔;后排站立左起:郭沫若、刘海粟、沈从文、徐悲鸿、陆小曼、郁达夫、胡适、梁启超、徐志摩、曼殊斐儿、恩厚之、罗素、林长民、林徽因、哈代、闻一多、狄更生。

参考文献

Auden, W., & Isherwood, C. 1973. *Journey to a War*. London: Faber and Faber.

Basu, C. 2010, June 4. Novel Atonement. *China Daily*, p. 19.

Buck, P. S. 1932, December 1. Is There a Case for Foreign Missions? *Harper's Magazine*, 143–155.

Buck, P. S. 1954. *My Several Worlds: A Personal Record*. New York: John Day.

Buck, P. S. 1957. *Letter from Beijing*. New York: Pocket Books.

Chang, P.-M. N. 1996. *Bound Feet & Western Dress: A Memoir*. New York: Anchor-Random House.

Cheung, K.-K. 2017. "Self-Critique Prompted by Immersion in (An)Other Culture: Goldsworthy Lowes Dickinson, Xu Zhimo, and Pearl Buck." *The Canadian Review of Comparative Literature: Special Issue on Comparative Literature and World Literature* 44.3: 607–619.

Cheung, K.-K. 2019. "The Dyadic *Wenwu* Ideal via *Qinqishuhua* 琴棋书画 in Jin Yong's Fiction." *Asia-Pacific Translation & Intercultural Studies* 8: 36–55.

Conn, P. 1996. *Pearl S. Buck: A Cultural Biography.* New York: Cambridge University Press.

Elmhirst, L. K. 1959, March 3. Recollections of Tagore in China.

Fairbank, W. 1994. *Liang and Lin: Partners in Exploring China's Architectural Past.* Philadelphia: University of Pennsylvania Press.

Friedan, B. 1963; 1981. *The Feminine Mystique.* New York: W. W. Norton.

Harding, J. 2011. Goldsworthy Lowes Dickinson and the King's College Mandarins. *Cambridge Quarterly*, 26–42.

Hwang, D. H. 1986. *M. Butterfly.* New York: Penguin.

Kang, L. 1972, July 16. Thoughts of The Times. *Korea Times*, p. 3.

Kang, Y. 1931, July 1. China Is Different. *New Republic*, 67: 185-186.

Kang, Y. 1931. *The Grass Roof.* New York: Charles Scribner's Sons.

Kang, Y. 1997. *East Goes West: The Making of an Oriental Yankee.* New York: Kaya.

Kimmel, M. S., & Messner, M. A. (Eds.). 1995. *Men's Lives.* Boston: Allyn and Bacon.

Kinkley, J. C. 1987. *The Odyssey of Shen Congwen.* Stanford: Stanford University Press.

Lau, D. C. 1979. Introduction. In *Confucius: The Analects* (D. Lau, Trans., pp. 9–55). Harmondsworth: Penguin Books.

Laurence, P. 2003. *Lily Briscoe's Chinese Eyes: Bloomsbury, Modernism, and China.* Columbia, SC: University of South Carolina Press.

Lee, L. O.-f. 1973. *The Romantic Generation of Modern Chinese Writers.* Cambridge: Harvard University Press.

Lee, S. 1997. The Unmaking of an Oriental Yankee. In Y. Kang, *East Goes West: The Making of an Oriental Yankee* (pp. 375–399). New York: Kaya.

Louie, K. 2002. *Theorizing Chinese Masculinity: Society and Gender in China.* Cambridge: Cambridge University Press.

MacKinnon, J. R., & MacKinnon, S. R. 1988. *Agnes Smedley: The Life and Times of an American Radical.* Berkeley: University of California Press.

McMahon, K. 1994. The Classic "Beauty-Scholar" Romance and the Superiority of the Talented Woman. In A. Zito, & T. E. Barlow (Eds.), *Body, Subject & Power in China* (pp. 227–252). Chicago: University of Chicago Press.

Min, A. 2010. "Author's Note." In A. Min, *Pearl of China* (p. 277). New York: Bloomsbury.

Min, A. 2010. "Q&A with Anchee Min." In A. Min, *Pearl of China* (pp. 279–284). New York: Bloombury.

Min, A. 2010. *Pearl of China: A Novel.* New York: Random.

Mody, P. (Ed.). 2014, Summer. Xu Zhimo, Cambridge and China. *King's Parade: Magazine for Members and Friends of King's College, Cambridge*, p. 10. Retrieved March 22, 2015, from King's College, Cambridge: http://www.kings.cam.ac.uk/news/2014/zhimo-exhibition.html

Murray, H. A. 1955. American Icarus. In A. Burton, & R. E. Harris (Eds.), *Clinical Studies of Personality* (Vol. 2, pp. 615–641). New York: Harper.

Ng, L.-S., & Tan, C.-L. 2011. Two Tiers of Nostalgia and a Chronotopic Aura: Xu Zhimo and His Literary Cambridge Identity. *IPEDR. 26*, pp. 575–580. Singapore: IACSIT Press.

Pan Chun Ming (Ed.). 1993. *Tang Po Hu Wai Chuan.* Chiang-Su: Ku wu hsuan chu pan she.

Said, E. W. 2002. *Reflections on Exile and Other Essays*. Cambridge: Harvard University Press.

Spence, J. D. 1981. *The Gate of Heavenly Peace: The Chinese and Their Revolution 1895–1980*. New York: Viking.

Spurling, H. 2010. *Pearl Buck in China: Journey to the Good Earth*. New York: Simon & Schuster.

Stirling, N. 1983. *Pearl Buck: A Woman in Conflict*. Piscataway, NJ: New Century Publishers, Inc.

Wang, Z., & Macfarlane, A. 2014. *Xu Zhimo: Cambridge and China*(《徐志摩：剑桥与中国》). San Bernadino: CreateSpace Independent Publishing Platform.

Welland, S. S.-l. 2007. *A Thousand Miles of Dreams: The Journeys of Two Chinese Sisters*. New York: Rowman & Littlefield.

Wood, F. W. 2009. *The Lure of China*. San Francisco: Long River Press.

Xu, Z. 1996. "Art and Life" 1922. In K. A. Denton (Ed.), *Modern Chinese Literary Thought: Writings on Literature, 1893–1945* (pp. 169–181). Stanford, CA: Stanford University Press.

Yang, B. 1958. *The Analects Translated and Annotated*. Beijing: Zhonghua Book Company.

Yoshihara, M. 2003. *Embracing the East: White Women and American Orientalism*. New York: Oxford University Press.

Yung, B. 1989. *Cantonese Opera: Performance as Creative Process*. New York: Cambridge University Press.

Zhong, X. 2000. *Masculinity Besieged? Issues of Modernity and Male Subjectivity in Chinese Literature of the Late Twentieth Century*. Durham: Duke University Press.

陈建军、徐志东编，2018，《远山——徐志摩佚作集》，北京：商务印书馆。

高恒文、桑农，2000，《徐志摩与他生命中的女性》，天津：人民出版社。

韩石山，2021.《非才子的徐志摩》，上海：文汇出版社。

胡适，1999，《胡适传记作品全编：第四卷》，耿云志、李国彤编，上海：东方出版中心。

林徽因，2005，《林徽因文存：散文·书信·评论·翻译》，陈学勇编，成都：四川文艺出版社。

凌叔华，1998，《凌叔华文存》，陈学勇编，成都：四川文艺出版社。

沈从文，2002，《沈从文全集：第十二卷》，张兆和主编，太原：北岳文艺出版社。

王从仁、邵华强，2016，《徐志摩家世考辨》，《新文学史料》第2期。

徐善曾，2018，《志在摩登：我的祖父徐志摩》，杨世祥、周思思译，北京：中信出版集团。

徐志摩，2005.《徐志摩全集》（共八卷），韩石山编，天津：天津人民出版社。

岳诚，《美国万花筒：闵安琪与赛珍珠》2010–08–05：www.voachinese.com/content/article-20100716-anchee-min-pearl-buck-100054624/516808.html（2016年5月23日访问）。

张敬珏、吴爽，2018，《才子如斯——文外文中徐志摩》，《华文文学：中国世界华文文学会刊》第2期：11–25。

第四章　艺、灵、仁：徐忠雄、李立扬、梁志英

　　《哎咿!》的编者们认为，亚裔美国人在美国没有存在感，是由于20世纪70年代亚美作家的匮乏，且"缺乏一种公认的亚美男子风格"（xxxviii）。他们认为这种缺失类似于阉割："语言是文化的媒介，是人们的情感……束表达之舌，如断文化之根……任何文化中的人都为自己说话。没有自己的语言，就不能算是一个男人。"（xlvii–xlviii）在《大哎咿!》中，编者试图通过倡导"亚洲英雄传统"来重振亚美雄风，这种传统将中国和日本古典史诗里的尚武英雄奉为某种当代亚洲人的祖先楷模。且不论其中的男权主义倾向，他们所指出的美国流行文化中诋毁亚洲男性的现象至今依然存在。今非昔比的是，越来越多的亚美男作家重塑了亚美人的男子气质。然而，包括林景南（Ed Lin）的《拦路抢劫》（*Waylaid*，2002）和黄颐铭的《初来乍到》等新近作品在内的大部分重塑，都陷入了男权观念的泥潭——无论是来自亚洲还是美国的男权观念。第二章通过对李健孙和雷祖威作品的分析，表明这两位华美作家要么通过塑造好斗的英雄来颠覆种族主义的成见，要么通过再现羞怯的中国情人来内化这些成见。我认为，从文化民族主义和女性主义的角度来看，寻求华美男子气质应该允许另有一套模范，而不仅仅是模仿西方英雄。第三章结合中国戏曲和徐志摩的形象来复兴另一种模式，即文人与"暖男"模式。才子或书生因其温文尔雅、出口成章、敏思聪鉴而魅力难当。文人往往淡泊名利——他们嘤鸣以求是才均智敌、心当

意对的伴侣及同道。这种模式不仅反驳了亚美人文化存在感的缺失,还提供了一种打破同异二元取向的行为模式。

但是文人的典范,特别是徐志摩这个人物,似乎过于脱离世俗,无法激发那些在民权运动之后才极力认同为"亚美"的人。鉴于中国移民儿童的教育常被忽视,以及美国贫困青少年在高中和大学的高辍学率,提倡文人典范可能带有精英主义之嫌。然而,正如绪论中所阐释的,"文"应该是一种道德教育的载体,改变社会风尚,让世界变得更好,是文人义不容辞的责任。本章介绍了华裔美国人中的文人典范:这些男性通过修辞和社会行为影响社会活动,经营内心生活,或体现出一种人文主义伦理,既能追溯到儒家"仁"的概念,也能追溯到奈尔·诺丁斯继卡罗尔·吉利根之后提出的"关怀伦理"(ethics of care),她将其描述为"女性伦理学的方法"。虽然孔子通常将"仁"与统治阶级联系在一起(Louie 48),但作为本章关键词的"仁"是社会任何阶层都可以践行的。

儒家之"仁"与女性关怀的契合与区隔都值得关注。"仁"被詹姆斯·塞尔曼(James D. Sellmann)和莎朗·罗(Sharon Rowe)解为"人际关怀"(person to person care),约瑟夫·利文森和弗朗兹·舒尔曼解为"仁慈"(human-kindness)和"人性"(humankind-ness);孔子(公元前551—公元前479)将其作为"君子"学说的关键(Sellman & Rowe 2; Levenson & Schurmann 42)。塞尔曼和莎朗·罗主张儒家之"仁"与女性伦理学之间存在"家族相似性":两者都是关于"特定情况下,针对特定人群,关怀之施与受";两者都强调"相互依存(而非个人主义)";两者都"因情境而异(而非孤立);……循环性(而非线性);……将美德置于法律之上"(3)。为防止批评家将这位圣人视为女权伦理的对立面,塞尔曼和莎朗·罗将孔子的教义与儒家传播的性别歧视区分开来:"孔子哲学所申说的人文价值、爱心与关怀,不符合帝制中国的强权政治",因此,被支持父权等级制度的学说所掩盖(Sellman & Rowe 1–2)。塞尔曼和莎朗·罗认为孔子诸多创举之一就是变革了统治者"仁"的概念——从"小康之家的爱"变革为"大同之爱";"他想把亲密家庭关系中的关爱拓展到家庭或宗族纽带之外的人。一个人在家学会的关怀向外延伸……延伸到其他人身上"(4)。然而,无论怎样为孔圣辩护，恐怕都不能粉饰一个事实，即孔子和他那个时代的其他中国人一样，怀着根深蒂固的性别歧视，所以当他谈到"仁"，考虑的主要是男性之间（而非人与人之间）的关怀。事实上，有一个著名的贬义词叫"妇人之仁"（"妇人"在此类似哈姆雷特所言"脆弱啊，你的名字就是女人！"[1]），表示感情用事、言语呕呕、姑息优柔、不识大体。这种心软通常只限于亲属，而不是指所谓人中豪杰所表现出的宽宏大量或惺惺相惜的心胸。[2] 尽管"仁"是以男性为中心的观念，但它对人际关系的专注，对给予和接受关怀的强调，确实有消解公认的"男子气质"（俗称"大男子主义"）所产生的危害。

相反，诺丁斯将强调人际关系、相互关怀和语境依赖的关怀伦理同女性联系起来，尽管她紧接着补充道："男性也能有这种体验。"（xxiv）我将儒家之"仁"与女性关怀伦理相结合，意不在复兴儒学（塞尔曼与莎朗·罗意图如此），而是要使关怀与女性气质解绑，以免体贴的男人在西方被视作"娘"——要知道，孔子认为"仁"是君子的至高表现。本章聚焦"男性关怀"这一古已有之的优良传统，作为替代强势男子的可取之道。

如同前几章论及的小说一样，徐忠雄的《美国膝》（*American Knees*，1995）、李立扬的《带翼的种子》（*The Winged Seed*，1995）和梁志英的《凤眼》（*Phoenix Eyes*，2000）都证明了性别、种族、民族与婚恋观的不可分割性，以及金伯利·克伦肖（Kimberlé Crenshaw）所称的"交叉性"的重要。然而，与赵健秀、李健孙和雷祖威不同的是，本章的三位作家虽不认同亚洲男性的"去势"，但没有落入恢复阳刚的陷阱。他们创造的角色包括艺术家、文人、慈父等——这些角色都为孔武有力或经济成功的雄风提供了反例。

通过对这些人物的分析，我进一步论证了亚洲、欧洲和北美这些地理位

1　朱生豪译。——译者注
2　这个成语的出处是《史记·淮阴侯列传》："项王见人恭敬慈爱，言语呕呕，人有疾病，涕泣分食饮，至使人有功当封爵者，印刓弊，忍不能予，此所谓妇人之仁也。"孔子对阶级的保守不亚于对性别的保守。雷金庆引用赵纪彬的话说："'仁'中之'人'并未延伸到统治阶级之外。"（Zhao；Louie 48）

置如何影响种族、阶级和性别的重叠轴，尤其是男性气质的轮廓。苏珊·斯坦福·弗里德曼认为，"身份的新地理"需要从统一自我的概念转向"不断流动的空间化身份的话语"。这三部作品指向这样的新地理，它"将身份标识为一个历史上嵌入的地点、一个方位、一个位置、一个立场、一个地形、一个交点、一个网络、一个多重定位的十字路口"（Friedman 17，19）。徐忠雄的主人公是一位自负的美籍华裔平权行动职员，却不能理解一个饱受沧桑的越南难民爱人；李立扬的父亲（"爸"）在香港魅力非凡，到了美国中西部却饱尝冷眼；梁志英[1]《凤眼》中的叙述者对亚洲男子气质获得新的理解和赏析。

《美国膝》

徐忠雄的《美国膝》[2]（谐音"美国士"）既颠覆了中国历史性的父权思潮，又打破了美国对亚洲男人的传言，揭示了定义自己的男子属性时所面临的困难，特别是要跟中国孝道和美国成见背道而驰的时候。主角丁雷蒙[3]忆起过去在学校，小孩子如何戏弄他：

> "你是什么——中国膝、日本膝还是美国膝？"他们反反复复高喊，上下翻着眼角，露着獠牙笑，指着自己的膝盖。雷蒙哪个选项都不喜欢，于是不作声，他们就会说："那你一定是肮脏膝。"（12）

《美国膝》这个标题传达了长期以来亚美在美国遭受种族歧视的情况，也概括了雷蒙的临界处境：他太美国化了，无法遵守中国的宗族禁令，但也不能被

---

[1] 梁志英的父亲梁普礼（Charles L. Leong，1911—1984），开拓型新闻记者、作家、编辑、出版人。他曾在好莱坞电影公司饰演包括赛珍珠《大地》在内的多部电影中的中国农民角色；"第二次世界大战"期间，作为美国飞虎队随军记者，参加中国的抗日战争。参见梁普礼：《好莱坞里讲中国话》，张子清译，《西部》2014年第6期。——译者注

[2] 这部小说在2006年被改编成电影《美国亚裔》（*Americanese*），由埃里克·拜勒（Eric Bryer）执导，克里斯·塔什马（Chris Tashima）、艾莉森·谢（Allison Sie）与陈冲出演。感谢徐忠雄将电影光盘带到上海，与笔者畅谈，犹记那晚的龙井并菊花茶。

[3] 英语姓名"Raymond"通译为"雷蒙德"，但笔者以为这些重认中国的作品主人公的名字应该更像中国人。

主流文化完全接纳为"美国人"。

雷蒙在旧金山一所大学的平权行动办公室工作，他发现很难满足中国人对孝道的期望。小说开篇时，他正在跟中国妻子达琳离婚，这一事件引发了与中国传统信仰的内部对话，比如离婚相关的污名、异族通婚的禁忌，以及传宗接代的责任。一见到父亲丁伍德，雷蒙就意识到两人心中都有一种"心照不宣的隐痛"："雷蒙永远不会再娶一个中国女人，因此他将是家族里第一个不跟中国人结婚的人。他已经是第一个离婚的人了。"（23）虽然中国的父权制通常等同于男性特权，但它也给男性继承人，特别是长子带来特殊负担："中国的长子对家庭和自己都有一定的责任，随着时间的推移，履行这些孝子的义务是对耐心与容忍的考验，也是个人追求的对立面。"（32）另一方面，达琳就没有这样的义务："她明白家庭的权力落在男人肩上。这并不是传说里父权制的压迫；对达琳而言，这是拥有选择权的自由和奢侈。"（17）尽管徐忠雄在书中淡化了性别歧视，但他揭露了父权制固有的矛盾——它折磨着其本应庇护的宠儿。

通过儿子雷蒙对父亲伍德的欣赏，徐忠雄打破了传统的中国和美国的男子气质准则。在雷蒙母亲葬礼后的两个晚上，伍德央儿子睡在自己身边，这违反了传统中国严父的准则："房间里空荡荡的"，伍德吁叹不已（28）。向儿子寻求慰藉和依靠——雷蒙认为这一请求是"他父亲做过的最勇敢的事"（28），从而也扭转了传统所谓的男儿之强。雷蒙还重新定义了父亲的典范，包括放弃权威。相反的，达琳的父亲是典型的中国家长，掌控着每个儿子和女婿的生活；伍德却赋予雷蒙"在家里的地位，不说教，不过问，不透露自己内心的想法。这是男人做事的方式。雷蒙就是这样长成一个男人的。"（31）通过沉默，伍德为雷蒙的独立留出空间。[1]

徐忠雄也通过笔下的主人公颠覆了美国人对亚洲男人的偏狭观念。雷蒙经常拿中国的模范儿子和美国的"模范少数族裔"来衡量自己，结果却是把两者都解构了。例如，他对一个红头发的葡萄酒推销员的猥亵挑逗瓦解了他身为亚

---

[1] 笔者在《静墨流声》（*Articulate Silences*, 1993）中讨论了类似的沉默，实为未落言筌的爱。

美模范的人物设定:"雷蒙是一个中国好男孩,从不逃课……从未撕毁一张停车罚单,也没有烧掉他的征兵卡。"(18)我们随即了解到,他"理想东方人"的形象源自越南战争服役期间的恐惧和压抑。雷蒙对这场战争唯一的记忆就是"当中士称他为'黄泥种'时他所感到的恐惧。还有服役几个月后,他满怀的愿望就是在人世间隐姓埋名。在美国,亚美待在家里是安全的。我们努力工作。我们保持安静。我是模范少数族裔。"(59)模范少数族裔仅仅是被视为呆瓜的另一面:若想不被视为敌国人,就得成为温驯、缄默的少数族裔的一员。贬抑的污名与褒扬的"美"名都使得亚裔"男不男"。

接下来,徐忠雄描绘了另一种男子气质。奥萝拉·克兰是爱尔兰与日本混血,雷蒙对她两年的追求与暧昧表明他远非安静、谦逊,也挑战了媒体广泛宣传的亚洲人"青睐白人"(40)。雷蒙英俊、机智、善言、性感,与美国"典型的亚洲书呆子"毫无相似之处(103)。相反,他使人想起风流才子唐伯虎。唐寅吸引的女性不仅花容月貌,而且冰雪聪明——能够智胜追求者(Chen; Pan Chun Ming 23–26),参见第三章讨论的才子佳人小说。无疑,雷蒙从女性身上学到不少东西。但他也打消了奥萝拉的一些成见。第一次在派对上见到雷蒙,奥萝拉本怀着对亚洲男人的刻板印象,"找他身上最典型的中国特征,但寻不着常见的标志物:土气的发型,油腻的刘海耷在眉上,方方正正的金丝镜因缺了镜托而歪在脸上,涤纶裤子松松垮垮"(36)。

他对奥萝拉的吸引力部分源于他对亚美历史的了解和感受:"他们的交谈是互补的。她提供信息,他填漏补缺,并不会问令人尴尬的问题。"(42)奥萝拉被雷蒙吸引,不是因为他符合主流的男性理想,而是因为他不同于偶像派男演员或死缠硬磨的青少年。他的男性魅力源自温柔,他从不虚张声势。奥萝拉觉得他"最性感"的地方是他"对女人的耐心":"我注意到你和女人调情的方式,就是好好倾听。是好朋友的姿态。"(65)在美国,男人往往彰显他们的强势,雷蒙则是令人耳目一新的例外。

但他身上有一种智识优越感。奥萝拉为浪漫诗人雷蒙倾心,但很快就发现这位少数族裔学者好为人师、盛气凌人:"她讨厌他说教的语调。"(58)他不接受她的混血身份，而是试图提高她的亚洲指数："他认为自己的祖先是一份恩赐。对他而言，他们的结合绝不仅仅是爱、欲、友谊。"（54）当奥萝拉抗拒这种灌输时，他就会斥责她："我猜你什么都没学到。你不知道在美国，肤色是你的身份吗？这是一个种族主义国家。你无法遁形。"（55）奥萝拉反驳道："不是每个人都能像你一样成为专业的平权行动官员。我是你的爱人，不是个案史。"（57）客观来说，年龄、性别和种族的确是二人之间的重要差异。41 岁的雷蒙的意识是在民权运动的熔炉中锻造出来的，这场运动消除了最公然的不平等形式；奥萝拉只有 20 多岁，是这场斗争的受益者。他们的阅历也不同，在"美国文化中，亚洲女性美丽可人，而亚洲男性不是"；奥萝拉是个漂亮的混血姑娘，不太容易受到种族主义的伤害。她恍然意识到，"在更复杂的层面上，雷蒙变得和那些追问奥萝拉是什么人、来自哪里的人别无二致了。无知者粗鲁无礼；雷蒙是无礼的高知"（81）。她决心跟他分手。

作为失恋者，雷蒙却格外温存："最后，雷蒙搬走了，奥萝拉留在公寓里，因为他无法忍受目送她离开……他也不可能继续住在那个保有二人记忆的公寓里……他的离开是爱……他的沉默是爱。"（74）他们方才分手，俄旋就故情复萌。奥萝拉打电话给她自己的公寓留口信给他；本不应该出现在那里的雷蒙接起了电话。她邀他共进晚餐，他带来她最爱的甜点："若要他不了解她，不记得她对蜜桃派的热爱或对衣服的品位，读不懂她的心思，不知道他们常常异口同声是心有灵犀——这也太没道理了。"（80）雷蒙的殷勤相契持续让奥萝拉心软，尽管与此同时，他跟自己的同事阮贝蒂发生了关系。

雷蒙试图改造奥萝拉的生活，把她作为个案史来研究，贝蒂却拒绝向雷蒙透露她痛苦的往事；她不想让他承担"知情的责任"（85）。每当雷蒙追问，她都对细节含糊其词，因此雷蒙和读者都永远无法确定她是否在吐露实情。[1] 我们只知道，她是一名越南的难民，受到前夫的残酷虐待，失去了对女儿的监护权，而他们的女儿被告知母亲已不在人世。再多的理性分析也无法减轻这种伤痛。

---

[1] 在 2015 年 10 月 20 日的电子邮件中，徐忠雄指出贝蒂是一个"坦然接受没有明确过去的生活"的女人。

然而，雷蒙学会了彻头彻尾地"完全"爱她，而不是像对待奥萝拉那样试图武断地敲定或谈论她的身份（189）。奥萝拉曾向雷蒙抱怨："我在你身上看不到任何我的影子"（70）；贝蒂却告诉他，她不想成为他生活的"目标和目的"（189）。贝蒂后来意识到雷蒙依然爱着奥萝拉，就决定永远离开。

伍德患了脑动脉瘤，雷蒙和奥萝拉因伍德住院而有机会再次见面。奥萝拉注意到昔日恋人的变化：

> 他变了……好像一阵剧痛攫噬他的心。她感觉到他周身隐隐的不安。也许是面临父亲的死亡让他变得脆弱迷茫。他愈发阔目了，也不再那么自负，不再心存戒备。他俩不再如往昔那般打情骂俏。当人们痛失所爱，就是他这副模样。（228）

奥萝拉对这个历经淬磨的男人再次动了心。浸染了他人的悲伤，雷蒙意识到自我的有限，退却了狂妄自大与泰然自若，不再漫不经心，不再睥睨一世。奥萝拉将其折锐摧矜视作日益有心的表现，而非弱点。忧虑、哀思和丧失把他磨砺为一个更好的人——一个更好的男人。

徐忠雄在《美国膝》中成功唤起一种与主流观念迥然不同的男子气质。然而，他试图重新定义的亚美男子气质也有局限性。作者试图通过主人公泯除成见，却也在事实上通过将雷蒙塑造成一个例外而强化了那些刻板印象。奥萝拉最初找不见"他身上最典型的中国特征"，就开始"寻觅和分析他最不亚洲的特点"（36）。奥萝拉对雷蒙的一见钟情似乎就源自他"最不亚洲的特点"。雷蒙抱怨奥萝拉"文化上不够敏感"，又把叔叔泰德的儿子描述为"一个手持计算尺的本科书呆子，逐步长成核工程师的书呆子"（120）。他的这番话与达琳的室友之前说过的话相呼应——她"让达琳相信，公共管理专业的亚裔学生不像商学院的书呆子那么乏味"（13）。这些角色的偏见表明，刻板印象不仅是主流文化强加给亚洲人的，也是亚裔美国人自己延续下来的。即便雷蒙再与众不同，他也相信这一不公的定型印象。侮蔑亚男性冷淡的偏狭观念困扰着雷蒙，导致他有时矫枉过正。非得"倒凤颠鸾百事有"方算衽席之好；须得过分性感才算有男人味。徐忠雄浓墨突显雷蒙的性能力，并以可观篇幅描摹莺颠燕狂（49–52，

81–85），正是背书了主流文化过分强调性能力作为阳刚的指标。[1]《美国膝》提供了看待男子气质的新视角，证明了对亚洲男人的成见无处不在，却很难完全脱离主流意识形态。梅秀立（James Moy）对亚美戏剧进行了观察，发现剧作家常常串通一气丑化亚裔男性（Moy 115–129）。华美小说也是如此；就连徐忠雄也忍不住拿亚男开低俗玩笑。

尽管如此，徐忠雄的《美国膝》确实解构了书中很多种族偏见和性别偏见，并告诫人们不要受到各种理念的严苛限制。小说表明，那些将种族和性别视为人际交往之基本考量的亚美，都只是在重蹈覆辙主流文化对少数族裔等群体的物化。这本书在某种程度上似乎反映了作者的思想轨迹。徐忠雄是《哎咿!》（1974年）与《大哎咿!》（1991年）的编者之一。《哎咿!》的序言与《华美、日美文学概论》（"An Introduction to Chinese- and Japanese-American Literature"）都是由包括他在内的四位编者撰写的——他们自以为评判亚美写作的标准政治正确，但很多评论家（包括我自己）却认为他们的标准包含性别歧视等偏见。赵健秀是《大哎咿!》里那篇92页长文的唯一作者，他阐述了亚洲英雄传统，裁定出他认为真实的作品，这可能暗示着徐忠雄和其他两位编者并不完全认同他评判"真""假"亚美文学的标准。

《美国膝》中，雷蒙从根据种族和文化区分每个人（包括父亲、妻子和女友）的专断跋扈、居高临下的平权行动官员，变得不再以血统来定义人，愈发善解人意。徐忠雄似乎在暗示，亚美也必须警惕种族和身份的本质化，警惕将亚裔同胞视为种族标本，警惕将种族、性别和文化变成一个人身份的轴心。雷蒙从奥萝拉和贝蒂那里学到，不能试图根据自己的亚美文化民族主义意识形态去剖析或塑造她们。他渐渐意识到，就连他的父亲也不是只由文化塑造的，而是由其工程师的职业塑造的："越读（他父亲的工程手册），他就越明白，父亲与其说是传统的中国人，不如说是一个典型的工程师，他把世界作为一个建筑来考量，并将建筑的原则应用于家庭、爱情和梦想。"（237）

---

[1] 科内尔·韦斯特（Cornel West）认为，"美国人痴迷于性，又害怕黑人的性"（83）。还可以补充说，美国人忘了亚洲男人的性。

正如伍德将工程师训练的原则应用到个人生活中一样，雷蒙作为平权行动官员的职业身份也渗透到了他与达琳、奥萝拉交往的早期，当时他沉迷于自担的使命——在白人主导的美国，作为华裔美国男性捍卫和坚守自己的地位。他与奥萝拉、贝蒂的龃龉，以及伍德的不久于人世，让他更加内省，更能觉知他人和自己的感受。小说结尾处，父与子、母与子、奥萝拉与雷蒙、雷蒙与贝蒂之间温情鼓荡，反映了这种内在的转变——伍德将一棵40年前的松树盆栽从他家移植到雷蒙家，并将雷蒙母亲海伦的园艺手套送给奥萝拉：

[雷蒙]想着他心爱的女人——那个刻在心里、镌在掌心生命线里的女人，那个跟自己在狭窄小床上缱绻缠绵的女人……那个寄来怀抱婴儿照片的女人……他希望能在每个点上记下自己的一生，这样他就能一再回来，带着回忆，知晓如何停驻在每一颗心，从而找到解决办法，找到归属感，回家，解释他的爱。（239–240）

在小说的开头，雷蒙感到自己枉为龙的传人，因为他离婚了，也没能生儿育女，延续香火。这个结尾表明，尽管不是以传统的方式，世代相传未曾中断。松树盆景被伍德移植到儿子房里；奥萝拉继承了海伦的手套。与此同时，贝蒂生了一个女孩，尽管当父亲的还不知情。所以血脉有继。雷蒙如今不再考虑种族血统和性别之争，他只盼还能触到他依然深爱着的每个女人——母亲海伦、奥萝拉和贝蒂——在每个女人心里找到自己的位置，反之亦然，让每个女人在自己心中占据一席之地。这种热望在某种程度上打开了思想和记忆的内在空间，唤起了他所有心爱的家人："他跨过了他们之间的桥梁。"（240）

《带翼的种子》

"男儿气概最纯粹的表达形式莫过于'父与子'"，早期亚美文学中"亚美男性气质却未能得到这种体现"（xlvi–xlvii）——《哎咿！》的编者为此痛心疾首已是近40年前的往事。此后，彼得·贝科（Peter Bacho）的《深蓝西装》（*Dark Blue Suit*, 1997）与《离开耶斯勒》（*Leaving Yesler*, 2010）、赵健秀的《唐老亚》

（*Donald Duk*，1991）、李昌来的《母语人士》（*Native Speaker*，1995）以及前文的《美国膝》都营造了难忘的父子关系。李立扬的回忆录《带翼的种子》全篇围绕"爸"展开——叙述者威严冷峻的父亲是印度尼西亚总统苏加诺统治下的一名犯人。入狱 19 个月后，爸和家人[1]逃到美国，先是在宾夕法尼亚州安顿，后来到了芝加哥。这位父亲是叙述者的心结，他是一个矛盾体，介乎圣人和监工、无敌的神人和脆弱的凡胎，介乎关爱体贴与霸权支配的男性气质之间。随着他们辗转亚洲各国，最终远徙美利坚，叙述者对父亲的感情也起起伏伏，我们看到男子气质的内涵与种族、国籍密不可分，也领略其随环境而变迁。

举家征途中，爸花时间搭建了所罗门圣殿的模型，叙述者对父亲艺术与精神上的信念表达了钦佩。这一耗费心力的成果述说着他的虔诚和温情："一位伟大的国王花了七个月[2]时间，用石头和三十万奴隶完成的事情，我父亲花了近四年才用纸板和纸完成，一场爱的壮举，或者说，是一场徒刑。"（37）他原本打算将这个模型作为他女儿 11 岁生日的礼物："这件东西的精湛技艺在于……它的便携性。因为每一块都可以被轻轻地拆解、展开、平铺，放进一个盒子里，就带着它跨越国境。"（38）这种爱的心意，加上高超的手艺，"结晶于一个创造者孜孜无怠和痛爱不已的手，他的毅力比游艺更胜一筹"（40），作为艺术和精神上的见证，证明了爸的男子气质。"创造者"这个词的作用是将爸提升到造物主的高度，这种关联会于后文进一步发展。

"他吸引了人山人海，他举行奋兴布道会的剧院大厅里不得不设置一排又一排折叠椅……依然有成群的信徒在阳光下汗流浃背地站上好几个小时，听他讲话和祷告。"（73）长期囚禁摧残的肉身虚弱不堪，他工作的效力却更为显著，仿佛两者成反比，仿佛他精神的升华是由死亡的衰颓势力所推动的。在一次采访中，李立扬谈到了这种相反但又关联的势头："死亡的动力和艺术创作是相对

---

[1] 李立扬的母亲是袁世凯的孙女。
[2] 《列王纪上 6》38："所罗门共花了七'年'时间建造圣殿。"（新世界译本）"他建殿的工夫共有七年。"（和合本）"So was he seven years in building it."（KJV）李立扬却写成了七个"月"。——译者注

的力量。艺术创作抵抗死亡，但同时，它所有的动能又都来自这种物'极'必反的势能，我们所有人都是这种临渊艺术的一部分，这就是我们在艺术中感受到并享受到的张力。"（Lee J. K.-J. 274）爸在狱中的濒死体验似乎助长了他的创造力和灵性。

除了用双手和口舌来传道，爸还把他的信仰与博爱付诸实践，关怀"'抱病在家者'，那些年老、体弱、疯狂或垂死的人"（67）。其中一个只剩下一把"可怖的瘦骨……直到听见喘气，你才知道她不是一具尸体"（71）。爸真诚地关心他会众中的每一个人，但正如作者苦笑着指出的那样，那些人总用狐疑的眼光瞅他："他爱他们每一个人，但我认为他们受之有愧，因为会众里有称他为异教徒的人，有酗酒的母亲……作奸犯科的小孩、患弹震症的公车司机、恋童癖教师、通奸的酒吧女招待……也许这是我父亲的使命，去爱每一个破裂、迷失或遭弃的灵魂。"（82）爸的行为似乎既契合儒家之仁，又符合诺丁斯所谓"女性"关怀伦理。

然而，爸的无私关怀与诺丁斯模式之间存在显著差异，尤其是在对待自己孩子方面。诺丁斯说："当一个体贴的人表达关心，被关心者会发亮，会变得强大，会感到被润色……自身丰盈起来。"（20）每当谈到自己的孩子，爸却仿佛从他们身上拿走了一些东西，正如叙述者对父亲给他们画像的反应所象征的那样："他的手在白色画纸上移动，一张脸或一只手臂渐渐浮现……我能感觉到自己的很大一部分被他的目光和绘画之手击溃，就好像被父亲用笔化为了粗粝的画纸和石墨一样，我很快就会消失了。"（56）尽管叙述者提出了某种悖论（56页："因为他让我如此彻底地离开，我才开始到达"），但爸抹杀的笔触还是有些令人不安。《美国膝》中的伍德和雷蒙给予彼此成长的空间，这里的爸却给子女蒙上阴影。他非但没有激发孩子的信心，反而引起他们的恐惧，使得他们渴求父亲认可，引得他们争宠。

爸的关怀模式不同于诺丁斯的女性伦理，而是类似塞尔曼和莎朗·罗所说的儒家"以男性为中心的关怀"（2）。然而，孔子把亲情延伸到社会关系之中，爸却把他的职责置于父爱之上。我们会想起赛珍珠在传记《搏斗的天使》（*Fighting Angel*，1936）里描写的父亲类似的精神投入的分裂——她的父亲赛兆祥一心要改变中国人的精神世界，以至对自己的妻子儿女漠不关心（Buck；亦见第三章）。我们还会想起山本久枝的《笹川原小姐的传说》（*The Legend of Miss Sasagawara*，1950）中的父亲："此人委实高尚……他的存在无疑丰富了这个世界。然而倘若还有另外一个人，一个善解人意的人，一个敬慕他但没有达到这种崇高境界也无意达到这种境界的人，却被召唤来陪伴这样一个男人。这位圣人自我陶醉于清除他已然光芒四射的灵魂中最后一丝细微瑕疵……居然对同处一室的人汹涌澎湃的感情——那苦不堪言的潮涨潮落——无动于衷吗？"（33）无私圣洁的男人，反而可能是最失职甚至最残酷无情的父亲。这些父亲说不定能受益于诺丁斯鼓吹的"妇人"之仁。

爸严格的纪律和至高的标准让他高高在上，永远无法接近他的孩子。他神一般的举止让他们肃然起敬、油然爱戴，却不能触发亲情。在极其偶然的情况下，他也会流露出温柔的一面，比如当漫长的跨洋之旅终于结束，父亲给叙述者按摩双脚："父亲放下我们的旅行箱，解开我的鞋子，开始揉我的脚，一只一只地揉，手腕用劲深深转动。透过脚掌，我听到他体内的水。从那一刻起，我就在我的步履中侧耳倾听。"（42）回首这一刻，满含深情和近乎神圣的笔触表明叙述者留下了稀奇、珍贵、持久的印象——这位叙述者从足底听觅父爱，却"从来不准……直视他[父亲]的眼睛"（60）。

更惯常的情况是，儿子被迫跟随父亲的脚步，照拂穷人和迷失的灵魂（68）。高强度的一天到了晚上十点左右总算接近尾声的时候，父亲更关心他的职责，而不是亲生儿子的疲倦："我饿了，不耐烦了，脚冻僵了，裤腿湿了。父亲却笑着对我说：'再去一家……那样我们就算多积了点善。'纳闷的十四岁的我振作不起来。"（70）除了身体上的不适，儿子还焦虑着爸是否果真在积善："……父亲是否在浪费时间？"（73）

爸一心一意地献身，却注意不到自己儿子身心的痛苦，这二者之间的脱节，让人想到私人领域和公共领域的经典划分，后者在传统上与男性联系在一起。虽然爸可以"去爱每一个破裂、迷失或遭弃的灵魂"（82），但他对自己孩子的痛苦却麻木不觉。他的行为，就像赛兆祥和笹川原居士一样，仍然受着传统的男性规范的影响，其斯多葛主义转化为对至亲的冷漠，也受着正统信仰的支配，因而关注公共生活而忽略私人生活。我们忍不住希望爸，这个对其会众和家人都极具吸引力的人，也能从圣坛上走下来，同他的孩子们一起玩耍，倾听他们的成长之痛。

然而，还有另一种方式来解释叙述者对父亲与日俱增的怨尤。尽管曾被长期监禁，但只要爸还在亚洲，他的权威就不会遭受质疑。当一家人来到美国，一切都变了。正如雷蒙的"男子气质"惹亚洲男性艳羡，白男却视而不见一样。与此同时，叙述者也必须适应身为外来者的捉襟见肘与拙口笨舌。多年后，他在美国遇到一个人，这人曾一直是他父亲的忠实粉丝，他坦言自己有一种"既悲伤又厌恶的感觉，甚至混杂着羞愧"。叙述者非但没感到骄傲，反而心生反感：

> 我为什么感到厌恶？……我几乎打算否认一切。为什么？是什么让一个人想要否认自身？六岁开始学说英语的时候，我就带着一种任谁都听得出来的口音，我很早就意识到，在美国讲英语的大众耳中，听到不同口音时是有分别心的……不止一次有人说我难为听。吾口为吾耻。（75–77）

这位父亲以往口若悬河的中文布道，之于英语呕哑嘲哳的儿子有什么用呢？爸在亚洲的雄辩和名声无法消除叙述者在美国的言语障碍，也无法抹去他"丑音"的污名。叙述者对父亲的尊重与日俱减——从敬畏转变为近乎怜悯和藐视——似乎与爸在美国的"失势"以及叙述者感受到的沮丧和排挤密切相关。

"身份取决于参照点，"弗里德曼指出，"这一点不规则地移动，身份的轮廓也随之移动，尤其是当它们与权力结构相关的时候。"（Friedman 22）弗里德曼的女性主义观点也同样适用于男性特质的变化。即使在李立扬个人回忆录的特写中，父亲的权威与儿子的孝顺也受到国籍、种族和地域的影响。爸做的所罗门圣殿灵巧便携，象征着他的顺势通变，然而他口舌的天赋却被移走了，他的父权控制也在大洋彼岸式微。问题赫然：如此轻易被剥夺的男性特质是否果真值得追求？当亚美男人试图重获男子气质时，他们想要的究竟是什么？他们是在寻求（重新）占据支配地位，还是在设想一个没有统治的世界？什么是不可剥夺的男儿气概，什么仅仅是男子汉的虚饰？

《凤眼》

梁志英的《凤眼》之主角，或许是取代男性霸权最激进的选择。尽管自20世纪70年代以来，有关性别的争论在亚美研究界持续升温。旨在让亚美发声的文化民族主义运动也压制了（同）性别差异。《大哎咿！》的编者专注于传统意义上的男子气质，发表的言论近乎压迫性："这篇文章体现了当今美国自由派白人的信念：中国男人最好的情状就是陈查理那样娘娘腔的暗度陈仓，最糟的情况则是傅满洲一样明目张胆……无论多么出色的中国男人，充其量不过是白人的梦中情人。"（xiii）《哎咿！》收录了梁志英极端隐晦的《曼托斯小记》（"Rough Notes for Mantos"），他以华莱士·林（Wallace Lin）为笔名，揭示了"20世纪60年代末和70年代，亚美的运动或文坛中，性行为根本就没有跳脱传统的俗囿"（Leong R. C., "Writing Sexualities"）。

梁志英在《凤眼》里对亚美少数群体主体性的表达，跨越了不同的界限，不仅打破了亚洲的父权制和美国的种族等级制度，也瓦解了亚美研究和少数群体研究中默认的通用主体。故事讲述了叙述者特伦斯的浪子生涯，他是一名大学毕业生，拥有戏剧艺术和商业传播专业的学位。因为婚姻问题而被父母拒之门外，他前往亚洲"谋生"。[1]《凤眼》这个标题提醒人们注意从白人和亚裔（美国）男的"正常"视野之外进行观察的可能性。特伦斯在形容他在国际应召圈"航空线"的工作时，详述了"凤眼"的含义：

> 我们都是点缀。无论我们来自农村还是城市，无论我们是纯种的中国人还是带有日本基因的混血儿……或者马来人。都不重要。我们是一根绳

---

[1] 黄秀玲（Sau-ling C. Wong）将这种描述为"20世纪七八十年代，亚洲备受吹捧的经济繁荣之阴暗面"（94）。

上的珠子。血肉念珠……有一些变化的余地，因为美在观者眼里。我被称为"凤眼"，因为我眼角的曲线看起来像传说中凤凰尾巴似的扬翘。这种眉眼长在女人面上就是魅惑，但在男人脸上却是一种偏差。因此，雄凤独自歌唱，独自起舞。(135)

特伦斯的"凤眼"大有文章。凤凰是西方神话里重生的象征，它预示着故事结尾轮回转世的主题。然而，在直观的语境中，"凤眼"提醒人们关注社会标准和规则的武断性。同样的眼型在女性就被视作可取，在男性就显得反常，这表明性别差异的武断，以及构成女性美和男性美的独断标准。[1] 这种借代也暗示偏离了异性恋的范式，他们只能像独舞的雄凤，茕茕孑立，形影相吊。考虑到特伦斯的生计，东方人的身体被买卖，凤眼也成了物化的象征：只因某种偶然的面貌特征，一个人备受追捧或避忌。然而，在整个叙事的语境中——是以凤眼的角度来看——客体变成了主体：特伦斯那双所谓异常的眼睛以批判的目光审视着中国的父权制，以及白人和亚洲主顾的东方主义。透过这双眼睛，梁志英也让我们瞥见男子气质的另一种表现。

譬如，特伦斯的双眼带我们清醒地看待 20 世纪 80 年代亚洲经济繁荣时期

---

[1] 《凤眼》小说原文 "Such eyes were considered seductive in a woman, but a deviation in a man." 似值得商榷。"凤眼""丹凤眼""凤目"在《现代汉语词典》《汉语大词典》里的释义都只是眼角上翘，与性别无碍，例句中适用的对象亦不拘男女——且从"四大名著"看，容易想到的当然是《红楼梦》第三回："一双丹凤眼，两弯柳叶眉。"大概也因为王熙凤名中带"凤"；书中还有一人是凤眼，第五十二回："晴雯听了，果然气的蛾眉倒蹙，凤眼圆睁。"两处都是美人，但毕竟"此书只是着意于闺中"，着墨于裙钗。再看《三国演义》第一回："玄德看其人……[关羽]丹凤眼，卧蚕眉，相貌堂堂，威风凛凛。"(第五、二十、八十三回反复强化武圣丹凤眼这一特征)《西游记》第六回："[二郎神]急睁凤眼，仔细看之，见旗杆立在后面。"第十回："[将军]凤眼朝天星斗怕。"第五十四回："[牛魔王的兄弟化身的'真仙']凤眼光明眉蒟竖。"第七十四回："[黄牙老象]二大王身高三丈，卧蚕眉，丹凤眼。"《水浒传》第四十三回："[杨雄]生得好表人物……两眉入鬓，凤眼朝天。"第六十二回："[关胜]端的好表人才……两眉入鬓，凤眼朝天。"第一百零一回："[王庆]凤眼浓眉如画，微须白面红颜。"据译者统计，这三本名著十多处"凤眼"，皆是描述男性，且其中至少十处作美称。尝鼎一脔，由此可见中国传统的"凤眼"之于男女皆为构成美的元素。——译者注

所推崇的新儒学连同伴随而来的中国家庭价值观。梁志英以高木丹娜（Dana Takagi）的论点为基础，观察到"亚美'家'的范畴通常跟性以及情感上'身体'的欲望分开"（Leong R. C., "Introduction": 5）。就像《美国膝》里的雷蒙一样，特伦斯也对中国父权制的习俗感到恼火。他透露自己打算保持单身，就被父母赶了出去："爸妈对我寄予厚望，希望我赶快娶妻生子……我告诉他们我永远不会结婚，他们威胁说要和我断绝关系。就好像我这不肖的一支，因为不能为家谱开枝散叶而被斫斩了。"（130）"不孝有三，无后为大。"中国传统的孝道在一定程度上被定义为传宗接代、延续香火的义务，所以特伦斯拒绝结婚和生育，无异于对父系家庭的背叛。

图 4-1 "文武双全"
笔者与梁志英（右）。

除了对抗中国的父权制，特伦斯还面临美国的种族主义。在美国，亚洲人的形象过于阴柔，等待白男的消费。他说起自己在美国读书时，"亚洲男人在一起会被认为是'乱伦'"（131），好像亚洲人互相吸引是种龌龊勾当。然而，对亚洲人身体的物化和剥削令特伦斯不满。他不顶礼白男，而是恋慕那些在皮相、理智与精神层面都饶有魅力的亚洲男性。《带翼的种子》里，爸因移民美国而丧失权力，特伦斯则因留在亚洲而如获新生、重振雄风。他不把亚洲同胞视为书呆子或软骨头，而是很快领略到中国男人阳刚气概的另类表达。

因此，特伦斯的凤眼不仅仅是东方主义者凝视的对象，更"反射"东方主义者，记录他们的冥顽荒昧。东方主义最阴险的一个方面——将人体与工艺品画等号，或作为巩固审美的道具——借由瑞士厨具制造商奥托之口表达：他偏爱"20多岁苗条的亚洲人和贵重的古董"（135）。同样可恶的是，那些认为东方之美已冰封在过去的人利用当地人来渲染他们对古典艺术或古典诗歌的欣赏："一位常春藤盟校的教授以翻译宋诗闻名……让万（特伦斯的同事）为他宽衣、穿衣。"（133）特伦斯被告知，这些"饥渴的美国汉学家……适合谈话和文化……但他们既不会显魅力，也不会露美元。他们面对东方人，就是一伙东方主义的吝啬鬼。"（133）

不过，东方主义并不仅限于白人。亚洲人，尤其是殷饶男女，也参与身体物化。一位中国艺术鉴赏家对古老的中国绘画和年轻男体都颇具鉴赏力："他可以赏鉴雅奥的古代大师……与此同时，他感官的口味却趋向那些年富力强而胸无点墨的理发师和调酒师，趋向他们的绿鬓丹颜、明眸皓齿。"（137）不忠的商人妇也为毛头小子的风姿与服务买单："我们会给那些'太太'举行派对，她们为漂亮男人一掷千金。艰难谋生（但一表人才）的学生和过季的足球运动员是我的招牌。我们发现，女人喜欢运动员强壮的大腿和棕褐的小腿，这可比她们苍白的丈夫那蔫肢殷勤多了。"（137）"强壮的大腿"和"棕褐的小腿"等是花样男子的身体特征。只是，这等健硕的肉体来为有钱的中老年男女服务（135页："我们把自己的青春献给那些渴求青春的人"），何其自我阉割。

文中展示了一个反例：特伦斯在遇到一位用脚趾和嘴巴作画的无臂艺术家之后，对男子气质有了顿悟："他的脚趾灵巧地控制着毛笔，我目睹一只龙虾从无到有、栩栩如生……[接着]他弯下腰，把毛笔插进嘴里……一只蚱蜢的绿色甲壳跃然纸上……他是如何洗澡、做饭的呢？他肉身何足，肉欲何息？尽管没有手臂，但他似乎拥有我所欠缺的某个部分。"（139–140）[1] 作为爱情与艺术的票友，特伦斯所欠缺的"部分"可能是使命感、责任感或超越感。但是，紧随着对精神与躯壳的质疑，这种欠缺也与阉割感关联起来。后来，特伦斯"束手"又"束脚"地让一个日本商人心满意足——那一刻，我脑海里看到了画家。"（141）面对一位内心坚毅超越身体缺陷的艺术家，特伦斯自觉形秽。梁志英将这位用自己残缺的躯体创造美的艺术家和那些出卖自己美好肉体的年轻人并置，重新定义了男子气质是来自艺术和精神，而非来自得天独厚的体魄。

另外两处情节也凸显了亚洲人的男子气质。一处是特伦斯和一名中国服务生的身体接触。据我所知，这是美国小说史上对亚裔身体较早的描写。[2] 如同雷蒙和奥萝拉、贝蒂之间的爱情，这真刀真枪地驳斥了美国人普遍的成见，即亚男不会相互为性吸引。纵情肆意，狠狠打破亚洲男人在美国电影中安弱守雌的形象。而第二天，不得不为弟弟挣学费的服务生问特伦斯，是否能帮他跟一些美国"朋友"牵线，特伦斯立刻掏出 50 美元给他，但服务生断然拒绝："不……兄弟，你是中国人。我们长得一样……异床同梦！"（137）比起特伦斯多金的客户，甚至与利用起亚洲同胞毫不犹豫的特伦斯相比，这位囊中羞涩的服务生对于将中国同胞物化更有负罪感。然而，值得注意的是，尽管特伦斯是华裔，但他是美国公民。因为一样的血统，他被服务生天然接受为"一样的"，这不禁让人想到在美国决定一个人是否被接受时，种族至上的观念。在美国，欧洲移民很容易被接纳，因为他们"长得一样"，但亚美被视为永久的外国人。从这个角度来看，"凤眼"有时也有反刻板印象的风险。对奥托和美国文学学者等白人角色的尖刻刻画给人以漫画的印象，不也是种族主义吗？

第二处涉及特伦斯和 P. 之间的联结，是 P. 介绍特伦斯进了应召圈。那位无臂艺术家强大有力的形象惹人质疑男性气质通常被冠以的肤浅属性，无独有偶，

---

[1] 这幅画面是梁志英在中国重庆遇到的一位艺术家的真实写照，见 Leong, "Memories of Stone Places"（9）。

[2] 更早的作品包括朗尼·卡内科（Lonny Kaneko）的《酱油崽》（*The Shoyu Kid*, 1976）和白先勇的《孽子》（1977—1981）。

特伦斯与P.之间温柔静好的深情也挑战了主要由肉体驱动的关系的普遍表现。他们的初见在博物馆——又一个艺术和文物宝库。然而，这两人彼此打趣，模仿阶级差异和人体物化，妙语连珠："'卿本是个好儿郎，是块好材料。'……我反唇相讥：'想必阁下乃银鞍白马度春风的唐朝太子？'"（132）尽管P.和特伦斯来自不同的经济阶层，但他们都是应召先生，特伦斯以此谋生，P.赚零花钱："有时跟彼此的客户一起'四重奏'……P.和我睡在同一张床上，躺在对方怀里的感觉好心安。"（134）一次，二人徜徉莲池，P.向特伦斯倾诉了他祖母的故事——她在大家族中地位最低，因为没有子嗣，但她收养了P.并且视如己出：

> 一看到[白莲]，他就浑身颤抖。我揽住他的肩头。他的祖母……总是企盼……荷花盛开……每年，菡萏三百茎、清飙散芳馨的兼旬，她都会在黄昏前把洁净的水浇在每朵白芙蓉的花心。黎明时，再执一柄小勺把留在瓣上的水收到一个瓮里。这珍贵的花酿与朝露交融，就制成至清至纯、轻浮[1]无比的玉醴，足以沏一杯好茶，带他细品。（134）

P.对祖母地位低下的说明是对中国父权制的又一种间接控诉，这种父权制剥夺了无子的母亲、女儿以及不与女性结合的男子的权利。相比之下，上面这个段落预示着另一种形式的亲属关系的缔结。它记录了一个温柔的时刻，不仅在祖母与P.之间摇漾，也在P.与特伦斯之间冲瀜。祖母与P.之间的亲情是后天归属，而非血缘关系。同样，P.与特伦斯之间的友谊就像兄弟间的纽带。仿佛白莲从"淤泥和黑水深处拔起来，向着明亮的太阳"（134），两人的情分超越了他们日常职业的肮脏交易。正如祖母分享一杯香韵尤绝的茶，让人想起圣餐，P.与特伦斯分享他珍藏的过去。祖母的倾情呵护也暗合着这两个男人的相

---

[1] 明代钱椿年著、顾元庆删校《茶谱》中有莲花茶制法："于日未出时，将半含莲花拨开，放细茶一撮，纳满蕊中，以麻皮略縶，令其经宿。次早摘花。倾出茶叶，用建纸包茶焙干，再如前法。又将茶叶入别蕊中，如此者数次。取其焙干收用，不胜香美。"清人沈三白之妻芸娘简化了工序："夏月荷花初开时，晚含而晓放，芸用小纱囊撮条叶少许，置花心，明早取出，烹天泉水泡之，香韵尤绝。"（《浮生六记·卷二·闲情记趣》）此处的关键却是水，类似妙玉收梅花上的雪，遂借槛外人"轻浮"二字来译。梁志英表示很开心了解这渊源。——译者注

互照拂。

如前所述，中国传统文化对绝嗣的反感令中国家庭发酵为最恐异的空间。在《凤眼》中，梁志英给出了义结亲眷（virtual kinship）的例子，这种亲无关乎血缘关系，而是扎根于"仁"或是关怀伦理，包括 P. 与祖母，以及 P. 与特伦斯之间的关系。应召圈使得归属另一个家庭成为可能。梁志英将两个平行场景并置，对比特伦斯的血亲家庭与择亲家庭（filiative and affiliative families）。特伦斯回到美国后，在他生父的 70 岁寿宴上，陪父母挨个桌子敬酒，猜测着客人笑面背后的种种嘀咕："他的妻子孩子在哪儿呀？他为啥还没结婚？"（142）终于敬到最后一桌，他松了一口气："我们喝干了最后几杯白兰地，就像我在自己的钱行旅宴上那样……在那里，我自认的家庭成员——P.、玛丽、万、谭天恩、奥托、黎明，以及我的血亲永远不会见到的其他人——大家借我的离觞轮流把盏……我突然觉得自己成了记忆的孤儿。"（142）特伦斯对这个择亲家庭比对自己的原生家庭更有感情。这些形式的联结不仅绕过了血缘关系的异性恋要求，而且正如辛西娅·刘（Cynthia Liu）指出的那样，与梁志英"反恐"的追求相一致："梁志英对归属重要性的自我意识使他的小说区别于其他试图将未经审视的美国个人主义与佛教相融合的尝试。"（1；亦见第七章）

在揭露父权制如何对待罹患艾滋病的家庭成员时，梁志英对父权制继续批判。特伦斯回到美国定居洛杉矶后，收到已经搬到旧金山的 P. 寄来的一张不祥的明信片。三天后，他得知 P. 的死讯：

> 美国没有举行葬礼。他的家人……并不是只有他们不想看到或听到艾滋病。在亚洲家庭，你只会销声匿迹……他们根本不会用艾滋病的学名来称呼它：其他任何名字都可以——癌症、肺结核、白血病。最好自己消化，家丑不可外扬。（143）

比被物化更糟的是成了忌讳。对一个在肉体与文化中一并感染艾滋病的男性而言，这也许是最残酷的"阉割"。最需要笃挚关怀以及强大心理支持、情感支持的人，反而成了羞与耻之源。亚洲那些患上艾滋病的人将被隔离和"销声"（另见第七章对梁志英《铜身铜体》的分析）。梁志英抗拒了这种从家族除名的做法，最终由特伦斯为 P. 正名："直到如今我才能说出他的名字，因为如今，都不要紧了。谢彼得，将军深爱的孙儿。"（143）

由此，《凤眼》暴露出东方主义对亚洲人身体的剥削，并为边缘化的男性发声，包括被销声可能最严重的亚洲艾滋病患者。梁志英故事的第一部分设定白人是外国人，这就使得针对亚洲人的种族歧视和美国强加给他们的刻板印象陌生化，从而扭转了东方主义凝视和种族等级制度。异于爱德华·萨义德所指出的英法文学中"典型的"东方交际花，那些"从不谈论自己……从不代表自己的情感、存在或历史"的女人（6），梁志英故事里中国的性工作者反而是代表自己并"反射"西方客户的人。更重要的是，梁志英公开反对中国父权制下对爱形式的指令，这种指令使艾滋病为人不齿，其受害者也为人忽视、无法发声。梁志英在《凤眼》（如同他的诗《梦尘之乡》）中纪念一位艾滋病病人，为病患也为垂死之人赋予另一种男子气质，恢复他们的尊严。

我希望通过分析上文中提及的男性形象，将男子气质从支配地位或牢不可破的传统男性气概中解放出来。梁志英在《凤眼》里对 P. 的家人所说的话同样适用于那些依然遵守传统男性规范的男人：他们根本不愿意"承认……无懈可击的铜身铁骨只是个神话"（143）。在我看来，呈现"完美"的模范既自以为是，又适得其反，因为这种模范并不存在，甚至可以说，正是不完美或脆弱让我们所分析的这些角色如此动人。最接近神性的人物是《带翼的种子》里的爸，他也是最令人望而生畏的。尽管利他无私，但他给孩子（和读者）留下的印象是难以亲近、难以捉摸的。相比之下，《美国膝》中雷蒙的父亲伍德被儿子视为英雄，正是因为他有勇气展现自己的弱点。P. 是他中国家庭的耻辱，但在特伦斯的（凤）眼中，他美得无与伦比。

这三部作品涵盖了诸多令人不安的宗法和社会等习俗，重新思考了备受吹捧的儒家家庭价值观和美国顽固的种族主义，揭示了影响男子气质的交叉媒介。《带翼的种子》的叙述者虽然敬重父亲，却也批判了他传统家长及狂热布道的面向，批判他无视自己骨肉的心理需求。《美国膝》中的雷蒙和《凤眼》里的特伦斯都拒绝履行孝道、结婚生子。通过调和灵与肉，梁志英颠覆了肉体与精神的分歧，以及超然教义。徐忠雄认为，所有的体制与教条，包括那些跟种族、性别和文化相关的意识形态、正统观念，都可能过于牵强，有损于人与人之间的同理心。

更重要的是，这三部作品阐明了男性气概如何受到地理环境等各种因素的交错影响。《美国膝》中，雷蒙和奥萝拉在年龄、性别和种族构成上的差异，是他们在自尊心等方面程度不同的根源。尽管男性特权遍及美国和中国文化，但北美的亚裔男性可能比女性更易遭受负面成见和更大的社会排斥。特伦斯发现在美国西岸跟亚洲人约会很尴尬，在亚洲与亚洲男人交往却没有问题，他在亚洲更喜欢亚洲人，而不是高加索人。在同一个国家，人们对男子气质和性别表现的看法也会随环境而波动。雷蒙的外表惹得亚洲男人嫉妒，白人却视而不见；爸在人前是个尽职尽责、有求必应的形象，可在他自己孩子的心里，却是个独断专行、难以接近的父亲。梁志英指出，前文叙述的无数男性所面临的歧视，不仅仅是他们由于爱的对象和肤色所受压迫的总和。中国传统的男性特权不适用于这样的"不肖子孙"；中国艾滋病患者经常被自己的家庭放逐和销声。

虽然这些作品中的人物远非典范，但他们都颠覆了男性的霸权主义理想和社会政治的正统观念。爸、雷蒙、伍德、P.、无臂艺术家和特伦斯也提供了另类男性气质的样例。他们既雄辩又体贴，打破了亚洲男性都是没有男人味的书呆子的定型观念，与好莱坞电影中扭曲的形象相去甚远——在好莱坞电影里，无论是对白人还是有色人种的男女，亚洲男人几乎从未被塑造成理想的伴侣。本章这些男性角色不是通过体魄、经济或政治力量来支配他人，而是通过艺术、精神、"仁"或关怀伦理来展现自己的阳气。艺术的形式有雷蒙的电话与枕边故事、爸的手工艺品和素描，以及无臂艺术家的画作。精神体现在雷蒙对父亲和伴侣越来越深的共情、爸的虔诚、无臂艺术家的毅力，以及特伦斯的追求。"仁"或关怀表现为雷蒙对奥萝拉和贝蒂的体贴、爸对穷人不懈不倦的帮助，以及特伦斯与 P. 的知音情。在质疑所接受的父权制价值观及政治、宗教正统观念时，在调用替代力量时，这些作者激发我们去构想其他男性/人性的可能。

笔者按：我在绪论中提到，中国学校为解决女教师过多的"问题"，刻意招聘更多男教师，以期向男生灌输"勇气"，这种刻板印象实在令人担忧。好在还有一个反例——我在上海期间（2015年9月—2017年8月）学会了一个新理想男性的说法：暖男。字面意思是"温暖的男人"，百度百科将其定义为"友善、体贴、积极向上的男人"；"他可能不富有，但却富有同情心和积极性"（Li）。这种新典范细心周到而善解人意；同时"暖男不能成为软男……要坚持原则"（"暖男"）。对本章提出的那些非传统特质而言，这一新型的理想典范是辉映和鼓舞。这股清新的暖风是否会吹到太平洋的彼端，我们拭目以待。

参考文献

暖男 *nuannan*. 2016, January 16. Retrieved from 百度百科 Baidu: http://baike.baidu.com/subview/5077346/14801533.htm

Buck, P. S. 1936, 1964. *Fighting Angel.* New York: Pocket Books.

Chan, J. P., Chin, F., Inada, L. F., & Wong, S. (Eds.). 1991. *The Big Aiiieeeee!: An Anthology of Chinese American and Japanese American Literature.* New York: New American Library-Meridian.

Cheung, K.-K. 1990. The Woman Warrior versus The Chinaman Pacific: Must a Chinese American Critic Choose Between Feminism and Heroism? In M. Hirsch, & E. F. Keller (Eds.), *Conflicts in Feminism* (pp. 234–251). New York: Routledge.

Cheung, K.-K. 1993. *Articulate Silences: Hisaye Yamamoto, Maxine Hong Kingston, Joy Kogawa.* New York: Cornell UP.

Cheung, K.-K. 1998. Of Mice and Men: Reconstructing Chinese American Masculinity. In S. K. Stanley (Ed.), *Other Sisterhoods: Literary Theory and U.S. Women of Color* (pp. 173–199). Urbana: University of Illinois Press.

Cheung, K.-K, & Qinghua Huang. 2018. "Transpacific Poetics: Ideographic and Prosodic Transpositions in Li-Young Lee's 'Persimmons' and Marilyn Chin's

'Summer Sleep'" *Toronto Quarterly: Special Issue on World Poetics and Comparative Poetics* 88.2.

Chin, F., Chan, J. P., Inada, L. F., & Wong, S. H. (Eds.). 1974/1983. *Aiiieeeee! An Anthology of Asian-American Writers.* Washington, D.C.: Howard University Press.

Crenshaw, K. 1989. Demarginalizing the Intersection of Race and Sex: A Black Feminist Critique of Antidiscrimination Doctrine, Feminist Theory and Antiracist Politics. *University of Chicago Legal Forum*, 139–167.

Davis, A. Y. 1983. *Women, Race, and Class.* New York: Vintage.

Eng, D. L. 2001. *Racial Castration: Managing Masculinity in Asian America.* Durham, NC: Duke University Press.

Eng, D. L., & Hom, A. Y. (Eds.). 1998. *Q & A: Queer in Asian America.* Philadelphia: Temple University Press.

Friedman, S. S. 1998. *Mappings: Feminism and the Cultural Geographies of Encounter.* Princeton, NJ: Princeton University Press.

Fung, R. 1991. Looking for My Penis: The Eroticized Asian in Gay Video Porn. In B. Object-Choices (Ed.), *How Do I Look? Queer Film and Video* (pp. 145–168). Seattle: Bay Press.

Harris, C. I. 1996. Finding Sojourner's Truth: Race, Gender, and the Institution of Property. *Cardozo Law Review*, 18(2): 309–409.

hooks, b. 1984. *Feminist Theory from Margin to Center.* Boston: South End.

Hwang, D. H. 1989. *M. Butterfly.* New York: Plume/Penguin.

Kaneko, L. 1976. "The Shoyu Kid." *Amerasia Journal* 3.2: 1–9.

Lee, J. K.-J. 2000. Li-Young Lee: Interview by James Kyung-Jin Lee. In K.-K. Cheung (Ed.), *Words Matter: Conversations with Asian American Writers* (pp. 270–280). Honolulu: University of Hawai'i Press.

Lee, L.-Y. 1995. *The Winged Seed: A Remembrance.* New York: Simon & Schuster.

Leong, R. C. 1993. *The Country of Dreams and Dust.* Albuquerque, NM: West End.

Leong, R. C. 1996. Introduction: Home Bodies and Boy Politic. In R. Leong (Ed.), *Asian American Sexualities: Dimensions of the Gay and Lesbian Experience* (pp. 1–18). New York: Routledge.

Leong, R. C. 1999. Memories of Stone Places. *Emergence*, 9(1): 149–162.

Leong, R. C. 2000. *Phoenix Eyes and Other Stories.* Seattle: University of Washington Press.

Levenson, J. R., & Schurmann, F. 1969. *China: An Interpretive History.* Berkeley: University of California Press.

Li, M. 2014, December 15. *That's Beijing.* Retrieved January 16, 2016, from Chinese urban dictionary: Nuan'nan: http://www.thatsmags.com/beijing/post/7989/chinese-urban-dictionary-nuannan

Ling, J. 1996. Identity Crisis and Gender Politics: Reappropriating Asian American Masculinity. In K.-K. Cheung (Ed.), *An Interethnic Companion to Asian American Literature* (pp. 312–337). New York: Cambridge University Press.

Liu, C. 2001, Spring. *Phoenix Eyes and Other Stories* by Russell Charles Leong. *Tricycle*, pp. 1–2. Retrieved from http://www.tricycle.com/reviews/phoenix-eyes-and-other-stories-russell-charles-leong

Louie, K. 2002. *Theorizing Chinese Masculinity: Society and Gender in China.* Cambridge: Cambridge University Press.

Lowe, L. 1996. *Immigrant Acts: On Asian American Cultural Politics.* Durham, NC: Duke University Press.

Moy, J. S. 1993. *Marginal Sights: Staging the Chinese in America.* Iowa City: University of Iowa Press.

Noddings, N. 1984. *Caring: A Feminine Approach to Ethics & Moral Education.* Berkeley: University of California Press.

Palumbo-Liu, D. 1999. *Asian American: Historical Crossings of a Racial Frontier.*

Stanford: Stanford University Press.

Said, E. 1979. *Orientalism.* New York: Vintage.

Sellman, J. D., & Rowe, S. 1998. The Feminine in Confucius. *Asian Culture*, 26(3): 1–8.

Sohn, S. H. 2006. "Valuing" Transnational Queerness: Politicized Bodies and Commodified Desires in Asian American Literature. In S. G.-l. Lim, J. B. Gamber, S. H. Sohn, & G. Valentino (Eds.), *Transnational Asian American Literature: Sites and Transits* (pp. 100–122). Philadelphia: Temple University Press.

Spelman, E. V. 1988. *Inessential Women: Problems of Exclusion in Feminist Thought.* Boston: Beacon.

Tajima, R. E. 1989. Lotus Blossoms Don't Bleed: Images of Asian Women. In Asian Women United of California (Ed.), *Making Waves: An Anthology of Writings by and about Asian American Women* (pp. 308–317). Boston: Beacon.

Takagi, D. Y. 1996. Maiden Voyage: Excursion in Sexuality and Identity Politics in Asian America. In R. Leong (Ed.), *Asian American Sexualities: Dimensions of the Gay and Lesbian Experience* (pp. 21–35). New York: Routledge.

West, C. 1993. *Race Matters.* Boston: Beacon.

Wong, N. 1994. *Cultural Revolution.* New York: Persea Books.

Wong, S. 1995. *American Knees.* New York: Simon & Schuster.

Wong, S.-l. C. 2011. Circuits/Cycles of Desire: Buddhism, Diaspora Theory, and Identity Politics in Russell Leong's *Phoenix Eyes.* (J. K.-J. Lee, & K.-K. Cheung, Eds.) *Amerasia Journal*, 37(1): 87–111.

Yamamoto, H. 1998. *Seventeen Syllables and Other Stories.* New Brunswick, NJ: Rutgers University Press.

Yang, B. 1958. *The Analects Translated and Annotated.* Beijing: Zhonghua Book Company.

Zhao, J. 1962. *Lunyu Xintan* (*A New Exploration of the Analects*). Beijing: People's Publishing House.

潘君明编,1993,《唐伯虎外传》,苏州:古吴轩出版社。

下卷 文类与形式

- 第五章 独立/依存：梁启超、胡适、沈从文、汤亭亭、李培湛、林露德
- 第六章 以文生论：冰心
- 第七章 夺胎换骨：陈美玲、梁志英

第五章　独立/依存：梁启超、胡适、沈从文、汤亭亭、李培湛、林露德

　　中国有自传传统吗？这个问题重要吗？华美的生命写作有何独特之处呢？在文章《这不是一篇自传》("This Is Not an Autobiography")中，赵健秀谴责自传是"西方特别的文学武器"，它"摧毁了中国佬的历史和文化"（109）。[1] 正如本书第一章里所说，赵健秀对这一文类的敌意源于早期亚美作家曾须借由自传为手段，得以出版发表并吸引主流读者。然而，这不应导致自传文类被全盘抹杀。其实赵健秀所认为的华裔美国作品中的自我降格与西方传统影响几乎没有关系，却与一种联体的自我建构模式大有关联，这种模式影响了本章分析的中国文本和华美文本。

　　任璧莲在《老虎写作：艺术、文化与依存型[2]自我》一书中阐述了文化心理学家提出的"两种大相径庭的自我建构模式"：

　　　　第一种——"独立自主"，我行我素的自我——强调特性，通过性格、

---

[1] 赵健秀在谈到容闳（Yung Wing，1828—1912）写的《我在中国和美国的生活》（*My Life in China and America*）时说："第一部英文写成的华裔美国自传在 1910 年出版 [实为 1909 年]……而第一部真正意义上以汉语写就的自传直到 1920 年才出现。西式色彩的华裔美国自传是唯一的华美文学传统"（109）。在华裔与日裔美国文学选集《大哎咿!》（*The Big Aiiieeeee!*）中，他进一步诋毁容闳，并称之为爆料"异国情调与古韵老味"以撩拨人心的"导游"（Chin，"Come" 11；对容闳自传的重新评估参见 Floyd Cheung）。

[2] 现行中译本书名将 Interdependent 译作"依赖型"，但为避免"依赖"一词可能隐含的贬义，笔者倾向于将 interdependent 译为"依存型"。

下卷　文类与形式
第五章　独立/依存：梁启超、胡适、沈从文、汤亭亭、李培湛、林露德

能力、价值和偏好等内在属性来定义自身，且倾向于孤立地看待事情。第二种——"相互依存"，联体的自我——强调共性，通过处境、角色、忠诚和责任来建构自身，并倾向于在环境中看待事情。（7）

任璧莲将我行我素的自我与西方（尤其是美国）联系在一起；而相互依存的联体自我则与包括中国在内的东方联系在一起。不过她机智地补充说两者之间存在"渐变区，绝大多数人都属于那里"，而且个人也不总是遵从这些"文化样板"（7）。[1] 不过，这些相反的模式产生"截然不同的方式去感知、记忆和叙述自我与世界"（8）。我认为这种"叙述自我与世界"的差异可以解释中国与华裔美国的生命写作里一些显著的相通之处（以及一些相异之处）。

我不同意赵健秀所说的中国没有自传传统。虽然 19 世纪之前中国可能没有成书的长篇自传（1877 年沈复的遗作《浮生六记》横空出世，一时洛阳纸贵），但总不乏自传性的文字，韵文、散文都有，譬如司马迁《史记》的最后一篇《太史公自序》（约公元前 91 年），又如陶渊明的《五柳先生传》（公元 392 年），都早于赵健秀所认定的自传鼻祖圣奥古斯丁的《忏悔录》（公元 398 年）。[2] 但我在本章的意图并不是要反驳他的主张，而是要开启一场跨越太平洋的交流，以阐明联体的自我，并将注意力引向三位华裔美国作家生命写作的复调手法；是要对亚美文学研究中一些由赵健秀引发的刚愎论争进行不同的解释；是要重申他在这同一篇文章里所呼吁的双重文化素养——他对自传的抨击与这一倡导实在是背道而驰。我在这里使用"生命写作"的说法来涵盖自传、回忆录、他传，甚至包括一部传记体小说。我将三部"第二次世界大战"前中国的作品与三部"第二次世界大战"后的华美作品并置——梁启超的《三十自述》（1902）、胡适的《四十自述》（1933）、沈从文的《从文自传》（1934）与《女勇士》（*Woman Warrior*，1976）、李培湛（William Poy Lee）的《承诺第八》（*The

---

[1] 任璧莲谨慎地避免了评判自我解释的两种模式之间的高下，而是将二者视作同样可行的存在方式，只在相互碰撞时才产生冲突。
[2] 即使我们跳到 20 世纪，也是在梁启超写了《三十自述》（1902 年）七年之后，容闳才出版他的书。

Eighth Promise，2007）、林露德（Ruthanne Lum McCunn）的《木鱼歌》（*Wooden Fish Songs*，1995）。通过比较研究，我要强调华裔美国生命写作的独特之处，就存在于那依存又独立的"渐变体"中。

本章的第一部分将联体自构与复调式的生命写作联系在一起，强调在两个国家群体中自传与他传（尤其是作者母亲的传记）持续交融。这也展示了两部华美回忆录与中国自述作品的差异——前者对个人主义的自我更加纵容。第二部分将依存关系置于中国与华美写作所处的宏阔的社会历史语境下，从不平衡的社会关系中追溯一种独特的民族主体性。第三部分将要介入亚美文学研究中关于使用异国素材的纷纭争议，建议将多元文化素养作为一种消弭文化误读的途径。

在探讨太平洋两岸的异同之前，首先需要注意每一组群内部的区隔。梁启超（1873—1929）、胡适（1891—1962）和沈从文（1902—1988）三位都已在第三章中写到，他们都是徐志摩的师友，都是中国卓伟的知识分子。清朝末年，梁启超主张进行西式改革，慈禧太后发动政变，悬赏这位政治改革者、哲学家的人头，他不得不逃离中国。胡适是新文化运动领袖之一，后出任中国驻美大使（1938—1942），1946年任北京大学校长；他曾就读于哥伦比亚大学，[1] 师从约翰·杜威，服膺实用主义哲学。沈从文是位独一无二的作家，在中国所有现代作家中，有着苗族血统的他最具民族觉知和"本土色彩"。[2] 2012年诺贝尔文

---

[1] 胡适的学士学位在康奈尔大学取得。1914年，康大校长支持白人学生驱赶两名黑人学生出女生宿舍；胡适时任世界学生会康大分会主席，"最痛恶种族恶感"，遂有"不平之鸣"，通过报社成功说服校长"主持公道"。（邵建：《瞧，这人：日记、书信、年谱中的胡适（1891—1927）》，桂林：广西师范大学出版社，2007年，92–93页，感谢张彦著提供）2021年3月23日，康大宣布以胡适命名北校区的一座新宿舍楼，这是康大历史上第一次以亚裔也是第一次以外国留学生独立命名建筑。（news.cornell.edu/stories/2021/03/residence-hall-names-honor-mcclintock-hu-cayuga-nation，2021年3月27日访问）又及，2020年10月16日，《胡适留学日记》手稿（1912—1918，一套十八册）以1.3915亿元的成交价创下"最贵日记"的世界拍卖纪录（mp.weixin.qq.com/s/ANoY9KkpMRRO1naUsCECvQ，2021年7月12日访问），其价值可参看欧阳哲生：《一部新文化的珍贵文献——〈胡适留学日记〉版本源流及其文献价值考》，《北京大学学报》（哲学社会科学版）2020年第6期。——译者注

[2] 中国少数民族文学概况详见 Xinjian Xu（2009年）。

学奖得主莫言把自己与沈从文并论："我童年辍学，无书可读，但我也像沈从文那样，及早地开始阅读社会人生这本大书。"（2012年）沈从文曾在1980年和1988年两次获得诺贝尔文学奖提名——如果他没有在1988年5月去世（享年85岁），将在当年10月被授奖，应是第一位获得诺奖的中国作家。

这三部中文作品的内容与风格各异。梁启超的行文矜炼，[1] 更多着墨于他杰出的师长与同侪而非作者本人；作者向他的诸多导师致意，尤其是向晚清政治思想家、改革家康有为（1858—1927），还枚举了他们所有学生。胡适的自述采用白话，比梁启超的语气更富个人色彩；他强调具体的人、事、物如何塑造自己思想的发展，以及个人又如何成为时代的向度。沈从文的自传描述自己年少时在家乡湘西凤凰的际遇，那么多精彩又惊人的旧事，比梁启超与胡适的都富文学性。在中国，梁启超的自述被归为自传，沈从文的归为文学自传，而胡适的则一直被讨论该归入哪一类。之所以选择这三个文本，因为它们是联体的典型。

尽管汤亭亭（1940— ）在1976年《女勇士》出版后蜚声全球，[2] 但她和李培湛（1951— ）、林露德（1946— ）主要还是以作家身份著称，而非公众人物。李培湛曾是律师、银行家，后来转行当作家；《承诺第八》是一部（作家和他母亲的）回忆录二重奏，家族历史与国内外动荡的局势交织混响其间。林露德写过很多传记和五部传记体小说；《木鱼歌》的主人公刘锦浓（Lue Gim Gong，1858—1925）是一位来自中国南方的园艺家。这三部作品的出版都在民权运动和亚美运动期间或之后，较之早期亚美作品，更具民族胆色。

梁启超与胡适享有公共知识分子的声望，因此他们自述的魅力所在与其他四部作品迥异——那四部作品相当的吸引力在于民族文化。沈从文的读者着迷

---

[1] 此译借用梁公自己的说法："启超夙不喜桐城派，幼年为文，学晚汉、魏、晋，颇尚矜炼。"（梁启超《清代学术概论》）——译者注
[2] 1990年2月25日，前总统新闻秘书比尔·莫耶斯（Bill Moyers）在采访汤亭亭时提到，她的书当时是"所有美国作家中，大学里最常讲授的作品"（Tucher 11）。1997年，汤亭亭被美国总统比尔·克林顿（Bill Clinton）授予美国国家人文奖章。

于其文才与地方色彩。汤亭亭、李培湛，甚至林露德的读者（尤其是西方读者）会出于民族文化的原因，认为他们的作品就代表了华裔美国人的经历，就像《一个美国黑奴的自传》(*The Narrative of Frederick Douglass*)讲述黑奴的苦难一样。这一假设背后，也存在一种居高临下的傲慢，即亚洲血统的美国作家只会平铺直叙，而没有足够的创造力去超越自己的生活经历。

因着形式的缘故，我选择了这三部华裔美国文本，以此来展示三位作者如何通过对话式的结构来重塑生命写作。《女勇士》的每一章都分别献给一位真实或虚构的女前辈，这引领了一种多声部的自传体写作方式。《承诺第八》切换于母亲的声音（李培湛为讲台山话的母亲录音，之后整理翻译成英语）与在美国土生土长的儿子的声音之间，展开一部双语回忆录，这大概是亚美文学史上第一部母子二重奏，也辉映着詹姆斯·麦克布莱德（James McBride）的回忆录二重奏《水的颜色：一个黑人对他白人母亲的礼赞》(*The Color of Water: A Black Man's Tribute to His White Mother*)。《木鱼歌》提供了中国人、白人和黑人三个女强人的三重视角，示范了生命写作跨国和跨族的写法。与民族性的回忆录一样，联体贯穿了"生命"问题（在此，即这部传记小说的主题）以及作者的叙事策略——林露德通过三位与刘锦浓关系密切的女性来构思传记主题（传主刘锦浓却被两个主流社会销声了）。三位亲历者的三重视角在跨文化的语境中塑造了主人公。

联体自构，文类杂糅，母性传承

"受归属、责任和自我牺牲所驱使"（Jen 3）的联体自构（interdependent self），似乎直接承载了他传与自传的融合、对母性传承的强调，以及在中国和华美生命写作里的广泛语境。中国文本里隐含的联体关系，在华美文本中则以多种视角的形式出现。然而，或许是出于对美国个人主义的推崇与对权威的轻视，汤亭亭和李培湛的回忆录在一种联体网络中纵弛自我，宣露家族秘密，直言不讳，与梁启超和胡适的自述悬殊。

影响了这两个群体的多元声音流露的是文化的延续，而不是教义的影响。与赵健秀不同，《梁启超与胡适的自画像》(*Two Self-Portraits: Liang Ch'i-Ch'ao and Hu Shih*)的编者李又宁将中国自传的源头追溯到司马迁的《史记》，剖析"谦逊，对自己的能力与成就三缄其口，甚至自我贬低，以及讳言家事——凡此种种约定俗成的文化观念严重拘囿了自传文类的发展"（Li 8）。李又宁赞咏西方在20世纪带来"自传与他传写作上的大胆革新"（Li 8）。因此，赵健秀对西方在推进中国与华裔美国自传方面的影响所言不虚，但他不应将自轻归因于西方的自我鄙弃传统，因为轻个体、重集体的倾向更主要是源自中国固有的文化观念——这种文化上的期望导致自传与他传的界限水乳不分，个人经历也被置于更广阔的社会历史背景下，同样，也使得自我在中国与华裔美国的文本里都处于边缘位置。李又宁说："梁启超与胡适均未从理论上廓清他传与自传的边界。"（9）他将梁启超对自己导师与学生的浓墨重彩归于一种对集体认同的投入："人的重要性不是来自个体的性格和行为本身，而是来自……其在集体行为中的参与。"（12）在梁启超与胡适的自述中，在沈从文的自传中，以至在汤亭亭和李培湛的回忆录中，"我"可以被家族的其他成员或是历史人物、传奇人物所淡化、所掩抑，也可与之相过招、相比肩。

李又宁所指出的集体主义自我，暗合了任璧莲所阐述的"相互依存的自我"。《女勇士》的叙述者描绘她钻研两种语言进行自我指代时遇到的困难，通过字形巧妙传达出中国人的集体主义特征与美国人唯我独尊的个性之间的差异：

> 我弄不懂英语的"I"（我）。汉字的"我"有七画，错综复杂。美国的"I"怎么只有三画？起笔也像"我"字似的先写出顶帽子，中间却只有一竖那样笔直？是否依中国人的方式须得把自己的名字写得小小的、歪歪扭扭的，出于礼貌而略掉"我"字的其他笔画？不，这不是礼貌；英语中"I"是大写，"you"（你）却用小写。（166–167）

叙述者的困惑大概与词源学上的意义毫无关系——中文的"我"与英语的"I"这两个词只是启发了自我所处地位的视觉隐喻，尤其是孩子的地位——欧美通常鼓励孩子从小就坚定自我的特征，彰显"大写的"个性，特别是在核心家庭。而传统的中国大家庭则教育孩子守桑榆之礼，从尊卑之序；更因为通常是女人在家照顾孩子，所以对孩子影响最深的往往是母亲。

因此，这两个群体对母性人物的写照，以及对自传与他传的频频杂糅，说明了联体的文化传承。胡、沈和三位华裔美国作家的作品都聚焦了亲子关系。胡适自述的第一篇，也可以说是最好的一篇，整整一个章节都在写他母亲的订婚和随后的寡居；因此严格说来，这是一篇他传。《从文自传》侧重于他的大家庭，尤其是苗族一脉。他在"我的家庭"这一章追探苗族祖先时，沿溯其父生母——因为苗族女子地位低下，所以她生了两个男孩之后，就被祖父家照旧社会习惯远远嫁去了——溯追自己的民族血统，沈从文选择认取遭到弃捐的苗族"祖母"，而非清廷提督、有权有势的汉族祖父。

汤亭亭的回忆录关涉五位同族女眷或传奇巾帼。叙述者大胆构造了一个女性谱系，将无名姑姑（叙述者父亲的妹妹）、英兰（叙述者的母亲）、月兰（叙述者的小姨）、她幻想中的花木兰和女诗人蔡琰列为自己的"先驱"。尤其是把母亲视为自己灵感的缪斯："当母亲说故事的时候，我也感受到一股强大的力量。"（19–20）事实上，这部作品常常模糊重叠交织的身份，使得母女混缠莫辨。郑安玲就敏锐地观察到："从命名与作为上看，难道英兰不才是书中真正的'女勇士'吗？……包括小说的副标题（'在群鬼中度过的童年回忆录'）也带来叙述者与母亲身份之间的混同。"（Cheng 87）

李培湛为回忆录拟定副标题："美国儿子献给台山母亲的敬意"。书名《承诺第八》指的是作者的母亲向其祖母发誓：对每个人都报有同情心。这部自传／他传中母子两个声音交替叙述，强调是由于母亲身体力行台山人的传统，他的家庭才能从他弟弟被控杀人罪的阴影中走出来："这个故事讲述了母亲——教给我智慧的最伟大的导师——如何保证我受到最好的台山传统教育；讲述了母亲的第八个承诺如何在人生的万般喜乐与苦悲中让台山精神紧紧扎根于我们的心灵。"（5；刘葵兰、杨卫东译，豆瓣阅读 23 页）李培湛献给母亲的敬意不逊于胡适的孺慕之深。

尽管母性传承惠及这两个群体，但这两份美国回忆录与中国的传记有别，因为前者的作者更加自信，对家族秘密也不那么避讳。《女勇士》的叙述者承认母亲是她的灵感，但她把这位缪斯描绘成一个专横的母亲，做女儿的必须不断与之抗衡。这篇双人舞式的美国叙事与胡适自述截然不同，后者向母亲表达了绝对敬意。另一个区别是汤亭亭强调叙述者要不懈地"自塑"——这是保罗·约翰·埃金专门与西方自传联系在一起的艺术特征。[1]尽管这本书塑造了五个女人，但叙述者意在通过这些女士的帮助为自己赋权，而不只是单纯纪念母系祖先而已。充满矛盾意味的是，这本回忆录描绘了相互依存的土壤上生长出特立独行的自我，一个由集体造就的自塑女性。

同样地，与中国自传里始终被遮蔽的自我不同，《承诺第八》表现了李培湛在20世纪70年代寻找自我的曲折旅程，包括与美国司法系统交锋的噩梦。尽管母亲的形象在此征途上始终如一，但大多数时候她还是隐身于幕后。不过，这幅第二代华人的自画像与自传的先行者形成鲜明对比，如《父亲和裔昌》（*Father and Glorious Descendant*）标榜着刘裔昌（Pardee Lowe）如何被美国同化，又如黄玉雪（Jade Snow Wong）的《华女阿五》（*Fifth Chinese Daughter*）涉及女儿如何在华人家庭冲决父权的藩篱而成为杰出的美国女性。李培湛的自传/他传咏叹家人百折不挠的秘方：那种让李培湛一家在新大陆践冰履炭、克难取胜的台山母性传承。

《木鱼歌》从三个女人的视角写就——刘锦浓的中国生母心珠、美国白人"养母"范妮与非洲裔美国女佣希芭（她成为很多弃儿心目中的母亲）——用女性声音来颠覆由男性主宰的、以欧洲为中心的和以中国为中心的观点。早期的华裔美国历史，大多以加州唐人街的男性移民劳工为主导。这本传记小说却表明，早期中国移民并非全是"单身汉"，女性在移民生活里扮演重要角色，而且她们的声音能够填补官方记录缺失的很多细节，不可或缺。珍妮·夏普（Jenny Sharpe）将作者"从零碎史料中拼凑奴隶女性形象的一系列主观臆断"描述为"文学考古学"（Sharpe xiv）。林露德实践了这种"文学考古学"，从粗陈梗概的

---

[1] 埃金举例的自传作者有玛丽·麦卡锡（Mary McCarthy）、亨利·詹姆斯（Henry James）、让·保罗·萨特（Jean-Paul Sartre）、索尔·弗里德兰德（Saul Friedlander），以及汤亭亭。

历史和法律文件中拼凑起三位女性叙述者的人生。

母性传承的重要性体现在相互依存这一跨越了太平洋的共同点，以及对中国父权的强烈背离。历史，包括中国家族史，记满了男人的丰功伟绩。任璧莲提到中国家庭一般都有族谱；这些族谱记录是联体的又一表征，也使她的父亲得以追溯到自己的28代祖先（Jen 12）。《木鱼歌》的主人公刘锦浓在自己成亲前一晚逃婚——挣脱了包办婚姻逃往北美，从而被从族谱中除名——公开与之断绝关系，剥夺其继承权，这是他的家族所能采取的最严酷的惩罚，类似汤亭亭回忆录里谁也不准提起无名姑姑的名字的禁令。林露德有意识地回应道："锦浓一旦被家谱除名，他将……永久性地变为局外人……一个无名氏，一个孤魂野鬼。"（316）为阻止这种厄运降临，心珠恳求爱玲不要离开这个家（当年刘锦浓一走，爱玲不得不与一只公鸡拜堂成亲，十五多年来一直作为"守寡"的儿媳留在刘家），否则她的丈夫就会被家谱除名。"我在家谱上吗？"爱玲反问道，"你在吗？"她的公公告诉她："女儿和妻子的名字永远不会写入家谱。"（364）林露德由此尖锐地点出，女人的名字统统没有在家谱上"登记"。

胡适、沈从文、汤亭亭、李培湛和林露德的传记作品都以反叙事的方式将目光投往几千年来男权主导、女性无踪的历史，这是几位作者的一种刻意尝试，目的是反对占主导地位的宗法。自传和传记小说的个人基调使作者能够诚实地回忆那些对自己人生影响最大的人；那些人正是他们的母亲，这并非不寻常，毕竟马尔科姆·X（Malcolm X）的《马尔科姆·X自传》（*The Autobiography of Malcolm X*，1965）、爱丽丝·沃克的《寻找我们母亲的花园》（*In Search of Our Mothers' Gardens*，1983）、詹姆斯·麦克布莱德的《水的颜色》（*The Color of Water*，1996）和莫言的"诺贝尔演讲：讲故事的人"（2012年）都分别向他们的母亲致敬。《女勇士》属于最早一批打破亚美自传早期传统的作品，将英兰奉为"说故事"的灵感。作为文化的传播者与不竭的资源库，《承诺第八》里母亲的推动力不亚于英兰。

但这两个国家对家族史的处理却大相径庭。梁启超和胡适强调了勋劳。李又宁观察到："（梁启超）关于自己家庭所说的一切都是赞美之辞。"（Li 11）虽然胡适不赞成"必要的赞美"（Li 11），但他也把母亲奉为完人："我在我母亲的教训之下住了九年，受了她的极大深刻的影响……如果我学得了一丝一毫的好脾气，如果我学得了一点点待人接物的和气，如果我能宽恕人，体谅人，——我都得感谢我的慈母。"（Hu 78）相比之下，美国少数族裔作家毫不顾忌地揭露家庭秘密，包括母亲的"出轨"。汤亭亭公开了她姑姑被强奸以及姨妈精神崩溃的情况。李培湛不仅透露了他弟弟的定罪，还透露了他母亲与家里一位朋友的长期恋情。亲人这种不体面的隐情，很少被中国的自传曝光，更不用说牵涉自己的母亲，俗话说"家丑不可外扬"。

汤亭亭和李培湛决定分享在中国无法言说的秘密，这既反映了祖籍国和入籍国不同的道德规范，也反映了作者为中国（以及美国）男女双重标准抱不平。汤亭亭的回忆录里，无名姑姑在丈夫长期外出期间被发现怀孕，被村民们逼死，尽管她很可能是遭受强奸的受害者。而姨妈月兰的丈夫在旧金山再婚，他拒绝承认月兰，却逍遥法外。李培湛的母亲在旧金山与家里的一位挚友保持婚外情多年，直到情人去世。如果她留在台山，即使得到丈夫和儿子的默许，她也永远无法得到同乡体谅。也许是因为她的情人是李培湛暴躁父亲的对立面，是一个和蔼可亲的父亲形象，所以生父和孩子都接受了这种非血缘的家庭结构，这是联体的又一种重构。通过公开这些婚外情，汤亭亭的叙述者为她的无名姑姑澡雪，李培湛则表达了他对母亲需要一个温柔伴侣的理解，他们也揭露了父权社会对女性的虐待，以及女性反抗与和解的策略。

社会历史语境与民族主体性

任璧莲用她父亲八十五岁时写的自传，让读者感受到"联体的自我如何讲述一生"（8）。任父并非从他的出生开始写，而是以题为"上古历史"的章节开始，从他之前提到的族谱追溯到 4 500 年前的黄帝。"把你的家人追溯到五月花是一回事，"任璧莲沉吟道，"这更像是把你的家人追溯到亚当和夏娃。"（14）同样重要的是地域感，无论是在实体上还是在隐喻上："从古至今，你的家乡意

味着一切——交织在一起的是你的客观环境、历史环境和关系环境；这种密度的交织在中国很常见。"（15）

任璧莲个人叙述的广泛背景使我们看到中美文本的又一次趋同：相互依存延展到宏观的语境——在沈从文、汤亭亭和李培湛的文本中，联体延展到民族主体性的形成。梁启超将自己的出生与欧洲和中国的历史背景联系起来：太平天国运动、普法战争和意大利统一。李又宁评论说，关于他出生的几行文字"戏剧性地改变了梁启超的生活背景，从一个世代耕读于偏乡僻壤的家庭"转变为"现代国际冲突与变革"的世界（Li 11）。的确，慈禧太后的政变突然结束"百日维新"（1898），梁启超参与的君主立宪运动几乎使他丧命。胡适同样描述了他是如何卷入当时重大议题的。作为白话文写作和民主制度的坚定拥护者，他曾被大学长期停职。

国际事件同样影响着必须与两国保持联系的美籍华人。民权运动之后，汤亭亭和李培湛所表现出的集体意识都反映了一种包含世界多元视角的联体自构形态。汤亭亭的叙述者展示了中国形势对她在加州的家庭生活的影响，以及"第二次世界大战"和朝鲜战争如何使亚美儿童在公立学校成为异类。尽管如此，在不同观点之间和相互冲突的中美规范之间的不断博弈扩大了叙述者的世界观："我学会扩大自己的思维，因为宇宙很大，所以可以容纳悖论和矛盾。"（Kingston 29）

李培湛亲身参与了旧金山州立大学为开设民族研究而进行的示威活动，他将弟弟与民权运动直接联系起来，并强调其对自己民族意识觉醒的影响。他的回忆录把母亲联体的乡村生活同她（以及后来她儿子）与旧金山各种社团的积极互动联系起来，这一切都便于展现多重视角。在动荡的20世纪70年代，李培湛从他母亲身上学着如何安身立命："漫漫人生路上，其他声音一直对我诉说，而我也一直在倾听。"（137）这些声音来自三藩市的即兴剧团、城市之光书店、反越战运动、反主流文化运动和南方的民权运动。在他青春期后期，这些形形色色的社团甚至比他的原生家庭更重要——这是一个提供归属感、灌输责任感、促进社会变革的联盟。正如母亲在台山姐妹情谊中的成长经历，使她能够在旧金山接纳不同的族裔社区，视之为大家庭，培湛[1]的族裔和种族意识是兼收并蓄的产物，由诸色人等塑造。母亲的联体观念与培湛多元化的民族意识不谋而合，这种多元性的自塑也防止其转化成另一个排他性的集团。

联体并不一定会产生宽容。恰恰相反，它有时会退化为宗派的压迫，表现为恶意的流言蜚语、从众心理和无处不在的监视，导致对那些不守集体规矩的个人被残酷迫害。李培湛在回忆录里强调了家族姐妹情谊滋养的面向，但伍慧明（Fae Myenne Ng）在《骨》（*Bone*）中描述与主人公母亲共事的血汗工厂的女裁缝群体时，则提供了一个更为公允的观点："缝纫女工的谣言很多时候有所中伤，但她们同时亦是彼此的慰藉。"（Ng 105）集体内部的八卦可以轻易转化为宁乔艾玲（erin Khuê Ninh）所说的"纪律手段"，譬如监视（Ninh 129，132–135）。任璧莲也指出了联体的"反面"："离开一个相互依存的家庭或群体的恐惧和焦虑无与伦比"，"群体相察紧张无情"（Jen 125，126）。何伟（Peter Hessler）在《江城》（*River Town*）中指出，虽然集体主义的自我意识有助于社会和谐，可是"一旦和谐被打破，自我认同的缺失就会使得事情一发不可收拾"；很多受害者的个人陈述"都充满了羞愧"，许多受害者认为"他们存在某种缺陷"。这就像是"麦卡锡主义时期，被迫害者瞬间崩溃，承认自己有罪"（引自 Jen 125–126）。

群体相察打击行为不端、不合规范的个人，《女勇士》开篇的无名女人正是一个令人痛心的受害者。在《木鱼歌》中，受害者是男性——林露德展现了刘锦浓在19世纪后半叶遭受双重流放的经历。当时加州和马萨诸塞州的许多华工要么被白人工人驱逐，要么被私刑处死。即使是同情中国人的美国人也认为他们是异己；刘锦浓回到中国后也受到中国村民的骚扰和排挤。因此，联体的倾向本身无所谓好坏——这取决于它是如何被灌输的，它既可以鼓励宽容，也可以加强偏见，可以培养一个包容的集体，尊重不同的观点，或者变成一个煽动群情激愤的战队，互相监视、揭发。

---

[1] "李培湛"指代作家，"培湛"指代作品中的主人公。下文的"沈从文"与"从文"同理。

当不墨守成规者被民族化或种族化时，她要么试图混入优势种群（如果有选择的话），融入主流文化，要么培育出种族意识，在主流压制下爆发物极必反的力量。在有意唤起民族情感、文化认同和社会意识等方面，《从文自传》都堪称美国族裔文本的杰出先驱。沈从文把自己一生对主流社会的矛盾心理归因于他早年所处的边缘化环境，归因于移居首都北京之前他在中国农村的成长经历。这位汉苗混血的作家生长的地方，充斥着汉族移民与苗族原住民之间，以及帝国士兵与当地居民之间的紧张关系。沈从文详细介绍了族人的奇风异俗和主流文化的监管之道。[1] 在《辛亥革命的一课》这章中，他揭露了满族人以处决革命者的名义任意斩首苗族村民的暴行。经过大约一个月的滥杀无辜，当官的允许剩下的俘虏抽签决定处决谁。这一章开篇是孩子们（包括作者在内）莫名悸动地数人头，结尾是一个沉郁的音符："又看着些虽应死去还想念到家中小孩与小牛猪羊的，那分颓丧那分对神埋怨的神情，真使我永远忘不了。也影响到我一生对于滥用权力的特别厌恶。"（24）

　　两本华美回忆录同样关注种族平等和社会正义。《女勇士》的叙述者回忆她在一家美术用品店工作，老板为发明了个"黑鬼黄"的词儿来形容一种颜料而喜不自胜；她抗议这个侮辱性的词，可老板不予理睬。还有一次，她被解雇的原因是她拒绝给一家土地开发公司发邀请函，因为他们选择举行宴会的餐厅正有种族平等大会（CORE）和美国全国有色人种协进会（NAACP）组织罢工。《承诺第八》里，培湛因为在高中抗议中国人受到不公平待遇而被停课。他的父母决定和白人校长谈谈，"校长却从桌子边上站起来，冲着父亲，用手指着他的脸，像指责孩子那样指责他。"作为回应，培湛的父亲"从椅子上跳了起来，像击剑似地也用手指戳着校长，把他斥责了一顿。"校长随后"退回到他的办公桌后面"。（171–172）于是，年轻的培湛得以继续学业。这场戏剧性的对决在回忆录里也是个宣泄的刹那。

　　这三部自传文本以及林露德的小说还包含了一些特殊的文化习俗，虽然在

---

[1] 关于苗族边疆这种紧张的三角局势的历史分析，详见安启（音）。

下卷　文类与形式
第五章　独立／依存：梁启超、胡适、沈从文、汤亭亭、李培湛、林露德

外人看来"古怪"，但这些做法可能是对边缘文化的肯定，或是对社会不平等的暴露。《清乡所见》讲述了清洗村中"恶劣"分子的运动；从文回忆着一个年纪极轻的女孩儿，得病死去埋葬后，当夜便被"一个卖豆腐的年轻男子，从坟墓里挖出，背到山洞中去睡了三天，方又送回坟墓去"。这打豆腐的男子因此遭到逮捕和处决。临刑前，从文问他为什么要与尸体同睡，他微笑着，好像当发问者是个"不会明白什么是爱"的小孩子，"自言自语地轻轻地说：'美得很，美得很。'"（105）这件事给作者留下的印象无法磨灭。

在三个美国文本中也可以找到奇葩的描述。《女勇士》布满各式各样的鬼。叙述者在第一章（关于无名姑姑）的结尾透露："姑姑纠缠着我——她的魂附在我身上，因为……只有我一个人用写满字的素白纸去拜祭她。"（16）《承诺第八》详述了作者父母的台山婚礼和许多中国新年的仪式、各样食材的"气汤"配方，以及与台山姐妹情谊相关的习俗。《木鱼歌》像《女勇士》一样，记述各种超自然的现象；又像《承诺第八》一样，介绍一种家乡的姐妹关系——一个完全没有男人的社区："这些妇女不必忍受分娩的痛苦，也不用承担抚养孩子的责任……她们自己管理自己。"（McCunn 363）所有这些文本均包含主流读者甚至亚美读者都不熟悉的信仰和习俗。

然而，正如我在第一章提到的，将亚美生命写作解读为一种自身民族志的倾向，使得一些亚洲读者和亚美读者对这些"异国情调"的描述感到不安，这可以部分解释对《女勇士》接受程度的差异。詹姆斯·克利福德的告诫值得注意：对民族志透明度的传统信念已经瓦解，"文化是由饱受争议的准则和表述组成的"（Clifford 2）。沈从文的自传、汤亭亭与李培湛的回忆录以及林露德的传记小说揭示一种边缘化的文化传统。这些文本都谴责因族裔、种族或宗教差异而对人施加的歧视。[1] 与赵健秀的意见相左，本章所涉及的作者都并非用自传／他传

1　因此，笔者对赵健秀所坚称的自传是那种西方传统特有的体裁别置一喙。梁启超和胡适均以实用主义著称；在《从拜神到无神》一章中，胡适强调说，他从小就"成了一个无鬼无神的人"（88）。沈从文有意揭露苗族人的精神实践。汤亭亭和李培湛信佛；李培湛提到他在高中时去过一个教堂，但很快就因为那里的种族主义布道而离开了。

的体裁单单表达个人情感，而是以这种形式来发动某种战争——无论是语言的、族裔的还是种族的战争。从他们的作品来看，自传绝不是一种"圈套"，充斥着"做小伏低，等待救赎，自轻自贱，祈求宽恕，无限忏悔"（Chin 112）。事实上，它是种族自塑和女性自塑的工具。

双重文化素养：解决重大难题的方法

由于民族志谬误的盛行，在华美作品中夹杂耸人听闻的轶事有时会激怒亚裔美国人，他们认为这些材料有"东方主义"之嫌或有损于群体形象。这种焦虑与其说是关注少数族裔聚居区内的传播，不如说是关注主流、非亚洲公众的接受。在我看来，这源于作家和读者之间一种既定的相互依存。然而，期望少数族裔作家时刻提防非亚洲人可能从他们作品中得到的印象，这是一种审查制度。此外，压制文化差异以逃避"永远是个外国人"的刻板印象，根本就是支持极致霸权的同化形式。

关于自传的跨太平洋对话可以对一些关于自传体裁、内容和读者的长期争论产生一些新的见解。无论是在中国还是北美，对《女勇士》的最大争议即自传是否应当承认虚构的技巧和天马行空、纯属想象的细节。梁启超的自述叙写了各式各样的史实，一味由传记材料构成。赵白生指出了造成这种现象的关键原因，在于梁启超给传记的明确定位："传记不过是历史的一个分支"。（7）在赵白生看来，梁启超的这种态度损伤了传记的生动血肉，与历史不同，传记通过描绘"日常生活的细枝微节"来"揭示出一个人的真实性格"，即普鲁塔克在《亚历山大传》中所言"心灵的证据"。（12）就连胡适更具文学色彩的作品也主要围绕自己的智力发展。他借用小说的叙事技巧写就"序幕：我的母亲的订婚"，用第三人称描述了他的父母，并让读者一直处于悬念之中；直到本章最后，写明"冯顺弟就是我的母亲，三先生就是我的父亲铁花先生"为止。然而他自传的其余部分是以第一人称按时间顺序讲述的。

另一方面，沈从文、李培湛、汤亭亭和林露德打破了传记与小说的疆界。

沈从文记述了童年和青年时期经历的一系列真实事件，但他巧妙地通过一个天真的叙述者的视角来过滤这些事件；读者必须读透他那漫不经心的字里行间，才能窥见许多轻快的奇谈下所隐藏的骷髅。李培湛同样运用文学技巧来组织他的回忆录，（用看似平淡的叙事法）引读者进入他弟弟被定罪的悲惨事件的高潮。在《女勇士》和《木鱼歌》中，虚构与非虚构紧密交织在一起。汤亭亭瓦解了事实和幻想，打通了一些互不相干的中国传奇，如花木兰和岳飞的传说。林露德反其道而行之——通过对主人公的生活进行细致的历史研究，在她的小说里嵌入了无数事实的细节。

如何评价体裁的融合取决于我们把持文类界限的严格程度，以及将传记归于历史还是文学。在中国，学科和文类上的区隔依然十分鲜明。赵白生呼应了马克·萧芮（Mark Schorer）的评论——"小说家是一个自由人；而传记作家则是戴着锁链写作的"（Schorer 249）——申明传记作家必须戴"一条事实的'锁链'。"（赵白生 6）2010年12月，在北京举行的一次国际传记会上，一位著名的中国学者坚称直截了当的事实传记神圣不可侵犯，而文学性的传记是一种掺假。然而，早在1902年，梁启超就阐明一切文学皆历史——尽管他自己在自传中坚持事实："何止六经皆史……也可以说诸子皆史，诗文集皆史，小说皆史，因为里头一字一句都藏有极可宝贵的史料，和史部书同一价值。"（《饮冰室合集》111；见 X. Xu 17）

我也想捍卫"文学自传"的价值。由于自传与"自塑"密不可分，因此，除非编年史仅仅包含已被认证的事实，否则想象沦浃，总难撇清。《从文自传》显然只记录第一手的事件，但那美妙的行文读起来却好似冒险小说。有几章渗透着作者天马行空的想象，将读者引向它的道德罗盘。文学品质并不减损其民族志或历史价值；相反，它使沈从文得以抨击满族政权的镇压措施：以镇压叛乱的名义任意杀害苗族平民，以清洗村庄的名义消灭特立独行者和潜在的异见者。尽管沈从文笔伐的是一个已经被推翻的政权，但作者仍愿以史为鉴，面对与其相仿的事件时，用恢诡憰怪的春秋笔法针砭时弊。

在西方，"文学自传"通常被命名为回忆录，但自传（被视作事实）和回忆录（允许诗意演绎）之间的区别仍然模糊不清。像让－保罗·萨特、海登·怀特（Hayden White）和让－弗朗索瓦·利奥塔（Jean-Francois Lyotard）这样的西方知识分子有力地挑战了主观性与客观性、虚构与非虚构、文学与历史之间的界限（Sartre; White; Lyotard）。无论分类如何，凡生命写作都会假设一定的虚构成分。正如彼得·弗朗斯（Peter France）与威廉·圣克莱尔（William St. Clair）所言，"传记是虚构的，但没有小说赋予作家的自由"（France and St. Clair 1）。亦如郑安玲所说，"现实与心理现实之间的区别"尤其模糊（Cheng 119）。只要学者们警惕地区分原始神话和创造性的改编，并探讨为什么有些作者希望将事实与虚构相结合，将客观观察与主观印象相结合，我们就可以在文学回忆录中发现更深层次的真相，而不是假设的事实自传。把岳飞与木兰的故事嫁接，使汤亭亭得以化笔为武器，将权力从"剑"转移到"词"，从而重新定义英雄主义。身为作家、女性主义者及和平主义者，汤亭亭与文学、社会都有牵连，她想象一位女勇士用语言击败她的敌人。正如我在第一章中所说，她的"自塑艺术"涉及改写父权制神话，把沙文战争的呐喊变成和平主义的颂歌。

　　使用带有诡谲东方色彩的异域材料，是华美文学研究界的又一争议性焦点（Chin, "Come"; Ma; Zhao Wenshu）。一些批评家对华裔美国作家笔下中国的奇风异俗或陈规陋习龃龉难入，譬如谭恩美在《喜福会》中所写的割肉表孝心，又如《女勇士》里的猴宴。但《从文自传》中的类似描述却未在中国引发类似的不适。这可能与他事先声明了家乡的"怪异"有关：作者在第一章"我所生长的地方"明确告诉读者，对城市中人而言，"这真是一个古怪地方"。他间接地敦促主流汉文化圈的读者，不要急于做草率的判断，而是试着将其视作一个拥有独特文化性格的地区。

　　关于那段恋尸癖的情节，沈从文并非借阴森可怖的细节来瘆人骇人，而是让读者通过"罪人"的眼睛看到事件，并质疑清廷滥用死刑。毕竟，豆腐贩子一没强奸，二没谋杀，只是因为爱慕一个死去的姑娘而遭到处决。我们不妨想想莎士比亚笔下的罗密欧——当他得知朱丽叶的死讯，就决心当晚与她"同睡"（5.1.34），而这恰恰成为人们心中浪漫英雄的典范。沈从文揭露了清兵的无情杀戮，猖狂清洗任何有违主流观念的少数民族（在此意义上与穴居人无异）。这一章的结尾意味深长，作者同情哪一方陈露无疑：

> 那兵士被反问后有点害羞了，就大声恐吓他说："癞狗肏的，你不怕死吗？等一会儿就要杀你这癞子的头！"那男子于是又柔弱地笑笑，便不作声了。那微笑好像在说："不知道谁是癞子。"我记得这个微笑，十余年来在我印象中还异常明朗。（55）

沈从文对豆腐贩子微笑的描画，微妙地颠覆了官方对于神志正常与否的界定，也让我们看到，那些不符合当时官方标榜形象的平民如何就被血腥地清洗掉了。[1]

但倘若沈从文是移民到美国的华人呢——假设他用英文出版自传，会不会也被批评运用耸人听闻的细节来达猎奇效果呢？今人批评当代华裔美国作家使用耸人听闻的素材，是源于对白人读者（错误）观念的焦虑。正如方惠莲在一封致汤亭亭的公开信中抱怨《女勇士》的那样："我把你描述的神话和封建中国的话视作小说……问题是，外国人正在把你的小说当作真实的故事来读。"（Fong 67）中国大陆读者熟悉中国主流文化，并不为沈从文的"惊世骇俗"所困扰，就像美国读者也不为本地作家展现本土色彩而烦恼一样——无论他们的笔调何等诡异，譬如威廉·福克纳（William Faulkner）的《献给艾米丽的玫瑰》（*A Rose for Emily* 于情节和寓意上，简直是与沈从文的"清乡所见"不可思议地"同床共梦"[2]）。换句话说，对东方主义内容的严重不适，与其说关乎它"真实"与否，不如说关乎美国主流读者对其接受与否，而美国主流读者有可能会认为这部作品代表了作者的祖先文化或移民群体。

林露德似乎找到了解决之道。尽管同《女勇士》一样，《木鱼歌》也充斥着异域元素，但作者把中国对祖先灵魂的信仰与美国的"圣灵"信仰相提并论。

---

[1] 沈从文笔下的这一段让笔者想起山本久枝的《笹川原小姐的传说》（*The Legend of Miss Sasagawara*），这是一则寓言故事，叙述者也颠倒了谁神志清醒、谁精神失常的概念。

[2] 在福克纳的小说中，艾米丽小姐与她恋人的骸骨共枕至死，情状与沈从文笔下的豆腐贩子相似，故此用了"verily a Western 'bedfellow' to Shen's"的双关语。——译者注

与那些只将"古怪"的中国传统与欧美"正统"相比照的华美文学不同,林露德的作品囊括了中国、欧美和非洲裔美国文化中的光明面和阴暗面。小说的三种叙事观点,从结构上和主题上示范了对话的方式,强调了倾听各方声音的重要性。这部传记小说讲述了刘锦浓在系统性排他的社会环境生活受到了怎样的摧残,导致他在中美两国都成了弃儿。然而,也正是因为有能力结合心珠施授的种植实践知识、范妮训授的植物学知识,以及希芭夫妇传授的民间智慧,刘锦浓才在佛罗里达州冠名了一个橘子的品种,成为全国知名的园艺家。萨义德认为流亡者独具多重视角,据此,刘锦浓和读者获得了三重"共存维度的意识"(Said 148)。

以林露德为代表,跨文化素养或许是解决美国读者对中国文学不熟悉所带来的问题的最有效方法。但长期以来,以欧洲为中心的美国教育一直反对文学和文化的多元化。尽管我对赵健秀在《这不是一篇自传》中的大部分论断都不敢趋附,但我完全赞同他呼吁跨国文化水平的提高。他想象自己与他在伯克利的老师对话(亦见第一章):

  我对你们的文化了如指掌……你们的语言完全就是我的语言,因为我知道它从哪里来。我和你们的孩子一起上学,听过你们唱给他们的摇篮曲、你们讲的故事,知道什么是亚里士多德、柏拉图、荷马、《圣经》、莎士比亚。

  但你们对我们的摇篮曲和英雄故事一无所知,对我们的神话与戏剧一无所知,而它们触动着我们的独特性,也触动着我们个人与政府、国家的关系。你们应该晓得。(Chin, "Autobiography": 118)

处理中国素材的作家和读者都需要做好必要的准备。当然,并非所有偏离原作的地方都可以归结为艺术。弥尔顿和克赖斯塔·沃尔夫颠覆性地修改了荷马,汤亭亭笔下的叙述者公开承认文化混乱是进行性别转向与艺术融合的说辞。她巧妙的移花接木不能与那些由于无知而对中国传统明显曲解的文本混为一谈。正如近三十年前赵健秀所疾呼的那样,提高跨文化素养应该成为美国跨国研究的目标之一。这将有助于作家更好地运用互文性,批评家也可以更好地评估亚美文学中的互文性。

第五章　独立/依存：梁启超、胡适、沈从文、汤亭亭、李培湛、林露德

关于西方对华裔美国自传演变产生的巨大影响，赵健秀也有一半说对了。尽管自我降格实际上是一种中国的文化遗产，但当代华美生命写作对心理斗争和家庭秘密的揭露愈发百无禁忌，这完全可以归因于西方的影响。在《四十自述》的自序中，胡适率先承认"中国最缺乏传记的文学"，并坦陈他曾不断敦促朋友们写自传来弥补这一损失（胡适 32）。直到 20 世纪，这一文类才受西风渐濡，蓬勃起来。

西方很多思想家将传记视为最本质的文体，原因大概是传记最能独立地诠释自我。约翰逊博士在《漫步者》第 60 期（1750 年 10 月 13 日）中指出："没有什么文类要比传记更值得扶植，因为没有什么写作比它更令人愉悦或更有价值；必定无疑地以不可抵挡的兴味打动心灵或更广泛地为方方面面提供教诲，没有文类可出其右。"（Johnson 110）在《历史》（1841）中，爱默生宣称："我们总是在自己的亲身经历里提出重要的历史事实，并在其中加以验证……并没有什么历史；只有传记。"（Emerson 4）叶芝在他的《复活》导言（1927）中推测："我们可能认为，除了一股灵魂之流，什么都不存在，所有的知识都是传记。"（Snukal 28）[1] 这些文人所强调的个人主义，无疑对中国人，尤其是华美的生命写作产生了很大影响。我不认为这种影响是个问题，也不认为是种掺假。本章讨论的每部作品都重视看待生活与社会的矛盾视角。梁启超和胡适都主张向西方学习。[2] 沈从文注意保存苗族的生活记录，以对抗汉族主流文化的同质化影响。汤亭亭和李培湛利用母亲的遗赠来对抗主导性的美国文化，从而也降低了那些开国元勋在作品中所吹嘘的遗产。梁启超和胡适用自传来传播西方知识，沈从文、汤亭亭、李培湛，甚至赵健秀，则用生命写作（或是赵健秀对它的戏仿）来为民族复兴服务。林露德的小说告诫人们，无论中国人还是美国人，都不要因为坚持本土主义而产生偏见。刘锦浓告诉心珠，正如他能够通过杂交不同品种而得到更耐寒的果实一样，"人也可以用同样的方法得到改善"，"金山的力量

---

[1] 关于中国传记文学理论思潮的深入阐述可参考赵白生教授的《传记文学理论》。

[2] 梁启超讲述了他与康有为的第一次重要接触，这位改革者让他意识到获取西方历史的相关知识十分紧迫。

不是来自枪炮，而是来自多民族和新思想的融合"（McCunn 224）。因此，对中国和美国的批评家而言，谴责这种文体尤具讽刺意味，而且效果适得其反，因为这种文体起源复杂，非常适合跨文化想象。毫无疑问，问题不在于回避西方对华裔（美国）文学的影响，而在于像赵健秀所尝试的那样，在美国重认并传承中国文化遗产。生命写作促进了种族和女性主义的觉醒及其在世界范围内的交融。

本章所分析的文本是创造性交叉的例证。这两个国家群体之间存在明显的对应关系。自传与传记的融合、对母系传承的强调，以及家庭、社会和政治环境中自我的语境化，都反映了相互依存和文化持久性。对家族里女性的强调也可归于文体本身。与男性中心主义的历史不同，自传允许作者向塑造他或她一生的人致敬——在很多情况下都是母亲。除了继承母系遗产外，作家沈从文、汤亭亭和李培湛三人还有少数族裔作家的身份，他们重认了曾被边缘化的文化身份，维护了族裔和种族平等。由于祖先文化在美国被淡化，这两个群体之间也存在显著分歧。正如任璧莲提醒我们的，"文化不是命运；它只提供模板——个人最终可以接受、拒绝、修改这些模板，亦可躬行之"（7）。历史与小说、自传与文学回忆录、事实与幻想……美国作家在大洋彼岸书写中国，不再受这些学科与文类界限的束缚，也不再为家丑外扬而惴惴不安。

除了进行跨文化比较之外，我也参与了关于自传的写法和中国素材用于自传的文学争论。我认为汤亭亭和李培湛是利用其回忆录来与主流文化角力，而不是迎合主流文化。通过将他们的作品与《从文自传》相比不难发现，在一个语境中被视为营利急就章的作品，在另一个语境里可能会被理解为民族色彩，这取决于受众的文化素养。受赵健秀与林露德的启发，我建议采取两种策略来防止有偏见的"误读"：一是类似林露德在《木鱼歌》中所实践的文化规范的去中心化；二是赵健秀所倡导的中国文化素养的传播。然而，这种文学素养必须超越这位以笔为剑的作家所倡导的英雄传统，须包罗万有，包括他所声称的并不存在的中国自传传统。

这种联体的自传传统有助于增进中美文本的对话性。在西方对生命写作影响的纷繁论争中，似乎没有人将目光投向东方，尤其是华裔美国作家是如何改变传记的，以及他们是如何将多元主体性注入这一最主观的"西方"文体的。虽然以多声部写作是一种常见的虚构技巧，但汤亭亭可能是第一个汇集不同观念的人，并为她自画像式的少女角色预设了一套母系传承。与其焦虑西方对少数族裔自传的过度影响，不如欣赏作家们如何在自我建构的过程中重塑了生命写作。汤亭亭、李培湛和林露德把李又宁归于自轻的礼教束缚变成了叙事力量，他们在回忆录和传记小说里编织不同的叙事声音。如果说在小说中部署多个叙述者的最大挑战之一是聚焦故事的重点，那么三部美国文本里的个人主义"生活"则为整个故事提供了统一的"主题"。在独立和联体之间博弈，汤亭亭、李培湛和林露德将最孤芳自赏的文类转变为一种联体争鸣、方兴未艾的文学欢宴——将跨代、跨国、跨时代、跨种族、跨性别、跨阶级、跨语言、跨口音，甚至跨越事实和虚构的对话声音融合、交汇。

参考文献

An, Q. 2009. Protecting the "Children": Early Qing's Ethnic Policy Towards Miao Frontier. *Journal of Cambridge Studies*, 4(2): 24–36.

Cheng, A. A. 1997. The Melancholy of Race. *Kenyon Review*, 19(1): 49–61.

Cheung, F. 2005. Early Chinese American Autobiography: Reconsidering the Works of Yan Phou Lee and Yung Wing. In K. Lawrence, & F. Cheung (Eds.), *Recovered Legacies: Authority and Identity in Early Asian American Literature* (pp. 24–40). Philadelphia: Temple University Press.

Chin, F. 1985. This Is Not an Autobiography. *Genre*, 18(2): 109–130.

Chin, F. 1991. Come All Ye Asian American Writers of the Real and the Fake. In J. P. Chan, F. Chin, L. F. Inada, & S. Wong (Eds.), *The Big Aiiieeeee! An Anthology of Asian American Writers* (pp. 1–92). New York: New American Library-Meridian.

Clifford, J. 1986. Introduction: Partial Truths. In J. Clifford, & G. Marcus (Eds.), *Writing Culture: The Poetics and Politics of Ethnography* (pp. 1–26). Berkeley, California: University of California Press.

Eakin, P. J. 1985. *Fictions in Autobiography: Studies in the Art of Self-Invention.* Princeton: Princeton University Press.

Emerson, R. W. 1841, 2010. History. In *Self-Reliance, the Over-Soul, and Other Essays* (pp. 1–18). Claremont, CA: Coyote Canyon Press.

Fong, K. M. 1977. An Open Letter/Review. *Bulletin for Concerned Asian Scholars*, *9*(4), 67–69.

France, P., & St. Clair, W. 2002. Introduction. In P. France, & W. St. Clair (Eds.), *Mapping Lives: The Uses of Biography* (pp. 1–5). New York: Oxford University Press.

Hessler, P. 2006. *River Town: Two Years on the Yangtze.* New York: Harper Perennial.

Hu, S. 1933, 1992. An Autobiographical Account at Forty (《四十自述》). In Y.-n. Li (Ed.), *Two Self-Portraits: Liang Ch'i-Ch'ao and Hu Shih* (Y.-n. Li, & W. A. Wycoff, Trans., pp. 32–188). Bronxville, NY: Outer Sky Press.

Jen, G. 2012. *Tiger Writing: Art, Culture, and the Interdependent Self.* Cambridge: Harvard University Press.

Johnson, S. 1968. *Selected Essays from the "Rambler," "Adventurer" and "Idler" (Yale Edition of the Works of Samuel Johnson)*. (W. J. Bate, Ed.) New Haven: Yale University Press.

Kingston, M. H. 1976, 1989. *The Woman Warrior: Memoirs of a Girlhood among Ghosts.* New York: Vintage International.

Kingston, M. H. 1990, February 25. Maxine Hong Kingston. *World of Ideas.* (B. Moyers, Interviewer)

Kinkley, J. C. 1987. *The Odyssey of Shen Congwen.* Stanford: Stanford University Press.

Lee, W. P. 2007. *The Eighth Promise: An American Son's Tribute to His Toisanese Mother.* New York: Rodale.

Li, Youning. 1992. Introduction. In Y.-n. Li (Ed.), *Two Self-Portraits: Liang Ch'i-Ch'ao and Hu Shih* (pp. 1–19). Bronxville, NY: Outer Sky Press.

Liang Ch'i-Ch'ao. 1902, 1992. My Autobiographical Account at Thirty (《三十自述》). In Y.-n. Li (Ed.), *Two Self-Portraits: Liang Ch'i-Ch'ao and Hu Shih* (Y.-n. Li, & W. A. Wycoff, Trans., pp. 1–30). Bronxville, NY: Outer Sky Press.

Lyotard, J.-F. 1979, 1984. *The Postmodern Condition: A Report on Knowledge.* Minneapolis: University of Minnesota Press.

Ma, S.-M. 2000. *Deathly Embrace: Orientalism and Asian American Identity.* Minneapolis: University of Minnesota Press.

McBride, J. 1996. *The Color of Water: A Black Man's Tribute to His White Mother.* New York: Riverheads Books.

McCunn, R. L. 1995, 2007. *Wooden Fish Songs.* Seattle: University of Washington Press.

Ng, F. M. 2008. *Bone.* New York: Hyperion.

Ninh, e. K. 2011. *Ingratitude: The Debt-bound Daughter in Asian American Literature.* New York: New York University Press.

Roosevelt, T. 1926. *The Works of Theodore Roosevelt.* New York: Scribner.

Said, E. W. 2002. *Reflections on Exile and Other Essays.* Cambridge: Harvard University Press.

Sartre, J.-P. 1938; 2013. *Nausea.* (L. Alexander, Trans.) New York: New Directions.

Schorer, M. 1962. The Burdens of Biography. *Michigan Quarterly Review*, 249–258.

Sharpe, J. 2003. *Ghosts of Slavery: A Literary Archeology of Black Women's Lives.* Minneapolis: University of Minnesota Press.

Snukal, R. 1973. *High Talk: The Philosophical Poetry of W. B. Yeats.* New York: Cambridge University Press.

Tan, A. 2013. *The Valley of Amazement*. New York: HarperCollins.

Tao Yuanming. 1995. The Life of the Sire of Five Willows (《五柳先生传》). In S. D. 孙大雨 (Ed.),《古诗文英译集》: *An Anthology of Ancient Chinese Poetry* (S. D. 孙大雨, Trans., pp. 72–75). Shanghai: Shanghai Foreign Language Education Press.

T'ao, C. 1965. Peach Blossom Spring (《桃花源记》). In C. Birch (Ed.), *Anthology of Chinese Literature: From Early Times to the Fourteenth Century* (C. Birch, Trans., Vol. 1, pp. 167–168). New York: Grove Press.

Tucher, A. (Ed.). 1990. *Bill Moyers: A World of Ideas* (Vol. 2). New York: Doubleday.

White, H. 1978. *Metahistory: Topics of Discourse*. Baltmore: John Hopkins University Press.

Wong, S.-l. C. 1995. "Sugar Sisterhood": Situating the Amy Tan Phenomenon. In D. Palumbo-Liu (Ed.), *The Ethnic Canon: Histories, Institutions, and Interventions* (pp. 174–210). Minneapolis: University of Minnesota Press.

Xu, X. 2009. On Historical View of Multiethnic Literature. *Journal of Cambridge Studies*, 4(2): 15–23.

Yung Wing. 1909. *My Life in China and America*. New York: Henry Holt.

Zhao Wenshu. 2008. Why Is There Orientalism in Chinese American Literature? In G. Huang, & W. Bing (Eds.), *Global Perspectives on Asian American Literature*. Beijing, China: Foreign Language Teaching and Research Press.

李培湛，《承诺第八——一个美国儿子献给台山母亲的赞词》，刘葵兰、杨卫东译，豆瓣阅读出版。

梁启超，1941，《饮冰室合集》，北京：中华书局。

沈从文，1934/1988，《从文自传》，北京：人民文学出版社。

张敬珏，2008，《从跨国，跨种族的视角审视亚美研究》，张红云译，《华文文学：中国世界华文文学会刊》第 3 期（总第 86 期）。

张敬珏，2012，《中美华裔作家自传/他传之异同》，陈广琛译，《传记传统与传记现代化：中国古代传记文学国际学术研讨会论文集》，中国传记文学学会编，北京：中国青年出版社。

赵白生，2003，《传记文学理论》，北京：北京大学出版社。

第六章　以文生论：冰心

短篇小说《相片》发表于1934年，表现了跨文化与跨种族之间微妙复杂的动态关系，预示了后殖民主义学者和亚美批评家后来提出的诸多理论见解。作者冰心（1900—1999）原名谢婉莹，在1919年五四运动前后开启了文学生涯，并于1926年获得韦尔斯利学院的硕士学位。她虽是20世纪最受尊敬的中国作家之一，但其广为人知的身份却是儿童文学作家。《相片》与赛珍珠的作品一样，尖锐地评判了种族等级制度和文化帝国主义。《相片》跨种族接触的话题跨越了中国研究、华美研究、性别研究、人种志研究以及后殖民研究的疆界，批判了美国殖民主义的臆说及中国传统价值观，对跨种族收养所涉及的某些文化观提出严肃的拷问；我相信也会改观部分中国读者对冰心所带性别偏见的接受。五四运动推崇种种解放言论，却往往忽视女作家对文化等方面的批评，正如美国民权时代的文化民族主义运动往往掩盖女性的知识贡献一样。[1]

虽然《相片》在中国鲜有评论家问津，但在简·M.拉布（Jane M. Rabb）主编的《短篇小说与摄影作品1880年代至1980年代》（*The Short Story and Photography 1880's–1980's*）中，冰心是唯一的中国作家，也是仅有的三位女作家之一，与她一同入选的有雷蒙德·卡佛（Raymond Carver）、威廉·福克纳、托马斯·哈代、尤金·尤内斯库（Eugène Ionesco）、托马斯·曼（Thomas

---

1 关于冰心细致详尽的传记及全集，详见陈恕。

Mann）和辛西娅·欧芝克（Cynthia Ozick）。故事通过对美国人施女士[1]细致入微的心理刻画，描绘了东西方之间一场别样的际遇：施女士是教会学校的音乐教员，旅居中国28年。王先生是她的中文教师，他猝然病故，于是退休的施女士收养下他年仅8岁的女儿淑贞。淑贞18岁时，施女士带她回到故乡新英格兰，在那里，他们结识了李和他的儿子天锡；两个年轻人结下友谊，也萌生出朦胧的爱情。当施女士看到天锡为淑贞所拍的一张相片时，她突然宣布要带养女回中国去。故事以第三人称叙述，其中三分之二的篇幅以施女士这位白人移居者的有限视角呈现，直到施女士和淑贞在新英格兰的那段，作者转向了全知视角，从而超越了施女士管中所窥。施女士出场时的形象，是一位见多识广又富同情心的女性，不同于其他新英格兰的传教士——他们视中国为落后的国家，施女士却喜欢中国甚于美国。然而，从小说的字里行间，尤其是从小说费解的结尾中，读者不难察觉暗涌于整个叙事之下一股股令人不安的潜流：施女士之东方主义者的自视优越与殖民宗主国妇人的占有欲，淑贞之自我压抑及其对刻板化形象的接受和内化。

《相片》比爱德华·萨义德的《东方学》早了近半个世纪，却预见并证实了其中的著名论断："当人们使用东方人和西方人这样的范畴作为学术分析的出发点和最终目的时……其结果通常是将这一区分极端化……并且限制了不同文化、传统和社会之间的相会接触。"（45–46，中译本46页）自从萨义德开创性

---

[1] 据陈毓贤（Susan Egan）2015年2月1日发表于《上海书评》的《燕园里的单身外籍女教师》（已收入其《亲炙记幸》，浙江大学出版社，2017年），施女士的原型是包贵思（Grace Boynton，1890–1970），燕京大学外籍女教师。她举止优雅，终身未婚；与施女士一样，是新英格兰牧师的女儿，二十五岁到中国教书。司徒雷登妻子1926年逝世后，冰心似乎知道包贵思对他有意，所以塑造了"毕的形象"。包贵思1952年出版小说《河畔淳颐园》（*The River Garden of Pure Repose*），仿佛是对《相片》的回应。这两篇小说里，单身女教师都收养了一个中国女孩；现实中，确实有个三岁女孩寄养到包贵思家里——《萧乾忆旧》记下她们多年住在离未名湖不远的一个独院，还特别提到包贵思告诉养女"吃饭时不要有声响"（湖北人民出版社，2005年，91页）——她对沉静的强调，倒像是1934年的小说给1937年以后的现实做了原型似的。而冰心为其择姓"施"，心中是否怀着"施与受"的教义，抑或存下"施惠""施教"剪不断、"施威""施压"理还乱的念头？——译者注

地研究了东方人和西方人的分化倾向后，对殖民主义传统的研究层出不穷，包括他本人的《文化与帝国主义》(Culture and Imperialism, 1993)。与我的文学分析特别相关的是阿里·贝达德、郑永生（Vincent John Cheng）、赵健秀及其编者同人、周蕾（Rey Chow）、阿里夫·德里克（Arif Dirlik）、伍德尧、多米尼卡·费伦斯（Dominika Ferens）、克里斯蒂娜·克莱因（Christina Klein）、苏珊·桑塔格和吉原真理。我从这些学者的著作获得启发，将其运用于梳理的《相片》的多重叙事时，却惊叹于这些学者的洞见已然深植于这个文本，惊叹于这位中国作家像芭芭拉·克里斯蒂安所称赞的非裔女作家们一样，"以文生论"（52）。[1]

冰心无疑受到她同时代的朋友赛珍珠的影响。[2]像赛珍珠和徐志摩（第三章讨论的《中国珍珠》里的半虚构情侣）一样，冰心在中国和美国都生活过，对这两种文化都很熟悉。对另一个世界的熟悉使得赛珍珠和徐志摩能够批判地审视自己的世界，而冰心一人通过小说，揭露了东西方共谋炮制出的后来人纷纷批判的东方主义。

赛珍珠虽然尖锐批评了美国人对中国的傲慢态度，但在《大地》中，仍以一种恒久的类型化观点，刻画中国人孜孜矻矻、热爱土地、长期受苦，女主人公阿兰尤为沉默且甘于自我牺牲。这些中国人的"好"形象可能与傅满洲和陈查理相去甚远，却有点像《哎咿！》编者所谓"种族主义之爱"。相较之下，冰心不仅暗示了"种族主义之爱"险恶的一面，也暗示了它羁缚那些宠儿的力量，让他们积极维护自己温驯的形象。

---

1 "theorizing...in narrative forms"字面意思是"以叙事形式进行理论建构"，"以文生论"是笔者的创译。

2 为纪念冰心120周年诞辰，笔者应华美人文学会之邀，于2020年6月20日在线开讲：逾阶之爱（Borderless Love）：怎样用赛珍珠与冰心的"冰珠珍心"面对今日世界——论冰心《相片》与两位巾帼英才的互鸣互补。吴爽和解村协助准备了讲座。

中国风情和情感劳动的商品化

施女士内心的中美对照，似乎与她那个时代美国白人中产阶级的心态一脉相承。在《拥抱东方：白人妇女和美国东方主义》(*Embracing the East: White Women and American Orientalism*) 中，吉原真理指出，在工业化、商业化和城市化的进程中，"美国人急于主张和维护那些他们认为在现代社会里丢失的思想和价值观，比如纯洁和真诚"（Yoshihara 26）。因此，19 世纪 70 年代至 20 世纪 40 年代，最流行的东方主义观念是"强大的西方……具有男性的阳刚，从属的东方则有女性的被动"（4）以及"前现代的朴素、自然、传统"（26）。美国人急于保留所谓工业化时代丢失的价值观，并将反现代的品质与亚洲的艺术、工艺品联系在一起，于是转向"通过生产、使用和陈列亚洲风格的商品，来代表和提升其道德和文化素养"（26）。吉原指出，这种消费和展示加强了维多利亚时代白人中产阶级女性在家庭生活中的地位，同时，也掩盖了潜在的"性别与种族意识形态"（26）。

施女士长期侨居中国，但每每回到她认为缺乏教养的美国，总会对前现代传统产生怀旧之情。六载一归的新英格兰之于伊，已是家乡似异乡。佻达无忌的美国青年使她难堪："竟然没有丝毫的尊敬，体恤。他们只是敷衍，只是忽略，甚至于嘲笑，厌恶。这时施女士心中只温存着一个日出之地的故乡，在那里……充满着'家'的气息……在这房子有和自己相守十年的，幽娴贞静的淑贞。"（393）[1] 通篇故事随处可见施女士及其他美国人将中国人的美德等同于静默："这样的人格，在跳荡喧哗的西方女儿里是找不到的。她是幽静的。"（396）

将中美两极化，特别是将缄默寡语等同于东方美德，这种认知把施女士划进美国的东方主义者行列。赵健秀及其《哎咿!》同人认为，西方将亚洲美德与暗默相关联，归因于"种族主义之爱"（Chin, Chan, Inada, & Wong xxv;

---

[1] 本章的《相片》原文均引自卓如编《冰心作品精编》，桂林：漓江出版社，2006 年，393–406 页。

Chin & Chan, "Racist")。虽然他们指的是强加于亚美的刻板印象,但这种意见也同样适用于美国人对中国人的看法:

> 衡量白人种族主义成功的标准之一是(少数)族裔的不作声,以及保持或加强这种沉默所必需的白色力量……刻板印象变成一种典范……(其结果就是)抵消了少数族裔作为一种社会性、创造性、文化性的力量……鉴于少数族裔顾忌白人的敌意,白人也威胁到他们的生存,于是,接受白人认可的刻板印象就成为一种生存所迫的权宜之策。(Chin, Chan, Inada, & Wong xxv–xxvii)

《哎咿!》编者认为,白人赞悦亚洲人对白人权威的恭默守静,以贬抑其他少数族裔,尤其是敢于挑战白人至上主义的非裔美国人。同时,维持种族等级制度需要族裔合作,这也是阿里夫·德里克的观点:东方主义要求"(亚裔)的共谋以赋予其看似合理的特性"(Dirlik 108)。施女士大概并非故意将成见灌输给淑贞,就像淑贞不会自觉按刻板印象生活,但再三称赞养女的矜持庄静,实在难免渲染刻板印象。由于白人母亲是真正的施主,这个孤儿可能会努力活成施女士所珍爱的形象,以此作为"生存所迫的权宜之策"。

《相片》中收养关系之所以另有隐情,不仅体现在施女士将淑贞的寡言罕语视为东方神秘莫测的特征,还体现在她对淑贞的人格物化,不断把她比作奇葩异卉:

> 淑贞,一朵柳花似的,飘坠进她情感的园地里,是在一年的夏天。……这个瘦小的,苍白的,柳花似的小女儿,在第一次相见里,衬着这清绝惨绝的环境和心境,便引起了施女士的无限的爱怜。(394, 395–396)

吉原真理指出,20世纪初美国的东亚商品目录收集的"相片和图片里,不仅有出售的物品,如象牙雕刻、刺绣、瓷器……还有风景、人物,以及各种东方意象"(Yoshihara 31;亦见 Behdad)。在施女士的思维里,淑贞也同中国的景致与珍玩融为一体。这种"人格玩物化的思维"大概可以解释为何这个白人"心情是一池死水般的,又静寂,又狭小,又绝望"(394),却在圣诞节前夜收养了一个中国女孩:

> 炉火的微光里，淑贞默然地坐在施女士的椅旁，怯生的苍白的脸，没有一点倦容，两粒黑珠似的大眼，嵌在瘦小的脸上，更显得大的神秘而凄凉。施女士轻轻地握着淑贞的不退缩也无热力的小手……从微晕的光中，一切都模糊的时候，她觉得手里握着的不是一个活泼的小女子，却是王先生的一首诗，王太太的一缕绣线，东方的一片贞女石，古中华的一种说不出来的神秘的静默。（396）

东方主义笼罩着这段描述。施女士不是将淑贞当作有血有肉的小姑娘来接纳，而是当作一份异国情调的圣诞礼物——富于中国古风的礼包，神秘东方的化身。冰心着力刻画了施女士对传统中国的迷恋：她脑海中的淑贞，总与"弱风中的柳花""平流的小溪"等诗意的明喻相关，这与冰心描写的淑贞的思想形成反差，也与跟天锡对话的淑贞判若两人。

养女契合臆想里的中国娃娃形象，所以施女士并不特别关心淑贞的心理健康，尽管她十分清楚这个少女在身体、言语和情绪上的抑制：

> 十年以来，在施女士身边的淑贞好像一条平流的小溪，平静得看不到流动的痕迹，听不到流动的声音，闻不到流动的气息。淑贞身材依然很瘦小，面色依然很苍白，不见她痛哭，更没有狂欢。她总是羞愁地微笑着，轻微地问答着，悄蹑地行动着。（396）

这段描写的对象不像是豆蔻少女，倒像是静态的中国仕女画。鉴于淑贞云影似的时刻伴在施女士左右，她的静气很可能源于养母从不放松的监视。施女士的关照，得到淑贞加倍的报答——女孩成为她勤谨的婢女，缄口随侍，温清定省地照料养母所需。

> 每逢施女士有点疾病，淑贞的床前的蹀躞，是甜柔的，无声的，无微不至的。无论哪时睁开眼，都看见床侧一个温存的微笑的脸，从书上抬了起来。"这天使的慰安！"施女士总想表示她热烈的爱感，而看着那苍白羞怯的他顾的脸，一种惭愧的心情，把要说的热烈的话，又压了回去。（396—397）

淑贞实际上是在进行伍德尧所说的"情感劳动"（affective labor）。伍德尧呼吁大家关注"我们这个全球时代亲密关系的种族化",特别针对美国公民广泛领养中国女孩的情况,他警告说:"我们需要考虑,亚洲女孩勤劳能干、随和守礼、被动顺从、一味取悦的刻板印象是如何努力遮掩社会公众问题、经济差距和文化差异的。"(Eng 109,110)施女士认同这样的种族分类,将淑贞的日夜守护视为理所应当。似乎只要这个可怜见儿的少女充当她的守护天使,为她"服务",她就心满意足了。她从未试图去找淑贞胆怯的缘故,也不愿潜入淑贞内心,探究她的悲伤。后来,少女向少年天锡倾诉:"从我父亲死去以后,我总觉得没有人能在静默中了解我。"(403)

问题不在于养母与女孩之间缺少情感纽带,而在于联结两人的并非相互理解,只是两个畸零之人的相依为命:

> 清明时节,施女士也带她去拜扫王先生和王太太的坟,放上花朵,两个人都落了泪。归途中施女士紧紧地握着淑贞的手,觉得彼此都是世界上最畸零的人,一腔热柔的母爱之情,不知不觉地都倾泻在淑贞身上。从此旅行也不常去,朋友的交往也淡了好些,对于古董的收集也不热心了。只有淑贞一朵柳花,一片云影似地追随着自己,施女士心里便有万分的慰安和满足。(397)

显然,施女士对这孩子的喜爱有她们性格相似的缘故:温柔、沉静、内向、消沉、腼腆。两人兼具这些属性,表明这些特质并非中国人所特有,亦非东方女性与生俱来之气质。无论施女士的母爱多么彰彰在目,她永不餍足的占有欲,连同她对淑贞不经意的剥削,都使那份母爱大打折扣。邱艳萍和李柏青在评论《相片》时注意到,把淑贞接到家里以后,施女士就不养狗了,也不收集古董了,好像"淑贞仅仅是供她派遣寂寞的'小狗'和'古董'"(27)。虽然邱李二人未将这种替代性与东方主义联系起来,但他们将这份母爱定性为"变态的独霸"。

尤其可怖的是,这位美国母亲害怕淑贞的婚姻会让自己失去女儿:"对于这幻象却有一种莫名的恐怖!……一种孤寂之感,冷然地四面袭来,施女士……起了寒战,连忙用凄然的牵强的微笑,将这不祥的思想挥麈开去。……偶然也有中国的老太太们提到淑贞应该有婆家了，或是有男生们直接地向施女士表示对于淑贞的爱慕，而施女士总是爱傲地微笑着，婉转地辞绝了去。"（397）试问什么样的母亲会将自己女儿的谈婚论嫁视作"不祥"！想必施女士只是怕淑贞成亲，撇下她孑然无依。她奢想淑贞永远陪在身边，这种自私比起母爱弗如远甚，却与她对淑贞的物化完全吻合：淑贞是她的古董、宠物、婢女。

种族主义之爱

二人之间的不对等关系，在淑贞伴施女士回到新英格兰之后更为显著。白人母亲偶尔"在集会里，演讲中国的事情"，而中国女儿"总是跟了去，……她的幽静的态度，引起许多人的爱怜。因此有些老太太有时也来找淑贞谈谈话，送她些日用琐碎的东西。"（398）在那里，施女士被当作中国问题的权威；淑贞则是娴静端庄惹人怜的东方化身。施女士符合德里克所谓"中国化的西方人"（Sinified Westerner），其"'东方化'是为东方代言的资格"；而淑贞是"自我东方化"的例证（Dirlik 110, 111）。

赛珍珠既是机敏的后殖民主义先驱，也是厚颜的东方主义者，郭英剑将其誉为"后殖民主义文学的先驱者"（24）。他指出，赛珍珠和当代后殖民主义学者的共同点在于他们的多元文化意识、他们在西方推广"他者"文化的决心，以及他们谴责欧洲中心主义的勇气。他补充说，赛珍珠不仅预见到萨义德的开创性批评，而且作为一个关注中国的人，她还填补了萨义德东方主义的巨大空白（25）。然而，尽管她不认同某些美国人对中国人的不可一世，却仍在其小说中屈从于"东方主义的话语"，吉原认为这催化了《大地》的流行："通过对民族志细节的掌握和展示，以及对作者叙事声音的建构，她既确立了在西方读者面前的专业地位，也获得了中国代言人的权威……相较她笔下的中国人物，赛珍珠获得更优越的地位。"（Yoshihara 152–153）

冰心在《相片》里以另一个白人女性叙述者的身份，间接取得了等同于赛珍珠自视中国话语权威的"优越地位"。这两位女作家曾是旧时相识。陈恕是冰心的女婿和传记作家,赛珍珠于1933年回到中国(在《大地》获得1932年普利策奖后),二人成为朋友,冰心在金陵大学为赛珍珠组织了一次记者招待会。1936年,冰心夫妇都在燕京大学教书,正准备出国度假,收到了赛珍珠的第一任丈夫洛辛·巴克的电报,邀他们同他一起留在南京(陈恕157)。

《相片》中的施女士对中国文化的看法积极正面,甚至有点浪漫化,她把中国当成了自己的家。比起闹腾的美国青年,她更喜欢谦恭有礼的中国青年,于是对淑贞严加管教,努力培养她为纯粹的"中国人":

> 人人都夸赞施女士对于淑贞的教养,在施女士手里调理了十年,淑贞并不曾沾上半点西方的气息。洋服永远没有上过身,是不必说的了,除了在不懂汉语的朋友面前,施女士对淑贞也不曾说过半句英语。偶然也有中学里的男生,到家里来赴茶会,淑贞只依旧腼腆地静默地坐在施女士身边,不加入他们的游戏和谈笑,偶然起来传递着糖果,也只低眉垂目的,轻声细气的。(397)

当人们对美国某群体毁谤中国习以为常时,施女士的亲华态度看似一个可喜的例外。但是,为了确保淑贞符合她心里的中国典范,这位养母与她的同胞一样自私,也犯下刻板印象之咎。她倾泻在淑贞身上的种族主义之爱,与其他某些美国人辱华的种族主义之恨,不过是互为表里。淑贞的中国性不是通过与其他中国人的交往养成的,而是被施女士幽禁在身边调理出来的,是被施女士的种种臆想规约而成的:"这青年人的欢乐的集会,对于淑贞却只是拘束,只是不安。"(397)然而,在新英格兰,一旦脱离施女士警戒的监控,淑贞乐享同年轻伙伴(特别是天锡)共处。因此,我们须将其所谓的偏好独处,理解为对养母意愿的迁就,对异族母亲"中国式"教养的让步。

不一的认识论

在《冷战东方主义》(*Cold War Orientalism*)一书中,克里斯蒂娜·克莱因区分了第二次世界大战前发表的欧洲关于亚洲的文本与战后美国的文本,前者通常将亚洲人描绘成劣等民族,后者倾向于支持"种族宽容和包容",以"助长战后扩张的官方策略"。她认为,通过建立"情感纽带,以弥合分歧……感性就成为运用权力的工具"(Klein x–xi, xiv–xv)。虽然《相片》出版于"第二次世界大战"前,但它展现了克莱因所阐述的两种形式的东方主义——一种认为亚洲人低人一等,另一种表现出白人的同情。尤其值得注意的是,克莱因视同情为跨种族收养的"双刃剑"。1949 年,赛珍珠成立了收养机构"欢迎之家"(Welcome House),"为其他机构拒绝处理的在美出生的亚裔和部分非裔儿童寻找家庭"。克莱恩以此为例,将跨种族收养与冷战东方主义联系起来:"白人母亲在战后中产阶级文化中占据了如此显著的地位……谱系很复杂……将种族化的他者和边缘化的社会群体幼儿化,一直是使不平等权利关系合法化的标准宣传手段。"(175)

施女士不知不觉地控制了淑贞,似乎成了"第二次世界大战"后中产阶级白人母亲形象的先驱。她对养女的占有欲,自她在华期间摒弃一切关乎淑贞婚嫁之想时已见端倪,到了新英格兰,看到天锡给淑贞所拍相片的那一刻,更是昭然可察:

> 施女士忽然地呆住了!
>
> 背影是一棵大橡树,老干上满缀着繁碎的嫩芽,下面是青草地,淑贞正俯着身子,打开一个野餐的匣子,卷着袖,是个猛抬头的样子,满脸的娇羞,满脸的笑,惊喜的笑,含情的笑,眼波流动,整齐的露着雪白的细牙,这笑的神情是施女士十年来所绝未见过的!
>
> 一阵轻微的战栗,施女士心里突然涌起一种无名的强烈的激感,不是惊讶,不是忿急,不是悲哀……她紧紧地捏住这一张相片——(405)

"满脸的娇羞,满脸的笑,惊喜的笑,含情的笑"——无疑,淑贞爱上了天锡,无疑,这对施女士好似当头一棒。这张相片让她第一次看见淑贞的热情活力、活泼朝气和少女春意。她本一心要把淑贞培养成言容茧茧的中国姑娘,如今其亮烈的蜕变惊心骇瞩。

而读者早已目睹了共进晚餐后,淑贞在天锡面前生气复苏。听了他对美国某方面的批评，淑贞"只觉得椅前站着一个高大的晕影，这影儿大到笼罩着自己的灵魂，透不出气息。看着双颊烧红、目光如炬的太兴奋了的天锡，自己眼里忽然流转着清泪。"（402）天锡慷慨激昂的言论显然触动了淑贞的心弦，这也是她第一次意识到养母对自己的建构和制约。施女士将淑贞视作中国古典艺术的化身，天锡却从淑贞身上感到中国新鲜的气息："似乎觉得有一尊'中国'，活跃地供养在我的面前。"（403）无论他们相左的感知孰真孰确，但天锡的别置一喙表明，淑贞疏离冷淡的形象在很大程度上是施女士的母性幻想，或许是淑贞不得不讨好养母而扮演的角色。

这张相片洋溢着活力朝气，标志着少女初长成，施女士非但不欣悦，反而心烦意乱。她这难以名状的焦愁或可诊断为"东方主义忧郁症"——这是周蕾所造的术语，用以形容那些认为当代中国作家不能企及中国古典文学标准的白人汉学家："但这种对他人说教式的谴责，批评当代作家复古无能，遮蔽了一种更为根深蒂固的焦虑……焦虑那个（汉学家）致力钻研的古老中国正在消失，焦虑汉学家自己正是被抛弃的主体……焦虑'第一世界'与'第三世界'的历史关系倒置。"（Chow 4）施女士经历了类似的"东斜"[1]：原以为自己"知根知底"的中国女孩，如今以全新的面貌出现。她感到被另一种主观性所动摇，被另一种认识论所取代了。

颠覆主人的工具

"摄影业最辉煌的成就是让我们觉得，我们可以将整个世界纳入脑中，犹如一本图册……这意味着将自己置于同世界的某种特定关系之中，自以为拥有知识，也就拥有了权力……它把人变成能被象征性拥有的物件。"苏珊·桑塔格如是说（3，4，14）。东方就是一个典型的例子。阿里·贝达德提醒我们："摄影起源于东方。"他提到中东早期倡导摄影技术的保罗·尼贝尔（Paul Nibelle）曾说：

---

[1] 笔者对"dis-Orientation"的创译。

"也许我们将第一次拥有真相，而不是虚构。"（Behdad 1；Nibelle 64）但尼贝尔的说法距"事实"相去甚远；桑塔格和贝达德笔下的摄影有力地反映出殖民者与被殖民者之间的关系。

冰心以《相片》为题，令人想到上述问题那重重关系，她提醒读者注意霸权视角与"他者"视角，但却扭转了主人与从属者的关系。小说对各个人物的描述，大都以施女士的有限视角为媒介，施以其东方主义的滤镜。不过，作者夺去施女士的权威，而安排天锡为故事中的摄影师，从而帮助读者觉察，施女士看待中国人特别是淑贞的视角是扭曲的、畸形的。倘若摄影往往被用来满足殖民主义者的占有欲，那么冰心则透过天锡的镜头，质疑这个中国女孩贞静的扁平化形象，证明可以其人之道还治其人之身，以殖民者之工具来解构其掠夺性视角。

天锡镜头里的少女使得施女士震惊，因为她眼中的淑贞早已定格为一幅"静物"画，照片上的淑贞却朝气盎然。施女士甚至感觉遭到了背叛和欺骗：她耗费多少苦心建构、维护淑贞的东方形象，到头来却只是徒有其表。同时，她对青春写真的反应，扭转了桑塔格的另一个假设："所有的照片都是纪念物。摄影，就是参与另一个人（或物）的有限、脆弱、无常……企图联结或者认领另一种现实。"（Sontag 15）施女士却没有路径可以参与"另一个人"的无常变化，也无法声称拥有另一种现实，她女儿身上散发着青春的芳馨，使她不禁将目光投向自己凋萎的美丽与衰芜的气力："猛抬头看见对面梳妆台上镜中的自己，蓬乱的头发，披着一件绒衫，脸色苍白，眼里似乎布着红丝，眼角聚起了皱纹。"（405–406）而"苍白"是她之前再三用来形容淑贞的词。在此揽镜照影，"第一世界"与"第三世界"（呼应周蕾的说法）、主体与客体的关系都颠倒过来。

最重要的是，这张照片触发了她一直以来最大的恐惧：淑贞的婚事。尽管她并未将自己的惊愕明确归因于此，但她看到照片的反应，与她之前一想到淑贞出嫁就六神无主毫无二致："一种孤寂之感，冷然地四面袭来，施女士……起了寒战，连忙……将这不祥的思想挥麾开去。"（397）这两处情形下，都写到施女士的"寒战/战栗"。这张特写无疑在她脑海中上演了天锡夺爱，她就要失去淑贞了,而这回,这一幕挥之不去。她紧紧捏住这张相片,这反映出她失去对女孩认知上的把握和身体上的控制,也反映出她要把养女牢牢抓在手里的决心。

相片是在施女士缺席的一次野餐时拍的。因为病着,她未与年轻人一道出游:"原想叫淑贞也不去,在家里陪着自己,又怕打断了大家的兴头,猜想淑贞也是不肯去的,在人前虚让了一句。"(405)施女士的心思暴露了她对养女的控制欲,也暴露出她并不真正了解淑贞。结果始料未及——淑贞居然"略一沉吟,望了望拿着帽子站在门口的李天锡,便欢然地答应着随着大家走了"(405)。少女把施女士抛诸脑后,令人不禁想起佐拉·尼尔·赫斯顿(Zora Neale Hurston)的民间故事《记住你是个黑鬼》("Member Youse a Nigger"):故事中,白人主人以为他的奴隶约翰在解放后仍会留在他们"充满爱的"家里,岂料约翰欣然离去:"奥勒·马萨声声呼唤,声音堪怜。但约翰步履不停,朝着加拿大奔去。"(Hurston 90)淑贞或许对养母心存感激,但她也渴望从白人养母的禁锢中解放。

在新英格兰,淑贞羽翼渐丰。其所谓的拘谨内敛在很大程度上源自施女士的压抑,而不是什么固有的中国性格。同样,她转变为活泼的少女,既有天锡的影响,也因着他们接触的美国环境。天锡鼓励淑贞加入美国青年的团体,并考虑在美国上大学。事实上,施女士带淑贞回美国时就起过这个念头,但她看到相片后,陡然变了主意。她"双眼含泪"地宣布:"孩子,我想回到中国去。"(406)她唤着"孩子"——任何人不可能把孩子留在国外自生自灭,所以施女士显然打算带淑贞一起回中国。

淑贞正当涉世之初,情窦欲开,这会热辣辣地说要领她回国简直不可理喻,于心何忍。然而施女士就是铁了心要将淑贞的绽放扼杀在萌芽里。她似乎确信,一旦回到中国,远离天锡,养女就会恢复她惯常的角色:安静,顺从,永远留在她身边尽忠尽孝。尽管她收养淑贞本出于善心,却始终以殖民主义的眼光将淑贞视作他者,视作受抚养者,应以终身奴役来报答自己的养育之恩。故事以施女士的衔涕之言作结,淑贞作何反应我们不得而知。她也许会违背养母的意愿,选择留在美国,也许天锡会和她一起回国,把儿女情长置于孝道之上。《相片》发表的时代，西方的影响正在中国迅速蔓延，旧的行为准则正受到挑战，开放式的结尾给读者留下充分的想象空间。

《相片》的发表比萨义德的《东方学》和《哎呀！》早了几十年，其中却已然包含了这些书理论主张的核心。虽然更为常见的是学者将现成的理论运用于文学，但从文学创作中产生理论同样恰如其分，行之有效。早在"第二次世界大战"前，冰心就远远超前于她的时代，剥露了施女士对中国文化的钦赏、对淑贞的怜爱这面纱下所隐匿的殖民主义心态。多米尼克·费伦斯指出，19世纪"定义亚洲"的过程，"在很大程度上，是旅行者等人完成的"（Ferens 19）。《相片》提供了一例早期文学的个案，我们得窥新英格兰"旅人"如何积累人种学知识，施女士又是如何依循此类对东方的刻板理念来栽培淑贞。天锡建议淑贞多与美国人交往，以此了解另一种文化，这似乎是了解"他者"更可行的途径。虽然天锡对西方也是一言以蔽之——"我总是佩服西方人的活泼与勇敢……我很少看见美国青年有像我们这般忧郁多感的。"（403）——但他的观察来自日常接触，而不是人种成见。反观施女士，尽管在华几十年，她却选择固守以古代艺术形式存在的中国文化，把自己和养女跟活生生的中国人区隔开。

由此，这篇小说尖锐批判了那种简陋的认知方式，并预言了萨义德的格言："东西方扞格的界限……与其说是自然使然，不如说是人为制造的更符合事实。"（Said,"Orientalism Reconsidered" 211）冰心质疑这条界线，指出施女士和淑贞都是内向的人；她认为淑贞是旧中国的结晶，而天锡却视之为新中国的化身；施女士与其同胞对中国的看法龃龉不合——视其为文明之摇篮，或罪恶之温床；天锡心中美国人活泼勇敢的印象也完全不适用于施女士——这种种矛盾都表明，我们需要超越二元对立的狭隘。人的血统不应该规定本质主义的教养，因为种族差异不排除文化共性。

《相片》为华文亚美文学

这篇作品也模糊了中国和亚美写作的界限。三股东方主义交织在一起——

施女士的种族主义之爱、美国的种族主义鄙视,以及淑贞不自觉扮演的"模范少数族裔"的刻板印象——小说捕捉到许多赵健秀同人在《哎咿!》序言中阐述的关键主题。小说描述白人妇女在中国的孤独感与中国青年在美国的疏离感,双向揭示了跨洋移民同文化相适应的艰难过程。施女士于中美所历之双重格格不入,与很多早期亚洲移民可以共鸣,包括姜镛讫《从东到西》(*East Goes West: The Making of an Oriental Yankee*,1937)的主人公、比恩维尼多·桑托斯(Bienvenido Santos)《苹果之香》("Scent of Apples",1955)里的农民,以及裘帕·拉希里《同名者》(*The Namesake*,2003)中的父母。淑贞和天锡在新英格兰感受到的流离,与水仙花/埃迪思·伊顿的《一个欧亚裔人的回忆拾零》("Leaves from the Mental Portfolio of an Eurasian",1909,被李贵苍誉为亚美文学的鼻祖;后文还会谈到水仙花)类似。淑贞和天锡所遭遇的人格物化,也让人想到夫野渡名/温尼弗雷德·伊顿(Onoto Watanna/Winnifred Eaton)《樱次郎与三头少女之爱》("The Loves of Sakura Jiro and the Three Headed Maid",1903)中的樱次郎(Sakura Jiro)——这个故事讲述了一个日本移民在新大陆,必须表演惹人猎奇的畸形人节目来糊口。

《相片》与林露德的传记小说《木鱼歌》(*Wooden Fish Songs*,在第五章中讨论)可相参阅。白人妇女范妮对她收养的中国儿子刘锦浓也是占有式的爱。可以细数这两位养母的共性:范妮认为刘锦浓是她创造的"产物",既当照料果园的"务农黑奴",又当照料病榻的"家务黑奴";施女士则依照自己心中的东方主义形象塑造淑贞,并期待养女的无条件感恩。不同之处在于范妮将刘锦浓的西式风范归功于自己的影响,而施女士把淑贞的沉静归因于东方女性的本色。鉴于《相片》与前述亚美文本的诸多相似之处,它理应属于华文美国文学,与蒋彝(Chiang Yee)、林语堂(Lin Yutang)、容闳(Yung Wing)和伍廷芳(Wu Ting Fang)等中国人的英语作品同类,属于早期华美文学的范畴。冰心在美国生活过相当长的时间,她(至少在这篇小说中)描述了亚裔在美国的经历,符合我们在《亚美文学书目提要》中给亚美作家的宽泛定义(Cheung & Yogi v–vi)。"第二次世界大战"前,作家聚焦华人在美经历的为大宗,而冰心注意到一位美国女性在中国的故事，实属难得的补充。

这篇小说与亚美文学的亲缘关系在批判东方主义和父权家长制这两个方面尤为明显。冰心之女吴冰是中国亚美文学研究先驱学者、北京外国语大学华裔美国文学研究中心创始人，她发表过一篇论文题为《从华美文学了解美国、中国及华裔之美国》（Wu Bing, "Reading"）。《相片》正是通过描写新英格兰和第二次世界大战前中国的生活，以及在美华人的经历，展现了吴冰论文题目里的三个方面。吴冰认为亚美文学是中国读者的"反思文学"（"Reading" 105; "Concerning" 20），她对"滴水之恩当涌泉相报"的批判（"Concerning" 20）也特别适用于《相片》里对传统价值观的矛盾心理。宁乔艾玲有力地证明，模范少数族裔的称号不仅仅是"白人用来控制其他非白人少数族裔的话语工具"，中国"模范少数族裔与模范孝道"之间存在不可否认的联系（概括为一句尖刻的论调即"把你孝顺的孩子、你的医生／律师、你的模范少数族裔带到这里来"），而且"这种主体形成的精神成本"，包括"被困在那所房子里"的感觉，仍在困扰众多移民的女儿（Ninh 8, 162, 2）。宁乔艾玲大胆断言："对亚美家庭而言，模范少数族裔中属于同化主义者、个人主义者、走向上层社会的专业阶级，无异于亚美模范儿童。"（Ninh 11）我还要补充一句，亦是中国传统意义上的模范儿童。

邱艳萍和李柏青将淑贞视作中国文化两个积极面的化身，即旧中国的传统懿德与新中国的进步新女性（Qiu & Li 22），我却认为冰心在引导读者以批判的眼光来审视传统所灌输的谨言慎行、恭顺尽孝及过度报恩。设计一个白人女性来严格执行这些传统规范，并期望以奴役的形式收获感激，作者揭穿了这些自诩的美德的真面目。这些价值观通过施女士的西方视角被陌生化，愈发泛出令人不安的冷光，使作者得施两手批判东方主义和旧式女德。施女士不断强化"东方"礼节，并坚信淑贞回国后会永远孝顺，这并不仅仅是其刻板成见的暴露。除了担心淑贞出嫁会令自己失去爱女之外，施女士其他的家庭观念与许多传统的中国家长约略相似，大概也同样不利于孩子的自我发展。遇到天锡以前，淑贞本人遵从的不只是养母的期望，也是父权制给女性的制约。当施女士在新英格兰介绍中国时，淑贞静坐旁观，允许这个美国女人充当代言他者的权威，这无异于同东方主义结党、跟文化霸权共谋。尽管天锡也不愿在美国听众面前谈论中国，但他的不情愿源于他的合理推断，即关于这个泱泱大国的任何概括都不可避免地流于皮相和武断。同时，他心眼里看到的"新中国"，生动、热情、富有表现力——正如他给淑贞拍的相片所捕捉到的那样，也为女性特质提供了另一种可人的定义，颠覆了施女士所珍爱的腼腆、纤弱的形象。

国际收养

就目前普遍的跨国收养来看，传统价值观的维系与重建还有深远的影响。克莱因认为，冷战时期跨种族收养亚洲孤儿不仅是私人行为，而是深受多重因素影响的文化问题。《相片》中的跨种族收养，可以解读为克莱因所述冷战时期收养模式的先例；当被收养者的种族与血统根源异于收养家庭，尤其是欧美父母领养华裔女孩的情况，人们往往为各种文化培养方式的可行性争论不休，这时再读《相片》，可谓发人深省。辛西娅·卡拉汉（Cynthia Callahan）指出，试图补偿跨国被收养者所受损失的政策，包括"文化保护做法，如语言课和文化营，以及帮助被收养者感受与其出生文化有关联的其他方式"（Callahan 131）。这些被收养的子女到底应该按照中国传统价值观，还是根据养父母的习俗和信仰来抚养成人，仍是争论不休的难题。

郑永生指出，围绕跨种族和跨国收养的问题是"西方对文化身份和真实性所持文化态度的重要反映"（64）。大行其道的"遗产产业"宣称旨在帮助在美的中国被收养者了解其祖先文化，郑永生却提出自己的疑虑：

> 这种选择不太可能基于实际生活经验，而往往是基于文化刻板印象……最常见（且无意识）的结果是导致东方主义以及对他者异国情调的迷恋，对异域化但已逝去的往昔的缅怀，或是陷入雷纳托·罗萨尔多（Renato Rosaldo）所说的"帝国主义怀旧"……当不牵涉种族差异，即被领养者是白人婴儿时，我们就不会采用这种关乎真源的措施。（79–80）

下卷　文类与形式
第六章　以文生论：冰心

图 6-1　吴冰、李培湛、笔者等与金惠经在华裔美国文学研究中心讲座后的合影

前排左起：程娟、周炜、金惠经、笔者、吴冰、王立礼；二排左起：鲁书江、黄清华、李今朝、潘志明；后排左起：李培湛、王惠、薛玉凤、刘波。

除非是白人婴儿被有色人种的父母收养，就像水仙花的短篇小说《帕特和潘》（"Pat and Pan", 1912）一样，这个故事与《相片》的对照饶有意味。在《帕特和潘》中，美国华裔父母收养的白人男孩帕特后来被白人当局带走，原因是哈里森小姐认为"白人男孩长成个中国人，后果不堪设想"（161）。帕特转而被白人收养，他们会"像抚养美国男孩一样抚养他"（164）。卡拉汉注意到水仙花以跨种族收养"批判了同化政策"（Callahan 158）。尽管《帕特和潘》与《相片》中的亲子种族是相反的，但这两个故事都对用血统或种族决定因素来划分差异提出了挑战。

种族差异加上个人偏好，促使施女士有意保护淑贞不受其西方母亲传统的影响。这位白人母亲在漫长的羁旅生涯里经历了相当多的"中国化"。起初，她可能像她同时代的美国人一样寻求东方美学，但在中国的长期旅寄渐渐让她反感起美国青年的忤逆放诞，即使她在自己热爱的中国永远是一个外国人。因此，对中国的认同感和疏离感是同等的。尽管（或者说正由于）自己在双重文化之间都倍感边缘化，施女士似乎决心"保存"淑贞的文化作为一种静态恒德。她避免跟淑贞说英语，也不教她美国文化，从而剥夺了养女难得的双语并双重文化教养的机会。天锡批判起西方疾言厉色，但他也强调跨文化交流的重要性："我想我们应该利用这国外的光阴，来游历，"他对淑贞说，"我总是佩服西方人的活泼与勇敢……您也应当加入他们的团体，来活泼您的天机。"（403）天锡眼中的淑贞朝气、活跃，是"新中国"的化身，这颠覆了施女士对养女怀旧式的文化主义建构——1919—1926年间的中国，西方观念的优势显露，儒家文化受到质疑；天锡眼中的新形象作为打破传统的五四运动及其后的中国性体现，其真实性绝不亚于施女士的怀旧式中国印象。[1]《相片》早在跨种族收养普及之前就发表了，但这个早期的跨国故事已经告诫人们，对被收养者的抽象化和物化迷恋是伐性之斧，将他们视作文化产品也是播糠眯目。

性别接受

最后，这个故事引人关注到作者的性别接受问题。冰心被尊为白话文运动的先锋之一，作品被收入中小学课本，但她最为人乐道的身份是儿童文学作家。其原因在某种程度上是自主自愿的，且看这些书名：《寄小读者》《再寄小读者》《三寄小读者》——她明确地将一大部分作品献给年轻读者。不过，更主要是她的性别使其被归类为"闺秀派"最重要的代表——"闺秀派"作家专注的是"家庭事务"，而不是国家大事和国际要闻。史书美还呼吁关注中国现代文学史上"轻视女作家重要性"的倾向，指出林徽因和凌叔华（详见第三章）的作品在五四运动期间也被边缘化："颇具讽刺意味的是，提出民族文化复兴的男性声音取代了妇女解放的女性主义进程。"（Shih 204）史书美认为，凌叔华之所以被

---

[1] 大约就在这20世纪30年代早期，《女勇士》中果敢的母亲英兰离开村庄去上医学院："英兰代表了典型的中国现代女性，独立自主，背井离乡，独自到都市打拼，接受最现代的科学职业——医学的训练。"冰心和她同时代的林徽因、凌叔华，更不用说作家丁玲、张爱玲，都是现代中国女性的典范，与施女士所构想的沉默、软弱的东方主义女性形象相去甚远。

视为中国文学史上的"次要"作家，是因为"她的故事围绕妇孺等看似琐碎的小事，而非社会问题"；凌叔华被当时及后代的男性批评家归为"新闺秀派"的代表，从而"将凌叔华的性别与她的作品混为一谈。"（221）

风格和性别被混为一谈，冰心作为凌叔华在燕京大学的同班同学也未能幸免。尽管冰心的作家身份更显著，文学声誉也更高，但她也受到了类似的性别限制，对此她了然于心。在一篇关于她钟爱的作家巴金的文章里，冰心透露，为使她的书《关于女人》可以获得"更多的稿酬"，她曾一度使用"男士"作为笔名（Bing Xin, "About Men": 400）。这与赛珍珠类似——赛珍珠曾用笔名约翰·塞吉斯（John Sedges）出版了她后期的不少小说，因为尽管"她被誉为'大众欢迎的中国专家'……她的作品一直被认为是'女性文学'，其中多用道德说教和多愁善感的语言，不同于伟大男作家的作品"（Yoshihara 168）。巴金、鲁迅、老舍等与冰心同时代的中国"伟大男作家"，以其对封建中国的政治洞见和批判著称，而女作家的声誉则主要建立在她们优美的散文、细腻的心理和爱的哲学上。

冰心大概是通过创作美国女性的故事来扭转这种片面凝视的中国作家第一人。根据历史学家大卫·罗迪格（David Roediger）的说法，"长期以来，白人作家一直被视作研究有色人种的生活、价值观和能力最主要和最冷静的观察者……有色人种作家……则为'少数族裔'的样态提供洞见，却往往被认为是高度主观的"（Roediger 4）。由此观之，甚至不妨放眼整个环太平洋地区，冰心对白人权威的这种实验性大挪移无异于造了个反。除了施女士不在场时天锡与淑贞的对话，这个故事的主体都是从这个对自己东方主义倾向浑然不觉的白人女性视角讲述的。正如以"相片"为题，却颠倒了桑塔格所指出的摄影的殖民主义关系，这篇小说也混淆了既定的东方主义等级。施女士将中国养女视为人种学的考察对象，但她自己却也受到了中国作家冰心的冷眼凝视。

比起单维母性视角下的淑贞，冰心对施女士的刻画入木三分，施女士心理复杂的程度堪比弗兰克·卡普拉（Frank Capra）执导的电影《阎将军的苦茶》（*The Bitter Tea of General Yen*, 1933）里的白人女主角玫根·戴维斯。玫根迷上了阎将军，又在文化上拒斥他，于是在"逃离阎将军，还是让他改信仰之间"举棋不定（Palumbo-Liu 59）。施女士对待中国的态度同样纠结。她决定留在这个国家，证明她虽身为女性却独立且乐于融入外来文化的意愿。然而，她试图保存乃至霸占淑贞这个中国娃娃，暴露了其"东方主义忧郁"和"帝国主义怀旧情结"。

不同于那些种族中心主义的中美作家，冰心微妙地平衡着交叉的语调。在政治层面，她同情中国青年对施女士和新英格兰传教士所代表的美国东方主义的反抗。在文化和心理层面，动态发生了逆转：小说主张美国的个人主义和自我发展，而不是家庭和民族的故步自封。从这个层面上讲，施女士对中国的痴心不逊于淑贞对美国的日渐迷恋，而作者似乎更同情前者。尽管我聚焦于跨种族政治，以强调冰心预示东方主义的先见，但作品对施女士细致入微的刻画同样值得学者关注——美人迟暮，终身未嫁，选择异国度平生，这是一份绝佳的角色研究。借用德里克的话来说，施女士代表了"'被东方化的'东方主义者……她本人正处在智识和情感上进入'东方'的过程中"（Dirlik 119）。

用后殖民主义、亚美研究和性别研究的后见之明来读《相片》，让我们看到冰心先识过人与颠覆破故的一面。她前卫的文学胆识，让一个白人妇女独揽叙事"权威"；她娴熟的艺术手法，表现出跨种族收养的动态性与复杂性；她细腻的文学感性，观照叙事的心理等层面——这些光芒穿越时空的疆界，令观者叹赞。可惜，由于性别偏见，大家只是一味说着冰心可以传神地描摹内心世界，尤其擅写母爱。她批判中国儒家等级制度，尤其批判孝道，以及对美国人优越感的批判，统统被忽视了。当是时，大多数中国作家集中火力批判中国的封建制，视西方为力挽民族危亡的救星，冰心却注意到不平等关系，发出对帝国主义之害的警告。早在1934年，她就传达出东方主义与不断演变的中华文化之别，以及欧洲中心主义与种族无界之别。

参考文献

Behdad, A. 2016. *Camera Orientalis: Reflections on the Photography of the Middle*

East. Chicago: University of Chicago Press.

Bing Xin. 1998. The Photograph. In J. M. Rabb (Ed.), *The Short Story and Photography 1880's–1980's: A Critical Anthology* (J. Book, Trans., pp. 121–137). Albuquerque: University of New Mexico Press.

Buck, P. S. 1927, February. Is There a Place for the Foreign Missionary? *Chinese Recorder*, 58: 100–107.

Buck, P. S. 1932, July. Give China the Whole Christ: To the Editor of the *Chinese Recorder*. *Chinese Recorder*, 63: 450–452.

Buck, P. S. 1932, December 1. Is There a Case for Foreign Missions? *Harper's Magazine*, 143–155.

Callahan, C. 2011. *Kin of Another Kind: Transracial Adoption in American Literature.* Ann Arbor, MI: University of Michigan Press.

Cheng, V. J. 2004. *Inauthentic: The Anxiety over Culture and Identity.* New Brunswick, NJ: Rutgers University Press.

Cheung, K.-K., & Yogi, S. (Eds.). 1988. *Asian American Literature: An Annotated Bibliography.* New York: Modern Language Association.

Cheung, K.-K. 2018. "Pearl Buck and Bing Xin: Transpacific Postcolonial and Asian American Legacies." *Amerasia Journal* 44.3: 52–60.

Chin, F., & Chan, J. P. 1972. Racist Love. In R. Kostelanetz (Ed.), *Seeing Through Shuck* (pp. 65–79). New York: Ballantine.

Chin, F., Chan, J. P., Inada, L. f., & Wong, S. H. 1974/1983. An Introduction to Chinese- and Japanese-American Literature. In F. Chin, J. P. Chan, L. f. Inada, & S. H. Wong (Eds.), *Aiiieeeee! An Anthology of Asian-American Writers* (pp. xxi-xlviii). Washington, D.C.: Howard University Press.

Chow, R. 1993. *Writing Diaspora: Tactics of Intervention in Contemporary Cultural Studies.* Bloomington, IN: Indiana University Press.

Christian, B. 1987, Spring. The Race for Theory. *Cultural Critique*, 6: 51–64.

Dirlik, A. 1997. *The Postcolonial Aura: Third World Criticism in the Age of Global Capitalism.* Boulder, CO: Westview Press.

Eng, D. L. 2010. *The Feeling of Kinship: Queer Liberalism and the Racialization of Intimacy.* Duke University Press.

Ferens, D. 2002. *Edith and Winifred Eaton: Chinatown Missions and Japanese Romances.* Urbana, IL: University of Illinois Press.

Guo Yingjian. 2010.《全球化语境下的文学研究》*[Literary Studies in the Context of Globalization].* Beijing: Foreign Language Teaching and Research Press.

Hurston, Z. N. 1934/1990. Member Youse a Nigger. In *Mules and Men* (pp. 70–90). New York: Harper & Row.

Klein, C. 2003. *Cold War Orientalism: Asia in the Middlebrow Imagination, 1945-1961.* Berkeley, CA: University of California Press.

Li, G. 2014. 书写他处：亚裔北美文学鼻祖水仙花研究 [*Championing Chinese Ethnicity: Sui Sin Far and Her Writing*]. Beijing: Chinese Social Sciences Press.

Nibelle, P. 1854, April 22. La photographie et l'histoire. *La Lumière*, 14, p. 64.

Ninh, e. K. 2011. *Ingratitude: The Debt-bound Daughter in Asian American Literature.* New York: New York University Press.

Palumbo-Liu, D. 1999. *Asian/American: Historical Crossings of a Racial Frontier.* Stanford: Stanford University Press.

Qiu Yanping, & Li Baiqing. 2000. Culture and Character in the Mirror: An Analysis of Bing Xin's "The Photograph". *Xiongzhou University Newsletter*(1): 21–32.

Roediger, D. R. (Ed.). 1998. *Black on White: Black Writers on What It Means to Be White.* New York: Schoken Books.

Said, E. W. 1979. *Orientalism.* New York: Vintage.

Said, E. W. 1986. Orientalism Reconsidered. In F. e. Baker (Ed.), *Literature, Politics, and Theory: Papers from the Essex Conference, 1976-1984* (pp. 210–229). London: Methuen.

Santos, B. 1979/1955. Scent of Apples. In *Scent of Apples: A Collection of Short Stories* (pp. 21–29). Seattle, WA: University of Washington Press.

Shih, S.-m. 2001. *The Lure of the Modern.* Berkeley, CA: University of California Press.

So, Richard Jean. 2010. "Fictions of Natural Democracy: Pearl Buck, *The Good Earth*, and the Asian American Subject." *Representations*, vol. 112, pp. 87–111.

Sontag, S. 1973. *On Photography.* New York: Farrar Straus and Giroux.

Spurling, H. 2010. *Pearl Buck in China: Journey to The Good Earth.* New York: Simon & Schuster.

Sui Sin Far. 1995/1912. Pat and Pan. In A. Ling, & A. White-Parks (Eds.), *Mrs. Spring Fragrance and Other Writings* (pp. 160–166). Urbana, IL: University of Illinois Press.

Watanna, O. 2003/1903. The Loves of Sakura Jiro and the Three Headed Maid. In L. T. Moser, & E. Rooney (Eds.), *"A Half Caste" and Other Writings* (pp. 60–66). Chicago, IL: University of Chicago Press.

Wong, S.-l. C. 2005. The Yellow and the Black: Portrayal of Chinese- and African-Americans in the Work of Sinophone Chinese American Writers. *Chung-wai Literary Monthly*, 34(4): 15–53.

Wu Bing. 2008. 关于华美文学研究的思考 (Concerning Asian American Literary Studies). 理论研究*Foreign Literary Criticism*, 2: 15–23.

Wu Bing. 2008. Reading Chinese American Literature to Learn about America, China, and Chinese America. *Amerasia Journal*, 34(2): 99–108.

Yoshihara, M. 2003. *Embracing the East: White Women and American Orientalism.* New York: Oxford University Press.

冰心，1989/2005，《关于男人（之八）：一位最可爱可佩的作家》，贾焕亭编注《冰心集》：399–401，广州：花城出版社。

冰心，1934/2006，《相片》，卓如选编《冰心作品精编》：393–406，桂林：漓江出版社。

陈恕，2011，《冰心全传》，北京：中国青年出版社。

萨义德，1999，《东方学》，王宇根译，北京：生活·读书·新知三联书店。

张敬珏，2012，《冰心是亚裔美国作家吗？——论冰心〈相片〉之东方主义及种族主义批判》，蒲若茜、许双如译，《华文文学：中国世界华文文学会刊》第 3 期（总第 110 期）。

张敬珏、周铭，2019，《赛珍珠和冰心：跨太平洋女性文学谱系中的后殖民政治》，《外国文学》。

第七章　夺胎换骨：陈美玲、梁志英

本书第一章展示了汤亭亭与赵健秀如何通过梳理中国英雄传统来打造一个可用的往昔，从而"认属美国"。这最后一章将展示陈美玲和梁志英如何"重认连字符"——不仅通过中国和多元文化的美国资源汲取文学灵感，还通过抨击跨太平洋的性别和阶级不平等，以维护他们的双重遗产。就像汤赵一样，陈梁重新演绎了"文武"理想——书写为战斗。此外，这两位诗人还挑战了两种民族文化的社会规范：他们毫不留情地攻击连字符的东西两方。

在亚美文学话语中，中文材料的使用从一开始就是个引发困扰和争议的话题。对美华文学里东方再现的批评性疑虑重重，赵文书遂敦促批评家将注意力转向"不涉及中国或中国文化的作品"（Zhao 256）。与之相反，赵健秀主张彻底恢复真正的亚洲英雄传统。正如我在第一章和第五章指出的，他对传统经典的全盘认可，有可能重树父权制的道德规范，甚至带有"拜祖先"的味道。这种批判性论点和大多数亚美文学研究主要聚焦在内容上；作家们优游涵泳于多语言的文字游戏，形式上摘藻雕章的技巧却往往被忽视。文体研究的缺乏导致了散文对诗歌的遮蔽，强调民族志而非文学价值，缩减了一些独特的双文化艺术作品。[1] 两种语言的流通会产生大量对话的可能性。正如巴赫金（M. M.

---

[1] 近十年来，学术界对亚裔诗歌关注的不足因以下作品的出版得到了弥补：周筱静（Xiaojing Zhou）的《亚美诗歌中的另类伦理与诗学》（*The Ethics and Poetics of Alterity in Asian American Poetry*，2006），俞直美（Timothy Yu）的《种族与先锋：1965 年以来的实验性亚美诗歌》（*Race and the Avant-Garde: Experimental and Asian American Poetry since 1965*，2009），姚铮（Steven G. Yao）的《外国口音：从排斥到后种族的华美诗歌》

Bakhtin）所言："这个词的生命包含在传递中：从一张嘴传到另一张嘴，从一个语境传到另一个语境，从一个社会集体传到另一个社会集体，从一代人传到另一代人。"（Bakhtin 202）本章提供的分析策略，强调跨文化交流，鼓励英文世界和华文世界之间的相互审视。具有双重语言专长和跨国关注的其他族裔背景的作家亦可采用类似的策略。

通过陈梁二人的诗，我要证明：在既不迎合对异国情调的渴望，也不向宗法权威低头的情况下，援引民族遗产是可能的。事实上，以怀疑的眼光审视文化遗产，展开双管齐下的批判，正是华美文学的显著特征之一。我将分析陈美玲的《长恨吉他歌》和《摆脱X》，以及梁志英的《铜身铜体》和《别有洞天》，以突出两位作家在诗学等方面的协调、洞悉全球化产生的跨国联系的能力，以及他们对民族符号的重组。这两位诗人都避开了东方主义与祖先崇拜的两难困境。

在讨论这四首诗之前，我想以第一章引用的汤亭亭《女勇士》中的这句话来说明本章"夺胎换骨"（slanted allusion）的概念："中文表达里的报仇就是'报案'……报案就是报仇——不是斩首，不是剜心，而只是文字。"（Kingston 53）中国土生土长的人几乎不可能把"报仇"的"报"联系到言语上的传达、告知，就像任何一个以英语为母语的人看到"早餐"（breakfast）这个词，都不太会想起它的词源——打破禁食（breaking a fast）。如果仅从是否准确反映中国本土的表达方式来判断，"报案"无疑是拙劣的译法。然而，在《女勇士》的背景下，汤亭亭对这个语词的有意解析与她回忆录的主题产生了共鸣，让叙述者能够挑战她被迫的沉默，并根据自己的需要借用中国女剑客的传奇。汤亭亭笔下的背上刺字让中国读者想到的不可能是花木兰，而是岳飞——汤亭亭将木兰岳飞合

（续前）（*Foreign Accents: Chinese American Verse from Exclusion to Postethnicity*，2010），王棕（Dorothy Wang）的《思考其存在：当代亚美诗歌中的形式、种族和主体性》（*Thinking Its Presence: Form, Race, and Subjectivity in Contemporary Asian American Poetry*，2013）。（感谢本条所注诸位一一确认中文名）

1　感谢张子清和解村为本章翻译相关诗作。笔者与译者略有调整，如《铜身铜体》《画己为国》的诗题及"洛城干流""'异'味""铜色""碧青的瘀郁"等处。

二为一，为传统上被剥夺受教育权利的中国女性争取了文学特权。这种融合也让作者这位公开的和平主义者，将重新定义英雄主义的重点从舞枪弄剑的能力转移到唇枪舌剑的能力。与其指责汤亭亭"歪曲"了"报仇"或木兰神话，更应该赞美她精妙的自我重塑。

如"报仇"例子所示，"夺胎换骨"可以指对一个本土习语的新颖解释，也可以指对原始材料有意识的创新利用。我造这个新词，不仅是致敬艾米莉·狄金森（Emily Dickinson）的诗"曲言达意"（"Tell all the Truth but tell it slant—"），更为能像平反后的术语"黑人性"[1]一样，产生颠覆性能量，因为"偏斜式用典"（就像"斜眼"的"斜"）是一种种族诋毁，经常被用来攻击"异教徒中国佬"。我用这个词来形容亚美作家如何失格放肆或挑衅不驯地活用文学典故。关注这些作家从他们太平洋彼岸的根上汲取的无穷养分，可以为感兴趣的学者打开一个话语空间，重新定位西方遗产，推翻中美文学传统的本质主义观念，探索亚洲和亚美话语之间的差异。

陈梁虽然属于年轻一代，但与汤亭亭一样保有双语能力和连字符敏感性，有佛教倾向，偏好女权运动和民权运动所倡导的前卫思想，喜欢中美主流文化影响下的多重声音的相互作用。二人都是奥克兰国际笔会约瑟芬·迈尔斯文学奖（PEN Oakland Josephine Miles Literature Award）得主，梁志英 1994 年因《梦尘》（*The Country of Dreams and Dust*）获奖，陈美玲 1995 年因《凤去台空》（*The Phoenix Gone, The Terrace Empty*）获奖；陈美玲的《情天恨海》（*Hard Love Province*）还斩获 2015 年安妮斯菲尔德-沃尔夫国家奖（Anisfield-Wolf National Award），梁志英 2019 年获得南加州华人历史学会奖励亚太故事作者的金穗奖（Golden Spike Award）。两位诗人年轻时都潜心学习汉语。陈美玲 1977 年在马萨诸塞大学阿默斯特分校获得中文学士学位；1974—1975 年间，梁志英进修了一年多的中文和比较文学。两人都承认中文教育对自己写作的影响。"有这样的天赐良机，能以杂合的形式来精确表达我的观点，对我的双重

---

[1] 感谢罗良功提供"negritude"中译。

文化身份发表声明，真是令人兴奋……我经常用传统的方式放一滴黄血来表明自己的双重文化身份……来扰乱既定秩序。（Chin M.，"interview"：113）梁志英说得委婉些："学习中文的时候，我可能会玩文字游戏和双重意义。这帮助我理解汉语的双关语。学习中文帮我发现语言的共振，我会有意识地选择那些在中文里也有意义的名字、书名，比如《凤眼》"（Phoenix in Transit: An Interview with Russell Leong 278）。事实上，凤凰，这东西方神话里翙翙其羽的鸟，在陈美玲的《凤去台空》（1994年）和梁志英的《凤眼》（*Phoenix Eyes*，2000）中都雝喈有声。

与早年致力于"认可美国"的亚美作家不同，这两位诗人同时重认中国和美国，不过是以他们自己的方式，通过修辞手法，用中国典故，使得固有表达重获新义。在《长恨吉他歌》里，陈美玲彻底改变了中国和多元文化文学中关于女性幽居的表达，营造出创意书写的空间；在《摆脱 X》里，她把一首唐诗变成了女性主义的独立宣言。梁志英在《铜身铜体》中，将污蔑转化为同理、同心的字眼；在《别有洞天》里，他引用了一句谚语，这句谚语指示着异国景观，却赫然揭示着种族和社会分层，也纪念着太平洋两岸的移民劳工。陈梁的这些引经据典是抵制而非加强父权权威和东方主义。

《长恨吉他歌》

陈美玲钦慕汤亭亭，为她翻作了一首散文诗《长恨吉他歌》：

长恨吉他歌

苦涩的一九八八，我流落到加州圣地亚哥，嫁做人妇。时值盛夏。我在西夫韦超市的阴阳招牌底下买菜。停车场里，小狗们随着吉他的曲调嚎叫，那曲调太熟悉，拨动六十年代的狂热和焦愁。我问那吉他女的芳名。

她答道：

"石兰。但如果你胆敢这么叫我，我会干掉你。"

我说：

"确实，对一个嗓音如仙乐的人来说，'石'字嘲哳难为听。"

她说：

"我憎恶的是'兰'；娇气，老套，庸脂俗粉。"

我从购物袋里掏出一瓶青岛啤酒给她，催她继续弹。

她唱出搭顺风车周游全国的浪漫，月亮和湖泊，雁鸣的嘹嘹乡音，赶考落第；还有那上战场的男人，上望夫台的女人。歌中有庭院，庭院深深深几许，歌里有掠夺国家的膏梁纨绔。

感斯人曲，始觉有迁谪意。我本也可以当个天涯歌女，唱出昔日之春，但我失去了摩城唱片。我催她继续弹：

嘈嘈如急雨

呦呦如深林迷鹿[1]

切切如私语

狺狺如中庭吠犬

旋即，她变调不似向前声，轻拢慢捻暗恨生，唱起死亡，唱着吉他匣子像樟柩一样打开，毛骨悚然声声颤，弦弦掩抑声声思。告诉我，兰，我们何去何从？《易经》并不代表变易。天命不可变。你我命中已注定。"

兰说——这首是挽歌，也是复苏。

一别两年，我疯了。我不能做饭，不能洒扫。我的房子变成了猪圈。我的孩子变成了罪犯。我丈夫跟另一个女人风月缠绵。圣塔安娜风起，房子焚为灰烬，那时我正坐在车库上方一条粉红色的缝隙里，唱着"二十为君妇，三十眼中钉"。

一天，当我行驶陌上，收音机里传来一个声音。那是石兰。她说："这首歌献给我的一个老友。她的名字叫美玲。她是个热情敏感的主妇，如今住在加州地狱溪。特为她献上这首《长恨吉他歌》。"

---

[1] 译者猜想"Ming, ming, a deer lost in the forest"是否取典《诗·小雅·鹿鸣》——毛传："呦呦然鸣而相呼，恳诚发乎中，以兴嘉乐宾客，当有恳诚相招呼以成礼也。"作为古代宴嘉宾所用乐歌，《鹿鸣》的典故也恰如其分——后果得陈美玲证实。——译者注

我方才懂了这歌中之曲，柳中之泪。流离的你，走着，说着，看似活着——也许已经长眠，等着被长恨吉他歌招魂。

——献给汤亭亭

（Chin M., *Phoenix Gone*: 25，吴爽译）

即使最后没有明确的题献，这首诗取典于《女勇士》也是显而易见的。汤亭亭的回忆录中有五个家族里和传说中的女人：无名姑姑、传奇战士木兰、叙述者的母亲英兰、英兰的妹妹月兰和女诗人蔡琰。[1] 陈美玲笔下的叙述者美玲让读者想起月兰，月兰也是因为丈夫出轨而变得精神错乱；美玲也很像流亡诗人蔡琰，蔡琰为"蛮夷"音乐填词《胡笳十八拍》。至于石兰，让人想到雌雄莫辨的木兰、善说故事的英兰，还有女诗人蔡琰。

陈美玲的诗里有很多文学作品的影子，《女勇士》只是其中之一（还包括《诗经》）。《长恨吉他歌》显然应和了白居易的《琵琶行》——琵琶女"本是京城女"，"名属教坊第一部"，"一曲红绡不知数"；然年长色衰，委身为贾人妇，而"商人重利轻别离"：

　　去来江口守空船，绕船月明江水寒。

　　夜深忽梦少年事，梦啼妆泪红阑干。

白居易满腔迁谪之感、沦落之恨，始觉与琵琶女同病相怜，遂请她再弹一曲：

　　我闻琵琶已叹息，又闻此语重唧唧。

　　同是天涯沦落人，相逢何必曾相识！

　　我从去年辞帝京，谪居卧病浔阳城。

　　浔阳地僻无音乐，终岁不闻丝竹声。

　　……

　　今夜闻君琵琶语，如听仙乐耳暂明。

　　莫辞更坐弹一曲，为君翻作琵琶行。

1　蔡琰也是陈美玲《黄色狂想曲》中《粗犷之美》（"Bold Beauty"）这首诗的题材（Chin M., *Rhapsody*: 52）。

感我此言良久立，却坐促弦弦转急。

凄凄不似向前声，满座重闻皆掩泣。

座中泣下谁最多？江州司马青衫湿。[1]

  琵琶女、白居易和美玲都是流离转徙的艺术家。不过，白乐天从未问过琵琶女的名姓，陈美玲却用了一大段来讨论吉他女的大名。这个名字间接地向《女勇士》致敬。在汤亭亭的文本中，月兰和英兰的名字里都带个"兰"字，她们与木兰就有了一种象征性的金兰之谊。在木兰、英兰、月兰之外，陈美玲又加上"石兰"。为了不像《琵琶行》中的琵琶女或《女勇士》中的无名姑姑那样无籍籍"名"，陈美玲给吉他女取这个用典的名字，以此间接宣称自己继承了华美女性主义的文脉。

  然而，石兰憎恶她名里的花，因为兰花"娇气，老套，庸脂俗粉"。想必，她不稀罕走一个东方少女娇滴滴的老路。（或许这也是陈美玲之所以用"石"来加固花的缘故。）美玲似乎是为了回应她特立独行的性格，递给她一瓶青岛啤酒来代替听音乐的投币。在《琵琶行》中，只有男主人与其宾客"举酒""添酒"，而陈美玲给予她的女音乐家酒逢知己的自由——据说美酒曾激发无数唐宋诗词，其中一个显著的例子将在下文《摆脱X》时讨论。此外，与独守"空船"的琵琶女不同，吉他女为"搭顺风车周游全国"而放歌。由此，陈美玲调整了对《琵琶行》的引用，不仅给了她的女音乐家一个名字，还赋予她传统上男性畅享的饮酒和旅行的特权。

  陈美玲还在诗里对李白《长干行》（她参照庞德的译本）的诗句进行戏仿："十四为君妇，羞颜未尝开……十五始展眉，愿同尘与灰。常存抱柱信，岂上望夫台。十六君远行，瞿塘滟滪堆……感此伤妾心，坐见红颜老。"[2] 都是将婚姻的幸福深化为永恒的爱，尽管伴着分离和孤独守候。美玲则反其意而歌之，她唱的是婚姻的幻灭："二十为君妇，三十眼中钉。"[3]

---

[1] 本诗版本出自上海辞书出版社 2018 年《唐诗三百首鉴赏辞典》。——译者注
[2] 本诗版本出自五代后蜀韦縠《才调集》。——译者注
[3] "上望夫台的女人"也化用了《长干行》里的"岂上望夫台"。

除了白居易和李白，陈美玲还引用了李清照。就像香山居士喟叹"同是天涯沦落人"一样，美玲听到吉他女唱"庭院深深深几许"，"始觉有迁谪意"。这句歌词取典于李清照，而李清照也是直接用了欧阳修《蝶恋花》词首韵"庭院深深深几许"全句——易安居士自序："欧阳公作《蝶恋花》，有'深深深几许'之句，予酷爱之。用其语作'庭院深深'数阕，其声即旧《临江仙》也。"

李清照尤以写寡居的憔悴凋零而动人，《临江仙》就是她晚期的代表作之一：

庭院深深深几许？云窗雾阁常扃……

如今老去无成。谁怜憔悴更凋零。

试灯无意思，踏雪没心情。[1]

连叠三个"深"字，写出中国旧式宅邸特有的范式：一宅之内分前后几进院子。但陈美玲用的英文单词"court"更多一重含义：既指庭院，[2]也指朝廷。这种双关将被贬的官员与被隔离的女性联系起来，因为"赶考落第"的学者和失宠的官员（如白居易和李白）无法进入朝廷，被迫颠沛流离。在陈美玲看来，如此禁锢好比深闺中的压抑——打入冷宫的妃嫔，被休或失宠的妻子，还有孤苦无依的寡妇。于是，这个貌写闺怨、实蕴失志的双关语——串联起天涯沦落人："谪居卧病浔阳城"的江州司马、把自己锁在暗室的弃妇月兰、"人老建康城"的南渡寡妇，还有羁孤的美玲——"流落到加州圣地亚哥""嫁做人妇"，两年后，"坐在车库上方一条粉红色的缝隙里"唱一首摧心肝的歌。

就像这些文本中提到的各种封闭空间一样，陈美玲那条车库上方的粉色缝隙也有双重含义，带着性暗示的影射。它呼应着"望夫台""空船""庭院深深"，也许还呼应着哈丽雅特·雅各布斯（Harriet Jacobs）《女奴生平》（*Incidents in the Life of a Slave Girl*）里的阁楼、夏洛蒂·勃朗特（Charlotte Brontë）《简·爱》

---

[1] 本词版本出自南宋曾慥辑录之《乐府雅词》。——译者注

[2] 感谢赵晋超分享这则身体概念："14世纪初，巴黎亨利·德·蒙德维尔（Henri de Mondeville）的外科专著《手术》（*Chirurgie*）揭示了身体的隐喻和象征价值：身体，尤其是女性身体，是一个庭院……（the body, especially the female body, is a court... ）"（Paul Binski: *Medieval Death: Ritual and Representation*. London: British Museum Press，1996年，65页）——译者注

（*Jane Eyre*）里的阁楼，还有玛雅·安吉洛（Maya Angelou）的《我知道笼中鸟为何歌唱》（*I Know Why the Caged Bird Sings*）——都是与幽禁女性有关的地方。[1] 但是粉色缝隙也会让人联想到子宫——或者更形象地说，一个孕育思想的吴尔夫式的"自己的房间"。陈美玲暗示，孑栖的女性与其廓落自怜，自悔"本也可以当个天涯歌女"，不如将束缚转化为创造，长歌当哭。

《琵琶行》的琵琶女、《长干行》"嫁得瞿塘贾"的妻子、《临江仙》的遗孀、《女勇士》的月兰、《长恨吉他歌》的美玲，都因丈夫的缺席或遗弃而凄凄惨惨戚戚（同时丧失美丽或理智）。通过援引这些女性，并让美玲站在她们身边，陈美玲暗示配偶遗弃造成的破坏是永恒的："《易经》并不代表变易……你我命中已注定。"但木兰、英兰和蔡琰（还有汤亭亭，她的房子在1991年被烧毁）同时在石兰和美玲身上转世，将《长恨吉他歌》从哀叹似水流年的挽歌重铸为呼吁女性主义的觉醒，[2] 棒喝那些哀莫大于心死的女性——"流离的你"——无魄孤魂从活死人堆中站起来，就像那飒爽的吉他女，打破失恋的陈词滥调，颠覆女人就是为了她的主人[3]而存在的。石兰写歌并不依赖男人的赞助，反为美玲献歌一首，陈美玲由此提出女性之间相依相伴、相互扶持的展望。

这首叙事诗丰富的层次源于密布的典故，既有结构性的，也有附带性的，"帘幕无重数"。正如吉他女演唱的"歌中之曲"，中国套盒的结构搭建起陈美玲的互文性：陈美玲为汤亭亭作诗《长恨吉他歌》，嵌套石兰为美玲写歌《长恨吉他歌》，嵌套白居易为琵琶女作诗《琵琶行》；美玲的歌，嵌套《琵琶行》中商人妇的歌，嵌套庞德所译《长干行》中商人妇的信；美玲"粉红色的缝隙"，嵌套吉他女唱的"望夫台"，嵌套庞德译的"望夫台"，嵌套李白原诗的"望夫台"；石兰的歌词"庭院深深深几许"，嵌套李清照的《临江仙》，嵌套欧阳修的《蝶

---

[1] 感谢罗伯特·基里亚科斯·史密斯（Robert Kyriakos Smith）提醒笔者注意陈美玲对哈丽雅特·雅各布斯的致意，以及幽禁女性的文学传统由来已久，且四海皆然。

[2] 诗中的"觉醒"（awakening）也在致敬凯特·肖邦（Kate Chopin）的《觉醒》（*The Awakening*）。

[3] "十四为君妇"中，"君"本为夫妇之间的尊称，庞德却将其译为君主（At fourteen I married My Lord you），所以这里用到"主人"（lord）。——译者注

恋花》;《长恨吉他歌》嵌套琵琶女的歌与蔡琰的歌;陈美玲的"石兰",嵌套汤亭亭的木兰、英兰、月兰,嵌套花木兰。

图 7-1　陈美玲(右)与笔者在"知音树"

《琵琶行》、《长干行》和《临江仙》这一系列用典移宫换羽的变奏可谓"曲言达意"。这三首古诗词都属于"闺怨诗",《临江仙》尤数个中翘楚。不过,陈美玲重入这一门类,与其说是悲叹弃妇,不如说是激励女性通过一己魄力与相互支持重振此生。白居易的琵琶女、李白的江贾妇和李清照的苦遗孀哀吁自己凄凉的独居,却又听天由命。陈美玲笔下坚韧的吉他女却把黯然销魂的美玲从落魄中唤醒,她乘着歌声和关怀向美玲伸出手来。

《摆脱 X》

同《长恨吉他歌》一样,陈美玲的《摆脱 X》(诗中圣地亚哥的主人公同样婚姻不幸福)也以性别问题为中心:

摆脱 X

我的影子跟随我到圣地亚哥,
默默地,没有一句怨言。
没有绿卡,没有身份证,
她嫁给了我的宿命。

月亮烂醉,厌食
东盈西亏,轻重无常
我的影子舞步怪拙
憎恨她无法离我而去

月亮哀悼他未写下的小说,
光着身子,到林子里哭,而后消逝
明天,他会回来揍我
碧青的瘀郁——一次又一次

别了,月亮;别了,影子。
我的丈夫,我的爱人,我迟到了。
太阳会从窗口射出,骤然坠地,
我必须纵心一跃。

(Chin M., *Rhapsody*: 45,解村译)

《摆脱 X》戏仿了诗仙李白的《月下独酌》:

月下独酌四首 其一[1]

花间一壶酒，独酌无相亲。

举杯邀明月，对影成三人。

月既不解饮，影徒随我身。

暂伴月将影，行乐须及春。

我歌月徘徊，我舞影凌乱。

醒时同交欢，醉后各分散。

永结无情游，相期邈云汉。

李白与陈美玲的主人公迥然不同。踌躇满志的古代翘楚到了陈美玲笔下，化身为一个现代怨妇，将满怀悱恻投射在月与影。和影子一样，她似乎是一个自轻伏低的非法移民（"没有绿卡，没有身份证"），依附于配偶。虽然李白和美玲都是月与影的化身，但月下独酌的男人总是发号施令，不管是字面上还是象征性地：他带头喝酒、唱歌、起舞，嫌弃月亮是个没情趣的酒友，影子不过是个跟屁虫。而《摆脱 X》中的"我"则显得羞畏怯懦、唯命是从。当李白的"我"贬低月与影，陈美玲的"我"却是遭鄙、遭恨、遭虐待的对象。

这种对比主要源于性别差异。一方面，陈美玲第二诗节中"烂醉，厌食"的月亮是个巧妙的拟人化隐喻，捕捉到月亮的盈亏。但神经性厌食症是一种饮食失调症，主要困扰着年轻女性，她们承受着向芭比娃娃看齐的压力，保持苗条身材，为悦己者容。这位华美诗人通过糅合阴晴圆缺的月亮（这是中国诗歌里经常出现的意象）以及被性别标准包围的女性身体的妙喻，辅以现代临床形容词来表达，揭示出她自己消极的自我形象、抑郁、饮食失调。[2] 同样，影子对身为附属品的不满放大了主人公的自我厌恶，表达了她被配偶常在缠缚的矛盾心理。

第三诗节阐明婚姻问题。诗中的丈夫似乎是个不得志的小说家，冲妻子发泄挫败感。[3] 主人公仍将自己的情感投射到无生命的物体上（此处是月亮），怅恨

---

1 本诗版本出自宋蜀刻本《李太白文集》（卷二十一）。——译者注
2 尽管月亮的性别是模糊的，但酗酒似乎指的是丈夫而非她自己；家暴往往与醉酒有关。
3 陈美玲在 2009 年 3 月 14 日的邮件中向笔者透露，她也"暗暗批判了"当代西方世界"小说重于诗歌"的文类倾向。

她丈夫的文思枯竭，兴许因为她以配偶的成功来衡量自身价值，兴许因为她害怕他在文学抱负受挫后的施暴："明天，他会回来揍我／碧青的瘀郁———一次又一次。"这种对反复殴打的节奏与李白诗歌中傲然自得、及时行乐的主题相去甚远。取而代之的是无尽的痛苦和无尽的碧愁（blue）———是青瘀，也是情郁。

然而，到了最后一节，月亮"疯狂"的影响被太阳的启蒙所取代。唐人渴望同月与影重聚在云汉，"我"却在发现自己怀孕后（"我迟到了"[1]），向丈夫和影子情人告别。在前三节中，她都是被动的，却在诗的最后一行迈开她的第一步——或许也是最后一步："我必须纵心一跃。"

这句含混的作结至少有四种解释。首先，陈美玲可能又在玩一个模仿游戏。传说李白游采石矶，醉入江中捉月而死。[2] 他疯狂的一跃暗示了一种自杀企图：陈美玲的主人公可能已经决定跳出窗外，逃离她的婚姻监狱一死了之（这让人想起《长恨吉他歌》中关于家庭禁锢的各种隐喻）。在一情境中，"faith"可以指对转世的"信仰"。第二种可能性是主人公可能试图通过摔倒导致流产。或者，她可能已决心掌控自己的生活，对自己有"faith"——有"信心"离开专横的丈夫和自卑的自我。最后，从某种意义上说，与前一场景密切相关的是，她作为一个诗人，可能正在"纵跃"想象力。在这种解释中，主人公不同于她一事无成的丈夫和一言不发的影子，而终于通过文字找到了自己的声音；她"报案"（借用汤亭亭对"报仇"的独特诠释），创作了这首复仇诗，恰如其分地以《摆脱 X》为题。

这个神秘的诗题同样也有多种解读。"X"最有可能指前夫或前任情人[3]：主人公要告别对自己施暴的配偶，也作别醉生梦死的月亮。"X"还是代数中的未知变量，还是文盲经常用来代替个人签名的符号，因此是匿名和文盲的标志。陈美玲在《长恨吉他歌》里强化女性的名字及其智识能量，以挑战中国传统中女性的无足轻重与目不识丁；《摆脱 X》则可能意味着摆脱自己作为冷血配偶的缪斯这一从属角色，给予自己文学上的认可。

1　英文中以"（月经）迟到"作为怀孕的委婉语。———译者注
2　唐末进士王定保在《唐摭言》里记载：李白着宫锦袍，游采石江中，傲然自得，旁若无人，因醉入水中捉月而死。———译者注
3　英文中，与"X"同音的 ex- 前缀，表"前任的"。———译者注

在主人公怀孕的语境中,"X"于遗传学上也有意义:女性有两条 X 染色体,而男性有一条 X 染色体和一条 Y 染色体。取决于我们是倾向自杀还是人工流产的解读,主人公或许是在摆脱自己(一个由两条 X 染色体构成的女性),或许是在摆脱一个可能是女孩的胚胎;她或许希望自己重生为男性,或许希望她的胚胎为男性。然而,主人公从未要求别人给她一个"Y",所以她很有可能只是想处理掉第二个"X":变成单性同体,或者生下一个没有任何性别包袱的孩子。这种解读看似牵强,我可是找到了作者笔下的依据——陈美玲《吉他的寓言》("Parable of the Guitar")里,主人公想象了一部小说,其中的居民都是"高效的生物,每个人都具备阴道和阳具用于自我繁殖"(Chin M., "Parable": 193)。[1]

《月下独酌》与《摆脱 X》都歌颂某种自给自足。然而,《摆脱 X》揭露家庭暴力,间接地对女性依赖提出警告,暗示性别解放(通过修改性染色体并借用月与影来影射一个三人家庭中的对食行客),玩弄了唐代诗人的浪漫狂想,就像石兰的"反歌"扭转了《琵琶行》、《长干行》和《临江仙》中女性命定的比喻。因此,陈美玲的最后一句可以理解为诗人对祖先崇拜不以为意的倔然尝试:将自己从中国古典影响的焦虑中摆脱出来,特别是从不朽诗人的掌控中解放出来。陈美玲的夺胎换骨和新词双关,从李白那里获取了自主权——对诗仙梦笔下的酩酊之态,她清醒地反唇相"击"。

陈美玲的《长恨吉他歌》和《摆脱 X》不仅与中国的闺怨有关,也与美国梦有关。这两首诗将主人公不幸的婚姻置于华人移民的背景下,在另一重语域呈现出婚姻不和——这个赉志未酬的美国梦,寓意深刻地反映了历史上华裔美国人的集体经历。在赫然冠以《画己为国,1990—1991》("A Portrait of the Self as Nation, 1990–1991";陈美玲选择这一诗题作为自己 2018 年诗集的书名)之名的长诗中,陈美玲以婚姻为巧喻,明确阐述性从属与种族从属之间的相似之处:"你想要的就是这样的我——/ 酣睡、沉寂、接近死亡,/ 麻醉于华美的移民之梦 / 梦想世界美好,夫妻和睦"(Chin M., *Phoenix Gone*: 95;亦见 Yao

---

[1] 可参看张欣、张敬珏:《既问西东,也问往来——陈美玲之〈吉他悲曲〉与〈吉他隐喻〉解读》,《外语论丛》2018 年第 1 期:18–29 页。

209–216，解村译）。在此，东方女性都是温顺妻子的偏狭想象演变为亚美之辈都是模范少数族裔的刻板印象——只要主体不反对制度化的种族主义和性别歧视，主流文化就会接受甚至标榜这种定型观念。

本章主题所限，无以详述陈美玲在她广博的创作中，如何敢于将个人与政治连体。只提请读者注意，她援引《月下独酌》既不是出于对东方的乡愁，也不是出于对西方的迷恋，而是为了对比唐代诗人的男性特权与华美女诗人的悬殊地位，前者允许诗人醉心于孤芳自赏，而后者必须置身于性别、公民身份、阶级、性和众声喧哗（heteroglossia）之中。

《铜身铜体》

梁志英的诗也体现了这些外境的局囿，他通过各种边缘化的群体，来激发社会意识，促进社会福利。如果说陈美玲运用混合诗学来对抗两种父权传统，梁志英则以之来挑战大洋两岸贫富与少数群体不平等的文化。王棕用犀利的讽刺阐释了陈美玲如何运用中英文诗歌形式，并通过犀利的讽刺去"表达一位21世纪华美女诗人的多重视角，强调她和其他美国人一样，思想上和诗歌上都属于美国合众为一的正统"（Wang 161）。异曲同工，梁志英也将工人等少数群体纳入了政治体系，以表明他们也和其他人一样属于这个群体。在《铜身铜体》中，梁志英将恋重新定义为流动的、普遍的，打破了同和异、我们和他们、女人和男人、身体和灵魂的二元对立：

《铜身铜体》

我见到一个铜身铜体——

既非女，也非男

无相，无皮，不知立于何地

北京的眼睛

香港的嘴唇

贵州的脾脏

广州的肚子

新加坡的脚。

我摸摸一个光滑的铜体——

看不出何年何月何日生

他的手指尖

伸到加拿大和美国

他的大腿和小腿伸到马来西亚

他的脚趾碰到泰国和越南

他的身体从意大利溜达到澳大利亚。

我听见一个铜体

响亮地发声——

一边吟唱，哭泣，祈祷

她/他讲出爱与欲的故事

诉说无家可归和孤苦伶仃。

我知道像你一样的铜体

艾滋病毒阳性者

艾滋病毒阴性者

但我还是会吻你的嘴唇

和你身体的各部分

为了每个人的爱

谁也没有错。

因为我拥有这铜身铜体——

你，你，还有你也一样。

因为我们是一体，是还是不是？

（Leong, "Tongzhi": 234–235, 2021 年 11 月修改，张子清、张敬珏译）

从表面上看,《铜身铜体》是一首"肢解诗"(blazon)传统的应景诗,为纪念1998年2月的一次会议。会议吸引了来自17个国家和地区的200名与会者,其家乡涉及梁志英在前两个诗节中提到的地名:美国、加拿大、意大利、澳大利亚、马来西亚、新加坡、泰国、越南,以及中国的北京、广州、贵州和香港(Wong A. D. 764)。除了枚举与会者来自不同地区,对亚太地区具体地点的罗列也削弱了长期以来,被描述为外国舶来品的"西方疫病"的说法。

在此会议的背景下,梁志英的诗题表面上像社会活动家,但是这个题目有更多深意:梁志英通过反复与多样的体现,使这一称谓变得有血有肉,因而适用于全人类,起码适用于所有有色人种。诗末的注释表明,这首诗把两重意思重新组合,把它从边缘推到了人类的中心。《铜身铜体》中的"同志"就是一个多重夺胎换骨的完美例子。我们需要简单回顾这一术语的词源学发展,以了解它是如何在政治光谱上被转向再反转向、被左倾和右倾、被恐异的记者推到边缘又被社会活动家重新利用,最后梁志英再一次旋转它,既离心又向心,将其变成一个普遍的能指,并把它从贬义词转变成万众一心的团结术语。

王迪伟(Andrew D. Wong)对"同志"的词源进行了大量记录,以说明巴赫金的论点,即尽管这个词的生命从一个语境演变到另一个语境,但"这个词不会忘记它自己的道路,也不能完全摆脱它所进入的这些具体语境的力量"(Bakhtin 202;Wong A. D. 763)。这个中文标签与政治话语的联系"自孙中山先生用在遗嘱中开始加强":"革命尚未成功,凡我同志,务须……继续努力。"(Wong A. D. 768)这个称谓被赋予浓烈的革命主义色彩,象征"革命者之间的团结、平等、尊重和亲密"(Wong A. D. 768)。"同志"作为通行称谓在人民群众中,则取代了象征"社会地位和阶级差异"的称谓(Wong A. D. 769)。20世纪80年代,记者用这个词来嘲弄维权人士,以"增加新闻的娱乐价值"(Wong A. D. 763);主要用于耸人听闻的报道,如"谋杀、斗殴、俱乐部秘闻和家庭纠纷"(*The Reappropriation of Tongzhi* 766)。不久,维权人士将这一贬义词挪用,强调其"尊重、平等和反抗的积极内涵"(Wong & Zhang;Wong A. D. 765)。随后，这一表达也作为中性标签出现在主流媒体上。时至今日，这个备受争议的标签仍被广泛使用——或褒或贬或中立。

梁志英利用了这个词的褒义，并将其扩展到想象中的国际社会，洞察各式各样的美，表达宽容、包容和接受的必要性。通过将"铜身铜体"与世界各地联结起来，诗人不仅描绘了大亚洲少数群体的普遍情况，也瓦解了不同民族之间、男女之间、不同年龄的人之间、有艾滋病者和无艾滋病者之间以及世俗与神圣之间的界限。梁志英将不同的地理区域定位为人体的各种器官和结构，从而强调这个庞大的群体是何等繁杂又不可分割，性别差异的梯度可能跟人类体质的差异一样多，但它们都属于同一个语料库，"合众为一"（E Pluribus Unum，美国国徽正面的格言）。

另外，生物性意象驱散了传统上对身体（特别是女儿身）的诋毁，且颠覆了人们普遍认为其纯粹由欲望驱动、缺乏情感以及公然违抗正统宗教的假设。李雷洁指出，亚洲女性作为"可分割的实体"，经常被分解为身体的部位（Lee 2）。梁志英却将她所说的"碎片化的逻辑"（Lee 3）转化为团结力量的逻辑，使得人人相连，甚至人神合一。

这种凝聚力和普世性既是惠特曼式的，又是佛教徒式的。《铜身铜体》无所不包的男高音应和着惠特曼（Walt Whitman）《我自己的歌》（"Song of Myself"），尤其是那开篇的诗行："我赞美我自己，歌唱我自己，……因为属于我的每一个原子也同样属于你。"以及，"我欢迎我的每个器官和特性，也欢迎任何热情而洁净的人——他的器官和特性，/没有一寸或一寸中的一分一厘是邪恶的，也不应该有什么东西不及其余的那样熟悉。"[1] 好似惠特曼，梁志英打破人际隔阂，珍视每个人体器官，更凸显出被惠特曼的黑、白人群所掩藏的铜色身体。

《铜身铜体》中有三个意象。首先是性别折叠："既非女，也非男"。其次是不确定的时间："看不出何年何月何日生"。最后是勃勃舒展的四肢："手指尖伸到加拿大和美国""大腿和小腿伸到马来西亚""脚趾碰到泰国和越南"。虽然手

---

[1] 惠特曼：《草叶集》，赵萝蕤译，上海：上海译文出版社，1991年，59、63页。——译者注

脚伸探到地球的各个角落，但它们都属于同体曲线。梁志英暗示人群的诸多分支都是构成人类大家庭的"成员"，必须协调合作，以实现大家庭的内在福祉，免遭肢解之灾。

梁志英没有将灵与肉割裂开，也没有怪罪这些少数者，而是培养博爱的同理心和亲缘关系。在淡化性别和年龄差异时，梁志英将各种形式的不容忍联系起来，包括性别与年龄歧视，所有这些都助长了"无家可归和孤苦伶仃"。正如梁志英在《凤眼》里描述的那样，艾滋病患者可能遭受着最残酷的排斥，甚至被自己的家人隔离（见第四章）。弱势群体很难宣之于口（就像陈美玲《长恨吉他歌》里年老色衰的主妇、弃妇、寡妇），尤其是艾滋病患者，是一个内部分歧的社会中最喑哑、最压抑的因子。梁志英的诗，打破了这种沉默，让人们听到被消之音："我听见一个同志身／响亮地发声——／一边吟唱，哭泣，祈祷／她／他讲出爱与欲的故事。"

梁志英将弃民群体视为一个无国界社群的基本"成员"。辛西娅·刘对梁志英小说的直观体现在这首诗中："对梁志英而言，亲缘关系与联结存在于家族以外的纽带和联盟，这些纽带和联盟从亚美同异恋者重新定义社群概念开始向外蔓延。"（Liu 1）诗人已将弱势群体的微观世界变成宇宙的宏观世界，甚至海纳了精神领域。《铜身铜体》要吻遍"艾滋病毒阳性／艾滋病毒阴性……为了每个人的爱／谁也没有错"，把可怜的身体变成可爱的对象。就像《凤眼》，梁志英的《铜身铜体》也调和了世俗与神圣，认可所有生病和健康的人。

"同志"，字面释义"志趣相同"，[1]作为常见称谓以来已历三番反转：先是被记者用作蔑称，后被活动家用作尊严的标志，又由梁志英将其自我指涉延伸到所有人，创造了一个有着共同愿望的全球想象共同体。他使得这个词重新焕发出"团结、平等、尊重和亲密"的积极内涵（Wong A. D. 763），这种正面能量的积累历经共同努力的号召、建立平等社会的目标，以及活动家对接纳与包容的追求。梁志英从字面上解析这个称谓——回归"志向"之"志"，连通

---

[1] "志趣相同"的用法可以上溯到古代典籍，如《国语·晋语四》："同德则同心，同心则同志。"《后汉书·杜栾刘李刘谢列传》："所与交友，必也同志。"——译者注

"同"字之"相同"与"共同"这两重含义——进一步强化了以上内涵。梁志英的整首诗都在强调"同志"的共同特征：同志是居住在人体内的多元实体。诗人暗示说，既然是同样的，他们就应该有一个共同的愿望——共同努力实现宽容、悦纳与和谐，而不是分裂成小派别。"同"这个字很容易让人想到"同心合力""同心同德""同舟共济"。

在前两个诗节中，将不同的地域与身体的部位关联起来，既揭示了不同性向的人四海有之，也揭示了"联体"。但这条逐渐形成的统一战线最终以问句作结："因为我们是一体，是还是不是？"大概是有些成员更愿意彰显他们在每一个被剥夺了公民权的社群内的差异，以及与主流社会之间不可缩小的差异（反之亦然），而"我"允许成员之间存在差异，并不将同志们同质化。然而，"人人不同"只会将差异变成人类"共同"的境况。鉴于这首诗强调人类是一个超越所有人为组合的大家庭，那些拒绝承认和接受差异的人可能将自己置身于人类之外了。从本体论上说，无论是"同志"还是一般意义上的人类，我们要么是一体的，要么什么都不是——"我们"不存在。

《别有洞天》

梁志英关于亨廷顿图书馆中国园林的诗《别有洞天》设想了另一种全球性的交情——移民劳工团体。建造这座花园的必要材料——木材、岩石、钢铁、水——都被梁志英用作关键意象，以召唤并记述为中美两国宏伟工程做出贡献的劳工。正如工匠们把原材料缔造成复杂结构一样，梁志英别具匠心地把这些具体的标志沉积成富有层次感的诗行：

《别有洞天》

（一）

通过

此门你便进入花园。

黎明

花园没有完工，但感觉到它已成型。

每一步都沾上洛城干流[1]降下的露水。

钢的

大梁从茶亭的木柱下可以看到。

一辆橙色的拖拉机拖着它沉默寡言的手臂，等待着。

一位拉丁裔保安靠在雕花栏杆上。

苏州的中国工人尚未抵达。

数英里外

在林肯广场酒店小餐厅

工人们喝光了米粥，吃光了馒头。

（吴、丁、易——他们的

家姓——印在橙色工作背心上，

他们今天还会戴上头盔。）

苍鹭

把它的嘴伸进绿色的湖水里。

空气随雨湿漉漉，灰色屋顶瓦

变黑，切割的花瓣图案依稀可见。

雨水

积聚到10 000块瓷砖的斜角处。

银色的雨丝濯洗600吨太湖石

从山坡流到涤虑亭——

小茅屋——其名为一位文人所取，寓意净思

---

[1] 洛杉矶的季节性河流/峡谷，阿罗约塞科（Arroyo Seco）在西班牙语里意为"干涸的河流"，遂将此处原译中的"加州水道"改为"洛城干流"，一则给城市名添得"水分"，二则取"干流"的双关。——译者注

（二）

思想

总是返回。从小茅屋

顶上，你可以看到

圣盖伯瑞尔峰，这个花园

完全在中国形成，但形成了另一个美国。

在雕花的窗户外，

阿罗约塞科旱谷的巨石中，

有一个和苏州工人一样粗壮的人

右手拿着一个鲍鱼壳。

黑眼睛，

晒伤的皮肤。蓝灰色素装，

和苏州工人一样的服色。

他把圣人放进贝壳里，通瓦人的做法。

Nachochan[1]

他低声说着，然后把贝壳举向天空。

"你是新来乍到。我们一直在这里。

但现在我们共用这个地方。要知道

这个花园里有多少个世界。"

苏州

工人们到了。他们感觉到遥远的山，

但不识"异"味。

一万名中国工人的棉裤上

留下了漂泊的草味或贪婪的炸药味，

他们是不是为亨廷顿中央太平洋铁路挖过隧道？

---

[1] 感谢梁志英解惑："Nachochan" 是通瓦人的问候语，意为"我的眼寻见你的眼，我的怀抱为你敞开"。

一步步

移动，几个世纪以来，

古老的情感汇聚于此，通瓦人、

华人、墨西哥人、西班牙人，

现在又是中国人，他们

通过劳动化为大地的元素。

别有洞天，

外面是另一个世界。

（Leong, "Bie You Dong Tian": 41–42，张子清译）

这首《别有洞天》是梁志英应洛杉矶一家古典音乐台（KUSC）约稿而作的，以纪念2008年2月23日中式苏州园林流芳园在南加州亨廷顿图书馆揭幕。亨廷顿图书馆不仅以其馆藏的珍贵书籍与艺术品享誉，还以其壮丽的植物园驰名：沙漠花园、玫瑰花园、莎士比亚花园、日本花园，还有这座中国花园。

图 7-2　亨廷顿图书馆的流芳园
　　　　高植松摄

亨廷顿图书馆的宣传册上写着，流芳园是中国境外最大的中式园林之一，意欲捕捉中国古代文明的优雅和宏伟，"大自然的艺术与诗歌的精神在这里蔚然满园"。建造这座花园大约耗时 10 年，耗资 1 800 多万美元。为了贴近真实的苏州风韵，亨廷顿图书馆联系了苏州园林发展有限公司，该公司提供了 50 名工匠、11 名石匠和大部分建筑材料，其中包括 850 吨太湖石（Skindrud, n.d.）。中国成语"别有洞天"及其英文翻译"Another World Lies Beyond"刻在这个园林入口处的一个雕花门廊上。这个成语预示着从凡尘俗世过渡到奇特风景，或许，是引人入胜到一个仙境。

梁志英以匾额上的题字为题，但他的诗与这条成语的本义大相径庭，也很可能与电台主播的初衷背道而驰——他们约稿时应该是期许一首中国园林风景如画的赞歌。梁志英的诗颠覆了这个词的轨迹：它不是从下里巴人走向阳春白雪，而是从表面光鲜的花园走向底层社会。第一部分充溢着水的意象——露，茶，粥，湖，雨，流。这个花园仍在建设中："大梁从茶亭的木柱下可以看到。/一辆橙色的拖拉机拖着它沉默寡言的手臂，等待着。"钢梁预示着第二部分的铁路形象，拟人化的橙色拖拉机则预示着苏州工匠的到来，他们穿着"橙色工作背心"。诗人有意聚焦未完工的园林，以突出外来工匠的形象，而不是他们异化劳动的产物。

流芳园建立的部分原因是"中国作为一个工业和技术大国的崛起"（Skindrud, n.d.）。它于 2008 年开放，以辉映中国举办奥运会。梁志英决心为外来工匠大做文章，希望在太平洋两岸引起反响。徜徉鸟巢或水立方的人们很少想到成就眼前美轮美奂的农民工，流连亨廷顿亭台水榭的游客也很难忆及那些远道而来建成这座里程碑的苏州工匠。

为了对抗这种遗忘，梁志英将镜头推近这些劳工，聚焦他们简单的饮食和工作服："工人们喝光了米粥，吃光了馒头。/（吴、丁、易——他们的/家姓——印在橙色工作背心上，/他们今天还会戴上头盔。）"[1] 这些细节无疑将人们的视线

---

[1] 梁志英在 2010 年 4 月 20 日给作者的邮件中透露这首诗是献给 Bill Wu 的，"吴、丁、易"即以谐音向其中文名致意。我们在 2019 年 6 月 8 日一起找到了 William D. Y. Wu（1939—2007）教授的中文名：吴定一。——译者注

从蔚为大观的亭台楼阁转移到卑微的工匠身上。正如陈美玲在《长恨吉他歌》中以命名赋予身份。此外，对工人日常衣食的白描使读者倍感亲切，同时避免被赵健秀嗤诮为"色情食物"的伎俩——利用中国饮食的"异国风情"来博得大众的垂青（Chin F. 86；亦见 Wong S.-l. C. 58—65）。

第一部分的最后两节仿佛描绘苍鹭从绿色的湖水里饮水、雨水渗入太湖石的田园诗。这一节的最后两行告诉我们，花园里的小湖和小屋是为了澄澈我们的心境："从山坡流到涤虑亭——／小茅屋——其名为一位文人所取，寓意净思。"低吟浅唱间，诗人还是搬出"600 吨太湖石"与"10 000 块瓷砖"这些硬邦邦的数字，一锤一锤夯实工程的艰辛——"10 000 块瓷砖"与第二部分的"一万名中国工人"相呼应。

由此，第一部分给苦力付出的浓墨为第二部分拉开序幕。在第二部分，诗人将苏州工匠与通瓦人、墨西哥人、华人祖先联系在一起——通瓦人是洛杉矶盆地的美洲原住民，他们的土地被欧美殖民者征用；墨西哥人的土地也同样被英美殖民者吞并，目前他们为南加州提供大量劳动力；早期建造横贯北美大陆铁路的中国移民，他们最终客死或被逐（详见第一章对赵健秀《唐老亚》的讨论）。这节中，土地的意象取代了第一部分中的水。这里各种族之间的联系，不是因着中国园林所象征的文人墨客的阳春白雪，而是因着"黑眼睛，晒伤的皮肤""蓝灰色素装"，"通过劳动化为大地的元素"的铜工。

正如铜色的同志身融合了不同性向的人，这里的"铜色"将不同种族的工人共时又历时地连在一起。这种联系在语言和意象上都得到了加强，譬如"每一步都沾上洛城干流降下的露水"里自相矛盾的"沾（湿）"与"干（涸）"，以及通瓦人"拿着一个鲍鱼壳"，两处都跨越了地质时代，指向阿罗约塞科还是地下水（在太平洋之下）的时代，并预告了接下去的诗行："你是新来乍到。我们一直在这里。""化为大地的元素"也让人想到朱莉娅·斯特恩（Julia A. Stern）所描述的那些美利坚合众国的缔造者被过早埋葬："这些无名的美国人英年早逝在伟大的国家大厦之下，事实上是他们筑就这座大厦，为构造共和特权搭建了一个让人内疚的平台，他们的幽灵游荡于这庞大的联邦建筑。"（Stern 2）斯特恩主要指的是美国土著和非裔美国人，而流离失所的墨西哥人和修建铁路的中国人在西海岸同命相连，尽管他们埋骨在另一个哗众取宠的墓地。

世界各地也有类似的故事，在劳动中缔结超越时间、种族、民族和地理界限的兄弟关系。《别有洞天》让人想起贝托尔特·布莱希特的《一个知书工人的疑问》("Fragen eines lesenden Arbeiters")："那七个城门的底比斯是谁建造的？/ 书本上列了一些国王的名字。/ 石头和砖块是国王搬的吗？"（Brecht，冯至译）[1] 布莱希特注意到，像底比斯城门、罗马凯旋门和中国长城这样的世界遗产遗址，都在为那些十指不沾泥的君主颂圣。梁志英将布莱希特的讽刺更进一步，他认为很多真正的建造者封存于这些建筑"之下"。（活埋最真实的例子就是中国皇陵的建造者，陵寝竣工，皇帝驾崩，他们就与皇室后宫、随从一起殉葬。）

梁志英的诗重新利用"别有洞天""涤虑亭""流芳园"等汉语表达，向读者灌输这种不可为人道的意识。本是吸引游客前往东方伊甸园的中国成语，被用来揭示巧夺天工背后的古今苦役。"洞天"的字面意思"隧洞天空"也暗指铁道，隐含工人挖掘隧道的形象，以及火车钻出隧道、重见天日的画面。"洞天"在此不是道教仙境，而是中国铁路工人魂羁梦归的所在——在中央太平洋铁路这一奇迹的缔造过程中，很多工人为爆破隧洞毙命。

涤虑亭"其名为一位文人所取，寓意净思"，梁诗中的实际寓意却是"涤荡思潮"，摇撼世人省思被征服的文明，反思今昔的对话、东西的交会："从小茅屋 / 顶上，你可以看到 / 圣盖伯瑞尔峰，这个花园 / 完全在中国形成，但形成了另一个美国。"这让我们"一步步 / 移动，几个世纪以来，"回想起美国和中国历史上不那么光彩的篇章，从 19 世纪美国原住民的流离失所，到中国铁路工人所受的虐待，再到目前美国和中国对外来劳工的剥削。与其说这庇护所提供了

---

[1] 感谢梁志英提醒笔者注意布莱希特的诗（2016 年 4 月 20 日私人交流），他表示《别有洞天》确是受这首诗启发。这首诗与美国的建国神话不可思议地共鸣。用郑安玲的话来说，"虽然所有国家都有被压抑的历史和创伤性的暴行，但美国人的忧郁症尤其严重，因为美国是建立在自由和自由的理想之上的，而对这些理想的背叛一再被掩盖"（Cheng 10）。冯至先生译诗题为《一个工人读历史的疑问》，但笔者倾向于直译为《一个知书工人的疑问》，感谢马克·泽尔策（Mark Seltzer）与乌尔苏拉·海泽（Ursula Heise）帮忙确认。

逃避世俗的退路，不如说它激发了诗人对超越时间的责任与团结的顿悟，正如通瓦人所言："你是新来乍到。我们一直在这里。/ 但现在我们共用这个地方。"

梁志英将中国园林的土地描绘成殖民者和被殖民者、商业大亨和移民劳工、锦衣纨绔的游客和断梗浮萍的工人的接触地带，打翻了民族主义的庆功酒，颠覆了"清史"与名人列传，挖掘出其纷扰、暴力的历史。"流芳园"这个名字（字面意思是"芬芳流溢"）有意引人联想到中国园林的花草树木。然而，梁志英的诗并不散发这种香气，而是延引读者和苏州工人来嗅"'异'味。/ 一万名中国工人的棉裤上 / 留下了漂泊的草味或贪婪的炸药味，/ 他们是不是为亨廷顿中央太平洋铁路挖过隧道？"这种嗅觉上的滑动把我们从眼前宜人的美景引向痛苦的过去。"漂泊的"这个轭式修辞既指一种从中国移植过来的草本植物，也指少数族裔的无根生活，已然踏上亨廷顿华美建筑所在的土地，却无痕无迹，或者被驱逐出去。同样，"贪婪的"在此有"狼吞虎咽"之义，意味着炸药吞噬无数华工的威力，这种破坏力成就了中央太平洋铁路。园林里的石头委实有助于创造，但它们并不能令人平静地想象大自然的安宁，而是引人联想到爆破引发飞石，那么多劳工因此葬身于花园侧畔。我们会进一步想到无数修长城被活埋的民工，以及陈美玲《长恨吉他歌》里被禁锢的妇女。

梁志英辛辣的双关也让我想起园林名字来历的另一种可能——"流芳"也指"流传美名"，如"流芳百世"。亨廷顿图书馆建于 1919 年，以亨利·爱德华兹·亨廷顿（Henry Edwards Huntington，1850—1927）的名字命名。亨廷顿的同名遗产包括一片海滩、一座公园、一家酒店、一家医院、一所中学和至少两座城市。乍看来，亨利·亨廷顿似乎赢得生前身后名。但梁志英的诗中却潜藏某种负面的关联，因为亨利是铁路大亨科利斯·亨廷顿（Collis P. Huntington）的侄子，科利斯是参与创建横贯大陆铁路的四巨头之一。亨利本人也曾在中央太平洋铁路与叔叔一起工作，曾任数个要职。正是在为亨廷顿家族行险尽瘁的过程中，许多中国铁路建设工人客死异乡。"流芳百世"的常见搭配是"遗臭万年"。梁志英这首诗打着颂词的旗号，却散发出一股令人不快的炸药气味和死亡气息，同时也纪念那些在圣加布里埃尔山谷抛洒血汗却默默无闻的华裔、拉美裔和美洲原住民工人。这段剥削、排斥和殖民的阴暗历史跟美国标榜生命、自由和追求幸福之精神南辕北辙，跟以进步之名创建的亨廷顿企业格格不入，但也是其遗产的一部分。

  电台约稿，大概是期许应景的创作引人神游传说中的"华夏"，但梁志英每每推辞这个机会，尽管他也引入抒情诗调与异国风情的典故来吸引听众。他的汉语典故源自深厚的历史积淀，直陈对外来劳工的剥削，于中美两国皆无偏袒；他笔下的流芳园"虽全是中国制造，也制造了另一个美国"。我在《长恨吉他歌》里发现的中国套盒也见于这首诗。就像陈美玲诗中的"庭院深深深几许"，梁志英令人神往的诗题《别有洞天》之外，别有一个园子，那里有拉美裔保安的平凡世界，有通瓦和墨西哥无家可归者的悲惨世界，还有苏州劳工以及他们祖辈的劬劳功烈——不是那些在16世纪的苏州园林游赏的文人雅士，而是那些在建设美国过程中牺牲最多但受益最少的人。文人题名"涤虑"，"寓意净思"，梁志英却从这个花园生发出深沉的思虑，冲击着我们对来自世界各地无名劳动者的记忆。

图7–3 梁志英（右）与笔者在流芳园

太平洋两岸都十分警戒东方主义，也严苛要求华美写作忠实于中国原著，以至但凡提及中国，即有嫌疑。这类批评家往往忽略那些故弄典故的艺术性及其（同主流社会的）对抗性。确实，市场力量促使一些作家给作品强加一层"异国风情"，赵文书对这种拙智的谴责有理有据，但他要求作者学者集中讨论"美国世界"，避免使用"中国题材"，以此对抗东方主义的警告却适得其反（Zhao 256）。这种解决方案意味着，对华美公民而言，中国和美国的遗产总是可以被齐齐整整地割开，中国的传统文化也从未丝毫影响过美国。可从来就没有一个纯粹的"美国世界"。用爱德华·萨义德的话说，"作为一个建立在相当规模的土著人废墟之上的移民社会，美国的属性是非常复杂的，难说是个一元的、单一的社会"[1]（Said xxix）。梁志英众声喧哗的诗就是力证。

移民的祖先文化在很大程度上是美国的一部分，所以对于华美作家和评论家来说，屏蔽中国话题的做法无异于自我否定，这种审查形式只会让（亚裔）美国文学研究日趋贫乏。对这一影响的认识不仅对准确理解历史很关键，而且有利于在迅速全球化的当下，扩大而非压制跨国共鸣。批评家打击东方主义的最佳方式不是强制停用中国典故，而是展示对中国元素创造性甚至颠覆性的夺胎换骨——事实上，这种利用可能挑战西方遗产在新大陆的霸权地位，挑战以华语和英语为中心的主流文化。

在坐拥双母语的美国连字符作家笔下，两种语言的交织透露出作者对他们的祖籍国和入籍国的质疑与希望。[2] 陈美玲与梁志英使着双刃的语言戏法，削弱了太平洋两岸的不对等。陈美玲为《长恨吉他歌》精心编排多个典故——《琵琶行》《临江仙》《长干行》《女勇士》——熔铸成一首散文诗，棒喝女同胞冲破家宅的藩篱，打破中国古典文学的闺怨，在美国社会再露头角。《摆脱 X》中，她运用跨文化并置、戏仿和双关，描绘了一个卑微的异乡女性被施虐的丈夫束缚，同时也被美国移民法拘囿。她摆脱《月下独酌》的拓落不羁，挣开唐诗的

---

[1] 爱德华·萨义德：《文化与帝国主义》，李琨译，北京：生活·读书·新知三联书店，2003 年，22 页。——译者注

[2] 哈金注意到（笔者充分相信这是基于他身为流散作家的境遇）对很多移民作家而言，"祖国其实就是他们的母语"（Jin 78）。

抒情，挥展起自己的生"辉"妙笔。

《铜身铜体》里，梁志英把一个被污名化，甚至被定罪为变态和病态的称谓，变成了一个美的复合体。诗人贯通了惠特曼与佛教精神，设想出一个没有边界的自我。通过对"同志"一词的反复推敲和解析，他将其从贬义的边缘提升到了中心——人性和灵性的核心。《别有洞天》中，梁志英故意直言曲解，提取出与移民经历相呼应的语义元素，在南加州朗润的中国园林深挖，挖掘出被埋藏的跨国历史篇章。陈美玲与梁志英的故用典故对中美两国文化都有不同程度的挑衅。剖析二人的混合修辞策略，有助于我们欣赏其艺术性及隐晦的批判。他们对双语的"形式叛逆"重申了"文武"合璧的理想——以笔为戈，纸上出兵。

参考文献

Bakhtin, M. 1984. *Problems of Dostoevsky's Poetics*. (C. Emerson, Ed., & C. Emerson, Trans.) Minneapolis: University of Minnesota Press.

Brecht, B. (n.d.). Retrieved April 10, 2016, from Questions from a Worker Who Reads: https://www.marxists.org/subject/art/literature/brecht/

Cheng, A. A. 2001. *The Melancholy of Race: Psychoanalysis, Assimilation, and Hidden Grief*. New York: Oxford University Press.

Cheung, K.-K. 2017. "Ethnic Ethic and Aesthetic: Russell C. Leong and Marilyn Chin (族裔伦理与审美互彰)." *Foreign Literature Studies* (《外国文学研究》) 39.5: 9–25.

Cheung, K.-K, & Qinghua Huang. 2018. "Transpacific Poetics: Ideographic and Prosodic Transpositions in Li-Young Lee's 'Persimmons' and Marilyn Chin's 'Summer Sleep'" *Toronto Quarterly: Special Issue on World Poetics and Comparative Poetics* 88.2.

Chin, F. 1981. *The Chickencoop Chinaman and the Year of the Dragon: Two Plays*. Seattle: University of Washington Press.

Chin, M. 1994. *The Phoenix Gone, the Terrace Empty*. Minneapolis: Milkweed Editions.

Chin, M. 2002. *Rhapsody in Plain Yellow: Poems.* New York: Norton.

Chin, M. 2004. An Interview with Marilyn Chin. *Indian Review,* 26(1).

Chin, M. 2009. Parable of the Guitar. In M. Chin, *The Revenge of Mooncake Vixen: A Manifesto in 41 Tales* (pp. 189–194). New York: Norton.

Jin, H. 2008. *The Writer as Migrant.* Chicago: U of Chicago P.

Kingston, M. H. 1976. *The Woman Warrior: Memoirs of a Girlhood among Ghosts.* New York: Vintage.

Lee, R. C. 2014. *The Exquisite Corpse of Asian America: Biopolitics, Biosociality, and Posthuman Ecologies.* New York: New York University Press.

Leong, R. C. 2001. Your Tongzhi Body. In S. G. Louie, & G. K. Omatsu (Eds.), *Asian Americans: The Movement and the Moment* (pp. 234–235). Los Angeles: UCLA Asian American Studies Center Press. Retrieved November 14, 2015, from http://escholarship.org/uc/item/4c27821c#page-1

Leong, R. C. 2011. Bie You Dong Tian: Another World Lies Beyond. *Amerasia Journal,* 37(1).

Liu, C. 2001, Spring. "Phoenix Eyes and Other Stories" by Russell Charles Leong. *Tricycle,* pp. 1–2. Retrieved from http://www.tricycle.com/reviews/phoenix-eyes-and-other-stories-russell-charles-leong

Loomis, L. H. 1930, January–December. A Chinese Sappho, with Translations by Wan Ying Hsieh. *Poet Lore,* 41, 132–139.

Phoenix in Transit: An Interview with Russell Leong. 2006. In T.-h. Shan (Ed.), *Exploration and Expansion of the Frontiers of Chinese American Literature and Culture: A Collection of Interviews and Research Papers.* Tianjin, China: Nankai University Press.

Said, E. 1993. *Culture and Imperialism.* New York: Knopf.

Skindrud, E. (n.d.). *Liu Fang Yuan—Garden of Flowing Fragrance, A Chinese Gem: An Ancient Landscape Art Comes to Southern California.* Retrieved April 20,

2013, from LandscapeOnline.com: http://www.landscapeonline.com/research/article/10862

Stern, J. A. 1997. *The Plight of Feeling: Sympathy and Dissent in the Early American Novel.* Chicago: University of Chicago Press.

Wang, D. 2013. *Thinking Its Presence: Form, Race, and Subjectivity in Contemporary Asian American Poetry.* Stanford, CA: Stanford University Press.

Whitman, W. (n.d.). 1892. "Song of Myself" (*1892 Version*). (D. McKay, Editor, & Poetry Foundation) Retrieved January 15, 2016, from Poetry Foundation: http://www.poetryfoundation.org/poem/174745

Wong, A. D. 2005. The Reappropriation of Tongzhi. *Language in Society*, 763–791.

Wong, A., & Zhang, Q. 2000. The Linguistic Construction of the Tongzhi Community. *Journal of Linguistic Anthropology*, 10, 248–278.

Wong, S.-l. C. 1993. *Reading Asian American Literature: From Necessity to Extravagance.* Princeton: Princeton University Press.

Yao, S. G. 2010. *Foreign Accents: Chinese American Verse from Exclusion to Postethnicity.* New York: Oxford University Press.

Yu, T. 2009. *Race and the Avant-Garde: Experimental and Asian American Poetry since 1965.* Stanford, CA: Stanford University Press.

Zhao, W. 2008. Why Is There Orientalism in Chinese American Literature? In G. Huang, & W. Bing (Eds.), *Global Perspectives on Asian American Literature.* Beijing, China: Foreign Language Teaching and Research Press.

Zhou, X. 2006. *The Ethics and Poetics of Alterity in Asian American Poetry.* Iowa City: University of Iowa Press.

冰心，1979/2012，《冰心全集》，卓如编，福州：海峡文艺出版社。

陈恕，2011，《冰心全传》，北京：中国青年出版社。

张欣、张敬珏，2018，《既问西东，也问往来——陈美玲之〈吉他悲曲〉与〈吉他隐喻〉解读》，《外语论丛》第 1 期：18–29。

尾声

这本书折射出世界的风云变幻以及我作为知识漂民[1]的学海沉浮。20世纪70年代末80年代初，我在加州大学伯克利分校英语系读博，主修文艺复兴时期的英国文学，但无法凭中文（我的母语）满足博士课业对第二语言要求：只有印欧语系才算数。（于是我参加了拉丁语强化班。）作为加州大学洛杉矶分校英语系的首位亚裔教员，我被当时的同事们视为从事萌芽不久的亚美文学研究的理想人选——虽然我有可能被视为一个闯入者，因为在美国土生土长被认定为准入此领域的必备资质。由于当时这一领域（以及一般的美国研究）对英语的强调以及我所隶属的专业系部，我编的书——《亚美文学书目提要》、《亚美文学指南》、《文章千古事：亚美作家对话录》（Words Matter: Conversations with Asian American Writers）——没有一本涉足亚洲与亚美研究的交叉地带，更不曾囊括其他语言创作的作品。但我始终怀着包容性原则，就像编纂《亚美文学书目提要》时所秉承的一样。[2]

美国研究的跨国转向、亚美研究（尤其是华文研究）的全球扩展，以及中美两国日益紧密的接触，带来课程的变革。这一转变让我把许多爱好汇集到一起：粤剧、中国诗歌和小说、荷马、莎士比亚和弥尔顿、浪漫主义诗歌和翻译；

---

[1] 感谢赵白生老师指点"知识漂民"的创译。——译者注
[2] 2019年6月14日，丹尼丝·克鲁兹（Denise Cruz）在现代语言学会（MLA）的博客上，重申了这本书对亚美文学研究的意义（clpc.mla.hcommons.org/2019/06/14/thoughts-on-cheung-and-yogi-asian-american-literature-an-annotated-bibliography/，2019年6月21日访问）。

也把我的学术历程带回一个圆满的圈子（包括两次被任命为加州大学在华中心主任）。中国学者的研究，丰富了我对本书研究对象的理解。正如跨太平洋作家之间的沟通可以为亚美文学研究带来新的洞见，跨洋（亚裔）美国学者之间的智识交流也可以彼此增益。

虽然本书关注的是中国与华美文学、文化之间的交集，但这并不意味着该领域是亚美文学研究的核心。不过，这是我个人在过去几十年里参与亚美文学研究工作的一个索引，正如绪论中概述的：（1）《哎咿!》的编者们坚持将中国文化（或美国化的中国文化）跟华美文化彻底区隔；（2）17年后，这批编者又试图重认所谓的亚美英雄传统作为亚美文学最能引起共鸣的源泉（他们暗示这也是指导原则）；（3）关于这一领域是走向离散写作还是继续以美国为中心的争论；（4）"第三"文学的结晶呼吁另类诠释学，将使用不同语言媒介的移民和美洲出生的作家纳入其中，表达另一个家国的地缘问题。

亚洲文学和亚美文学最初的激进分裂导致了亚美作家但凡吸收亚洲素材就引起某种怀疑，创造性的双文化诗学因此遭受冷遇。为弥补这种忽视，我试图阐明赵健秀、陈美玲、汤亭亭、梁志英运用中国元素之匠心。与此同时，我也提醒不要盲目鼓吹祖先传承。我对赵健秀高调认可亚洲英雄传统的矛盾心理，源于他将英雄主义、男子气概跟好战、主宰联系在一起。我用汤亭亭、冰心、张邦梅、陈美玲和林露德的作品来改组女性编码；以姜镛讫、李健孙、雷祖威、李立扬、李培湛、梁志英、闵安琪和徐忠雄的作品来提出不同的男儿气质，以防大男子主义的复辟。

亚美学者所采取的路线看似不同——有些坚持最初的使命，致力于美国的社会正义，有些描绘四海写作探究的各式问题，或是勇敢应对多元的"第三"道路——我对林露德、冰心、陈美玲、梁志英、闵安琪和徐志摩的解读却表明跨国视野可能触发反射性的社会批判，一只眼看国内，一只眼看海外。冰心的《相片》主要以中国为背景，但它预示了亚美研究关于东方主义、"种族主义之爱"和模范少数族裔的许多关键理论的洞见。陈美玲取典唐诗宋词，揭露了中美两国性别和种族的不平等；梁志英谈到了环太平洋地区的恐同以及对移民劳工的剥削。

最后，我提出了以汉语为母语的徐志摩、沈从文、冰心等作家的复调感受力，反映了中国文学与第三文学的融合。徐志摩是当今中国知识分子四海写作的先驱，在完全不同的世界里如鱼得水。作为一名文化大使，他与赛珍珠类似：旅居海外，两人都得以用批判的眼光看待自己的祖国。沈从文有部分苗族血统，他表现出一种族裔意识，就像身负连字符的美国人一样。冰心关于白人女性在中国的故事倒映出亚洲人在美国共通的孤独感。由此，本书通过介绍汉语和"第三"作家，用因地制宜的解读方法去阐释错综纠缠的多重地缘因素，延展了亚美文学研究的疆界。

亚美文学研究的跨界方式已然硕果累累，并将继续开枝散叶。引人瞩目的研究比比皆是，跨越种族和民族，跨越学科，跨越大陆、国家和海洋。[1] 如今，

---

[1] 跨种族、跨民族的研究者包括：朱月弯（Leslie Bow）、裘愉玫（Jeannie Yu-Mei Chiu）、金荣勋（Daniel Y. Kim）、斯蒂芬·科纳得勒（Stephen Knadler）、李贤珠（Julia H. Lee）、黎慧仪、克里斯蒂娜·文·长尾（Christina Aya Nagao）、克里斯特尔·帕利克（Crystal Parikh）、维嘉·普拉沙德（Vijay Prashad）、钱丹·莱迪（Chandan Reddy）、卡罗琳·罗迪（Caroline Rody）、凯茜·施伦德-威尔斯（Cathy Schlund-Vials）、宋敏炯（Min Song）、邹家淑（Elda E. Tsou）和杨孝净（Caroline H. Yang）。跨学科的作品包括：阿林森·卡鲁斯（Allison Carruth）、具智星（Robert Ji-Song Ku）、安妮塔·曼努（Anita Mannur）、徐文英（Wenying Xu）文学研究融合食品研究的成果；凯斯·卡马乔（Keith Camacho）、伊丽莎白·德劳雷（Elizabeth DeLoughrey）、埃琳·苏祖奇（Erin Suzuki）对太平洋岛屿文化遗产和殖民历史的探索；约书亚·塔卡诺·查博斯-莱特森（Joshua Takano Chambers-Letson）、邱茉莉（Monica Chiu）、朱侃涤（Kandice Chuh）、洪康媛（Grace Kyungwon Hong）、骆里山、刘大伟、苏真（Richard Jean So）交织历史、法律和文化的研究；张天星（Juliana Chang）、郑安玲、李京珍（James Kyung-Jin Lee）、李雷洁对生物政治学、精神分析与残障研究的融合；以及维克多·巴斯卡拉（Victor Bascara）、阿兰·庞扎兰·伊萨克（Alan Punzalan Isaac）、金裴迪（Jodi Kim）、苏珊·科什（Susan Koshy）、马利尼·约哈-舒勒（Malini Johar-Schueller）、孙京植对族裔研究和后殖民研究的结合。其他跨越大陆、跨国家、跨海洋的作品包括：金雯（Wen Jin）对美国和中国多元文化主义的比较，江慧珠对美国和英国的中国移民作家的考察，阮清越关于所谓的越南战争如何被不同国家铭记的编年史，以及拉基尼·斯里坎斯（Rajini Srikanth）对南亚裔美国人全球关系的探索；唐纳德·戈伦尼克特、何嘉淑（Jennifer Ann Ho）、胡其瑜（Evelyn Hu-DeHart）、凌津奇（Jinqi Ling）、郑绮宁（Eleanor Ty）、袁丽珊（Lisa Yun）将亚美研究扩展到美洲；以及丹尼丝·

亚美文学研究已从起初英语世界最孤孑特立的一隅，发展为最兼容并包的枢纽之一，档案交织，语言交响，学科交辉，时间交错，大陆交灿，大洋交沁。数度阴晴，我们风雨不改。欢迎同舟！

（续前）克鲁兹（Denise Cruz）、伍德尧、何佩佩（Tamara Ho）、姜贤理（Laura Hyun Yi Kang）、张高山（Sean Metzger）和阮晋煌（Nguyen Tan Hoang，音译）对泛太平洋女性主义和性行为的研究。（本书中无现成、非音译的中文名几乎都是作者逐一致函问来的，尤其是为了这一条注释里30多个名字，往来邮件逾百封。多位当事者亦不确定，由此问其父母亲友找名字；抑或摄来祖父题赠的书法、长辈的手迹、私章的印兑等，我们再设法帮其辨识——殷殷无厌，译者感荷。）

译后记

吴 爽

"2009年5月16日,一个美丽星期六的午后,亚美研究学者张敬珏教授做客北京大学外国语学院外文楼,带来了一场题为'两部华裔美国自传:《女勇士》和《承诺第八》'的讲座。初见张教授,跃然脑海的是南宋唐珏的一句'淡妆人更婵娟,晚奁净洗铅华腻'。聆听嘉言,更觉中西合璧,其妙无穷。"

——转眼又是牛年,又是一个美丽星期六的午后,2 815封邮件的回溯终于抵达"译KK"邮件夹之发端(请允许我仍循常以KK称King-Kok):2016年6月16日,KK下帖子邀我译书:"我一直有个想法……你愿意做我的译者吗?"5年间,我们的人生经历了那么多,而文心未改。要如何向读者诸君透露这一场作者/学者/译者的无界"推手",持赠一路上我们鼓舞、雀跃、感念不已的瞬间?我决定"向青草更青处漫溯",先向12年前的自己,借取《二玉相合为一珏——记北京大学传记文学笔会之张敬珏教授讲座》的这个开头。

讲座之后的2010年,我给KK与我导师赵白生教授合教的跨文化研究课程当助教;3月,我的小组做了关于胡适自述的报告,正是那堂课上,赵老师重申胡适、梁启超所延续的传记传统始于司马迁著《史记》,这启发KK质疑赵健秀说的中国没有自传传统,碰撞出本书第五章"独立/依存"最初的火花。后来,我与KK的缘分一直连着,也有幸领略到她的"择亲"家人汤维强、雷祖威、刘俊民、梁志英、李国彰、邵华强等正是KK书中所伸张的"文"之典范。2016年7月英文原版付梓前,KK拉我选封面,果真定下我投票的"庭院深深";

我还提醒封面上"玨""珏"繁体简、简体繁，将之改回 KK 从来用的"有心之珏"……借用黑塞的譬喻，这部专著使 KK 几十年来文思的川流汇集在一起，而我见证了未名湖与圣莫尼卡湾最初蒸腾起的湿润的云。

原版发行之后、译本孵化期间，我在近水楼台追续着云蒸霞蔚、注海入洋的进化。以最先译的第三章"才子奥秘"为例，这是 KK 本书所涉全新课题。徐志摩是双语作家、评论家、翻译家和编辑，我作为双语编辑和文学研究者，竟似与这位研究对象身份同频，于是"职业病"与"考据癖"联动发力，结出令 KK 惊喜的译文和学术发现，催生我们二人合作的《才子如斯——文外文中徐志摩》。该论文发表后，洋溢其中的"极难得可爱的人格"打动得一些学院习诗者要对志摩重新认识，恢复"看美是美"，令人喜出望外。乘此盎然的诗兴，KK 与白睿文（Michael Berry）教授一起组织了加州大学洛杉矶分校"新月社"国际学术讨论会。通过热心的何勇老师，我们结识了志摩嫡孙徐善曾先生——"东方与西方：第三届国际作家、翻译家、评论家高峰论坛"上初见，我们三人在广外与暨南大学合作发言；徐先生邀我协助他所著传记《志在摩登：我的祖父徐志摩》中译本的出版，在 2018 年初春那三个月，几乎每天与他通信数封，也是很神奇的缘分；当年 8 月，徐先生请 KK 与我赴第四届"剑桥徐志摩诗歌艺术节"合作主旨发言……从这样有机的合作出发，在翻译全书的历程中，我同作者一起核查史实、拓展新知、找名字、配照片，发挥研究者的能量与编辑的专长；而 KK 更引领我，优游于作者/学者/译者的多重身份之间，动态地探索这颇富创造力的迷人场域，尝试一种新的译界角色的自觉。

译者的心愿是同作者和读者成为知音。KK 说，我第一眼看到你试译初章"(S)wordswoman versus (S)wordsman"为"剑胆/文心"，就已决定"非你不译"了。从此，作者、译者，亦师亦友，文学、语言、思想三维共鸣，说到底，是热爱。其一，爱文学。我们对研究对象怀有热情，也体贴他们生命中的激情与羁绊，乐于了解更多。我曾惶恐那些"译者注"会有喧宾夺主之嫌，而 KK 总是赞赏不已。她喜欢我探索"诗篇 46"的秘密，支持我赓续胡适渊源/缘，交稿前夕还在鼓励我："译者注太好了！"——是这些故事太好了！感谢这些闪耀的人类，让我们得以仰望如此美妙的星空。其二，爱英语，爱中文。原文流光溢彩不忍辜负，KK 亦包容我技痒加花；我着迷于翻译这种变身的魔法，摹写 KK 写中文的调门与趣味，在译所引作品时也与个中人物同悲同喜。其三，爱 KK 的思想。在文字里听她的声音，再以译文与她对话。KK 曾说，"告诉你一个秘密，我俩都能通过这翻译学习，我们是互相的知音，好玄妙！"可遇而不可求，译者能对话作者，作者自明，还能出手落实梁志英认可偷师《红楼梦》来译"体己茶"、陈美玲确认取典"呦呦鹿鸣"的猜想等等；幸甚至哉，作者对译文也雕润不厌，情采神思总在意——倘若只是一厢情愿的斟字酌句，该多嚼蜡！KK 与赵白生老师都坚持，搞文学的人写任何东西皆应有文气，他们连邮件、微信都"文乎乎的"，著书立说更是机趣盎然——我们也有幸跟赵老师在序言中"推手"，KK 对他妙改的译文如"何权何能""知识漂民的学海沉浮"赞叹不绝——本书之"文"的精神，正是 KK 本人的追求。

在山海般的邮件丛中回顾，看到 KK 与我请解村校译全稿那段，他瞬间应允，依然满心欢喜。解村不仅是学养深厚、译著颇丰的文学博士，更是我和 KK 共同的"择亲"家人，有他把关，于心甚安；确定地知道天底下至少有一个人细读、理解了我们，于心甚慰。他体会到我与 KK "心有灵犀"，谬赞这译笔"是对书里所阐述的'文'的精神的一种体现"，多么珍贵。

这学术翻译的起点太高了——感念知音将心血托付我手，感念作者本人与才子挚友以金子般的眼光逐字逐句照看无厌，感念导师冠序。感念我最好的家人，一直支持我以文学为重，从心所欲。象鞮入门，履薄临深，2019 年 8 月 19 日，译完全稿。读者或能发现，直到 2021 年春，还有新的笔者补、译者注有机生长。待将样书捧在手中，恐鲁鱼亥豕，仍是满目尽可优化。"欲搜佳句恐春老"，诚愿诸君因筌得鱼，并慷慨补漏订讹是幸：wenxinwujie@163.com。

KK 常说，有人创作文学，有人批评文学，有人翻译文学；吾辈有幸，活在文学。就祝你我文心永驻！

吴　爽

辛丑花朝于地坛

中国人民大学出版社外语出版分社读者信息反馈表

尊敬的读者：

感谢您购买和使用中国人民大学出版社外语出版分社的 _____ 一书，我们希望通过这张小小的反馈卡来获得您更多的建议和意见，以改进我们的工作，加强我们双方的沟通和联系。我们期待着能为更多的读者提供更多的好书。

请您填妥下表后，寄回或传真回复我们，对您的支持我们不胜感激！

1. 您是从何种途径得知本书的：
   □书店　　　□网上　　　□报纸杂志　　　□朋友推荐
2. 您为什么决定购买本书：
   □工作需要　□学习参考　□对本书主题感兴趣　□随便翻翻
3. 您对本书内容的评价是：
   □很好　　　□好　　　□一般　　　□差　　　□很差
4. 您在阅读本书的过程中有没有发现明显的专业及编校错误，如果有，它们是：
   _____
   _____
   _____
5. 您对哪些专业的图书信息比较感兴趣：
   _____
   _____
   _____
6. 如果方便，请提供您的个人信息，以便于我们和您联系（您的个人资料我们将严格保密）：
   您供职的单位：_____
   您教授的课程（教师填写）：_____
   您的通信地址：_____
   您的电子邮箱：_____

请联系我们：黄婷　程子殊　吴振良　王琼　鞠方安

电话：010-62512737，62513265，62515538，62515573，62515576

传真：010-62514961

E-mail：huangt@crup.com.cn　　chengzsh@crup.com.cn　　wuzl@crup.com.cn
　　　　crup_wy@163.com　　jufa@crup.com.cn

通信地址：北京市海淀区中关村大街甲 59 号文化大厦 15 层　　邮编：100872

中国人民大学出版社外语出版分社